Gabriele Wohmann
Hol mich einfach ab

Zu diesem Buch

»So lange eine Frau zehn Jahre jünger aussehen kann als ihre eigene Tochter, ist sie völlig zufrieden« – Gunna liebt diesen Satz von Oscar Wilde über alles. Vor allem seit ihrem eigenen Bestseller, »Der 30. Geburtstag«, in dem sie sich mit dem Älterwerden beschäftigte und damit, was dabei in den Köpfen der Frauen vor sich geht. Und im Augenblick, in ihrem Ferienhaus auf Sylt, hat sie eigentlich genug Zeit zum Nachdenken: drei Monate, in denen sie ihr neues Buch über das Älterwerden beenden möchte. Aber Gunna ist abgelenkt, fragt sich, ob sie über ihre privaten Katastrophen, über ihre Freundinnen Sirin und Paula und über ihre eigene Ehe mit Dani überhaupt noch nachdenken kann – angesichts der zwei Türme, die da vor ein paar Tagen in New York in sich zusammengestürzt sind ...

Gabriele Wohmann, geboren 1932 in Darmstadt, gehört zu den renommiertesten deutschen Schriftstellerinnen. Ihr Werk, in dem sie sich als detailgenaue Beobachterin des Alltagslebens ausgewiesen hat, wurde mit zahlreichen bedeutenden Literaturpreisen ausgezeichnet. Zuletzt veröffentlichte sie die Romane »Abschied von der Schwester«, »Das Hallenbad« und »Schön und gut«.

Gabriele Wohmann
Hol mich einfach ab

Roman

Piper München Zürich

Von Gabriele Wohmann liegen in der Serie Piper vor:
Plötzlich in Limburg (1051)
Frühherbst in Badenweiler (2048)
Ausflug mit der Mutter (2343)
Ach wie gut, daß niemand weiß (2360)
Aber das war noch nicht das Schlimmste (2559)
Das Handicap (2645)
Vielleicht versteht er alles (2951)
Schwestern (3363)
Das Hallenbad (3578)
Schön und gut (3889)
Hol mich einfach ab (3983)

Originalausgabe
1. Auflage September 2003
2. Auflage Februar 2004
© 2003 Piper Verlag GmbH, München
Umschlag/Bildredaktion: Büro Hamburg
Isabel Bünermann, Julia Martinez/
Charlotte Wippermann, Kathrin Hilse
Foto Umschlagvorderseite: Steve Ibb/photonica
Foto Umschlagrückseite: Holger André
Gesamtherstellung: Clausen & Bosse, Leck
Printed in Germany   ISBN 3-492-23983-8

www.piper.de

GUNNA, DIE SCHNELL IHR REISEGEPÄCK für die nächste Abfahrt übermorgen umgerüstet hatte, kam zu Dani angelaufen: Er saß am Schreibtisch, es war ihr egal, ob sie ihn störte.

Sag's ehrlich: Ist das Kopfhaut? Oder bloß weißes Haar, nachgewachsene Unterschicht? Sie ging vor ihm in die Knie, zu Prüfungszwecken.

Moment noch, sagte Dani, für den nichts Ungewöhnliches geschehen war.

Im *Mövenpick* hatten sie diese Lifts, du weißt schon, rundum spiegelverkleidet, diese Spiegel-Schatullen, und ich sah meine Schädeldecke und alles, ich sah mich, wie ich von oben aussehe, für jeden, der größer ist als ich, sagte Gunna. Bei der Veranstaltung stand ich noch richtig unter Schock.

Na na, machte Dani und strich zwei Sätze in seinem Manuskript.

An meinem Tisch auf dem Podium bin ich wie behindert gewesen und hab mich *bleib so senkrecht wie möglich* ermahnt. Nicht vornüberneigen und so weiter. Was es auch ist, Dani, es sieht übel aus. Schau bitte nach.

Dani legte die Seite weg, über der er gegrübelt hatte, stand auf, Gunna stand auch auf, Dani überblickte Gunnas gebeugten Kopf: Die Klärung dieses Problems war zwar leichter, aber viel heikler als die in seinem Text. Jeweils ging es um Rezensionen. Und damit um zwei empfindliche Urheber, um narzißtische Kränkungen, auch wenn Gunna wiederholte: Sag's ehrlich. Und sie meinte es ernst, war auf alles gefaßt.

Beides, sagte er. Es ist beides. Ein bißchen Kopfhaut, ein bißchen nachgewachsene grauweiße Haarunterschicht. Ich mache dir nachher was vom flüssigen Schwarz drauf. Und vor Sylt dann die Tönung.

Und ich stelle *Zeit-Zeichen* zurück, einen Einfall habe ich sowieso nicht. Ich schreibe ein Buch übers Alter. Übers Älterwerden im Alter. Bei Frauen. Damals das mit dem 30. Geburtstag war ein Erfolg. Gunna klang nach Überwindung des Schocks aus dem Lift vom *Mövenpick*.

Deshalb sagte sie später beim zwischen Fernsehnachrichten eingekerkerten Abendimbiß: Ich glaube nicht, daß wir vor Sylt tönen müßten. Es ist ein Exil. Ich bin nicht öffentlich.

Sie hatte das Angebot ihrer Freundin Sirin angenommen und, übrigens unterstützt von Dani, freute sich auf Weihnachten dort, es wäre nicht wirklich Weihnachten endlich einmal, und eine nicht genau terminierte Klausur-Zeitspanne bis ins nächste Jahr hinein. Allerdings war ihr natürlich Paula Weymuths Geburtstagsgeschenk von der Familie eingefallen: Weihnachtsferien auf Sylt. Gunna war zum Optimismus entschlossen. Würde nichts verraten. Und wäre der Lage gewachsen, falls man sich doch zufällig irgendwo träfe.

Schon wieder brauchte sie Pfeffer, Salz, Tabasco, sie sagte: Diese Makrelenfilets sind angeblich mexikanisch gewürzt, scharf, feurig und pikant steht auf der Dose. Sie könnten nicht milder sein. Sie schmecken nach Diät. Wirklich, das Tönen können wir lassen. Ich werde allein sein. Auf der ganzen Insel kennt mich keiner.

Aber was ist mit der Buchhändlerin? Dani goß den Rest aus seiner Bierdose in sein Glas. Er richtete sich zum Aufbruch.

Das kriege ich schon irgendwie hin. Wenn wir einander überhaupt begegnen. Ich fürchte zwar, ihre Pension steckt ebenso wie Sirins Häuschen in einer von den Kampener Dünenmulden, aber sie ist eine Frühaufsteherin, bis ich losziehe, wird sie schon wer weiß wo sein. Und außerdem, sie respektiert alle meine Wünsche. Gunna sagte es nicht, dachte aber daran, daß es ihr schwerfiel, andere Menschen zu enttäuschen, das Neinsagen fiel ihr schwer. Sie war entschlossen, vorerst sorglos zu sein, sich auf ihre Isolation zu freuen.

Dani brach mit Teller und Bierglas Richtung Fernsehapparat auf, und Gunna als Prophetin der Sylter Zukunft spürte die Gefahr zu scheitern. Deshalb folgte sie Dani schnell, auch mit Teller und Glas. Ablenkung!

IM AUGUST HATTE DAS GEBURTSTAGSGESCHENK der Familie (ein Ehemann, zwei Söhne, eine Braut des Ältesten) voll eingeschlagen. (Mit dem Gutschein, den die Braut ihr, einen Hofknicks nachahmend, überreicht hatte, winkte Paula Weymuth ihren Lieben den Dank zu, für den ihr keine Worte mehr einfielen. Sie war klein; und damit ausnahmsweise die anderen zu ihr aufblicken mußten, hatte sie ihre Sommerslipper abgestreift und sich auf einem Gartenhocker postiert. Der Gutschein galt für ein Reisearrangement in der Weihnachtswoche, Ziel Kampen/Sylt, und Paula wußte nicht, worüber sie sich mehr freute: auf das lang nicht erlebte Meer? Oder die Beurlaubung? Paula, Ehefrau, Mutter, bald Schwiegermutter, würde zum ersten Mal nicht nahtlos an die strapaziösen Wochen des Weihnachtsgeschäfts in der Buchhandlung anknüpfend als Hausfrau mit Familienpflichten wirken müssen. Glückstreffer, den bis Ende Oktober noch von keines Gedankens Blässe angekränkelte Zweifel berührt hatten. Weihnachten war zum Problem geworden. Früher ihr Lieblingsfest. Als die Söhne noch Kinder waren, obwohl es damals mehr Arbeit gab. Paula fühlte sich, zwar jetzt siebenundfünfzig, nicht alt. Die Söhne, und das sollte ja für die Eltern sprechen (jeder sagte das, viele fast neidisch, oder auch verwundert, womöglich ein bißchen spöttisch: Mama-Kinder?), lebten immer noch in ihren kleinen Zimmern bei den Eltern, studierten kein einziges Semester auch nur probeweise anderswo, wollten alles wie immer haben. Ab Ende November freute Paula sich wieder mehr bei Gedankenabstechern zum Gutschein (sie versuchte, nicht an zerfetzenden Wind zu denken, sah sich Briefe an Gunna Stern schreiben, machte eine Liste für

Ansichtskartenempfänger). Trotzdem umwucherten Zweifel ihre neugierigen Phantasien vom Alleinsein, die Unabhängigkeit von Kompromissen, die im Familienleben dauernd zu schließen waren – von wem eigentlich außer von ihr? Skeptisch hörte sie zu: Ans Meer im Winter! Das ist ausgefallen, prima! Sieh noch mal nach Sylt, ehe es versinkt! Atlantis vor dem Untergang, beneidenswert! Paula wollte das nicht denken, mußte es aber: Die Familie lobt ihre Geschenkidee. Sie beabsichtigte, alle ihre Lieben zu vermissen.

Bin ich in der Weihnachtszeit immer eine solche Nervensäge gewesen? Gelehnt an den neuen karmesinroten Kühlschrank, technisches Prunkstück in der mit Gewürzpflanzentöpfen, Rosmarinbüscheln und Zwiebelzöpfen wohnzimmerartig gemütlichen Küche, scherzte Paula mit der Braut, einem Liebling, der sie vorhin vom Spülbecken verdrängt hatte. Der Liebling (*ganz meine Kragenweite*, pflegte Paula sie auf ihre konventionelle Art zu charakterisieren) lachte sie herzlich aus. Nervensäge? Im Gegenteil! Du bist das Weihnachtszentrum! Und genau das ist die Strapaze. Dein Hin und Her zwischen *Weymuths Bücher-Truhe* und Haushalt und dann auch noch Weihnachten, irgendwann reicht's.

Der Buchhandlung, altmodisch persönlich, ging es zwischen Buchhandlungsriesen nicht besonders gut. Max Weymuth, offiziell ihr Angestellter, übertrug auch inoffiziell alle bürokratische Verantwortung auf seine Frau, genehmigte sich den Schöngeist. Paula kam bei der Kundenbetreuung zu kurz, ihrem Motiv für die Berufswahl. Die Buchhandlung bedeutete lückenloses eheliches Zusammensein. Während Max mit *Haben wir es nicht gut?* die Lage beurteilte, wagte Paula es, aber nur vor sich selbst und auch das schaudernd, diese Pausenlosigkeit problematisch zu finden. Bei aller Liebe, falls es das damals in der Buchhändlerschule gewesen war, unromantisch, stabil, bei solcherart verbindender Liebe oder dem, was daraus geworden war: Es verlangte sie nach Alleinsein. Sie sagte *Ruhe* dazu. Zeit für sich selbst klagten auch andere Frauen ein. Paula nahm sich vor, kein schlechtes Gewissen zu haben. Was sie mit der Zeit für sich selbst anfinge, wußte sie nicht genau. In Kampen: Briefe an Gunna Stern. Ungestört vom Eindruck, jemand Mißbilligendes schaue ihr dabei über die Schulter. Ich bin nicht wirklich unzufrieden, hätte Paula zu einer Freundin gesagt, doch bei einer *richtigen* mit *aber* weitergeforscht.

Paula bückte sich vor dem Küchenbuffet und hievte die Teigschüssel aus dem untersten Fach. Meinen Männern will ich doch wenigstens die Doppeldecker machen. Und dir natürlich auch, sagte sie.

Das wirst du fein bleiben lassen, entschied die Braut. Obwohl Paulas *Kragenweite*, als junge Frau von heute konnte sie besser rigoros sein, einfach: modern. Unser Geschenk, dein Weihnachts-Solo, gilt schon für *vor* der Abreise, sagte sie.

Gut, ich gestehe, daß ich mich auf die geschenkte Zeit freue, ich bin auch nicht beleidigt, weil meine Männer sich drauf freuen. Nur ... ich meine, wenn ihr alle richtig aufatmen würdet ... ich weiß auch nicht, was mir daran nicht paßt.

Die Braut lachte. Du denkst doch nicht, du würdest nicht vermißt! Und *wie* du uns fehlen wirst! Wir freuen uns nur für dich!

Ein Austausch mit der Braut tat Paula immer gut. Allerdings blieb er diskret. Die Braut, das war Familie. Paula stellte sich einen Menschen vor (Gunna Stern?), der etwas Verfrostetes in ihr zum Auftauen brächte. Unter den befreundeten Ehepaaren gab es Frauen, die sie bei geringeren Ansprüchen für Freundinnen halten könnte. Aber keine für Privates, gar Intimes. Was käme da bei ihr überhaupt zum Vorschein? *Richtige* Freundinnen, das gab es doch, warum nicht für sie? Wurde ihre Scheu, durch die sie auf andere vielleicht etwas etepetete wirkte, mit Selbstgenügsamkeit verwechselt? Dem Mangel an mehr Nähebedürfnis?

Im Zusammensein mit der Braut kam Paula sich nicht wie ein Trampeltier vor, das nach einiger Ausdauer der Zuschauer am Gehege Langeweile verströmte. (Und Gunna Stern gegenüber?) Ein unproblematisches, herzliches Mädchen: die Braut. Aber keine *richtige* Freundin. Und dann der Altersunterschied. Anvertrauen, was überhaupt? Es paßte nicht zur mehr als zwanzig Jahre Älteren. (Gunna Stern? Elf Jahre älter als Paula?)

Die Gutschein-Reise rückte näher, und Max Weymuth orakelte ein wenig dunkel: Sylt, meine Gute, das wird auch ein Lehrstoff sein. In Sachen Weihnachten. Paula fragte: Lehrstoff? und erfuhr, sie würde, in der Verbannung ohne Plätzchen- und Bratendüfte, Kerzen und Tannenzweige doch etwas deplaziert, die gewohnten weihnachtlichen Begleitumstände als des Heimwehs würdig schätzen lernen und sie folglich vermissen. Auch sei sie nicht der Typ Mensch, der leicht Kontakte mit anderen knüpfte. Du könntest dich isoliert fühlen. Paula unterbrach seine Belehrung: Willst du mich warnen? Wollt ihr mich erziehen? Sollte ich mit eurem Gutschein nicht einfach glücklich gemacht werden? Beim Blick auf ihren Mann, sie klein, er groß und etwas zu wuchtig, wurde dick, hatte sie ihn plötzlich nicht besonders gern. Sie wollte diesen Eindruck nicht vertiefen, aber als er jetzt die für ihn und sein Mundtrockenheitsproblem merkmalhafte Zungenarbeit an der oberen Zahnreihe entlang verrichtete, dieses Befeuchtungs-Hin-und-Her, mußte sie wegschauen. Etwas war ihr peinlich, es hatte mit den gutgelungenen Söhnen zu tun, damit, daß sie dank ehelicher Planwirtschaft überhaupt auf der Welt waren. Ungern und nur schwach erinnerte sie sich daran, wie es bei diesem gemeinsamen Tun zugegangen war. Sie mußte an *Weymuths Bücher-Truhe* denken, und die Zusammenarbeit dort kam ihr in diesem ekligen Moment derjenigen sehr ähnlich vor (nur angezogen, Textilien drüber) wie die, aus der statt Inventur und Revision am Computer die Söhne herausgekommen waren. In diesen häßlichen Einflüsterungen zapplig gefangen, störten Paula ihre drei Männer. Natürlich, sie liebte sie. Aber waren sie ihr wirklich nah? Irritierte nicht etwas Penetrantes an ihnen, etwas Gedankenloses? Ich werde geliebt, sagte Paula sich, Ausbeutung inklusive. Nicht schlimm, aber von allen dreien. Es ist das Übliche, es ist in Ordnung.

Kerzen und Tannenzweige werden sie im Hotel haben, sagte sie hölzern.

Hotel-Pension. Max betonte *Pension*.

Daß wenig später, als Paula noch unterm Einfluß ihrer Rebellionsverwirrung stand, Gunna Stern anrief, ausgerechnet sie und sonst keine auf der Welt, empfand sie als Belohnung. Sie kannten einander noch nicht besonders gut, aber auf den ersten Blick, damals in der *Bücher-Truhe*, sprang der Funke von der Fremden auf Paula über, die bis dahin an solche Wunder nicht geglaubt hätte. Träumen konnte sie, sich nach etwas Verrücktem sehnen, doch schnell wurde sie wieder nüchtern. Es war kein herausragendes Telephonat, Gunna Stern wollte sich nur endlich für Post von Paula bedanken, vorerst komme sie nicht zum Antworten. Paula kannte das, und es enttäuschte sie immer ein wenig, obwohl sie sich nicht angeschwindelt fühlte. Den Satz *Sie haben Wichtigeres zu tun als mir zu schreiben* vergaß sie nie. Sie freute sich über kleine Fortschritte: Mittlerweile redeten sie sich mit den Vornamen an, bis jetzt noch per *Sie*. Was außerdem? Gunna erkundigte sich nach Paulas Vorfreude. Worauf? Auf Ihr Geburtstags-Weihnachts-Sylt. Wie bemerkenswert, dieses Gedächtnis, so viel Interesse!

Aber genau das wurde zum Problem. Zweites Drittel der Reise, Umsteigestation, und am Info-Stand trafen Gunna und Paula aufeinander. Beider Reiseziel: Sylt. Was wundervoll gewesen wäre, wenn Gunna es als Überraschung geplant hätte. Sie sah aber fast verärgert aus. Gewiß war daran auch das Verspätungschaos schuld. Jedoch nicht nur.

Hatte Gunna nicht auch am Telephon gefragt: Mit welcher Zugverbindung? Um eine andere zu wählen? In der V. I. P.-Lounge an der Schranke für die DB-Patienten 1. Klasse (Gunnas Worte, höhnisch) sagte die komplizierte Wunsch-Freundin: Für Sie ist's nicht schlimm, aber *ich* fahre nicht in den Urlaub. Bei mir ist jede Reise beruflich. Sie klang nicht gerade nett, doch Paula versöhnte dieser Satz.

Sie haben Wichtigeres zu tun ...: Sie schrieb das nicht so hin, sie glaubte daran. Paradox wegen all dem, das ihr zu entgehen schien, aber sie fand das Leben weniger problematisch als die andere, erst recht paradox, daß sie sie trotzdem beneidete. Worum? Sie könnte das nicht beantworten.

Paula fand es hübsch, Gunna nicht, das Bastzweigkerzengesteck auf dem Schalter vor der V.I.P-Lounge, hinter der ein fröhlicher Beamter Paulas 2. Klasse-Ticket übersah und ihnen als Verspätungsentschädigung Getränkegutscheine aushändigte, erheitert von Gunnas Aufsässigkeit: Ich hab's doch aus dem Fernsehen, es gibt Geld als Schadensersatz, nicht bloß ein winziges Mineralwasser. Der Beamte riet: Trinken Sie Tee, Tee beruhigt. Die Medien sind immer oberschlau. Schönen Tag noch.

Würde mir doch ein einziges Mal nur niemand *einen schönen Tag NOCH* wünschen, stöhnte Gunna, und Paula, zahm zivilisiert, lotste sie zum kleinen Tisch, Fensterplatz, erste Etage. Gunna sagte *Ich kann's nicht ertragen* und stellte die reduzierte Ausgabe des Weihnachtsgebildes am Schalter von der Tischmitte auf den Nachbartisch. Nach ein paar Zügen an ihrer Zigarette wurde sie ruhiger. Paula tauschte gegen die Gutscheine Mineralwasser ein. Sie konnten den Querbahnsteig und die Gleise 6 bis 12 überblicken. 7 war ihres.

So waren wir beim Kennenlernen in Ihrer Buchhandlung auch. Gunna lächelte zum ersten Mal. Eine aufgeregt, ich, die andere, Sie, ruhig. Nur äußerlich, sagte Paula, Sie als Kundin, das war kein Alltag für mich.

Sie erinnerten sich: Fremd in der Stadt hatte damals Gunna (Gunna *Stern*, schwer verkäufliche Essays, für die Paula von da an mit dem Prädikat *die deutsche Susan Sonntag* warb, auch nicht sehr effektiv) sich vor einem Regenschauer in den Laden geflüchtet und lang entschlußlos Ansichtskarten geprüft. Bei Weymuths gab es nur anspruchsvolle Ansichtskarten. Gunna beugte sich über den Karteikasten *Aus der Römerzeit*, als Paula zu ihr trat und, mit der rechten Hand wie vor Blendung die Augen abdeckend, *das ist doch, Sie sind doch ...?*, fragte, ein vorsichtiges Lachen im kleinen Gesicht unter den glatten dunklen Haarfransen. Und die deutsche Susan Sonntag sagte: Sieht fast so aus, als wäre mir nicht ganz zu trauen, oder? Ich mache hier zu lang herum. Unbefangen redete sie daher, Paula bekam nicht alles mit: wegen des Funkenübersprungs, der bisher für sie nur in Romanen vorgekommen war. Aber nach *nicht ganz zu trauen* sah es wirklich für sie aus, seltsam. Vom lässigen Charme der anderen Frau betört, konnte sie dann doch in dem kleinen Dialog mitmachen, wie unter Anleitung und beflügelt flugunfähig zugleich.

Schöne Samtjacke! Dieses Kompliment hast du nur mit aufgesperrtem Mund und schwachsinnigem Lachen quittiert, überlieferte Paulas Gedächtnis. Es regnete nicht mehr, Bezahlung, Eintüten, oberflächlicher und doch fast freundschaftlicher Abschied wurden vollzogen, nach Paulas Mutprobe: Darf man Ihnen schreiben?

Sie waren vorsichtshalber zu früh am Gleis 7, und Paula stammelte: Eins plagt mich ja doch, so schön das Treffen auch ist, meine Familie kann das aber nicht als Zugabe geplant haben ... nur, warum haben *Sie* kein Sterbenswörtchen gesagt, wenn wir ... Aufblickend (auch Gunna war größer als sie) lachte sie, doch war es ihr ernst.

Ich habe nichts gesagt, weil ich Sie nicht enttäuschen wollte. Wir beide gehen ins Exil, aber meines ist ein Versteck zum arbeiten. *Ich* stehe bei A richtig. Aber sie?

Paula wußte mit der Frage nichts anzufangen, schon fuhr Gunna fort: Außerdem, ich fahre Raucher. Tut mir leid, aber ...

Ich würde das ausnahmsweise in Kauf nehmen. Paulas Blick hatte etwas Ausspähendes, wieder stand ihr Mund offen, sie machte ihn immer auf beim neugierigen Lachen, als wären Antworten wie Häppchen zum essen.

A bedeutet, daß hier und in B die 1. Klasse halten wird.

Oh! Mein Gutschein gilt ja nur für die 2. Man müßte wohl draufzahlen.

Eine ganze Menge, fürchte ich. Wenn ich nicht arbeiten müßte ...

Schon gut. Paula schulterte ihren kleinen Rucksack, griff nach der Reisetasche, geübt in Anpassung. Die Umhängetasche diebessicher quer über dem Rumpf strebte sie mit kleinen ordentlichen Schritten weit hinaus unter der Bahnhofsvorhalle, während der vom Selbstmörder blockierte ICE mit siebzig Minuten Verspätung einlief. Nach einem Respektabstand von einer Fahrtstunde klappte Paula *Nepal – heute und gestern* zu, stieg über die Füße ihrer drei Abteilgefährtinnen und arbeitete sich bis in die 1. Klasse vor; im Bistro-Wagen kam sie auf eine gute Idee, nach schaukelndem Gang durch drei Nichtraucherwagen fand sie am doppelsitzigen Randplatz, Großraumwagen, Gunna, die sie beim Lesen erwischte, aber vielleicht war das Arbeiten.

Hallo! Nur ein kurzer Besuch!

Gunna sah ziemlich schnell nicht mehr so aus als sei sie verstimmt. Paula rückte mit der guten Idee raus: Wir könnten nach Göttingen eine Kleinigkeit essen, ich lade Sie ein.

Mittags essen macht müde, sagte Gunna. Schreiben Sie es mir gut! Für ein Abendessen auf der Insel! Schön?

Tapfer sagte Paula: Schön.

Verarmte Schreiberin läßt sich chronisch einladen, sagte Gunna später, als gemeinsame Abendessen in der *Lister Pfanne* zur Gewohnheit geworden waren, und fröhlich ergänzte Paula: Von fast verarmter Buchhändlerin.

Sie profitierte von Gunnas Schwachstelle, dem Geldausgeben. Sie zahlte auch die Taxifahrt für Gunnas Lieblingsstrecke entlang der hubbeligen, öden, abends erst recht bizarren Dünenlandschaft zwischen Kampen und List. Die abgeplatteten Kegel sahen wie verkleinerte Vulkane aus. Busfahrten mit Besichtigungen, in Paulas Gutschein-Arrangement inbegriffen, verlockten Gunna nicht. Drei Dünenkuhlen von Paulas Hotel-*Pension* entfernt bewohnte Gunna das Ferienhaus von Sirin. Einmal hatte Sie sogar Paulas Kämmerchen begutachtet und festgestellt: *Ich* käme hier ohne blaue Flecken nicht raus. All die Ecken, niedrigen Balken, die Enge! Nr. 33 war in einen Giebel geschachtelt, aber es war ein Reetdachgiebel, was viel ausmachte.

Paula genoß ihr Weihnachtsgeschenk. Die Angebote des Arrangements nutzte sie, ging aber auch allein spazieren, kein Wetter schreckte sie, sie freute sich auf die Abende. Irgendwann würde sie aufhören, beim täglichen Telephonat mit zu Haus

Gunna zu unterschlagen. Es entging ihr nicht, daß sie kein Heimweh hatte. Auch nicht ihre Anpassung an Gunna, ähnlich der im Familienleben und doch anders. Ihren Wert realistisch schätzend, hatte jemand wie Gunna Wichtigeres zu tun, als mit einem Menschen wie ihr, Paula, zu korrespondieren, jetzt: herumzubummeln. In der fremden Frau, nicht mehr jung, doch jung in der Wirkung, witterte Paula immer noch die Person, die sie entpanzern könnte, die *richtige* Freundin. Im winkel- und eckentückischen Giebelstübchen, das sie *Blauer Fleck* getauft hatte, kam sie gut voran mit dem *Inseltagebuch*, Hintergedanke: eine Abschrift für Gunna. Ringsum das Meer, die steppenmäßige Szenerie, düsteres Braun verdorrter, struppiger Kräuter: Paula fühlte sich wie eine Darstellerin ihrer selbst, die Zur-richtigen-Zeit-am-richtigen-Ort-sein spielte.

Sollten wir nicht Heiligabend gemeinsam feiern? Paula fragte, machte den Mund nicht zu, blickte ausspähend. Von ihrer Arrangement-Gruppe könne sie sich freimachen. Und wir haben in der *Pfanne* noch längst nicht alle Pfannkuchen durchprobiert. Das Lachgesicht behielt sie bei, als Gunna streng klang: Heiligabend! Ich glaube nicht, daß ich je zuvor zum 24. *Heiligabend* gesagt habe. Einen Abend des Warenaustauschs heiliggesprochen habe.

Es wird bei uns kein Warenaustausch sein, sagte Paula unerschrocken. Ich hätte ja eine Kleinigkeit, aber *Sie* sollten mir nichts schenken. Sie schenken mir doch sowieso all die schönen Abende.

Diesen sogenannten Heiligen Abend genießt jeder Atheist mit. Gunna sah immer noch so aus, als hätte sie einen Wurm im Salat entdeckt.

Aber wir zwei sind keine Atheisten, oder? Paula fand es nicht schwierig, sanft zu bleiben. Sie wußte nicht, was sie von all dem halten sollte. Heute hatten sie sich für Spinat-Schafskäse-Pfannkuchen entschieden. Anders als neulich in der V. I. P.-Lounge duldete Gunna das Weihnachtsgesteck auf ihrem Stammplatz in der *Pfanne*.

Ich habe ein Weihnachtsproblem, sagte Gunna. Keins mit anderen christlichen Festen. Als Maria könnte ich ein Baby nicht genießen, das Gott wird oder ist oder Gottes Sohn, und daß ich das wüßte. Mir wär's peinlich, mit ihm rumzupatschen.

Paula lachte, doch was sollte sie empfinden? Mitleid? Daß zuvor immer nur sie es gewesen war, die etwas über sich erzählte? Zum ersten Mal fühlte sie sich als die Stärkere. Aus dem gedämpften Musik-Potpourri tönte *Oh Tannenbaum*, und Gunna schimpfte: Heidnischer geht's nicht mehr, und Paula, beim zweiten Bier, sagte mutig: Früher war Weihnachten mein Lieblingsfest. Es hat so viel mehr Atmosphäre als ... sagen wir: Pfingsten.

Früher, früher. Das klang wie Abwinken bei Gunna. Früher, wir alle kennen diesen Film. Kerzenschimmer in aufgeregten Kinderaugen. Alles war verzaubert, alles war schön, und nachträglich kommt noch die Verklärung dazu. Bin ich gemein?

Aber gar nicht. Ich hab's ja *auch* zunehmend schwierig gefunden, Weihnachten. Obwohl die Familie ...

Weil die Familie es *nicht* schwierig findet.

Meine Familie, sie ist wirklich intakt. Und besonders an Heiligabend ... oh pardon, nicht Heiligabend! Am 24.12.! Die ganze Zeit über hatte Paula mit dem Ausdruck des Zweifels im erstaunten, offenen Lachgesicht Gunna angeblickt. Einer radikalen Erhellung war sie nah, und schon benannte Gunna sie: Und ausgerechnet in genau dieser Intaktheit haben Sie einen Egoismus entdeckt. Alle wollen alles wie immer haben, sagten Sie mal.

Aber in diesem Jahr ... ich meine, ich bin weit weg, ich sitze hier mit Ihnen weit weg von zu Haus, sie haben mir diese Pause geschenkt ...

Und wie erklären Sie sich den Gutschein?

Paula mußte an die kleine Ansprache ihres Mannes denken, Sylt als Lehrstoff in Sachen Weihnachten, und wieder sprach Gunna aus, woran sie sich ungern erinnerte: Vielleicht will die Familie Sie testen: Kriegt sie Heimweh? Vermißt sie das Alles-wie-immer-Weihnachten? Verdammt, ich *bin* gemein. Unsere Pfannkuchen werden kalt. Ich bin destruktiv.

Gar nicht! Jede Silbe Einfühlung ist eine Wohltat für mich! Und daß jemand wie Sie sich überhaupt mit mir befaßt, und so gründlich! In meinem ganzen Leben habe ich noch nie so viel über mich gesprochen wie Ihnen gegenüber. Paula, die ohnehin schon rosig glänzte, sah vollends gesalbt aus, als Gunna sagte: Essen müssen wir sowieso, und der 24. wäre *das* Datum für endlich mal einen von den *süßen* Pfannkuchen. (Oh schöne Schwachstelle Geldausgeben, kam es, wenn auch liebevoll, Paula in den Sinn.)

Heilig oder nicht, der gemeinsame Abend fand statt. Vorher war Paula beim Heiligabendritual mit der Arrangement-Gruppe auf ihre Kosten gekommen; Heiligabend auch schon mittags: Im Giebelzimmer holte sich Paula trotz geduckter Haltung den ersten blauen Fleck, als sie unter der Balkenschräge das Päckchen der Braut auspackte. Tannenzweige über der Schachtel mit Doppeldeckern, eine Weihnachtskarte: »... ich habe mein Bestes versucht, aber unseren Männern fehlt irgendein Gewürz ... gute Nachricht von *Buch-Intern*: es klappt, du darfst für sie Buch-Tips schreiben ...« Beide Nachrichten machten die Heimkehr leichter: Das fehlende Gewürz rührte Paula, durch die Buch-Tips als etwas Selbständigem nur von ihr würde es ihr von nun an viel besser gehen. Ins Geschenkpapier der Braut wickelte Paula ihre *Kleinigkeit* für Gunna, den Bildband *Sylter Motive* eines gemäßigt modernen Malers. Paula hatte ihn in Westerland erstanden, schmal, aber nicht billig, doch bleischwer, und sie erinnerte sich daran, daß damals beim Umsteigen Gunna gesagt hatte: Ich hasse schweres Gepäck. Ich war vier Wochen in den USA mit nur zwei Blusen. Trotzdem, die *Sylter Motive* wären eine idealere Erinnerung als die Kampen-Kluten, ihr erster Einfall. Eine Widmung schriebe sie erst auf Bitten in den Band. Etwas mit Andenken und Dankbarkeit.

Heute schon vor sechs wimmerte die Telephon-Terz, und in ihrer Hast holte Paula sich den zweiten blauen Fleck. Sechs war zwar die Familienzeit, doch einmal könnte ja auch Gunna dran sein, oder? Paula preßte die linke Hand gegen die schmerzende Stirn, nahm ab und hörte einen Bariton, zwei Tenöre, einen Sopran: »Oh Tannenbaum, oh Tannenbaum, wie grün sind deine Blätter ...« *Heidnischer geht's nicht mehr*, an Gunnas Urteil mußte sie denken, heilig war kein Baum, aber der Chor doch nett, wirklich sehr nett und das, woran sie gewöhnt war. Noch eine Stunde bis zur Taxifahrt Richtung *Pfanne*.

»Gelobet seist du Jesu Christ«, sang sie zurück.

»Ohne den Dauerwind wäre das graue Meereswetter ideal«, schrieb Gunna in einen angefangenen Brief an ihre Freundin Henriette, im Stehen bei einer Unterbrechung ihres Rundgangs. Sie dachte an Paula und daß die Schreibstoff war und ergänzte: »›Ganz meine Kragenweite‹, würde meine Sylter Abendpfannkuchen-Mäzenatin sagen. Ich sehe sie vor mir, wie sie jetzt reisefertig schon an der winzigen Rezeption drei Dünenwürfel weit von mir entfernt steht, trotz Reiseunkundigkeit ohne das bei mir Reisender chronische Reisefieber.«

Mit dem ersten Kaffeebecher des Tages und noch im Bademantel setzte sie ihren morgendlichen Spaziergang durch das Ferienhaus fort und genoß ihn, den Kaffee, die Ausblicke, sich selbst in den freiheitlichen Augenblicken. Diese Gewohnheit zum Start in die kommenden Stunden gehörte zum Besten. Bald planlos assoziierend, bald planend, weil das Planen unabänderlich mit ihrem Beruf zusammenhing und nur zwischen abgeschlossenen Texten und neuen Projekten unangenehm war, sonst stimulierend.

Obwohl das Morgenritual auch zu Haus stattfand, hatte es im fremden Mobiliar des kleinen Hauses in der Dünenmulde den Spezialreiz des Künstlichen, wirkte wie nach den Regieanweisungen eines Drehbuchs gespielt, und Gunna bewegte sich durch die nicht zu ihr passende Szene als Schauspielerin in einem Film, in dem sie beides verkörperte: die Hauptrolle und die der wißbegierigen Zuschauerin. Und dann gab es noch sie selbst. Zu Hause aber gab es außerdem Dani, der nicht störte, aber kein Filmheld war, und auch keiner von den ungezählten Teddys, mit denen Sirin, Gunnas Freundin und Besitzerin des Ferienhauses, alle Zimmer und sogar den Treppenabsatz, das Bad, das WC und die Küche dekoriert hatte. Dani war ein

Mensch und dazu nicht irgendeiner. Sie lebten zusammen, Dani nach zwei Ehen, Gunna nach einer. Als sie vor vierzehn Jahren damit angefangen hatten, waren sie sich fürs Heiraten schon zu alt vorgekommen, ehrlicher ausgedrückt: zu unentschlossen. Doch ein immer wieder einmal tauglicher Diskussionsgegenstand blieb das Thema Heiraten viele Jahre hindurch und interessant überdies bei Unterstützung durch alkoholische Getränke. Bis auch diese Attraktivität versickerte, irgendwohin, wo keine Stimulanzien sie wiederbeleben konnten.

Noch immer ging Gunna im Haus spazieren, zweiter Kaffeebecher, ab jetzt stetig neugieriger auf die erste Zigarette des Tages. Jeden Morgen spielte sie das Hinauszögern, und dieser Reiz nutzte sich nicht ab. Auch er gewann durch das Alleinsein, das ihn steigerte. Obwohl Dani Gunnas *erstes Rauchen*, oder: *meine Fünf-Uhr-Zigarette* und sämtliche anderen Kommentare zum Beharren auf dem Nikotingenuß gar nicht zu interessieren schienen (anders als damals, ewig her, den fürsorglichen Albert, Gunnas ersten und auch geheirateten Mann), so daß es sich vielleicht, wenn sie überhaupt von ihren stündlichen Zigaretten redete, um einen Tick handelte, um eine Angewohnheit aus der entlegenen, oft fast vergessenen Albert-Zeit. Gut, dachte Gunna, überlebensrettend gut für mich, daß wir nicht sehr lang zusammen waren, trotzdem in unseren gemeinsamen paar Jahren schon so eng vernietet, daß ich bei einer längeren Beziehungsdauer bis heute und für immer mit einem Ballast aus Dauerkummer, Dauer-schlechtem-Gewissen und was nicht sonst noch an Elendigkeitsgefühlen weiterleben müßte. Gunna liebte alte Ehepaare mitleidig, das heißt diejenigen unter ihnen, die eine Ruhe der Zusammengehörigkeit verströmten. Überhaupt nichts hatte sie, und mitleidslos, für die ewigen Streithähne unter den Alten übrig, immer noch anfängerhaft nicht aneinander gewöhnt. Gunna fand, von einem gewissen Alter an, möglichst früh, sollten Leute, die zusammenlebten, das Friedenstiften geübt und dann gelernt haben.

Nach dem ersten Zug an ihrer Gauloise (*alles* erste am Tag gehörte zum Besten, vom ersten Kaffee bis zum Spaziergang durchs Haus) mußte Gunna sich auf den Küchenstuhl setzen, weil es ihr ein bißchen schwindlig wurde, ein bißchen hohlköpfig, knieweich. Keine der auf diese erste folgenden Zigaretten des heutigen Tages hätte dann noch diese Wirkung. Annähernd gut wäre die Gauloise nach einer längeren Pause, einem Willens-Widerstandsakt, der über den verordneten stündlichen hinausging. Um den zu schaffen, müßte sie das Haus verlassen.

Gunna machte Halt vor dem Fenster am provisorischen Schreibplatz. Die höher gewachsenen Halmbüschel auf der krautig überwucherten Dünenflanke malträtierte der Wind. »Verdammter Wind«, schrieb sie in den Brief an Henriette nach einem Absatz hinter »Reisefieber«. »Könntest Du den Wind malen? Auf einer seiner Karikaturen konnte es Loriot. Worum es ging, weiß ich jetzt nicht genau, ich habe das Blatt irgendwo bei mir zu Haus, aber es ist, glaube ich, ein Schiffbrüchiger auf einer Sandbank, und sein Erkennungszeichen, ein rotes Stück Stoff, wird vom Wind gezerrt, und ich sage dir, in diesem Gezerre spürst du den unablässigen, unbarmherzigen Wind, du hörst ihn in dem Stoffetzen knattern, gelegentlich knallen wie einen Schuß, wie die an einem Strand zum Trocknen aufgehängten Frottiertücher.« Irgendwann später, Gunna wußte noch nicht, ob sie heute an dem Brief weiterschriebe, würde sie Henriette von dem goldgerahmten Bild *Das Wrack* erzählen, das zu Haus in ihrem großen Arbeits- und Schlafzimmer hing, und auf dem es dem Maler geglückt war, die Kälte darzustellen. Für eine durch Malerei vermittelte Hitze gab es viele, auch berühmte Beispiele. Und an das Meer und seine Brandung wagten sich, so beliebt war das Motiv, haufenweise auch die Amateure. Doch die Kälte samt allen Angstlust-Empfindungen, die sie auslöste, wenn man an einem Strand den Entschluß fassen mußte zu baden, diesen Schrecken hatte Gunna bisher nur auf *ihrem* Bild gespürt, körperlich und im Gehirn. Hochgeschätztes, gefürchtetes, imponierendes und erschütterndes Meer. Zum Beweis, daß das Meer kein netter Spielkamerad war, hatte der Maler es schwarz gefärbt, den Schaum auf den sich überschlagenden und gegen- und übereinander züngelnden Flutwellen weiß: streng, abschreckend.

Henriette war Malerin. Motive aus der Wirklichkeit verschmähte sie. In ihrer gegenwärtigen künstlerischen Absicht lagen flächige Farbschichten, die sich kaum wahrnehmbar millimeterwinzig ineinanderschoben, Pastelltöne auf waagerecht verlaufenden Balken, von denen sie zwei, mittlerweile auch drei ins hochformatige Bild brachte.

Warum machst du das Ausfransen oder Überlappen, oder was immer es ist, nicht etwas weniger winzig? Wenn dir gerade *daran* liegt? Es sollte doch dann nicht so minimal sein, als deine Hauptsache, oder? Gunna war die einzige, die mit Henriette so leger über ihre Kunst reden durfte.

Du mußt eben lang hinschauen, du mußt Geduld aufbringen, belehrte sie die Freundin, die ihr, große Ausnahme, den altmodischen Wunsch verzieh, ein Gemälde möge die Phantasie stimulieren, und auf den ersten Blick, gleich, sofort, solle das Bild interessieren, gefallen, glücklich machen, neugierig auch.

Das Bild erzählt eine Geschichte. Oder einen Satz aus der Geschichte, und ich erzähle sie mir weiter. Dann würde ich freiwillig und ohne mir Geduld abzuzwingen immer wieder hinschauen, sagte Gunna.

Darauf war Henriette beim letzten Atelierbesuch eine Rechtfertigung der Geduldsausdauer eingefallen, die Gunna abschmetterte, ohne Zeit ans Erwägen zu verschwenden.

Für ein Buch brauchst du ja auch Stunden und Stunden, du brauchst auch Zeit für Musik, je nachdem, eine Sinfonie, Kammermusik, eine Oper und so weiter ... und daraus zog Henriette das Fazit: Also warum nicht auch für Bilder? Ausharren? Andacht? Muße?

Mit diesem Vergleich, da gibt's doch so einen Volksmundspruch von den Äpfeln und den Birnen?, also egal, aber mit diesem Vergleich kannst du keinen reinlegen. Ein Steak ist kein Vanilleeis. Du kannst auch nicht fragen: Was hast du lieber, eine Gefriertruhe oder einen Waldspaziergang? Ein Paar Schuhe oder London? Vergleichen geht nur innerhalb einer Kategorie.

Kunst ist keine, nur der Oberbegriff. Bilder mit Bildern, Musik mit Musik, obwohl auch das, wenn du es mit den Urhebern machst, mit den Genies selbst, mit Malern oder den Komponisten, obwohl es dann auch schon wieder ziemlich heikel wird. Eigentlich genau so wenig geht.

Von meinem Wrack-Bild werde ich ihr erzählen, auch vom gezeichneten Loriot-Wind, wie er in dem mißhandelten Stoffstück knallt. Und mit dem Knallen die Stille ringsum die Sandbank-Einsamkeit bemerkbar macht, noch stiller. Noch ein Beispiel für Stille, erzählen werde ich ihr vom Lieblingsblatt auf meinem *New York in the Fourties*-Nostalgie-Kalender. Vom immer aufgeschlagenen August-Photo mit dem Luftaufnahmen-Blick über dem, zwischen Buhnen wie eingesperrten Tausenden von Menschen am vollgestopften Strand von Long Island. Photographierte Hitze! Beim Hinschauen werde ich durstig, ich will ins Wasser, muß mich abkühlen, nirgendwo Schatten! Und die Stille! Trotz des Menschenmassengewimmels gibt das Photo die besondere, eine hörbare Stille wieder, so bald man sich mit der Lupe einen einzelnen herauspickt, wie er ganz für sich allein und in seinem nur ihm eigenen Interesse nach einem Strandsandfleckchen für sich und sein Badetuch sucht, es ist diese seltsame Stille inmitten eines hochsommerlichen Lärms aus Brandung, Windgeräusch, Menschenstimmen und Kinderkreischen ... und es wird ziemlich gemein sein, dachte Gunna, jetzt am Fenster vor einer westwärts den Weitblick blockierenden Dünenfassade, ziemlich boshaft, Henriette all das zu schreiben. Aber sie wird es mir nicht übelnehmen, und ich werde ihr auch meine Phantasien zu ihrem Bild mit sandfarbenen und grauen Balken und einem schwarzweißgestreiften Rechteck in der Bildmitte erzählen, für mich ist das Rechteck ein Badetuch. Plaziert mitten in der Erstarrung von Meer und Strand. Verlassenheit, untergebracht auf einer Postkarte. Henriette ließ von ihren Bildern Postkarten drucken. Es wird ihr gefallen, wenn ich sie um ein paar mehr von diesen Karten bitte. Allerdings, das Badetuch-Bild stammte aus einer früheren Phase, die heute von Henriette als viel zu mitteilsam abgelehnt wurde.

Mit der zweiten Gauloise des Tages setzte Gunna sich vor den langen Spiegel in Sirins enger kleiner Diele. *Unfrisiert sehe ich besser aus.* Dieser Satz wäre nach Henriettes Geschmack. Gunna hatte sie einmal entzückt, als sie bei einem abendlichen Treffen als erstes nach der Begrüßung gesagt hatte: Heute morgen noch dachte ich, du hast deinen schönen Tag, und bis circa vier sah ich wirklich ideal aus, aber dann kam der Niedergang, tut mir leid.

Und heute morgen gefiel sie sich sehr gut. Eigentlich war es schade, daß keiner sie sähe, aber noch besser war Alleinsein. Trotz Wind, über den Dünenkuhlen wahrscheinlich beinah Sturm, würde Gunna in der Mittagszeit endlich draußen herumlaufen, egal wohin, endlich frei vom Risiko, Paula könne sie außerhalb der *Klausur* erwischen. Wie gehorsam, wie gewissenhaft hatte diese vernünftige Person die (ja aber auch nicht ganz nur vorgemogelte) Ausgangs- und Kontaktsperre respektiert! Wie brav und sogar dankbar die abendlichen Pfannkuchen und die Getränke bezahlt. Gunnas Opfer dabei: das Geduld verbrauchende Warten auf Paulas allerletzten Schluck mit Herbeiwinken der *Pfannen*-Chefin, die noch, Gunna bedachte das jeden Abend, wer weiß wie lang gut gelaunt sein müßte. Paula trank aufregend langsam. Zwar hatte sie eingesehen, daß elf Uhr die äußerste Geselligkeitsgrenze war (*Ich muß morgens gleich fit sein*), doch oft wurde es etwas später, weil Paula nicht zügiger trinken konnte. Und auf die Uhr, anfangs höflich heimlich, später nicht mehr heimlich, aber doch höflich, sah nur Gunna.

Auf ihrem Stammplatz in der *Pfanne* schaute Paula sich jeden Abend im Biedermeierzimmer um, als sähe sie es zum ersten Mal, sie saßen über Eck, Gunna hatte das große Sofa, Paula saß gerade aufgerichtet im hochgepolsterten Stuhl und blieb doch die Kleine, blickte Gunna auspähend an, bevor sie eine der für sie typischen Fragen stellte, von denen sie dachte, sie seien bei aller wohlmeinenden Ergebenheit provozierend. In der immer ziemlich langen Wartezeit zwischen Bestellung und dem Servieren frisch zubereiteter Pfannkuchen steckte Gunna sich eine Zigarette an, und Paula fragte: Warum schonen Sie nicht Ihre Gesundheit? Und Gunna genoß, ehe sie die Antwort formuliert hatte, deren schockierende Wirkung auf Paula, die den Mund erst zumachte, nachdem Gunna zurückfragte: Und warum tun Sie das mit Ihrer? Warum schonen *Sie* Ihre Gesundheit? Wofür? Für wen? Für ein möglichst langes Leben? Aber Paula hatte die Frisur, um die Gunna ihre Friseuse gebeten hatte: Ich möchte eine Frisur, auf die Verlaß ist und die trotzdem schön aussieht. Ich muß dienstlich ans Meer. Und Antworten geben, die nicht dumm waren, konnte Paula auch: Ich möchte nicht unbedingt sehr sehr lang leben, aber einigermaßen gesund sein, so lang ich's tue, leben. Es ist entschieden angenehmer. Dann war man am souveränsten, fand Gunna, wenn man einen Fifty-fifty-Stand, oder sogar manchmal auch eine Niederlage zugab: Wir können einander beide gleich gut den Wind aus den Segeln nehmen. Oder: Eins zu Null für Sie.

»Fehlen, ein bißchen, wird sie mir trotzdem«, schrieb Gunna an Henriette nach einem Satz über Paulas langsames Trinken. »Gegen Ende des Zusammenseins konnte ich mich auf nichts anderes mehr konzentrieren, total vereinnahmt von der Frage: Wann greift sie endlich wieder mal zum Glas?« Sie schrieb: »Gut für meinen zwangsneurotischen Bewegungsdrang, daß ich jetzt endlich raus kann, draußen rumrennen, daß ich das jetzt endlich *kann*, aber auch, daß ich jetzt kein Alibi mehr habe und es *muß*. Zu Haus sind meine täglichen Rennstrecken ja auch nur ein Absolvieren, beim Weggehen will ich zurückkommen. Alles muß immer schneller gehen, schneller beendet werden. Beinah alles, denn ließe ich mir Zeit zum Nachdenken, fiele mir garantiert ziemlich vieles ein, das länger dauern sollte. Zum Beispiel jetzt, diese Zigarette, schon wieder nur noch ein Zug dran. Kennst du das? Zigaretten sind immer schneller zuende geraucht, ich finde, schneller als früher. Ein Alterszeichen? Und warum ist hier, wo doch Dani mich auch zu Haus in Ruhe läßt, ohne ihn alles leichter? Obwohl aus dem richtigen langsamen Genießen auch beim Alleinsein nichts wird? Warum habe ich es dauernd so eilig? Nicht nur bei Paula Weymuths letzten

Schlucken aus dem letzten Glas? Übrigens werde ich ihr von hier eine Ansichtskarte der Serie *Aus der Römerzeit* schicken, den ich beim Packen vergessen habe, aus der Tasche zu tun; zur Strafe, ob sie das aber merkt, die Strafe? Nicht eher gerührt ist? Erinnert ans Kennenlernen einer Person, aus der sich eine *richtige* Freundin entwickeln wird? Ich habe damals in ihrem verdammten Regenunterschlupf-Laden überhaupt nichts kaufen wollen, schon gar nicht diese Karten. Eilig, eilig, warum? Irgendwo inwendig in mir: schnell weiter, nur weiter, schneller... Gutes Zeichen? Todestrieb? Bis später. P. S.: Paulus? ›Ich vergesse, was dahinten ist, und strecke mich aus nach dem, das da vorne ist‹? Ich werde jetzt mein Bett machen, und es wird sein wie am Abend, wenn ich die Tagesdecke abnehme und wärs-doch-schon-wieder-morgen denke. Und das, obwohl ich überhaupt nichts gegen die vor mir liegenden Stunden mit ihren Gewohnheits-Akzenten habe: verrückt.«

Gunna bereitete ihre Vormittagsportion Kaffee zu, in Sirins Kaffeemaschine. Dabei kam sie sich immer wie eine andere Frau vor, wie eine Frau nach Art der üblichen Frauen. Zu Haus benutzten sie eine kleine italienische Espressomaschine für den Mittags-Espresso, entweder einen gemeinsamen oder einen, den jeder für sich machte. Eine große für den Normalgebrauchs-Kaffee. Ich bin jetzt Sirin, aber die thront schon seit zwei Stunden schwungvoll in ihrem Dekanatszimmer, lenkt und leitet die Geschicke der Musikabteilung ihrer Kunsthochschule. *Sie* hat, nachdem sie aufstand, schon mehr geredet als ich es den ganzen Tag über tun werde. Das kostet sie keine Überwindung, am liebsten würde sie sich statt vom Wecker oder von der Pfote einer ihrer beiden Edelhauskatzen durch ein Telephonat ihres Liebsten, Salvatore, wecken lassen, mit sofort nicht mehr schwerer Zunge reden, reden. Von Salvatore, dem Herzensbrecher-Knaben, war Sirin auf die Defizite in ihrer Ehe noch deutlicher gestoßen worden als beim selbständigen Nachdenken; neben manchem andern, das ihr bei ihrem Mann entging, empfand sie als Haupt-Manko die Entbehrung der Kommunikation: Sirin redete, ihr Mann schwieg. Langsam, aber leidenschaftlich hatte sich der Wechsel von ihm zum Geliebten vollzogen, allerdings nicht heimlich. Sirin, als herzlicher, fröhlicher, offener, großzügiger Mensch, verabscheute Geheimnistuerei, und weil sie die außerdem einsichtigen, halberwachsenen Töchter und ihren stillschweigend eifersüchtigen Mann an ihrer abtrünnigen Passion teilnehmen ließ (*morgen und übermorgen bin ich bei Salvatore, über Weihnachten werde ich Salvatore einladen, wir fahren übers Wochenende nach Bayern usw.*), kam sie sich, bis zur Scheidung *im gegenseitigen Einvernehmen*, deshalb auch nie wie eine Ehebrecherin vor, jedenfalls nicht wie eine waschechte, landläufige. Brutal war ich nicht, diagnostizierte sie ihre Strategie. Gunna fand: Doch, und ich weiß nicht, ob das Heimliche nicht schonender gewesen wäre. Es war Sirins günstigem Naturell zu verdanken, daß diese Meinungsverschiedenheit ihrer Freundschaft nicht schadete.

Wie machst du das mit deinem Dani, wenn du ihn anderen vorstellst? Wie nennst du ihn? hatte Sirin in ihrer Anfangszeit als geschiedene Frau mit Liebhaber Gunna gefragt. Und Gunna hatte zurückgefragt: Mein Freund? *Ein* Freund? Macht sich in meinem Alter besser, aber du bist fast zwanzig Jahre jünger. Das Vokabular ist verheerend, ein Substantiv lächerlicher als das andere.

Danis und Gunnas Sprachsensibilität rebellierte bei der Benennung ihres Status: Als *Lebensgefährten* würden sie sich anderen gegenüber niemals präsentieren. Noch idiotischer, mit *Lebensabschnittsgefährte* das Vorübergehende vorauseilend anzukündigen, *Partner* klang geschäftsmäßig oder nach Tanzsport. Sag am besten einfach: Und das hier ist Salvatore Mazzocchi, riet sie Sirin, der das nicht gefiel: Hört sich nach Speisekarte an, nach einer speziellen Pasta ... »und dann haben wir noch die Mazzocchini ...«

Doch die Ähnlichkeit von Salvatores Nachnamen mit italienischen Nudeln gab nicht den Ausschlag bei Sirins Schwierigkeiten mit dem Vorstellen. Während Gunna es überflüssig fand, Danis Funktion zu benennen, war gerade das für Sirin das Wichtigste. Wie alle Verliebten machte ihr Hochgefühl sie exhi-

27

bitionistisch. Laß alle Epitheta weg, empfahl Gunna, die wußte, ihre Freundin wünschte vor allem andern, die Zugehörigkeit aus Leidenschaft öffentlich zu machen.

Gunna wurde nicht neidisch auf so viel Glück, das nach Offenbarung verlangte, auch kein schlechtes Gewissen gegenüber Dani bekam sie. So wenig wie beim Vergnügen an jedem Morgen auf Sylt im Dünenversteck dabei, den danifreien Tag, das Alleinsein, Freiheit ohne den geringsten freundlichen Austausch zu überblicken. Und wenn hundertmal Dani sie wahrscheinlich lieber in ihrer Nähe gehabt hätte, einfach so, einfach aus Gewohnheit. Schließlich litt er nicht unter Entbehrung, Heimweh. Gunna stellte sich vor, wie er ihre Abwesenheit auf seine unaufwendige Art erlebte. Er machte sich keine Gedanken darüber, auch nicht, als Gunna ihre Exilphase auf unbestimmte Zeit verlängerte: Du verstehst, erst nach Paula Weymuths Abreise bin ich richtig ungestört. Er hörte das ohne argwöhnische Hintergedanken. Nie würde sein Verdacht (*hat das mit mir zu tun?*) auf ihn selbst fallen, durch grüblerisches Bewußtmachen der Lage. Dani vergeudete keine Zeit an Mutmaßungsgefühle, und zu Sirin, die das Gegenteil davon mit Salvatore nach wortkarger Ehe erlebte und das an ihm liebte, sagte Gunna: Ich finde das gut. Ein männliches Motto: Etwas ist wie es ist. Alles andere finde ich weibisch. Nur die femininen Männer zweifeln ewig an dem herum, was möglicherweise doch dahinterstecken könnte. An dem, was ist wie es ist. Damit allerdings, daß Frauen und deshalb auch die femininen Männer mehr Phantasie hätten als die eher etwas sturen Männer-Motto-Männer, hatte Sirin dann doch wieder recht.

Und Albert? Er hätte mich vermißt, erstens. Und zweitens, argwöhnisch war er auch, damals schon etwas zu oft für meinen Geschmack. Gunna spürte einen Stich in der Herzgegend. Der Kaffee war gut, Lust zu essen hatte sie keine. Dani wäre das nicht aufgefallen und wenn doch, hätte er nicht gedrängt: Du solltest jetzt aber endlich etwas essen. Albert aber. Zwar fühlte sie sich nach so langer Zeit immer noch befreit, wenn ihr einfiel, daß kein Albert mehr sie füttern oder mit sonstigen vernünftigen Wohltaten umhegen konnte, doch immer bekam sie dann auch ein schlechtes Gewissen, wurde traurig, monologisierte: ihn Beschwichtigendes, Liebevolles, Dankbares. Und was ihr Alleinsein anging, beim Denken an Dani problemlos, wandelte sich, wenn sie an Albert dachte: Dann, absurd gegenüber einem vom irdischen Kleinkram endlich Erlösten, dann spürte sie beim Einsamkeitsglück das schlechte Gewissen.

Paula hat ihre Sachen gepackt, wartet gefügig aufs Taxi, Reisefieber hat sie keins, mußte Gunna wieder denken. Der Blick aus dem Küchenfenster ging nach Norden, ungefähr, mit einem kleinen östlichen Dreh, in die Richtung von Paulas kleinem Friesengiebel-Dünental. Sie merkte, wie eingelebt in Paula sie war, in Paula als Schreibstoff. Vor dreiundzwanzig Jahren war Gunna mit ihrem bis heute am besten verkäuflichen Buch *Der 30. Geburtstag. Frauen werden älter*, einer Sammlung von Frauenportraits, zu den meisten ihrer von da an treuen Freundinnen gekommen. Beim Schreiben war sie vierzig, die Freundinnen waren jünger, hatten ihren 30. Geburtstag noch vor oder gerade hinter sich.

Das Telephon: Sirin war dran, übrigens auch sie ein Lektüre-Freundschaftsresultat. Als Gewinn, ein Volltreffer. Eine Kontrastfigur, bei ein paar grundsätzlichen Übereinstimmungen. Sirin, zwar prinzipiell lustig und zu belustigen, war gleichzeitig intelligent. Nur jetzt zu früh für ein Telephonat mit der bis in die Mittagszeit gegen Kontakte empfindlichen Freundin, die beim Abschweifen zu Paula als Schreibstoff gerade an eine Art Wiederholung des *30. Geburtstags* dachte, diesmal an ein Buch übers wirkliche Älterwerden; notiert hatte sie: Von heute aus betrachtet, kommt mir der *30. Geburtstag* wie ein Luxusproblem vor, nichtig, und daher, in seiner Nichtigkeit das, worum wir beim Vaterunser um Vergebung bitten müssen, »... erlöse uns von dem *Bösen*, erlöse uns von dem *Übel* ... Vergib uns unsere *Schuld*«, und diesmal meine ich nicht wie sonst (und wie vor allem zu Haus, wenn ich doch wieder abends ferngesehen und nichts Intelligentes gemacht habe), das Übel, Böse, die Schuld des Nichtigen beim damals niedrig gehängten Problem, dreißig Jahre alt zu werden; ein Luxus-Problem, bedenkenswert nur für Frauen, denen es zu gut geht und die zu viel Zeit und zu wenig Sorgen haben.

Sirin, die für Gunnas Gefallen an Kontakten zu früh dran war, redete gerade über Gertrud, die Frau, die sich um das Ferienhaus kümmerte, wenn es unbewohnt war, aber auch, wenn Sirins Gäste darin verwöhnt werden sollten. Bei Gunna, dem Vorzugsgast, ging die Verwöhnung über gelegentliches Putzen hinaus, Gertrud erledigte auch Gunnas Einkäufe. Sie hatte Sirin gemeldet: Ihre Freundin ißt zu wenig. Sirin war nicht besorgt, erzählte mittlerweile eine längere Geschichte über Gertruds älteste Tochter und den gegenwärtigen Stand von deren Liebeskummer. Kurze Pausen für Themenwechsel nutzte Sirin zum Lachen.

Sag mal, ich hab dich doch nicht etwa geweckt? Sie lachte.

Was denkst denn du? Wie du weißt, stelle ich mir den Wecker auf halb acht. Aber ich spreche noch nicht.

Sirin lachte. Warum jagst du dich so früh raus? Nicht erst, wenn du Lust hast zu sprechen?

Ich weiß nicht, ich will nichts verpassen. Ich bin kein Tier. Und wenn ich erst um zwölf aufstehen würde, brauchte ich trotzdem meinen Abstand von circa zwei Stunden bis zum Sprechen.

Sirin lachte. Bei mir wird das heute ein Glückstag. Stell dir vor, oder rat mal, wer heute *mich* geweckt hat? Du kommst nicht drauf!

Dein Salvatore.

Wie konntest du *das* raten?

Du hast es mir leicht gemacht. Daß er morgens keine Lust hat zu reden, ist eine unserer paar Ähnlichkeiten. Die andern: Er kauft sich nicht gern was Neues zum Anziehen und haßt Schwimmbäder. Ist gern allein.

Sirin lachte. Daß ihr zwölf Jahre jüngerer Liebhaber sie wahrscheinlich nie heiraten würde (sie waren schon sieben Jahre zusammen) und sogar fast ganz gewiß nicht einmal umzöge zu ihr, die in einer schönen geräumigen Altbau-Eigentumswohnung noch reichlich Platz für ihn hätte, war schwierig für sie, aber sie verzieh um der Liebe willen ihm auch diese für sie schwer verständliche, absonderliche Extra-Tour. Es war schwierig, blieb schwierig, Stoff zum Lernen wie der Verzicht darauf einer war, gleich nach dem Aufwachen und noch lieber kurz davor zum Wachwerden *Ich bin's Schätzchen* ins Handy zu rufen. Trotzdem nahm sie das Handy mit ins Bett. Es gab schließlich noch die Töchter. Das Handy lag oben neben dem Kopfkissen, die zwei Katzen schliefen am Fußende. Beim Austausch einiger beide Freundinnen amüsierende Belanglosigkeiten, oder besser beim Eintausch, weil Sirin wie immer ergiebiger war, schweifte Gunna wieder zu den wirklich älter werdenden Frauen ab, stellte sich Sirin als Schreibstoff vor, kam nicht mit bei Sirins verwickelt-verwinkelten Schachzug-Strategien zwischen kontroversen Hochschul-Professoren zum Vorhaben Reformen/Umgestaltungen, dann fragte sie: Brauchst du das Haus? Hast du deshalb angerufen?

Überhaupt nicht. Bleib so lang du willst.

Danke. Du bist ein großzügiges Mädchen.

Gunna meinte, was sie sagte. Um ziemlich viele Eigenschaften beneidete sie ihre Freundin. Im Gegensatz zu Sirin war sie knauserig, berechnend, fand das alltägliche Leben problematischer – aber wem gegenüber war sie denn nicht die Kompliziertere? Und wenn sie auch, weil es sich damit gewiß angenehmer lebte (aber anstrengender: zu viele Menschen, zu viel Unternehmungslust und was nicht alles), Sirin um ihr Naturell beneidete, hätte sie doch nicht via Metamorphose die andere, die Jüngere sein wollen, überhaupt keine andere, keine Henriette, keine von den vielen Freundinnen, sie blieb am liebsten doch und trotz aller Schwierigkeiten sie selbst. Sirin bedurfte keines allerersten Kaffeeschwungs, wurde schon unter der Dusche wach und ein netter Mensch, angenehm und zugänglich, und doch: Gunna wollte wie eh und je den ersten Kaffee brauchen. Ich bin an mich gewöhnt, dachte sie. Sirin rauchte nicht (nicht mehr), sie paßte darauf auf, gesund zu leben. Gunna paßte darauf nur sehr rudimentär auf, sie rauchte. (*Warum schonen Sie Ihre Gesundheit nicht?*)

Ich bin ja auch jetzt erst richtig ungestört, Paula Weymuth reist in diesen Minuten ab, Gutschein-Rückfahrt in die Anpassung.

Sirin lachte.

Ich muß nicht mehr jede Nacht auf ihre langsamen letzten Schlucke warten, auf ihre zweiten Gläser, ihr Schneckentempo beim Trinken. Ihren Wein muß sie schon haben, aber ein drittes Glas würde sie erschrecken. Sie lebt in den Grenzen der Bedenklichkeit.

Es war dein Geiz, Liebste, du wolltest deine Pfannkuchen nicht selbst bezahlen, ich kenne dich. Sirin lachte: Gunna konnte bei ihr nichts falsch machen.

Mein Geiz auch, aber der war berechtigt, oder nicht? Ich bin zu höflich. Ich wollte ihr nicht alles Gemeinsame abschlagen. So, mit diesen Pfannkuchen, hatte jede was davon.

Sirin lachte. Es klang gut, auch Kichern, sie hatte einen schönen Sopran und ihr Sprechen etwas Singendes. Ihre Sätze waren kurvenreich, bergauf, bergab ging es schon in einem nur zweisilbigen Wort.

Was machst du gerade? Wo bist du?

Spaziergänge durch dein Haus. Ich denke nach, über nichts Besonderes. Ich mache so herum, denke und spaziere, alles wie es gerade so kommt und geht. Hört sich langweilig für dich an, oder?

Ein bißchen. Sirin kicherte.

Und ich bin jetzt oben im Mansardenstockwerk vor meiner Lieblingsaussicht. Am sogenannten Schreibtisch, den ich hierhin umgeräumt habe, mit deinem Sylt-Handy. Keine Angst vor der Rechnung, ich telephoniere so gut wie nie, ich lasse mich anrufen. Überblicke andere Kuhlen mit den kaum darüberragenden Reetdächern. Etwa auf der Höhe der Düne, die sich ein Stück weiter zur Einfahrt öffnet. Nur in Kampen gibt's das, oder ich hab's auf anderen Inseln und an Küsten sonst nie gesehen, ich meine diese nicht zusammenhängenden Dünen. Diese kegelförmigen Minivulkane. Von hier aus sehe ich den Leuchtturm. Ab heute gehe ich raus. Während ihrer Gutschein-Woche hätte Paula Weymuth mich erwischen können. Beim Verstoß gegen meine strenge Klausur.

Sirin lachte und sagte trotzdem: Du warst ganz schön gemein zu ihr. Geschieht dir recht, daß du dich damit selbst eingesperrt hast.

Es war gar nicht so schlimm wie ich befürchtet hatte: keine Bewegungsfreiheit! Es war ganz angenehm. Wenn du bedenkst, daß ich immer sonst nicht nur raus *kann*, daß ich es *muß*.

Aber man fährt nicht ans Meer, um im Zimmer zu hocken.

Sei nicht so abgeschmackt sentimental mit dem *Meer*. Die Liebe zum Meer kommt in jeder zweiten Heiratswunsch-Annonce vor. Wie das Bin-es-leid-allein-zu-frühstücken.

Sirin lachte und verstand beide Bedürfnisse. Als Paula Weymuth einmal gesagt hatte, durch Gunnas asketische Art, ihre Zeit auf der Insel zu verbringen, erfahre sie zum ersten Mal, wie viele Selbstopfer der Schreibberuf erzwinge, und daß sie außerordentlich beeindruckt sei, denn was Arbeit ist, wisse und erfahre sie täglich in *Weymuth's Bücher-Truhe*, doch jetzt erst, wie viel Arbeit auch an sich selbst in den Büchern stecke, die durch ihre Hände gingen ... und dergleichen mehr an bewunderndem Respekt, da hatte Gunna geantwortet: Es ist schon viel, daß ich das Meer um mich herum weiß, und meinen Haupteindruck hatte ich eigentlich schon im Zug, und es war noch nicht das offene Meer. Kurz bevor der Zug den Damm erreichte, habe ich angefangen, aus dem Fenster zu sehen, um den Übertritt nicht zu verpassen, und dann, zwischen Festland und Insel, auf dem Damm, plötzlich, und ich hätte es auch ohne rauszusehen gespürt, ging alles in einen andern Aggregatzustand über, ich meine: Geräuschkulisse, Fahrtgefühle, ein hörbares Schweigen brach aus; diese Einmaligkeit und Besonderheit der Wasserstille, schwer zu beschreiben. Kennen Sie das? Vom Flugzeug aus? Auch das Flugzeug übertritt eine Geräuschschwelle, obwohl sich eigentlich nichts ändert, aber kaum ist man übers Festland weg und fliegt über diese unheimliche Meeresstille, da wird man auch schon von ihr vereinnahmt, trotz unverändertem Tempo, die Maschine fliegt weiter, ohne daß die

Piloten irgendwas anders machen, und doch ist nichts mehr wie vorher.

Paulas Mund blieb geöffnet bis zu ihrem Kurzbericht über ein verlängertes Wochenende in Paris, das zu kurz für sämtliche Sehenswürdigkeiten gewesen war. Und das hatte die Weymuth-Familie sich auch genau so vorgestellt, weshalb sie einen Plan zur Aufgabenverteilung gemacht hatte. Aber keiner war mit seinem Programm an Museen, Friedhöfen und vielen anderen *Musts* fertig geworden, auch die tapfer umherstapfende, oft ziemlich hungrige Paula nicht, obwohl sie, auf Mahlzeiten verzichtend, doch immerhin die meisten Häkchen hinter die einzelnen Pflichten auf ihrer Liste vorweisen konnte.

Und mir hat, drei Wochen lang in New York, vollkommen genügt, daß mein Schreibtisch in Manhattan stand. Das war in der West 81th Street, und bei meinem täglichen schnellen Bewegungs-Soll bin ich über ein Areal im Central Park und, westlich die 81. runter, entlang der Columbia nicht herausgekommen. In der Columbia war ich, um abends was zu essen, nie woanders als im *Dorchester*, ließ mich auf einen Platz am Fenster abonnieren, damit ich mich nicht erst anstellen und auf eine Liste setzen lassen mußte. In der Columbia habe ich mir auch in immer demselben Supermarkt was für mittags gekauft, im Alkoholladen schräg gegenüber hat mir entweder der eine oder der andere Schwarze meine Tüte gepackt. Nur in ein paar von der Columbia abzweigende Straßen auf den Trottoirs, entlang der Treppenaufgänge über die Souterrainwohnungen ins Parterre der Häuser, bin ich auch noch rauf- und runtergelaufen. Also da, wo die Leute wirklich wohnen. Das war genug New York, massig, lärmig, Alltag, eine Wucht, sehr viel New York dann auch aus meinem Zimmer, Blick nach Norden und Westen, 2. Stock vom *Captain Daniel Stone*, meinem nicht besonders guten Hotel, altmodisch, Plüsch und Samtvorhänge, und mit ein paar Kakerlaken morgens in Minimalbad und Küchennische; andererseits, es waren wahrscheinlich andere Tiere, sie sahen wie die Stückchen einer hellrosa Zahnpaste aus, nicht mehr als die Ration, die man sich aus der Tube auf die Borsten quetscht.

Weil alles so ideal war, und ich mir allein immer zu zweit vorkam, immer parallel und zugleich mit mir wie eine fremde Frau, amerikanisch, habe ich mich vom zweiten Tag an schon nicht mehr geekelt. Die hellrosa Tiere waren übrigens sehr diskret, nur nachts nicht, aber morgens rasten sie auf die Gullys zu, und ich sah sie den ganzen Tag über nicht mehr. Alles in allem: Es ist das Bewußtsein, durch das man verreist. Es sind nicht die Sehenswürdigkeiten.

Bei der Schilderung ihrer Einsiedelei, dieser anachoretischen Einsperrung, fand Gunna sich zum ersten Mal überzeugend, sie beeindruckte sich selbst. In den drei Wochen New York City und beim Rückblick darauf war sie ganz und gar nicht stolz auf sich gewesen, hatte in ihrem geringen Spielraum ängstliche Einschränkung erkannt und sich selbst als pathologisch. Trotzdem, auf ihren Aussichtsplatz mit dem Blick auf die Innereien zwischen Fassaden und Brandmauern, den Feuerleitertreppen, Autos, Menschen und fern aufragenden Wolkenkratzern ließ sie nichts kommen. Nichts auf ihr Ich-bin-in-New-York-Bewußtsein einer Einwohnerin, die wirklich immer hier lebte und keiner Touristik, keiner Experimente jenseits ihres Quartiers bedurfte. Alles bekannt, in- und auswendig gelernt, zu Haus zwischen Abendessen und Insbettgehen in Filmen längst oft genug betrachtet.

Und während aus Regenböen Wasser gegen die Scheiben des Biedermeier-Großmutter-Zimmers in der *Lister Pfanne* klatschte, mitten im Pfannkuchengemetzel und bei Paulas noch vorvorvorletzten Weinschlucken hatte Gunna gehofft, ihre fügsam die herausragenden Orte des Globus' bereisende Tischnachbarin genau so, vermischt mit Bewunderung und Befremden wie bei der Kampener Arbeitsklausur-Strenge ohne und doch mit dem Meer, optimal zu verblüffen, möglichst auch eine Spur zu schockieren. Und daß sie Gunnas Bewußtseinsreisen angesichts ihres eigenen Pflichtprogramms als Provokation empfinden würde. Aber, wenigstens in diesem Moment, war Paula ins Stadium *richtige* Freundin vorgedrungen und hatte frei heraus ohne jede Devotion gefragt: War das nicht ein wenig ... na ja oder doch schon *einigermaßen* eigenartig? Für meine Begriffe doch schon etwas krankhaft, bitte nicht übelnehmen!

Mutige Paula!

Noch krankhafter für Sie klingt es sicher, wenn ich Ihnen meine wahre Reiselust offenbare. Denn viel mehr als New York City oder L. A. oder Miami, San Francisco, und was es noch an Berühmtem in den USA gibt, viel mehr verlockt mich irgendeine Kleinstadt, wohin so leicht kein Fremder kommt, oder ein Kaff in Alabama, oder auch eine Monsterstadt wie Minneapolis und so weiter. Etwas jenseits der Attraktionen.

Das könnte ich verstehen. Bis zu einem gewissen Grad.

Ich war einmal in Raleigh, North Carolina. Und abends in einer Kneipe, wie man sie aus amerikanischen Filmen kennt, mehr Coffee-Shop, und was ich gegessen und getrunken habe, weiß ich nicht mehr, aber an die schwarze Kellnerin erinnere ich mich gut, sie stand, auch wieder wie im Film, mit ihrem kleinen Block an meinem Tisch und sagte *Darling* zu mir und *Oh Dear*.

Wieder mit dem zum Lachen aufgelegten Ausdruck im kleinen Gesicht unter sturmfester Kappenfrisur und ausspähendem Blick, offenem Mund hörte sie zu, die gewohnte Paula Weymuth. Es war in der gemeinsamen Zeitspanne zwischen Taxi-Abfahrt nach List und Abschied vor der Einfahrt in Sirins nachtdunkle Ferienhaus-Dünenmulde sonst kaum je Gunna, die viel redete, meistens kommentierte sie nur und, noch besser für Paula, interpretierte sie, was Paula über ihre Kindheit, die Jugendprobleme, Buchhändlerschule und, noch immer vorsichtige Magerkost, dann über Ehe, Eltern, Schwiegereltern, Familienleben mit den Söhnen an autobiographischem Stoff lieferte, seit der guten Nachricht der Braut aufgehellt von der zukünftigen Rangerhöhung samt Selbständigkeit durchs Buchtip-Schreiben für *Buch-Intern*.

Gunna vermutete, daß Paula lieber einem dem ihren ähnlichen autobiographischen, dem privaten Material der erhofften *richtigen* Freundin, der Beinah-schon-Wunschfreundin, gelauscht hätte, als sie mit ihren Reiseneurosesplittern fortfuhr (Paula war nicht wie die anderen Frauen, denen Gunna in der Rolle der Zuhörerin genügte): Alles wie im Film, immer wenn ich in Nordamerika bin. Auch meine paar Tage in Houston/ Texas. Es waren ja jeweils an einem Schauplatz sowieso immer und überall nur ein paar Tage, Goethe-Instituts-Reisen sind keine Ferienreisen, was mir eigentlich ja gerade recht ist. Für lange Aufenthalte bin ich zu ungeduldig. Bis auf kurze Ausflüge mit den Goethe Leuten, und das war auch nur Galveston und noch ein kleinerer Ort auch am Golf von Mexiko, Name vergessen, habe ich in Houston meine Hauptzeit im *Hilton* verbracht, das irgendwo sonst hätte stehen können, dieses in einem toten Eck zwischen Highways, einem gepflegten Wohnquartier benachbart. Also das *Hilton* war wie alle *Hiltons*, zumindest innen, aber für mich war's Houston. Ich bin gern in Hotels, in denen ich mich auf die überall gleiche Ausstattung verlassen kann. Andere finden diese Hotels, die *Howard Johnson's* und *Sheraton's* und so weiter, anonym, ich jedoch hasse meine innere Panik während der Taxifahrt zu einem *individuellen*, also unberechenbaren europäisch-kontinentalen Hotel, wo ich mit *Bauernzimmern* und ähnlichem rechnen muß, hatte ich in Innsbruck, oder mit solchen Giebelschächtelchen wie Ihrem *Blauen Fleck*.

Paula lachte seltsam zweifelnd. Gunna fragte sich, warum sie so ratlos aussah, trotz des Spähens nichts erblickte. Denn sagte sie nicht alles klipp und klar? Nannte sie nicht die Dinge beim Namen?

Und in meinem *Hilton*-Zimmer habe ich Fernseh-Programme gesehen. Vor allem Werbung. Amerikanische Werbung. Sie erspart einem Fremdling den ganzen Aufwand an selbständigem Kennenlernen.

Nun sah Paula wieder nach der Diagnose *Einigermaßen eigenartig, etwas krankhaft* aus. Geschlossener Mund. Als müsse sie sich gegen eine feindselige Attacke wappnen. Gegen etwas, das ihr nicht ganz geheuer war.

Zu Ihrer Beruhigung, Paula: Zwischendurch ging ich trotz

siedender Mittagshitze, sicher in der Nähe der Vierzig-Grad-Marge, durchs angrenzende Wohnviertel spazieren, ein Grundstück und ein Haus schöner als das andere, Sie kennen diese Villen aus Filmen? Mit ihrem Portikus und den weißen Pilastern und den südlichen Bäumen, deren Äste tief unten am Stamm anfangen und von ihm abzweigen, die Außenveranden... und so gut wie keine Menschen im tiefgrünen, verwunschenen Bezirk, selten glitt langsam ein Auto durch die Straßen; ich erinnere mich an zwei Schwarze, die bloß ab und zu ihre Kehrbesen bewegten, es gab auch nichts wegzuschaffen, kein Laub, keinen Abfall, und es waren Filmspaziergänge, die ich gemacht habe. Wer genug Geld hat, verläßt Texas in den Sommermonaten, die eigentlich im Frühjahr schon beginnen, und wer es erst ab fünfundzwanzig Grad wieder erträglich findet, bleibt weg bis Oktober. Und mehr als sonstwohin, wo ich noch nie war und was ich schon auch interessant fände, zieht es mich an die Orte zurück, in denen ich war. Täter, Tatort, Sie wissen schon. Sie finden mich übergeschnappt?

Paula schüttelte den Kopf, sah lächelnd fragend aus, mußte *gestehen*, alles, was sie da höre, sei ihr *einigermaßen* fremd: Wissen Sie, so habe ich noch nie in meinem ganzen Leben über Reisen erzählen gehört. Und das mit dem Fernsehen nehme ich Ihnen nicht ab. Auch noch Werbung! Als lehrreich! Das ist doch schlimmer als Ersatz, es ist doch eine Scheinwelt... wir zu Haus, wir sehen wenig fern. Nur ganz speziell ausgesuchte Dinge. Theater, Kunst, Archäologisches... überhaupt Kultur.

Genau das, was mich langweilt. Ich oute mich hier als Reinfall, große Enttäuschung, stimmt's?

Aber gar nicht! Nur fürchte ich, das hat Ursachen...

Gunna, die absolut keine Lust dazu hatte, von einer besorgt ihr Gesicht observierenden Paula als klinischer Fall behandelt zu werden, fragte: Wie schmeckt übrigens Ihr heutiger Pfannkuchen? Vegetarisch genug? Was an meinem *italienische Art* sein soll, habe ich noch nicht herausgefunden.

Die Tomaten vielleicht?

Als sie feststellten, daß der Wind sich beruhigt hatte, schlug er eine neue Regenladung gegen die Fensterscheibe. Gunna sagte: Eisiger Nordostwind aus Kanada in Madison/Michigan, je von Madison gehört?

Niemals, nein.

Auch eine Universitätsstadt, kann sein Illinois, nicht Michigan, jedenfalls war's wirklich Mittlerer Westen, und Sie werden nie wieder davon hören, Madison wäre nicht interessant für Sie. Meine für mich zuständige Professorin, eine Deutsche, erzählte mir: Als mich mein Mann vor dreiundzwanzig Jahren hierhin verpflanzte, kam ich mir wie abgeliefert, wie ausgesetzt vor, in die Tiefe des riesigen Kontinents verbannt, und ich rief: Und hier soll ich von jetzt an bleiben? Sie konnte sich das damals nicht vorstellen, sie fürchtete sich, dachte, nie würde sie sich daran gewöhnen, daß sie Stunden nicht nur fahren, sogar auch fliegen müßte, um endlich wieder an Ränder zu kommen, ans Meer, das eine oder das andere, an eine Küste, egal welche, und dieses Meer wollte sie ganz unsentimental, sie hat es nicht nach Heiratsannoncenverliebtheit angeschwärmt. Ich war nur zweieinhalb Tage dort, aber es ging mir wie ihr. Jede Sekunde Madison hat mich interessiert. Wir suchten nach einem Tabakladen, der Gauloises hätte, und nach Linn Seed. Ihr hat der Rocky-Mountains- und Seengebiet-Wind schon gar nichts mehr ausgemacht, längst war sie gern in Madison. Und ich, kaum abgereist, würde immer wieder dorthin wollen.

IHREN ERSTEN INSEL-SPAZIERGANG genoß Gunna nicht. Geh weiter, trieb sie sich an, denn ungeduldig wollte sie dauernd umkehren. Sie zweigte von der Straße nach List ab, fand einen Trampelpfad westwärts in die Dünen, schlug sich durch krautiges, rauhes Gestrüpp, und Dornen kratzten an ihren Jeans. Sie gab in weiter Entfernung vom Leuchtturm auf. Warum liegt Kampen nicht am Meer? Am nächsten Tag ging sie auf der Hauptstraße in die Gegenrichtung, bog wieder nach Westen ab, wieder Richtung Meer eilte sie sich auf einer Straße, die in der Saison autofahrende Familien mit ihren Utensilien für einen

Strandtag benutzten. Wieder zu weit entfernt vom Meer, setzte Gunna sich, es fing auch zu nieseln an, die Grenze *Frisia, Hotel-Pension*, erreichte sie im Laufschritt, kehrte um. Geregnet hatte es nicht, es wurde sonnig und blieb so, als sie in Sirins Haus zurückkam, darin den Nachmittag verbrachte, immerhin aber mit dem Vorsatz, abends nochmals zwanzig Minuten lang zu gehen. Gehen, um gegangen zu sein.

An einem der ersten Tage auf der Insel hatte sie, um das Meer zu sehen, ein Zugeständnis gemacht, *lang dauern darf es aber leider nicht* gewarnt, und war mit einem von Paula bezahlten Taxi bis zu einem Wendepunkt auf der Höhe einer Düne gefahren, von wo aus sie die paar Schritte zum Roten Kliff und dann daran entlanggingen. Das Rote Kliff war genauso sandfarben wie tief unten der Strand, überhaupt nicht rot.

Pech, sagte Paula, als wäre sie dafür verantwortlich, es ist Ebbe. Mit Brandung, bei Flut, wäre es noch eindrucksvoller.

Das Meer ist mir immer recht, sagte Gunna, es ist immer gleich abweisend und imponierend und streng, menschenabweisend. Im Winter ohne all den bunten Spaßmachertrubel sieht es so ernstzunehmend aus wie es ist, Schwimmer, Ballspieler verachtend.

So finster wie Sie sehe ich das alles nicht, sagte Paula, Gunna widersprach: »Alles, was ernst ist, ist schön.« Stimmt nicht immer, ist aber von Čechov. Diese seltsame Stille, auch beim Sommerspektakel und trotz Brandung. Wie die Stille um ein einsames Flugzeug am Himmel.

Ja, sagte Paula, Sie haben mir davon erzählt. Vom Damm an. Ich muß versuchen, es zu verstehen. Paulas Mund blieb offen, bereit für die Zukunft.

IN IHRER BEHEIZBAREN GLÄSERNEN VERANDA nach Süden, erste Etage des Gründerzeit-Zweifamilienhauses in der Kleiststraße, einer baumbestandenen Ruhezone im Großstadtlärm mit pflanzenreichen Vorgärten, erholte sich am Abend eines anstrengenden Hochschultages Sirin auf ihrem Korbgeflecht-Liegesessel mit Fußteil bei einer Tasse Kaffee. Die Glasveranda war ihr Lieblingsplatz und das Wohnzentrum in der überall schönen, mit Akribie eingerichteten Wohnung mit nachträglich eingebautem Bad- und WC-Paradies, interessant und italienisch gekachelt: Der Innenarchitekt hatte ein Kunstwerk geschaffen, für das Sirin sich lieber verschuldete, als daß sie auf Ästhetik und Wohlbehagen verzichtet hätte. An den Wänden hingen ausschließlich Gemälde einer Freundin, Rot herrschte vor in aufgeweichten Blumengebilden. Zwischen Frühjahr und Frühherbst widerspiegelte die Veranda das dunkle Grün, beziehungsweise den goldbraunen Metallschimmer der hohen, alten Bäume im südlichen Teil des kleinen Grundstücks.

Sirins Blick ging in anheimelnd-verliebtem Glücksfrieden auf ihren jungen Freund, auch ein Kunstwerk, aber gottlob anders als die Blumenbilder, nicht abstrahiert: auf den wundervollen raffaelitischen Salvatore, der nach einigen anderen Studienversuchen plötzlich und damals schon etwas zu alt für einen Studenten in der Kunsthochschule vor Sirin gestanden hatte, in ihrem Unterrichtszimmer, um ihr Schüler zu werden. Er war sofort verliebt, sie wurde es daraufhin, verliebt, einfach deshalb, weil er es war und demonstrierte. Er überreichte Blumensträuße, er brachte eine Sektflasche und zwei Gläser mit, machte Komplimente, und am besten gefiel Sirin, daß er beispielsweise neue Ohrringe bemerkte, helle Strähnen in einer außerdem etwas kürzer geschnittenen Frisur, dann sogar damit anfing, ihre Wesensart zu interpretieren. Dieses ungewohnte Interesse an ihr öffnete ihr die ohnehin schon offenen Augen noch weiter für die ehelichen Mangelerscheinungen, ihr Mann war ja nicht einmal ein Echo, und was man unter einem Gespräch verstand, würde *er* niemals beginnen. Das war immer sie, diejenige mit der vergeblichen Hoffung, er würde eines Tages doch einmal mitmachen.

Daß Salvatore und sie sich heimlich lieben mußten (nur in der Hochschule, wo er als ihr Schüler ein *Abhängiger* war, nicht privat, gegenüber der eingeweihten Familie), erhöhte den Reiz. Weil Sirin ihren Beruf ernstnahm, konnte sie ihn von ihren individuellen, noch so brisanten Empfindungen separieren und genauso konzentriert wie alle anderen Schüler den schönen geliebten Studenten unterrichten, ihren Romeo, für den sie dann jeweils eine Stunde lang nicht mehr Julia war. Ihr Altersvorsprung machte ihr selten und schnell unterdrückte Sorgen, aber zwischen ihr und Gunna war er Gesprächsstoff, bis jetzt ein selbstkritisch-belustigender, und Photos, die sie, einen Kopf kleiner als der Freund, mit seinem Arm über ihren Schultern abbildeten, betrachtete sie gründlich, nach geringem Kummer über ein minimales Faltensystem in den Augenwinkeln vergnügt, sehr angetan, und sie lachte, war glücklich.

Natürlich kommt der Tag, an dem ich wie seine Mutter aussehe, aber ich mach's wie du, ich blicke nicht in die Zukunft, sagte sie zu Gunna.

Mach ich aber, x-mal täglich, in die Zukunft blicken, mich über die Todesschwelle phantasieren, Richtung Himmelreich, sagte Gunna.

Kleiner Lachsturz, kleiner Vortrag über Äußerliches und Gefühle, Inneres, die Liebe, vorsichtige Lach-Wiederholung, fragezeichenhaft, und dann: Aber von dir habe ich das doch, ich hab's von dir übernommen, das Carpe-Diem-Prinzip.

Okay, und ich habe es, weil mein hiesiges bißchen Leben so gut wie unter den gegebenen Umständen sein soll. Möglichst wenig Jammer im Jammertal, auch x-mal täglich angestrebt.

Als Sirin damit einverstanden war, fügte Gunna spielverderberisch hinzu: Nur, genau betrachtet ist alles Diesseitige bloß ein Absolvieren. Ich absolviere meine kurzen Rennstrecken. Und das ganze übrige System, in dem ich lebe.

Du hast die Akzente vergessen! Wir zwei waren immer für die Akzente! Und jetzt, mit Salvatore, lebe ich eigentlich in einem Dauer-Akzent, und sag nicht, daß das dann kein Akzent mehr ist. Mir entgeht nichts, überhaupt nichts.

Gunna hielt es nie lang aus, Sirin, diesen großzügigen, offenen, aber auch verletzlichen Menschen zu enttäuschen. Sie erinnerte: Und außerdem sind da noch die erfreulichen Töchter. Die Cousinen, Tanten, die Salvatore-Familie, und deine Mama genießt euch von ihrem Himmelsquartier herunter.

Salvatore, der hinter dem Tresen zwischen Herd und Arbeitsplatte wirtschaftete, hatte mit zwei Einkaufstaschen seine vierzigminütige Bahnfahrt und fünfzehn U-Bahn-Minuten, acht Minuten von der Haltestelle bis in die Kleiststraße hinter sich, davor lag ein Nachmittag mit Gamben- und Gitarrenunterricht, außer Sirins Zuschüssen seine Einnahmequelle, alles wie üblich; er hatte, noch mit den Einkaufstaschen, Sirin umarmt, ein toskanisches Gericht angekündigt, eigene Erfindung, und nun kochte er, rührte in zwei Töpfen, einer Pfanne, würzte, nahm ab und zu einen Schluck Rotwein und hörte Sirins Erzählungen vom Hochschultag zu. Eine Konferenz über Reformen, Strukturveränderungen, die sie, im ersten Jahr Dekanin, ohne Lampenfieber leitete, war unbefriedigend, mit offenem Ende ausgegangen, und Sirin, die eine amüsante, ironische Erzählerin war, beschrieb ausführlich optische und akustische Reaktionen ihrer Kollegen. Daß die Feinde der Reformen sich geärgert hatten, blieb bisher der einzige Triumph.

Süßer Liebling, zwitscherte sie zwischendurch in Operettenkoloratur, es riecht, als wär's fertig. Du hast doch hoffentlich auch an ein Dessert gedacht? Oh, wenn ich bedenke, wieviel Angst ich ausstand damals in den Semesterferien bevor es losgehen würde mit mir als Dekanin! Ich hab's rasch gepackt, oder? Sie lachte, wie um ihr Eigenlob samt Hoffnung auf Applaus zu mildern.

Wie alles. Du packst alles schnell. Und das Essen ist noch *nicht* fertig. Und seit wann denke ich *nicht* ans Dessert? (Salvatore klang immer noch ein wenig nach Stimmbruch, manchmal kieksig. Auf eine entsprechende Andeutung Gunnas hin hatte Sirin das zugegeben, gelacht, dann aber gesagt: Aber daß er voll erwachsen ist, habe ich beim ersten Mal schon mehr als deutlich erfahren. Du weißt, was ich meine? Mit erstem Mal? Und Gunna hatte es gewußt.

Ich bin nicht wirklich ungern Dekanin. Natürlich, niemand kuscht vor mir, so ist das heutzutage nicht mehr, aber irgendwas Abgewandeltes steckt doch dahinter, ich meine, man muß mich fragen, man petitioniert, an mir kommt man nicht vorbei.

Sirin lachte, seufzte. Wenn die Dekan-Zeit um ist, werde ich hundertprozentig nicht vermissen, was an Bürokratie dranhängt, all die fürchterliche Post, aber auch keine Frau Becht mehr weit und breit, die mir sofort die richtigen Akten rauszieht ...

Akten wirst du keine mehr brauchen.

Na gut, dann halt Kaffee. Keine Frau Becht, zu der ich sagen kann, ich brauche sofort dringend einen Kaffee. Dann geht's wieder los mit der Kaffeekasse, ich werfe ja auch jetzt meine Beiträge rein, aber ich habe doch meinen Sonderstatus, kriege all die Extras.

Und wenn es vorbei ist, kannst du wieder machen, was du jetzt vermißt mit deinen wenigen Unterrichtsstunden und dem Administrativen, du kannst wieder in deinen wahren Beruf zurück, mehr üben, und vor allem, dich mehr um mich kümmern. Um die Liebe.

Komm in meine Arme, auf der Stelle!

Schließ die Augen und träume davon, daß ich's tue. Ich kann jetzt nicht weg vom Herd.

Du läßt doch sonst nichts anbrennen. Ich meine, hier, bei mir. Das Essen wird okay sein. Übrigens gibt's nachher *Guten Appetit*, wir können's sehen, wenn wir essen.

Die beiden verpaßten ungern Fernsehsendungen, in denen es ums Kochen ging. *Guten Appetit* war ihnen etwas zu ausschließlich lehrreich. Am liebsten sahen sie die Features mit Promis aus Film, Fernsehen, Show-Geschäft, die den Zubereitungsprozeß ihrer Lieblingsspeisen mit Flaxereien, Reden über weitere Lieblingsrezepte sowie private und berufliche Angelegenheiten begleiteten und so für Werbung in eigener Sache nutzten.

Ich hab mit Gunna telephoniert, sagte Sirin. Schneide bitte deine Haare nicht noch kürzer, mein Herzensbrecher. Es ist so schade drum. Gunna denkt genauso.

Daß die langen dunklen Locken eines Tages geopfert werden müßten, hatte vor ein paar Jahren Sirin selbst entschieden. Obwohl sie sich zuallererst gerade in die verliebt hatte. Etwas weniger knabenhaft wirkte Salvatore dann mit der noch gemäßigt kurzen Frisur, nicht mehr ganz so verträumt und Träume stimulierend wie auf Gemälden alter Meister. Aber jetzt mußte damit Schluß sein. Salvatore strebte ihn an, doch er sollte nicht diesen gegenwärtig bei jüngeren bis mitteljungen Männern beliebten Baby-Kurzhaarschnitt haben, den Sirin und Gunna albern fanden. Männer sehen nicht mehr wie Männer aus, sie sehen absolut kindisch und bübchenhaft und dickbackig aus, vielleicht sogar intelligente Männer überhaupt nicht mehr wie Geistesmenschen, sagte Gunna. Sondern nach Spielsachen und doof.

Zweimal übrigens habe ich mit Gunna telephoniert, sagte Sirin. Das zweite Mal, weil ich unseren Jahrestag vergessen hatte. Siebzehn Jahre! Denk heut an mich!

Sie hatte ihn ja wohl auch vergessen, sagte Salvatore, der auf Gunna und keine von Sirins anderen Freundinnen, Bekannten, die Familie und auf überhaupt niemanden eifersüchtig war. Er hatte einfach keinen Grund dazu. In seiner psychosomatischen Funktion war er nicht zu schlagen, ihn in der Hauptrolle konnte niemand an die Wand spielen. Er war die späte Antwort auf alle Fragen und die Lebenslösung, der Fixstern, um den die anderen, noch so interessanten und unentbehrlichen Personen, die Sirin am großen Herzen lagen, auf ihren Umlaufbahnen kreisten. Gut, ein Stern war Gunna auch, sie hieß nicht nur so. Aber mehr noch als Sirin selbst spürte Salvatore, daß diese Freundin nie wirklich aus einer Distanz näherrückte, was zwar ihre Anziehungskraft geheimnisvoll verstärkte, der wahren Innigkeit allerdings einen Riegel vorschob: Bis hierhin und nicht weiter. Nur weil Sirin selbst so gern redete, sich anvertraute, Banales und Intimes aus ihrem Alltag mischend, fiel ihr das Austauschdefizit nach Jahren der Gewöhnung kaum noch auf. Gunna wurde als Zuhörerin und Stichwortgeberin dringend gebraucht, als jemand mit reaktivem Humor, der sie, Sirin, und ihr Zurechtkommen mit dem Leben, mit ihren Lebensmenschen, bewunderte und rühmte, nie geistlos, oft ironisch, manchmal sogar romantisch. *Esprit esprit esprit*, hatte Sirin immer ausgefüllt, als sie den Marcel-Proust-Fragebogen spielten, *esprit* war es, was sie besitzen wollte, und was ihr bei anderen imponierte. Salvatore, der Gunna persönlich nur flüchtig, aus Sirin-Berichten gründlich kannte, hatte diese Sonderstatus-Freundin im Verdacht, verschiedene Rollen zu spielen, sich jeweils auf andere einzustellen und damit sich zu verstellen; sie schien ihm nie ganz sie selbst zu sein. Du solltest mal darüber nachdenken, sagte er. Ich find's nicht ganz gerecht. Du bist so offen. So offenherzig. Sie gibt das nicht zurück. Und Sirin *dachte* nach, brauchte keine zwei Minuten, um zu wissen, was stimmte: Sie gibt mir ich-weiß-nicht-was-alles zurück, mehr will ich überhaupt nicht.

Gunna war keine Gefahr. Sie war kein Mann. Was ein Mann wert ist, hatte Sirin durch Salvatore gelernt. Aber das hatte Gunna nicht unersetzlich gemacht. Beinah, lang vor Salvatore, hätte Sirin sich wegen Gunna getäuscht und sich für zwar nicht völlig lesbisch, aber doch für bisexuell gehalten. Sie hatte Salvatore davon erzählt, genauso oft wie von der ersten Begegnung, denn beide Hochgefühle fielen zeitgleich aufeinander. Der Anblick (das zu knappe T-Shirt, unbearbeitete Haare, verwuschelt und fahrlässig) löste in Sirin die interessante neue Empfindung aus. Was wäre wohl aus mir geworden, fragte sie manchmal Gunna, wenn du drauf eingegangen wärst, wenn du schon längst Erfahrungen mit Frauen gemacht hättest? Wer sagt dir, daß ich die nicht gemacht habe? Frauen fliegen auf mich, aber Männer auch, Männer tun es mittlerweile seltener, Frauen aber noch immer. Nur, ich reagiere nicht wie erhofft. In Abwandlungen antwortete Gunna so, und auch davon hatte Salvatore berichtet bekommen (wovon nicht?).

Gunna war kein Mann. Und keine Frauenfrau. Salvatore hatte keine Konkurrenz. Gunna aber auch nicht. Und wenn sie hundertmal den Jahrestag verpaßte, und Sirin belehrte ihn: Das war von Anfang an ich, ich hatte an den Jahrestag zu denken. Es ist Tradition. Geben ist seliger denn Nehmen, oder? Sirin lachte, lobte Salvatores toskanisches Gericht, es schmeckte nach Tomaten und Gorgonzola wie vorgestern das apulische. Der Koch in *Guten Appetit* ging wie immer und wie alle Fernsehstudio-Köche verschwenderisch mit den vor der Sendung vorbereiteten und um sein Wirkungszentrum arrangierten Zutaten um, kippte die Essenzen aus kleinen Schalen zu flüchtig in Tiegel, Töpfe, Pfannen, ließ auch Reste auf den Brettchen mit rasant zerhackten Kräutern, und Sirin sagte: Und alles zwischen mir und Gunna fing damit an, daß ich nach einem Vortrag von ihr, bei dem ich fast nicht mitbekam, worum es ging, akustisch alles, geistig kaum was ... sie lachte ... und das hatte ich vorher schon gewußt, aber ich war hingegangen, weil ...

... sie auf den Plakatankündigungen so wundervoll aussah, erzählte Salvatore weiter, und Sirin merkte nicht oder es war ihr egal, daß er damit *bekannt, bekannt* signalisierte, redete weiter, schnell, sie redete immer schnell, französisches oder angelsächsisches oder italienisches Tempo: Verflucht gut sah sie dann auch in Wirklichkeit aus, wie ohne Busen in einem winzigen geliehenen Sommer-T-Shirt, fast ein bißchen schamlos ... sie lachte ... Salvatore übernahm: Denn sie war bei kühlem Wetter losgefahren und dann wurde es in Hannover oder Bielefeld sehr heiß, und ein Fan gab ihr das T-Shirt ... Stimmt, unterbrach ihn Sirin, und jetzt zurück zur Tradition und warum ich diejenige bin, die auf so was achten muß, denn alles fing damit an, daß ich die Anbeterin war, vielleicht wurde ich ganz plötzlich und weil ich sie ansah ein bißchen lesbisch ... woraus zum Glück nichts wurde, sagte Salvatore und daß er nicht beabsichtige, die koreanischen Lendchen aus *Guten Appetit* nachzukochen, Fenchel-Ingwergemüse aber würde er auf die Liste der Projekte setzen.

Bitte ohne Soja, sagte Sirin, ich quelle auf davon, ich kriege immer einen komischen Magen von Soja. Ja, und ich wartete, bis alle weg waren und Gunna fertig signiert hatte, viel verkauft wurde nicht, also alle waren weg bis auf ihren sturen lahmen Veranstalter, und da fragte ich sie, aber du weißt's ja. Ob ich sie noch irgendwohin zum Essen einladen dürfte.

Und sie hat sofort zugesagt, und ihr habt irgendwelche Nudeln gegessen. Und das war jetzt die dreihundertzweiundsiebzigste Wiederholung.

Mindestens so bekannt wie Sirins und Gunnas Vorgeschichte war Salvatore, daß Gunna ihren Vornamen nicht ausstehen konnte. Sie hat vergessen, ihn rechtzeitig zu ändern. Helge, der zweite Vorname, hat ihr auch nicht gepaßt, und Männer könnten auch so heißen. Alles zu nordisch, bei *Gunna* hätte schon ein *d* statt des zweiten *n* ein bißchen geholfen, *Gunda*, ein bißchen. Das einzige, was ich meiner Mama nicht ganz verzeihen kann: Gunna. Sagt sie. Nur aus Treue hält sie das jetzt durch.

Salvatore sprang ein: Und Stern als Nachname paßt ihr wegen einer wabbligen Kollegin auch nicht ... Ich warte vergeblich auf Knoblauch. Warum macht der Typ keinen Knoblauch dran? Zwiebeln fehlen auch.

Und Maggi. Alle, die schick kochen, verachten Maggi, aber Maggi ist durch nichts zu ersetzen. Du hattest heute auch kein Maggi an der *fantasia toscana*, Liebster. Sirin schmatzte einen schiefen Kuß auf Salvatores rechten Mundwinkel. Und du bist nicht rasiert. Ist trotzdem köstlich. Diese andere Stern war als Kind Nazi, sagt Gunna, als Mädchen auch, überhaupt einfach so lang wie es Nazis gab. Gunna sagt, *die* Leute in ihrer Geistesbranche, und von wegen *Geist*, laß *Geist* besser weg, also diejenigen sind die beliebtesten und so wunderbar ernsthaft und glaubwürdig, die den Glauben an ein paar scheußliche Ideologien hinter sich haben, Lernprozesse, sie waren immer auf der Suche und all das ... und bei dieser total anderen Stern kam dann der Kommunismus dran, und jetzt ist sie einfach nur noch *links* und Gutmensch und multiethnisch und ...

... *all das*, sagte Salvatore. Setz ich den Espresso auf oder willst du noch Wein?

Noch Wein, kannst ihn trotzdem schon aufsetzen. Diese Stern hat sich vor lauter Philosemitismus umbenannt. Stern statt vielleicht Schmidt. Gunna sagt aber, daß die mittlerweile auf der Seite der Palästinenser steht.

Eigentlich fand Sirin Politik uninteressant. Und warum gehst du dann überhaupt zur Wahl? fragte Gunna, die auch immer darüber spottete, daß Sirin die Regionalzeitung genügte, und sie darin sowieso nur das Feuilleton, Lokales und Kleinanzeigen, besonders gern Kontakt- und Heiratsannoncen las. Weil aber Gunna zwar bewundert wurde, jedoch als Vorbild nicht in Frage kam, überging Sirin derartige Ermahnungen mit Heiterkeit. Was ich wähle, weiß ich sowieso. Ich bin ein Arbeiterkind, meinen Vater liebte ich, oh, war ich unglücklich bei seinem Tod, ich war erst zwölf, und deshalb würde ich immer wählen, was er gewählt hatte und sein Leben lang gewählt hätte, was und wen, und so macht es die ganze Familie, wir hängen zusammen.

Der Koch aus *Guten Appetit* briet Birnenküchlein, rührte in einer Maracuja-Sauce. Sirins Handy piepste, Gunna fragte: Hast du Angst vorm Alter? Ich plane ein Buch. Ältere Frauen werden älter. Ältere Frauen werden alt. Der 30. Geburtstag war ein Erfolg, aber Luxus. Der 70. würde ernst machen. Sirin lachte. Mich kannst du immer verwenden.

Der 70. Geburtstag war weit weg. Aber sie rutschte ein bißchen näher an Salvatore, drückte sich an ihn. Der Koch aus *Guten Appetit* schmeckte ab, irgendwas stimmte noch nicht ganz. Es entging Sirin, was.

AM 16. SEPTEMBER 2001, regnerischer Sonntag vormittag, las Gunna auf Seite 41 ihres Manuskripts die letzten Sätze durch, die sie am 11. September 2001 geschrieben hatte: beim Kaffee mit Dani und vor dem überstürzten Aufbruch zu einer Vortragsveranstaltung im Ministerium für Wissenschaft und Kunst. Über ein Liebespärchen im Alltag, den es für ungefährdet hielt. Über einen Fernsehkoch beim Braten von Birnenküchlein, von Maracuja-Sauce im Kopf für Leute, die das in ihr Repertoire verlockender Rezepte aufnähmen, ohne sich dabei luxuriös vorzukommen. Über ihre beherzte frohgemute, trotzdem nicht geist- und gedankenlose Freundin Sirin, erwärmend geborgen in der Liebe und dem Glück mit ihrem jungen Freund und Lebensretter, den sie nie verlieren dürfte, weil das, auch über den 11. 9. 2001 hinaus, *ihre* zwar unpolitische, aber auch globale Katastrophe wäre, *ihrem* Einsturz alles Bisherigen gleichkäme, *ihrem* Datum, von dem an *nichts mehr so wäre wie es gewesen war.* Wer wird Sirin denn noch kennenlernen wollen, wenn dieses Buch erscheint? Was wird geschehen, bis dahin und ab dann, Schreibzeit einberechnet, Druck, Herstellung in anderthalb Jahren? Interessiert sich danach noch irgend jemand dafür, was in den Köpfen von Frauen vorgeht, die älter werden? Interessiert es denn *mich*, und zwar jetzt und für die Dauer meiner Beschäftigung? Weil Joyce recht hat und Leben Sterben ist und alles andere Beschäftigungstherapie, brauche ich Beschäftigung, Zeitvertreib. Gibt's noch Buchhandlungen? Haben meine Eltern im Krieg Bücher gelesen? Doch, ja, Eltern wie meine haben Bücher gelesen, aber ihr Krieg war nicht, was unserer Gegenwart und der jetzigen Lage entspricht. (An ihres Kollegen Schafheimer widerwärtig rührselig in Macho-Eitelkeit interpretiertes *Apfelbäumchen* wollte sie jetzt nicht denken, später beim Kaffee aber Dani davon erzählen. Martin Luther hätte, den Weltuntergang vor sich, dieses Apfelbäumchen sofort doch noch gepflanzt, Schafheimer würde in seinem Überlebenstrotz und mit optimistischem Sex-Appetit seinen Samen in den je aktuellen geliebten weiblichen Schoß pflanzen, einen Sohn werde ich zeugen, hatte er triumphal, apfelköpfig strahlend geprahlt, und in ihrem Abscheu hatte Gunna nur fragen können: Wenn aber eine Tochter dabei herauskommt, was dann?)

Egal, wen das in anderthalb Jahren noch interessiert, ob mitten in oder schon nach den denkbaren apokalyptischen Schrecken noch Lebewesen übrig sind, die Bücher lesen, Menschen und nicht nur Mikroben, Viren ... ganz egal, mich muß es interessieren, ich muß mich beschäftigen. Ich lasse den Fernsehkoch nach den Birnenküchlein noch demonstrieren, wie man eine abwechslungsreiche Käse-schließt-den-Magen-Platte zusammenstellt, dann dekoriert, damit Sirin genug Zeit hat, mit Salvatore, den das Thema nicht fasziniert, über meinen mißglückten Vornamen zum unbehaglichen Nachnamen zu plaudern, immerhin sieht mein Nachname nicht nach penetrantem philosemitischem Wechsel aus, weil ich nicht »germanisch« aussehe. Ich könnte eine Israelin sein, die andere Stern absolut nicht. Was für ein Dessert schlemmen die zwei währenddessen? Gunna tippte: »*pannacotta siciliana* schmeckte den beiden. Sirin erkundigte sich, indem sie antwortete: Die *siciliana* bedeutet, daß du Creme Chantilly dran hast. Die übliche *pannacotta* ist ein bißchen langweilig, deine überhaupt nicht. Gunnas Vater hat mit zwei viel schöneren Vorschlägen gegen ihre Mutter verloren, Gunna sagt, auch schon mit einem *i* statt dem *u* hätte sie viel erreicht, Ginna, aber ihr Vater war mit Sybille und Helene richtig gut und genau ihr Geschmack. Sie lachte, sie seufzte, sie lachte.«

Es war Zeit für die zweite, die Fünf-Uhr-Kaffeepause mit Dani. Mach mal den Apparat an, wollte Gunna sagen, als Dani das tat. Auf drei Kanälen liefen Kinderserien, auf drei anderen warnten von Journalisten befragte Politiker vor einem *Krieg der Kulturen*, und die beiden hörten überall das seit dem 11. September beliebteste, überbeschäftigte Wort *Besonnenheit*, zu der deutsche Politiker, Vertreter beider Kirchen, imitiert von Passanten in entgegengestreckte Mikrophone mahnten: wen eigentlich genau? Die Politiker drückten sich diplomatisch und mit ernsten, zusammengefalteten Stirnen, bitter zerknautschtem Ausdruck, alle meinten den amerikanischen Präsidenten und seine ihnen allen an Erkenntnissen, Erfahrungen und Entschiedenheit überlegenen Berater, für die allerdings gebetet wurde, gebetet wurde ebenfalls für die unschuldigen Ermordeten in den drei gekaperten Passagierflugzeugen und in den Stockwerken der Twin Towers und unter deren Trümmern sowie für die Angehörigen. Ein evangelischer Bischof, der gefragt wurde, warum er sogar auch für die Selbstmord- und Mord-Attentäter betete, antwortete: Damit sie zur Einsicht gelangen. Einem Pazifisten auf der Straße rief Gunna zu: Ohne deine nichtpazifistische Rettung vor den Nazis, und zwar durch nichtpazifistische Amerikaner, könntest du gar nicht jetzt hier mit deiner vollen Einkaufstasche stehen und schwafeln, du könntest kein Pazifist sein, weil du auch kein Demokrat sein und in keine Kamera dein *betroffenes* Gesicht halten könntest, denn, *besonnen* oder *unbesonnen*, Amerikaner waren es, die deine älteren Familienmitglieder befreit haben. Vielleicht waren die ja kleine oder mittelkleine Nazi-Mitläufer, aber selbst wenn, es hat sich auch für sie, und damit später für dich, gelohnt.

Der evangelische Bischof im Studio gab immerhin zu, daß der Mensch nicht gut sei. Und der Terrorakt keine alles Vorherige übertreffende Kulmination des Bösen: Vergessen wir doch bitte in unserem berechtigten Entsetzen nicht den Holocaust, den GULAG. Auf seinem Hals bebten bei jedem Wort die beiden unterhalb seines im Fleisch versinkenden Kinns symmetrisch und wie zur Dekoration angeordneten Warzen. Gut sei der Mensch geschaffen, Angst aber mache ihm, dem Bischof, die Freiheit dazu, böse zu sein. Als er bekannte, noch mehr Angst jedoch mache ihm die Sprache des amerikanischen Präsidenten, vor allem das Wort *Krieg*, rief Gunna ihm, den das nicht beirrte, und dem beifällig erschüttert lauschenden Journalisten, der ihn in seine Talk-Runde zum Finanzminister und einer schwarzen Sängerin eingeladen hatte, ungeduldig und nervös-gereizt zu: Und war das denn nicht der Beginn von *Krieg*, als morgens am 11. 9. arglos wie an jedem beliebigen Tag die Tausende in ihren Büros mit ihrer Arbeit anfingen, und wer hat diesen *Krieg* erklärt? Übrigens schon viel früher, ab werweißwann vor dem Morgengrauen oder, gleich nachdem sie sich auf ihren Sitzen angeschnallt hatten, den Reisenden in den drei gekaperten Flugzeugen? Für die Besatzung und die Passagiere in den Flugzeugen muß es am schlimmsten gewesen sein, falls sie nicht denken konnten, sie würden entführt, sie wären Geiseln, die irgendwo landen und um die dann verhandelt würde wie um Opfer irgendeiner Erpressung, im Austausch gegen irgendwelche anderen Kriminellen, so daß sie noch Hoffnung hätten ... wie fast normal uns eine Geiselnahme jetzt in diesem Wahnsinnsvergleich vorkommt, stimmt's, Dani? Aber wenn die Fanatiker ihnen gesagt haben, was geplant ist, und sie den ganzen Flug über wußten, wir rasen in den Tod ... Dani, sag was. Von den Flugzeuginsassen ist kaum die Rede, dauernd aber von den New Yorkern.

Gib's auf, riet Dani, der sie beide mit der Fernbedienung

durch die Kanäle lotste. Parallel-synchron lasen sie Zeitungsteile, die sich angesammelt hatten, und Gunna machte, während bei zwei Sendern wieder einmal die Twin Towers unter der Feuer-Rauchwolke in sich zusammenstürzten, einen Fund. Obwohl jetzt nicht die Zeit für Feuilletons war und Gunna nicht in Stimmung für gewohnte Interessen (die feuilletonistischen Kommentare zur politischen Lage ärgerten sie außerdem), jagte sie durch den (unpolitischen) Artikel *Man muß bloß ein bißchen anders sein*, in dem es um die Skepsis gegenüber allen IQ-Ermittlungen ging. Griffbereites Papier für Notizen lag im Umkreis ihres Fernseh-Kaffee-Lektüre-Sitzplatzes, auch Kugelschreiber, und Gunna kritzelte: »Sirin, nach Abschwellen einiger Lachglucker, erzählte Salvatore, der für sie beide je ein Zigarillo anzündete: Von Gunnas Nachnamen und wie der von einem anscheinend ziemlich berühmten Namensvetter schon mal raffiniert geändert wurde, berichtete sie mir, sie sagte: Den Publizisten ... ja, das war er, glaube ich, ein Publizist ... Günther Stern ... ich glaub schon, er hieß Günther, ist auch egal, Hauptsache Stern, und so hieß er, heißt er vielleicht noch, falls er noch lebt, keine Ahnung ... also diesen Günther oder sonstwie Stern bat sein Verleger, sich anders zu nennen. *Anders*, hörst du, Liebling, einfach *anders* sollte er sich nennen. Weil der Verleger schon zu viele Autoren mit dem Namen Stern im Verlagsprogramm hätte. Und da fiel *diesem* Stern nur *eine* Antwort ein und zwar sofort, und er hieß von da an Günther *Anders*.«

Sie haben anscheinend kein neues Bildmaterial mehr, alles bekannt, sagte Dani, und wieder stand der amerikanische Präsident in salopper beiger Jacke auf dem Trottoir einer New Yorker Straße dicht am Zentrum der Trümmerszene, schaute sich um, deutete, ließ sich informieren, machte das Siegeszeichen, benahm sich unauffällig wie ein x-beliebiger Besucher. Bei Passantenbefragungen auf einer deutschen Großstadtstraße sagte eine Frau, sie wünsche sich Frieden. Ein Mann hoffte auf *Besonnenheit* der Verantwortlichen, und seine Frau nickte eifrig mit dem Kopf, der nach soeben erfolgter Friseurbehandlung aussah: Mein Mann und ich und überhaupt alle in unserem

Kreis waren auf der Trauerkundgebung wegen der Solidarität und aus *Betroffenheit*, na ja, all dem ... wir finden New York so faszinierend, überhaupt waren wir schon dreimal in Amerika, wir haben sofort Freunde angerufen, in Queens, es geht ihnen gut, aber wir finden nicht ... ich meine, wir sind nicht für Vergeltung, und deutsche Soldaten könnten vielleicht irgendwie Not lindern ...

Dani zappte das Ehepaar weg, und ein unter flaumigen Bartkräuseln erhitzter Bundestagspräsident bekam von ihm nur die minimale Chance einiger predigerhafter Wörter, verlöschte mitten in der Vokabel *Gewaltspirale*; Gunna fand die Leute auf der Straße interessanter, aber Dani hatte sich in eine Chronik der Ereignisse geschaltet, und während er wieder den Gospel-Sängerinnen zuhörte, kurz darauf die schwarze Gospelsong-Leaderin in einem Studio mit vorgerecktem großem Gesicht unter dem abrasierten Kopf von der stehaufmännchenhaften Mentalität der New Yorker schwärmte (*So sind wir, wir fallen, steh auf, steh auf*) und an eine ganz neue *Gutheit* glaubte, die die *Bösheit* verschlinge, notierte Gunna: »Sirin: in jeder zweiten Zeile lacht sie. Bis jetzt nichts über ihr Problem mit dem Älterwerden, nur Altersunterschiedssorgen wegen Salvatore, nur kurze Sorgen ... wer hielte sie für die intelligente Person, die sie ist? S. lacht zwar oft unmotiviert, in der Hauptsache aber aus Lebensklugheit, Selbstschutz. Bisher nichts oder zu wenig über ihre Empfindsamkeit, den Tiefgang ihrer Gefühle, und daß man sich große Sorgen um sie machen müßte bei geringsten Anzeichen von Salvatores schwindender Verliebtheit, beziehungsweise Liebe. S. in höchster Gefahr durch Enttäuschungen, Verluste: Salvatore, die Töchter, es dürfte nichts passieren, ebenfalls sonst keinem in der Familie, und auch mir nicht. Wie patent sie auch ist, privat und beruflich zurechtkommt, bei seelischen Verletzungen wäre sie verloren.«

Weil Dani zu den Passanten zurückgezappt war, sah Gunna wieder auf den Bildschirm, hörte zu. Eine Frau mit Kerze, Trauerflor um einen kleinen Strauß und einem Sack schräg über dem Oberkörper mit mürrischem Baby darin sagte, man dürfe jetzt auf keinen Fall die *friedlich* islamgläubigen muslimischen *Mitbürger* verteufeln. Die multikulturelle Idee mit der Vision vom Pazifismus und einer multiethnischen Menschengemeinschaft dürfe nicht durch Überreaktionen rückgängig gemacht werden. Eine andere Frau drängte ihren Kopf vor die Kamera und wollte vor der *Spirale der Gewalt* warnen. Noch eine andere Frau sagte: Und wohin soll man denn jetzt überhaupt noch in Urlaub gehen? Ein Mann wußte es längst aus der Bibel: Der dritte Weltkrieg wird vom Nahen Osten ausgehen. Unterdessen war bei der Talkrunde mit dem Bischof und der Gospelsängerin der Finanzminister dran; befragt nach finanzpolitischen Auswirkungen all dessen, was das terroristische Verbrechen auslösen werde, machte er auf sich und die anderen den Eindruck: Ich stehe ständig in Verbindung mit allen Finanzministern beinah aller Staaten ... und Gunna lobte ihn, auf den sie sonst wegen ihrer Einkommensteuererklärungen nie gut zu sprechen war, lobte ihn dafür, daß er den in bezug auf die martialische Sprache amerikanischer Spitzenpolitiker skeptischen Bischof belehrte: Es ist nicht bei uns passiert! Für ein paar Minuten entstand zwischen Finanzpolitiker und Sängerin fast Ausgelassenheit, weil der Talk-Moderator vergnügt erinnert hatte: Sie beide sind ja längst alte Freunde. Der Finanzminister, *alter Freund des Jazz*, hatte die Sängerin im Kulturzelt bei einem Fest in seiner Heimatstadt Kassel kennengelernt. In einem anderen Studio einigten sich drei Diskussionsteilnehmer über den Terrorakt und die denkbaren Bedrohungsfortsetzungen, denn wie weit verzweigt mit Tausenden von kriminellen Nestern das terroristisch-islamistische Netzwerk gespannt war, weltweit, kam erst allmählich heraus: Es handele sich um einen Krieg gegen die gesamte westliche Welt und deren Werte, gegen Freiheit, Zivilisation. Nur im Deutschen mache man einen Unterschied zwischen Zivilisation und Kultur: Ein Professor beschwor Thomas Mann und seine beide Begriffe trennende Interpretation herauf. Immer wieder und überall wurde vor dem Sprachgebrauch *Kampf der Kulturen* gewarnt. Bei wieder einer anderen Runde waren ebenfalls *unsere Werte* an der Reihe, über die ein Orientalistik-Professor und ein verhältnismäßig berühmter Schriftsteller herzogen: Denn hatten nicht die USA allen Völkern dieser Erde ihr McDonalds aufgezwungen?

Aufgezwungen! Gunna stöhnte, dann auch, als sie einen Zeitungsartikel der *amerikanischen* Susan Sonntag las, die auf dem Zeitungsphoto heroisch vital und wie eine Psychophysiotherapeutin mit naturheilkundlicher Praxis aussah: Die Katastrophe, auf die sie nicht näher einging, nützte ihr bei der rituellen Entrüstung über die skandalöse und schuldhafte Dummheit der amerikanischen Politik, speziell die der gegenwärtig Regierenden. Ein Komponist war außer sich vor Faszination: der Terrorakt ein Kunstwerk. Der einzige Fernseh-Intellektuelle vom Dienst fühlte sich befreit vom Vergnügungsterror, er spielte auf einen Katastrophenfilm an, war aber noch nicht so weit, den Wirklichkeitsterror vom virtuellen zu separieren, dann zu begreifen. Ein Dramatiker fand es an der Zeit und gerecht, daß der kapitalistische *Westen* endlich in Schrecken versetzt worden war, als Rache an den Reichen dieser Welt, und verglichen mit der Überzahl der Armen fielen die paar Tausende Opfer des 11. 9. kaum ins Gewicht, das also sei nur der überfällige Anfang. Von ihm hatte man ein Photo mit lustigem pausbäckigem Gesicht abgedruckt, bekannter Spaßvogel, der er war.

Gunna fiel ein grundsätzliches Problem ihres Buchprojekts ein: Was haben meine älterwerdenden Frauen denn in der Zwischenzeit gemacht? Von Weihnachten bis zum 11. 9.? Was berechtigt den Zeitsprung? Ist Paula mit Gunna als Freundin weitergekommen? Sagen sie immer noch nicht *du* zueinander? Henriette? Kein Problem, sie hat weiter gemalt, ihr Haflinger-Pferdchen geritten, mit ihrem Dolf die Wochenenden an ihrem See in der ausgebauten Scheune eines Bauernhofs verbracht, ihr Dolf hat in seiner kleinen Sternwarte sich in die endlosen Tiefen des Alls phantasiert. Bei Sirin und Salvatore muß sich auch nichts geändert haben, wie bei Wanda, Una Specht (leider nur Randfigur: weil sie als einzige die Haare nicht mehr tönt?). Das wird oft mit neuen Kapiteln gemacht: Im nächsten Herbst... oder: In den ersten Monaten des nächsten Jahres... mußte

Paula häufig an ihr im doppelten Wortsinn singuläres Weihnachten denken, sie empfand, daß sie sich seitdem, ein wenig nur, doch immerhin, zu ihrem Nutzen verändert hatte, und sie schrieb Gunna unter dem Datum 11. 9. 01: »Aufträge von *Buch-Intern* verhelfen mir zu mehr Eigenleben. Es ist etwas, das ich nur für mich habe. Bitte schreiben Sie fleißig, damit ich dann mit Ihren älterwerdenden Frauen einen Buchtip verfassen kann, abgesehen davon, daß ich das selbstverständlich auch bei der Kundschaft der *Bücher-Truhe* täglich machen werde ...«

Es würde zu Paula passen, die terroristische Kriegserklärung an die USA erst in einem P. S. nachzutragen: »Schrecklich, was da passiert ist! Die armen unschuldigen Menschen! Hoffentlich bleiben die Machthabenden besonnen und verfallen keinem blinden Aktionismus.« (Der *blinde Aktionismus* kam in der Reihenfolge öffentlicher Äußerungen kurz nach der *Besonnenheit*.)

Mit unseren Freunden, Dani, überhaupt mit Geselligkeiten muß man jetzt sehr vorsichtig sein, Streitgefahr Alarmstufe I, sagte Gunna. Sie hatte gerade zum vierten Mal auf eine Freundin, die in Panikverwirrung anrief, reagieren müssen, und aufgepaßt, höflich zu bleiben, nicht ausführlich zu werden.

Von Schriftstellern und überhaupt Künstlern oder mehr oder weniger sogenannten Geistesmenschen will ich keine Zeile lesen, nichts hören. Kein Wort mehr über *politische Lösung*, *Dialog*suche, den *wahren* Islam! Daß Krieg noch nie ein Problem aus der Welt geschafft habe, hatte gerade eine befreundete Redakteurin gewettert, und obwohl Gunna, die sich während all dieser Telephonate mit Friedensliebhabern als einzige Friedfertige empfand, obwohl sie um des *Friedens* willen lieber einfach auf *Und was gibt's sonst?*, *Wie ist euer Wetter da oben?* ausgewichen wäre, mußte sie widersprechen: Doch, Krieg hat das Nazi-Problem gelöst. Beim Protest der guten Freundin (*Hitler war sowieso am Ende*), konnte sie erst recht nicht darauf verzichten zu widersprechen: Am Ende wäre er nicht gewesen, nicht ohne Krieg, nicht ohne den Sieg der Alliierten, und den erzwangen endlich dann doch keine anderen als die Amerikaner.

Ich gehe vorerst auf keine Einladung, erklärte sie. Du kriegst überall diesen dumpfen unausrottbaren Antiamerikanismus serviert. Er hat immer weiter geschwelt, wahrscheinlich aus Neid und alter, unverheilter Kränkung von Besiegten, immerzu war er latent da, während sie alle alles Amerikanische imitierten und von New York schwärmten, The Big Apple, all das.

Wir regen uns zu sehr auf, sagte Dani.

Emotionale Leute, sagte Gunna, ich halt's nicht aus. Warum bittet man bei gravierenden politischen Ereignissen überhaupt die Unsachverständigsten um Stellungnahme, diese Kulturmenschen mit ihren unrationalen schwärmerischen Gehirnen? Und immer, wenn was los ist, dieselben? Bin etwa ich bereits gestorben? Bin ich tot? Wo bleibt das Interview mit mir?

Dich hält man für unpolitisch. Und für nicht links-comme-il-faut, sagte Dani, der einen Reporter vor dem Hintergrund der Trümmerszene im Süden Manhattans ins Bild geschickt hatte. Der Reporter machte sich vor allem über die Ungewißheit Sorgen, wie viele Deutsche unter den Opfern waren. Dann lösten ihn wieder die rastlos schuftenden Feuerwehrleute ab, ihre Fahnder-Hunde, auch ermüdet, trugen Wollstrumpfschuhe über den geschundenen Pfoten. Noch hieß die Aktion *Rettung*, um Angehörigen Mut zu machen, nicht *Bergung*. Die New Yorker haben schon immer ihre Feuerwehrmänner wie Helden verehrt, sagte Gunna. Irgendwo in Manhattan brennt es jede Nacht, es hat eine Zeitlang gedauert, bis ich mich an die immer wieder aufheulenden Sirenen gewöhnt hatte. Wer löscht jetzt diese *normalen* Brände?

Gunna, gleichzeitig an die Angebote des Fernsehens und an ihr Projekt *Frauen werden älter* gefesselt, schrieb auf (und spürte eine unschöne, doch trotzdem freundschaftliche Schadenfreude): In Henriettes Atelier. Gunna zu H., die sie zum wahren Verständnis zwingt, zum langen Hinschauen auf die drei Farbbalken in ihrem letzten Bild: Wie kann man nach dem 11. 9. weitermachen, als wäre nichts gewesen? In *unseren* Berufen? Kein Selbstverständnis mehr. Absurdes Malen, absurdes Schreiben. An den Sinn von Berufen, in denen alles in der Gegenwart erledigt wird, die ein im ausübenden Moment sich vollziehender Austausch sind, denk an den Klempner, der deinen Gully repariert, an denen muß nicht gezweifelt werden. Nicht an Apothekern, an Bäckern, Handwerker, Verkäuferinnen, du brauchst sie *jetzt*. Der Arzt stellt seine Diagnose *jetzt*. Die andere Art und Weise, auf die man *uns* vielleicht braucht, kommt mir seit dem 11. 09. hinfällig vor, man müßte wissen, wie es weitergeht. Usw., noch mehr Kratzen an Henriettes allerdings wahrscheinlich dagegen imprägniertem, widerstandsfähigem Selbstverständnis, und als Gunna überlegte, wie eine Variante dazu im Dialog mit Sirin oder Paula Weymuth aussehen könnte, klingelte schon wieder das Telephon. Zum ersten Mal seit den Terroranschlägen war ein Mann dran, Gunnas Lektor. Sie kamen gut miteinander aus, auch an diesem Nachmittag, weil Gunna sich beim Widerspruch bremste. (Nicht genug, dachte sie hinterher. Schon auf die Frage *Wie geht's?* hätte ich nicht ... *ziemlich unterm Einfluß der Ereignisse* usw. antworten müssen, der Lektor hat anscheinend überhaupt nur wie immer im beruflichen Kontakt mit ein paar privat-persönlichen Girlanden telephonieren wollen, wie in Friedenszeiten, dumm von mir, politisch anzufangen.)

Auf jeden Fall werden Bomben nicht helfen, sagte der Lektor, dem in einer Talk-Runde, die Dani und Gunna nicht gesehen hatten, ein Ost-Sachverständiger offenbart hatte, was in den Köpfen der Terroristen überhaupt vorgehe. Wie die überhaupt ticken, sagte der Lektor.

Wie können Sie dann aber trotzdem für Konferenztische und politische Lösungen und Dialoge sein? fragte Gunna, die gleichwohl dauernd mit dem Thema Schluß machen wollte. Wenn es doch überhaupt keine gemeinsame Sprache gibt? Kann man mit Wahnsinns-Verblendeten und Kamikaze-Fanatikern verhandeln? Auch nur *reden*? Nein, kann man nicht. Gunna lachte, machte endlich den Schwenk: Aber wir zwei können reden, über *unsere* Angelegenheiten, so lang die noch gelten. Zum Beispiel Buchprojekt: Bleibt das Älterwerden von Frauen noch ein Problem? Ist es *jetzt* noch eins? Und bis das Buch fertig ist?

Und nach zwanzig Jahren? Wie viele Jahre haben wir denn überhaupt? (Fang bitte nicht auch noch mit den biologischen Waffen an, rief Dani ihr zu, und Gunna sagte zum Lektor, sie wolle jetzt nicht auch noch mit den biologischen Waffen anfangen.)

Wir machen weiter, was sonst? Und was heißt: nach zwanzig Jahren?

Gunna fand es ermutigend, daß der Lektor lachte. Die Frauen, mit denen sie sich bisher gestritten hatte, waren unduldsamer gewesen. Sie sagte: Dani, Sie wissen ja, mein Freund, Freund ist das einzige nicht schwachsinnige Wort für das, was er ist, also er hat mit vorhin vorgelesen, dieser *Feldzug* gegen den internationalen, raffiniert organisierten Terrorismus würde zwanzig Jahre dauern. Falls nicht längst vorher schon alles ruiniert und weg ist.

Der Lektor war für einen Krieg der Geheimdienste, dann beruhigte er: Wie lang es auch dauert, vorerst bleibt für jedes einzelne Individuum sein individuelles Problem ein Problem. Also auch das Älterwerden.

Nur weiß ich nicht, sagte Gunna, ob man jetzt, als wäre alles noch wie vor den Attentaten, vor New York, Washington, Pentagon, jetzt also drüber schreiben kann. Wir hocken jede Stunde vor neuen Nachrichten, irgendwelchen Interviews. Von einem Moment zum anderen kann alles, was jeder so in seinem Alltag tut, jede Gewohnheit, na ja eben alles zunichte sein.

Aber im Kopf hatte sie einen Satz für ein Sirin-Kapitel: »Am Morgen des 11. September 2001 kurz vor sieben Uhr brauchte Sirin, was sehr oft vorkam, keinen Wecker. Die Langhaar-flusige Seiden-Geisterkatze Lady Chatterly weckte sie mit sanfter Pfote, die einen leichten Druck auf Sirins linkes Augenlid ausübte.«

Hör dir den an, er denkt, er wäre in einer anderen Veranstaltung, sagte Dani, und Gunna blickte zum Bildschirm: Der Bundespräsident schwärmte, als hätte man ihm das Manuskript für ein anderes Auditorium und für eine Rede von vorgestern auf sein Pult gelegt, vom Frieden. Der Krieg war erklärt, von Krieg,

Kampf, Konflikt, Anstrengung sprach der amerikanische Verteidigungsminister, und der deutsche Bundespräsident samt Frieden war zur falschen Zeit am falschen Ort. Während, auf der Höhe des Zeitgeschehens, bei einem anderen Sender armselige, zerfetzte Afghanen mit Kopfputz, der auf beiden Seiten in Schals bis über die Schultern mündete, auf ihren mit Mehlsäcken, Hab und Gut beladenen kleinen Pferden (Mauleseln?) in Richtung der Grenze zu Pakistan flüchteten; andere gruben sich graue, steinige, staubige Bodenhöhlen als Versteck und zum Schutz vor Bombardierungen. Der Bundespräsident schwor immer noch seine Zuhörer auf Frieden ein, erhielt dafür Beifall, keinen Beifall spendete man dem deutschen Innenminister, der strengere Maßnahmen zur inneren Sicherheit ankündigte. Als Gunna sich über die Sturheit der Hörer empörte, korrigierte Dani: Jetzt bist auch du emotional. Das hier ist eine Pressekonferenz. Auf Pressekonferenzen wird nie geklatscht, die müssen aufpassen und mitschreiben, und es muß schnell gehen. Im Parlament bekam er dauernd Applaus. Ob es uns paßt oder nicht, beim Thema 11. 9. ist diese Regierung vernünftig.

He! rief Gunna. Sieh ihn dir an! Er sieht so rosig frischgebadet aus. Sie meinte den deutschen Verteidigungsminister. Er gab sich entschlossen und auf seine Sache konzentriert, aber auf Gunna machte er einen privaten und verletzlichen Eindruck. Die Welt hat sich verändert, Nordamerika ist auch nicht mehr unverletzbar, es ist nicht mehr sicher, aber ihn als Minister und privat hat diese Weltveränderung gerettet, ganz schön paradox, sagte Gunna, und Dani machte *Pssst!*, weil er zuhören wollte, doch sie bekamen nur noch mit, passend zum erstarrten blankgeputzten Gesicht des Ministers, daß er, zu was auch immer, *worauf Sie sich verlassen können* sagte, ehe er steif aufgerichtet und mit kurzem Kopfdreh sich abwandte und davonging, den Kopf so hoch erhoben, daß er ihn ein wenig zurücklehnen mußte.

Von beschriebenen Blättern auf dem Teppich im Umkreis ihres Sessels gerahmt, schrieb Gunna: »Paula Weymuth war viel zu beschäftigt, um sich die Abendnachrichten anzusehen, Max

Weymuth baute in seinem Hobbyraum im Keller am Ulmer Münster aus Papier, Söhne und Braut waren irgendwo mit Freunden gesellig: angenehme Ruhe im Haus, geeignet für den fälligen Tip an die Adresse *Buch-Intern*. Paula wartete auf beides: aufs adrenalisierte Durchsickern von mehr Eigenleben und auf eine Idee für den ersten Satz. Eins hing vom andern ab. Rotwein half meistens, heute vorerst nicht. Sie wartete und wartete, und je länger sie in diesem Zustand verharrte, desto größer wurde die Gefahr der Lust auf ein zweites Glas kombiniert mit der enttäuschenden, spielverderberischen Einsicht: das Schreiben fällt mir schwer. Es sieht so aus, als wäre das Schreiben nicht meine Sache. *Buch-Intern* erwartete keine stilistische Akrobatik von ihr, ohnehin nur in kurzen Hauptsätzen einleuchtende Begründungen in möglichst wenig Zeilen, Anschlägen, aber Paulas Produktionen ging stets ein Ringen um Entkrampfung und treffende Wörter voraus. Und je günstiger die Umstände, desto ungünstiger die Verfassung, in die sie dann geriet. Wahrscheinlich genoß sie es zu intensiv, daß ihre Familienwelt (und auch die vielen Hausaufgaben für die *Bücher-Truhe*) sie in Ruhe ließen. Alles war dazu angetan, sich in einem Sessel zurückzulehnen und einfach aufzuatmen. Mit sich allein und mit dem Gedanken genau daran, in schöner stiller Wiederholung: Ich bin mit mir allein. Doch das konnte sie sich nicht leisten. Um ihren Lohn, die von anderen unabhängige Bedeutung, den überregionalen Kontakt und alles das Selbständige, mußte sie hart kämpfen.

So voll beschäftigt mit dem Warten auf Adrenalin plus erstem Satz konnte Paula überhaupt nicht ans Weltgeschehen denken. Für Politik hatte sie sich noch nie interessiert, ausgenommen Steuerpolitik, aber das war etwas ganz anderes und Pflichtfach für die Chefin der *Bücher-Truhe*, es war nicht persönlich. Ich habe einfach nichts für Politik übrig, ich verstehe sowieso nichts davon, würde sie auch nach dem 11. September 2001 noch jedem, der das von ihr wissen wollte, erklären.«

Gunna überlegte, ob sie Paula doch endlich Glück und einen Einfall für den ersten Satz gönnen sollte. Oder gäbe sie auf? Wenn ja, dann bestimmt nicht in diesem Genuß- und Ruhesessel und ihres Alleinseins glücklich eingedenk, sondern, zum Unglückvertreiben, bei irgendwelchen Hausarbeiten. Gunna schweifte weit zurück in ihre eheliche Albert-Zeit, in der sie damit begonnen hatte, Paulas *deutsche Susan Sontag* zu werden (oh welcher Irrtum! Wie links und rechts verwechseln, obwohl ich weder links bin noch rechts, alles idiotisch), und nirgendwo lieber war als an ihrem Schreibplatz, was Albert wußte, wenn er mit seiner Liste des zu Erledigendem kam: Politur auf Balkon-Möbel. Kleiderschränke ausmisten. Spinnwebverfolgungen. Auswaschen Küchenschränke. Kacheln Bad/Küche. Backofenschimmel. Die Liste der Absurditäten war länger, Gunna wollte sich gemein fühlen und tat es, als sie notierte: Ehe, beide berufstätig. Egal, was Ehefrau macht, womit sie sich anstrengt, bei Ehemann zählt in Wahrheit doch nur (oder doch mehr): Haushaltsarbeit. Mit einer Publikation verglichen, (Konzert: Sirin, Gemälde: Henriette, Buchtip: Paula usw.) ... mit einer Tat wie prinzipiellem Aufräumen (Fensterputzen usw.) verglichen, ist jede berufliche Hervorbringung nichts. Erfreulich daran allerdings, wenn sie Geld einbringt, falls sie Geld einbringt. Und trotzdem weniger sympathisch. Mehr Störung, Einbruch von Fremde, verursacht ungewisse Ängste.

Dani las vor: Deine Zigaretten werden teurer.

Deine Zigarillos auch.

Tabak- und Versicherungssteuer werden erhöht. Dani reichte Gunna die Zeitungsseite mit dem Artikel, und sie las, regte sich auf: Der Finanzminister, der *alte Freund des Jazz* und Verehrer der schwarzen Gospelsängerin seit dem Kasseler Kulturzelt-Fest in seiner Heimatstadt, würde trotz der Bitten des Verteidigungsministers, der rosig frischgebadet aussah, sich hölzern und barsch gab, wodurch es nicht leicht zu erkennen war, ob er noch genau so verliebt war wie vor dem Horror des 11. September, seinem privaten Rettungsdatum, der seit Amtsbeginn auf extreme Sparsamkeit eingeschworene Finanzminister, Lieblingswort *Schuldenfalle*, würde kein Geld für die Armee herausrücken.

Uneingeschränkte Solidarität haben sie Amerika versprochen, spottete Gunna. Unsere Armee wird schöne Angebote machen: Teekochen für Flüchtende, Witwen und Waisen trösten.

Die Gegner sind nicht mutig, wie diese allzeit sprechbereite abrufbare Miss Sontag behauptet, gläubiger als wir, das sind sie allerdings. Gunna telephonierte mit ihrer jüngsten Freundin, der vor den armen unschuldigen Opfern einer amerikanischen Vergeltung schauderte.

Wenn jetzt auch du von friedlichen Lösungen und Dialog, Runden Tischen träumst, wird's allmählich langweilig, sagte Gunna. Alle reden so, alle, die nichts davon verstanden haben. Diesmal schneiden die Politiker wirklich am besten ab, besser als damals beim Golfkrieg, ich meine unsere deutschen.

Aber wenn alle so reden? Könnten die nicht recht haben, und die Politiker unrecht? Die junge Freundin mußte sich zwischendurch um ihr Baby kümmern. Nach langer Skepsis (will ich eins, will ich keins, will ich als *Hausfrau und Mutter* versacken, will ich ungestört in meinem Beruf weitermachen) und nach mühseliger Schwangerschaft genoß sie jetzt ihr Kind. An seinem Gedeihen ließ sie Gunna anhand von regelmäßigen Photosendungen teilhaben. In diesem Augenblick lag das Baby flach in seinem kleinen buntgepolsterten Stall zwischen Spielsachen und arbeitete am Baby-Trainer: Strecken, Greifen. Seine Mutter erwähnte den Meinungsstreit innerhalb von Rot-Grün: Glücklicherweise gibt es da ja immer noch die Pazifisten.

Sie werden auch diese Kröte schlucken, und diesmal sage ich: hoffentlich. Sonst haben sie mich mit ihrer Bezähmbarkeit immer geärgert, weil die opportunistisch war. Nur zum Zweck, nicht aus der Regierung und aus all den vorteilhaften Ämtern und den Dienstwagen zu fliegen. Aber weißt du was? Ich will mich nicht aufregen. (Und dich auch nicht, dachte Gunna, deshalb bin ich taktvoll und frage nicht, was diese überhaupt nicht törichte, diese überaus ansehnliche junge Frau nun empfindet nach dem 11. 9. und angesichts seiner Folgen, mit der Verantwortung für ein Baby, das heißt: für ein Menschenleben. Ich bin wirklich sehr nett.)

Die Afghanen sind ein schrecklich armes Volk. Die Freundin fand es verständlich, daß die Armen dieser Welt sich gegen *den Westen*, *die Reichen* eines Tages wehren würden.

Darum geht's jetzt nicht. Du mußt dich besser informieren. Einen solchen Gegner gab es noch nie. Dieser jetzt ist paradiessüchtig, das bin ich eigentlich auch (Gunna wußte plötzlich nicht, wie sie weiterargumentieren sollte: Einen jenseitsorientierten Kampf, führte denn nicht ausgerechnet sie den täglich: weiter weiter, schnell weiter mit dem Rest meines Lebens im Diesseits und weg von ihm?)

Und dieser Gegner versteht die Sprache des Erbarmens nicht, Dialog ist also Quatsch, und außerdem ist er steinreich. Die Terroristen sind keine hinterwäldlerischen Banditen, keine Habenichtse, aus armseligen Verstecks heraus könnten sie keine bestorganisierten und finanzierten Netzwerke globalisiert miteinander verknüpfen, sie sind hochgerüstet, und die WTC-Attentäter waren geradezu westlich-amerikanisch, als Studenten eingelebte Männer, trotz Paradiessucht und Vorfreude auf siebzig oder wasweißich wie viele Jungfrauen für jeden von ihnen... du kannst sie nicht verklären, so wie das mit unseren minderjährigen Klein- und Großgangstern dauernd blödsinnigerweise gemacht wird, und für die ich dauernd Verständnis haben soll, verklären, sentimental-sozial, soll ich sie als *perspektivlos* und wegen trostloser Familienherkunft, all der verdammte Sozialkitsch, triefend vor Mitgefühl... tut mir leid, ich hasse es, mich aufzuregen, spiel mit deinem Baby, mäste es ein bißchen, ich fand es etwas zu schlank auf den letzten Photos...

Bin ich militaristisch? fragte sich Gunna, zurückgekehrt in den Fernsehsessel. Luft- und Seestreitkräfte, Bilder der US-Flotte imponierten ihr, sie weinte nie, aber plötzlich brannten ihre Augen.

AN DEN ERSTEN TAGEN NACH DEM 11. SEPTEMBER 2001 hielt Gunna auch noch ihre private kleine Katastrophe bei Telephonaten für erzählenswert. Selbstverständlich nannte sie die minimaler als den Splitter eines Atoms, verglichen mit dem Angriff auf die USA, der als Einschnitt in die Zeitrechnung, als Änderung alles bis dahin Geschehenen und Gewesenen, als der Beginn einer neuen Ära bezeichnet wurde, bedrohlicher und unheimlicher-ungewisser als jegliches Bisherige, eine Ära, von der niemand wissen konnte, wie lang sie dauerte. Wie viel Zeit noch bliebe der Menschheit? Dem Planeten als bewohnbarem Ort?

Viel offener, gleichsam zutraulich erschrockener als auf Gunnas New Yorker Schock, wie aus Erleichterung über ein nicht surreales, sondern nach den gewohnten Mechanismen verständliches Ereignis, reagierten ihre Zuhörer auf die private Katastrophe, den individuellen Atomsplitter. Wohltuend wirklich lenkte er von der Terror-Katastrophe ab und von ihren unabsehbaren Folgen, lenkte zurück in den altbekannten Alltag und seine übersichtlichen Tücken. Es handelte sich um etwas so wunderbar handfest Begreifliches wie um einen beruflichen Termin Gunnas, um eine Datenverwechslung, quasi normale menschliche Klein-Panik inmitten der überdimensionalen Monster-Panik.

Tagsüber hörten Gunna und Dani nie Radio, nur manchmal im Auto, und Fernsehnachrichten kamen in ihrem System erst ab halb sieben dran, also auch am 11. September 2001; Dani (Gunna, die sich für eine Art Abendessen verantwortlich fühlte, kam erst später dazu) schaltete SAT 1 ein, dann RTL, und um sieben, ZDF, ARD, mit zwischen die beiden folgenden Informanten eingeklemmtem halbstündigem Imbiß. Genau so würden sie es auch am Abend des 11. 9. machen, warum nicht? Und an diesem Dienstag, dem 11. 9., es ergab sich Gemeinsamkeit, um halb drei oder beinah drei Uhr lasen sie Zeitungen beim Espresso. Um sechzehn Uhr fünfzehn gab es Kaffee, wieder zur Zeitungslektüre, und Gunna dehnte sich im Behagen einer angenehmen Tageszeit, zündete eine Gauloise an, und sagte zu Dani: So gemütlich ist es am Donnerstag nicht. Nicht um diese Zeit. Übermorgen werde ich nervös sein, schon deshalb, weil ich schon besser angezogen sein werde und nicht so bequem häuslich verlottert wie heute, und auch in dir wird es rumoren, weil wir nicht wissen, ob der Fahrer den Weg zu uns findet und mich pünktlich abholt.

Die Ministeriumsautos haben doch den Auto-Pilot, das Satellitenleitsystem oder wie das heißt, sagte Dani wie zur Beruhigung im voraus.

Trotzdem, sie wären trotzdem etwas nervös, alle beide. Gunna steckte Dani an mit ihrer Vorliebe für Tage, an denen nichts los war, Alles-wie-immer-Tage.

Und eigentlich, sagte Gunna, wäre es *heute* ungemütlich, und nicht am Donnerstag. Es war doch dann schließlich der Donnerstag, an dem es stattfinden sollte?

Ihr Termin, *Krieg und Frieden in der Familie*, war ein paarmal zwischen dem 11. und dem 13. September hin- und hergeschoben worden. Das lag Monate zurück, irgendwann im Frühjahr hatte das Ministerium für Wissenschaft und Kunst bei ihr angefragt.

Gunna fuhr sich durchs Haar, es war noch von den Kissen in Danis Bett zerzaust. Vor kurzem hatte sie die Wonnen des Mittagsschlafs entdeckt und erfahren: Den Schlafgenuß bekommt man nur mittags mit. Ein Baby-Gefühl. Als Baby hat man's verpaßt, wie alles Schöne daran. Ein Gadamer-Gefühl, Einschlafen als *genialste göttliche Erfindung*. Ich habe keine Verantwortung. Für gar nichts irgendeine Verantwortung. Schlaf oder wer du bist: Hol mich einfach ab.

Aber Dani rief sie zu: Weck mich vor vier mit Spielraum fürs Kaffeemachen. Und von da an brauchte sie wieder Disziplin, Rechtfertigung, empfand sich als Danis Konkurrenz, spürte den aus Albert-Zeiten plagenden Zwang: Jeder will den anderen überholen, oder sicher bin nur ich das, die immer die Beste sein will. Sie war wieder erwachsen, mit schlechtem Gewissen, das sie für Danis Ohren beschwichtigte: Ich bin ja auch morgens schon wach, wenn du noch im Tiefschlaf bist, mein Motor ist nun mal hochfrisiert, plötzlich ist die Batterie leer, sagt Doktor Kleist zu meinem Fernsehschlaf, den ich hasse, weil ich den Film sehen will. Außerdem bin ich bald siebzig. (Dauernd operierte sie mit den bevorstehenden Siebzig: als Karikatur gemeintes Faktum.) Für mein Buch wäre ich die Ergiebigste. In einer Schlagzeile über mich käme ich als *alte Frau* vor. *Nicht in den Rückspiegel geschaut: Alte Frau von PKW überfahren.* Als meiner Mutter das damals passiert war und sie sich beide Handgelenke gebrochen hatte, stand sie als *alte Frau* in der Zeitungsmeldung, und ich fand das gemein, obwohl sie ja wirklich alt war. Ich könnte Elisabeth übers Alter befragen. Nur, sie wird auch mit hundertdrei noch verdammt gut aussehen. Elisabeth, knapp fünfzig, war Anwältin und eine kritiklos bewunderte Freundin. Sie hatte Gunnas Mutter zu stattlichem Schadenersatz verholfen.

Als Groteske kam ihr Alter Gunna aber doch vor: Ich verhutzle. Früher waren meine Augenbrauen dichter, ich glaube auch: länger, und als ich ein Kind war, rühmte meine Mutter meine Augenwimpern: Nie habe ich längere und dichtere und so schön hochgebogene Wimpern gesehen, niemals, bei keinem Menschen, sagte sie. Früher war ich so eitel wie heute, aber heute nenne ich das Mit-mir-identisch-sein als Ziel meiner Erwartungen an mich im Spiegel, nicht mehr Eitelkeit, und ich bin viel zu bequem für irgendwelche Anstrengungen, Friseur, Kosmetik-Langwierigkeiten, Schminke, Make-up und was es so alles gibt, Gurke mit Honig im Gesicht; mit dem Dünnbleiben habe ich Glück, und immerhin schlucke ich Hirse-Kapseln gegen Haarausfall, aber früher, so etwa bis zwanzig, habe ich mehr unternommen, bald Locken, bald glatt, als Kind wollte ich Zöpfe, verlor die Geduld, meine Mutter mußte sie, kaum gewachsen, abschneiden, und als gute Mutter hat sie meine Wünsche erfüllt. Für Dani und die besten Freundinnen parodierte Gunna sich manchmal gern, nicht immer, nur wenn sie an zufriedenen Tagen in Hochform war: Früher haben Jogger länger gebraucht, bis sie mich endlich überholen konnten. (Dann mahnte Dani, sie solle die Natur betrachten und nicht rennen, ihr Tempo mache einen befremdlichen Eindruck, wovor flüchtest du? Und die Freundinnen, die bei Besuchen sowieso lieber Gunna gegenüber in einem bequemen Sessel gesessen und sich das augenblicklich Wichtigste von der Seele geredet hätten, beklagten sich, auf Gunnas Rundgänge mitgeschleppt: Du bringst ja auch heute noch jeden in Atemnot, der mit dir *gehen* und sich mit dir *unterhalten* will, was wir machen, sind keine Spaziergänge.) Gunna, wenn sie sich sehr attraktiv fand nach der Rückkehr von einer Begutachtung im Spiegelbild, machte mit ihrer Karikatur vergnügt weiter: Früher wollten Männer nach irgendwelchen Veranstaltungen mit mir noch irgendwo hingehen, irgend irgend irgend ... egal, sie splittern weg, Frauen bleiben übrig. Nichts gegen Frauen.

Auf einem dieser japsenden Gänge provozierte sie Sirin, Henriette nicht, die war grimmig einverstanden, mit der Behauptung: Das Beste am Alter ist die erschlaffte Libido. Umständliches Sex-Getue, Vorspiel: Sollen wir, sollen wir nicht ... ich rede vom alkoholisierten Anfang einer Verliebtheit ... und wenn wir dann fanden, wir sollten, kommt als erstes sofort das desillusionierende Nacktsein; der in seinen Anzug verpackte Mann hat noch verlockt und trägt jetzt einen Slip oder Boxershorts und ganz bestimmt Socken ... Sirin mußte getröstet werden: Auf dich wird das eines Tages nicht zutreffen, du wirst die Ausnahme. Oder die Sexbombe aus Apotheken-Illustrierten, die Senioren-Sexbombe. Und so weiter, falls noch mehr Beteuerungen nötig wären bis zu Sirins erstem Lachen.

Gunna fragte Henriette: Man fragt ja so etwas nicht, aber habt ihr eigentlich noch Sex, du und dein Dolf? Eigentlich geht das doch schon ziemlich bald nach der Hochzeit nicht mehr, ich meine, plötzlich benutzt man dasselbe WC ...

Die Jungen heute tun das schon lang vor Hochzeiten, falls es zu denen überhaupt noch kommt. Bei Henriettes Tochter, sechsundzwanzig, sah es nach vielen *Beziehungen* immer noch nicht nach Hochzeit aus. Sex, null bei uns, zum Glück, sagte Henriette. Aber es war sowieso nie das Wichtigste. Wenn es das ist, das Wichtigste, kannst du Ehe oder sonstwas auf lange Sicht Gedachtes gleich vergessen. Zusammenleben vom Aufstehen bis zum Gute-Nacht-Sagen ist mit Tücken gespickt. Bei mir waren es zuallererst die von Dolf unordentlich zerdrückten Zahnpasta-Tuben, und genau so wie ihr Vater hat das später Sophie gemacht, es nützte kein Flehen; fangt unten an, die Zahnpasta rauszudrücken, nicht irgendwo und überall.

Es war zufällig Henriette, der Gunna von ihrer privaten Katastrophe des 11. September berichtete. Henriette hatte am 12. in einer Malpause angerufen, und auf Gunna weltvergessen gewirkt: Natürlich male ich und ich werde es weiter tun. Aufs Jüngste Gericht warte ich auch ohne Politik. Das einzige, was zählt, ist nett sein zu meiner Familie. Das habe ich von dir gelernt, große Freundin. Wie ging das noch mit der schlechten Laune? Und dem inneren Frieden?

Es geht um die gute Laune und das Denken. Bei guter Laune fällt das Denken leichter. Forschungsergebnis, die Probanden waren lernende Studenten.

Henriette sagte, die Bilder der einstürzenden Twin Towers ließen zwar auch sie nicht los, die massige Rauchwolke, aus hohen Stockwerken wie abstürzende Papierdrachen in den eigenen Tod springende Menschen, und sie hätte an Rilke denken müssen, sein Flehen um seinen persönlichen Tod (oh oh, machte Gunna zweifelnd) und ihr Halswirbelsyndrom sei plötzlich akut schmerzhaft geworden ... ja, zwar alles wie Hollywood (plus Rilke, sagte Gunna), und eine Wahnsinnsausgeburt von Vermischung westlicher Unterhaltungsindustrie mit verquerer Koran-Interpretation der Kriminellen (Henriette sagte: Sie haben vom verhaßten Gegner gelernt), *zwar zwar zwar* und länger so weiter, *aber*: Katastrophen- und Science-Fiction-Filme hätten Dolf und sie immer schon verabscheut und deshalb nie *geschaut* (*an*geschaut, unterbrach Gunna, zwar ist dein *geschaut* immer noch besser als *geguckt*, doch egal, es ist beides falsche Grammatik, du *schaust* nicht einen Film oder was auch sonst immer, du *schaust* ja auch kein Bild, du sagst nicht, ich war im Theater und habe *Hamlet geschaut*, du hast dir etwas *an*gesehen oder meinetwegen *an*geschaut), spielt das jetzt eine Rolle? fragte Henriette, und ja, sagte Gunna, mit der falschen Grammatik und dem *gucken* wollt ihr Neudeutschen euren Zeitvertreib runterspielen, ihn verniedlichen, und künstlerisch sei sie,

Henriette, sie als Malerin, auch nicht auf Schreckensszenarien umgestiegen, und gerade eben mit diesem Telephonat mache sie eine Verschnaufpause beim Übermalen einer grauen Farbfläche, die noch immer zu plausibel sei, noch immer zu unruhig.

Und was ist inzwischen mit deinem *poetischen Glauben an den Menschen*? fragte Gunna. Kann man an *den Menschen* glauben? Man kann einem Menschen glauben, irgendwas, das er dir gesagt hat ... und dann gibt's noch Gesinnungsträumer, die an *das Gute* im Menschen glauben.

Das mach ich auch.

Das sagst du aus Trotz. Du bist doch Realistin. Gunna erzählte vom evangelischen Bischof, der daran glaubte, daß der Mensch zwar gut geschaffen sei, aber mit der Freiheit, böse zu werden, böse zu sein. Und was ist ein *poetischer* Glaube? Du glaubst an Gott, und das ist hoffentlich unpoetisch, oder?

Eigentlich weiß ich überhaupt nicht, worüber wir reden. Dolf hat mit einem Geschäftsfreund, auch Börsen-Analyst, in New York telephoniert, und der hat gesagt, nach dem Fall des zweiten Turms hätte sich eine geisterhafte Ruhe wie ein Nebel ausgebreitet ... und es wurde finster, Tausende von Fußgängern strömten nordwärts ...

Wir haben von deiner eigenen Behauptung geredet. Hast du denn dein Statement in deinem letzten Katalog vergessen? »Ich male ...« oder so ähnlich ...»mein Grund zum Malen ist der *poetische Glaube an den Menschen*«. Und ich habe es schon damals sofort nicht verstanden, nicht erst nach dem 11. September. Schon weil ich nicht weiß, was ein *poetischer Glaube* ist.

Henriette besann sich ihrer Selbstaussage. Du mußt schon etwas Hochfliegendes und irgendwie Feierliches über dich und deine Kunst verkünden, weißt du. Don't look back, haben die Polizisten den Fliehenden entgegengerufen. Ninive versank. Lots Weib ist zur Salzsäule erstarrt, weil ihr kein Polizist *don't look back* zugerufen hat. Die Leute auf der Straße wären verloren gewesen, wenn sie sich nach dem Grauen umgedreht hätten. Henriette ließ ein kleines Schnauben hören. Ich habe mich dann geweigert, fernzusehen. Dolf hat alles in sich reingezogen, das ganze Bilder- und Nachrichtenfutter, und er macht's bis heute, kaum zurück aus dem Büro, sitzt er vor dem Ding und glotzt rein, und das Gute daran ist, daß er mich dann nicht stört und keinen Tee oder sonstwas will.

Du bist also wieder die Alte, meinst, aus der Politik könntest du dich raushalten.

Zum Glück ja. Die Kunst ist wichtiger. Und dauerhafter.

Das nächste könnte ein Gift-Angriff sein. Ich kann von meinem Telephonplatz bis rüber zum Bildschirm sehen. Jetzt gerade schwärmt mal wieder der Bundespräsident vom Frieden. Anscheinend haben sie zur Zeit kein neues Bildmaterial.

Ihr seid alle Voyeure.

Hollywood sperrt seine Studios zu. Die Katastrophenfilmer können einpacken. Wir werden wieder Doris-Day-Filme kriegen.

Warum erzählst du mir nicht endlich von deiner privaten Katastrophe?

Gunna schilderte ihr spezielles, dauernd in der Vorausschau auf den ungemütlicheren 13., den Donnerstag mit dem Vortragstermin, verdoppelt empfundenes Behagen des freien 11., Dienstag, beim Kaffee und den Zeitungen, vor dem Hintergrund grüner Laubdämmerung einer plötzlich zwischen böige hysterische Tage gebetteten Windstille. Und vorher war es auch wieder zu meiner kleinen Niederlage gekommen, das heißt, ich habe dem Mittagsschlaf nicht widerstanden, beim Studium des Fernsehabendprogramms wurde ich trümelig im Kopf, in einem Zeitungsartikel suchte ich nach einem Wort, von dem ich glaubte, ich hätte es als letztes gelesen, aber den Zusammenhang nicht kapiert, also wollte ich es wiederfinden, nur, es stand nirgendwo, war schon Träumen ... also da saß ich, von den Kopfkissen zerwühlt und bliebe so, keiner käme, nirgendwo ginge ich hin, ich würde ein bißchen mit Frauen und dem Älterwerden weitermachen, vielleicht bei Sirin, vielleicht bei Paula Weymuth, obwohl die, glaube ich, kein Problem damit hat ... oder bei dir ...

Ich habe erst recht kein Problem damit.

Du willst auch nicht weniger attraktiv aussehen als jetzt. Runzlig werden.

Bin ich schon.

Gunna stellte sich Henriettes mulattische Hautfarbe im beinah strengen, vor Ernsthaftigkeit schönen Gesicht vor, ihre großen, in dunklen, etwas leberkranken Höhlen liegenden braunen Augen mit Altgoldschimmer. Das Grau in ihrem braunen Haar tönte sie hell. Gunna erinnerte: Denk dran, wir einigten uns auf *Hauptsache schön*, als vor Jahren eine meiner wirklich absolut häßlichen Kolleginnen den Wittgenstein-Preis bekam, falls es der war oder sonst einer, der *mir* zustand. Und das stammte von dir, *Hauptsache schön, und man sieht gut aus*, und mir hat das damals wirklich genützt. Ich denke bis heute so.

Hast ja recht.

Also, kleine private Katastrophe, nichts Schlimmes ahnend im Erker, kein Telephon, nichts und niemand, windstill schrumpfte der Tag vor sich hin ... ich habe es so gern, wenn die Tage kleiner werden.

Wir, Dolf und ich, wir hatten auch diesmal gegen Ende August wieder unsere Abschied-vom-Sommer-Depression, obwohl Dolf dann mehr Himmel hat, Nachthimmel. Aber jetzt bin auch ich längst wieder der Herbst-Typ.

Ich hatte mich nach dem Schläfchen nicht gekämmt und die ältesten oder zweitältesten Jeans mit ausgefransten Hosenbeinenden an, eine Bluse, die ich nur mit halbhoch aufgekrempelten Ärmeln tragen kann, weil die Bündchen zerwetzt sind, und da gehe ich so gegen fünf oder viertel nach ganz gemütlich aufs WC und danach würde ich uns aus der Küche Apéros mitbringen, und im WC höre ich, daß es am Gartentor klingelt und Danis Stimme an der Gegensprechanlage, und dann hängt er ein und ruft mir zu: Der Fahrer vom Ministerium ist da! Dein Vortrag ist *heute*, nicht am Donnerstag!

Henriette, mit *Sakra!* und *oh verflucht!* und kurzem Auflachen, fühlte sich bei *diesem* Mit-Entsetzen, angenehm alltäglich, unapokalyptisch, auf vertrautem Niveau. Wie später alle anderen machte sie jetzt besser mit als bei der Reaktion auf den

Terrorakt in New York und Gunnas irritierender Teilnahme an der globalen Katastrophe. Die private war befreiend verständlich, fast wohltuend, sie entlastete.

Hast du dich schnell noch umgezogen?

Keine Zeit! Nur für Schuhe, ungeputzte allerdings, und zum Glück hing ein bodenlanges graues Tuch dann später im Saal über meinem Tisch auf dem Podium, zum Glück nicht wegen der ungeputzten Schuhe, sondern wegen der uralten Jeans. Keine Minute Zeit, weil, und blödsinnigerweise auch noch auf meinen Wunsch hin, denn ich hasse lange Nachspiele, weil vorher gegessen wurde, es war ein Tisch für sechs Personen reserviert, ausgerechnet in einem der Restaurants vom *Plaza Crown*, hört sich nicht gerade nach abgewetzten Jeans und hochgekrempelten Ärmeln an. Gunna holte Atemluft, woraus ein Seufzergeräusch entstand. Dani, obwohl der nie was findet, er selbst war schon zweimal mit dem falschen Vortrag an einem Rednerpult und mußte improvisieren, also er fand sogar und sogar schnell mein Manuskript, obwohl es überhaupt nicht bereitlag, und ich vergaß meine Abendpillen, oh Henni, so schnell war ich noch nie aus dem Haus ... aber dann war das eben doch überhaupt nicht das Schlimmste.

Ja ja, ich weiß, Henriette klang etwas enttäuscht: Das hatten wir ja vorher schon lang und breit. Privates finde ich immer interessanter.

Ich auch, und es bleibt ja auch privat, zumindest subjektiv. Als meine privat-subjektive Antwort auf das Unprivate, Objektive, wenn du willst, meine psychosomatische Antwort.

Du bist zu deiner Veranstaltung gefahren und hast immer noch nicht gewußt, was passiert war.

Ich habe es sofort gewußt, gleich nachdem ich den Fahrer mit einem Entschuldigungsschwall begrüßt hatte, und ich dachte noch, ziemlich sturer Bursche, weil ich meine Privatkatastrophe witzig in Bestform runtergerattert hatte, er sah ja schließlich, wie schlampig, bis auf den aber ebenfalls zerknautschten Blazer, ich angezogen war ... aber als ich mich neben ihn auf den Beifahrersitz fallen ließ, wußte ich, was mit ihm los war. Das heißt, nein, denn zuerst dachte ich noch, was mittlerweile alle anscheinend dachten, ich dachte, auf seinem Mini-TV-Bildschirm sieht er sich einen Sciene-Fiction-Film an, wie lästig, sie zeigten gerade mal wieder die in sich zusammenkrachenden Twin Towers und die gigantische Feuerrauchwolke, aber der Fahrer hat sofort losgelegt und referiert, was passiert war, wir haben auf der ganzen Strecke über nichts anderes geredet.

Vor allem hatte Gunna zugehört. Der Fahrer war so genau informiert wie man es nur sein konnte, er war es seit ungefähr dem Ende von Gunnas Ich-bin-für-nichts-verantwortlich-Glücksentspannung, mit der sie eingeschlafen war, danach immer noch mehr als zwei Stunden lang ihre Abgeschiedenheit genossen und über die gewohnte Fünf-Uhr-Grenze auszudehnen gedacht hatte.

Das Beste daran, sagte sie, ist die eingesparte Nervosität. Die für den Donnerstag vorhergesehene Was-zieh-ich-an-und-so-weiter-Unruhe. Das ganze übliche Unbehagen-Theater. Sie lachte. Und daran hätte sie trotz der mit allem Ermessen zu prophezeienden Weltveränderung durch den *attack on America* doch immer wieder einmal erleichtert gedacht. Etwas Privates bleibt immer, auch sogar im allgemeinen GAU. Kann doch sein, daß eine Frau mit frischer und ausnahmsweise prima gelungener Dauerwelle *schade drum* gedacht hat, als sie im gekaperten Flugzeug wußte, wir werden entführt. Oder weiß ich wie und womit man die Passagiere informiert hat. Überhaupt, die Passagiere! Ich sollte etwas über die Passagiere schreiben ...

Henriette fragte: Eingesparte Nervosität? Bist du denn nach so viel Hunderten von Auftritten immer noch nervös?

Etwas Lampenfieber ist höflich gegenüber dem Publikum, erstens. Und zweitens ist es nicht ein Abend zu Haus im Sessel, den du vor dir hast. Und wie meine Phantasiefrau im Flugzeug habe ich im WC-Spiegel meine Haare begutachtet. Wie sehe ich aus? Ich fand das wichtig, während anderswo Tausende um ihre ermordeten Lieben weinten und die heroischen Feuerwehrmänner in Rauch und Trümmern ihr Leben riskierten und die ersten Opfer bargen und Verschüttete retteten. Ich fand schräge Stirnfransen wichtig.

Gunnas Vortrag hatte im Ministerium, wie andere Veranstaltungen in der Stadt an diesem Abend auch, zur Debatte gestanden: Sollte man ihn stornieren? Das meiste war abgeblasen worden, erzählte sie, aber bei mir kamen sie zum Entschluß, das solle nicht geschehen, bei mir ginge es nicht um Jux oder sonstwie Belustigendes, keine Gefühle würden verletzt und so weiter.

Beim Essen fehlte die Ministerin. Sie erschien kurz und erschüttert und dem Ministerpräsidenten unentbehrlich an unserem Tisch, wo sofort bei einem Austausch der Vermutungen über den und die denkbaren islamistisch-terroristischen Auftraggeber, Hintermänner, Drahtzieher und Amerika-Hasser politisiert wurde. Die Ministerin bat um Verständnis, und es schwoll ihr entgegen, sie mußte zurück in den Krisenstab, den der Ministerpräsident wegen der vielen zu treffenden Sicherheitsmaßnahmen für amerikanische und jüdische Einrichtungen in seinem Bundesland zusammengerufen hatte.

Die Ministerin liebt Pastellfarben und zweiteilige Textilien, sie war in Blaßrosa mit etwas dunklerem, vielfarbigen lockeren Tuch, Tücher trägt sie immer, die Jacken sind immer sehr lang, dann kommt nur noch ein Stück Rock. Sie sagte, gerade auf meinen Abend hätte sie sich besonders gefreut, das hätte sie selbstverständlich zu jedem gesagt, der statt meiner dran gewesen wäre, und doch war es nicht geschwindelt, nicht *nur* Höflichkeit, denn *besonders gefreut* hätte sie sich wirklich auf jeden und folglich auch auf mich. Ich sagte, ich sähe einen weniger als halbvollen Saal voraus, und keinem, der nicht käme, nähme ich das übel. Aber stell dir die Leute vor, diese Minderheit der Kulturinteressierten ist erstaunlich, und sie sind tatsächlich gekommen, es war voll, bis auf den letzten Platz besetzt, schätzen kann ich nicht, wie viele es waren, kann ich nie zu Danis Enttäuschung, aber ein kleiner Saal war es nicht. *Ich* wäre nirgendwohin gegangen, ich verstehe diese Emsigen und Beflissenen einfach nicht. Überhaupt nicht.

Du gehst doch sowieso nirgendwohin.

Zurückgefahren hat mich ein Taxi. Ich erkannte im Halbdunkel, daß der Fahrer ein Ausländer war, und wie dann jedesmal fragte ich ihn, woher er komme, und dann, auch wie jedesmal, nach Heimweh, Familie und sonst noch so ein paar freundlichen Angelegenheiten, und an diesem Abend natürlich wollte ich wissen, ob irgendwas inzwischen passiert wäre, was es Neues gäbe, wie *er* alles beurteilen würde, und ich dachte, er kann nicht gut genug Deutsch, er sagte so wenig wie möglich. Er war Pakistani. Nachträglich, mit dem Kenntnisstand von heute, wundert mich nicht mehr, warum er so knauserig geantwortet hat. Ich bin immer drauf bedacht, in Ausländern den erhebenden Eindruck »Die-ist-nicht-ausländerfeindlich« zu hinterlassen, es ist idiotisch und egoman-eitel wie vieles an mir, leider. Weil ich ja überhaupt kein Gutmensch bin, nicht der Laßt-alle-rein-Typ. Diese Gesinnungsheiligenschein-Träger haben trotz der Katastrophe in New York noch nicht kapiert, daß unsere westliche Toleranz naiv war, bei uns haben Attentäter fliegen gelernt. Und sie haben sich, ohne Argwohn zu erregen, über Sprühflugzeuge informiert, ich habe gelesen, das Versprühen von Gift, es steht auch auf ihrem Programm und wird nur deshalb noch hinausgezögert, weil dadurch kein so hollywoodmäßiges Spektakel entsteht wie beim WTC. Es ist weniger filmisch. Aber noch vernichtender, und es wird deshalb auch dazu kommen.

Früher warst du doch nie so kassandrahaft, ich kenne dich überhaupt nicht als Prophetin, sagte Henriette und unterbrach Gunnas Rechtfertigung mit der trotzigen Behauptung, ihr erst recht sei Kunst gerade jetzt wichtig und als einziges von Dauer. Sie sah der Vernissage in einer kleinen Galerie kämpferisch entgegen: Die lasse ich bestimmt nicht ausfallen. Und sie wird gut besucht werden.

Aber gewiß wird sie das. Es werden diese Leute kommen, die am 11. 9. auch bei mir gekommen sind, diese Art Leute.

Verspotte sie nicht. Was wären wir ohne die?

Ich vergesse immer wieder, daß du ja *an den Menschen glaubst*. Und das auch noch *poetisch*. Gunna lachte, fand sich ziemlich gemein, ihre Freundin allerdings allzu verbohrt weltblind beim Beharren auf ihrer kleinen Künstlerinsel, und sagte sanftmütig: Vergib mir, ja? Vor sich sah sie Henriettes menschen- und gefühlsleere Bilder. Weil sie, Gunna, als einzige kritisch sein durfte, sagte sie: Ruf mich an, wenn du in eine andere Phase wechselst, du weißt schon, zu Bildern, die ich nicht erst ewig lang anschauen muß und warten warten warten, bis sie ... ich meine wieder Bilder, die mich sofort an sich fesseln, ruf mich dann an und ich komme und dann schreibe ich auch endlich mal was für einen deiner Kataloge.

Diese Bilder werde ich nicht malen. Ich werd's nicht wollen.

Auf den ersten Blick darf mir also weiterhin nichts gefallen. Dann bleibst du bei deiner angestammten Kunsthistorikerin, und die erklärt und erklärt, und ich verstehe kein Wort, kein Bild kommt mir näher, kein Aha-Gefühl und ebensowenig eine neue Erfahrung lösen meine Sperre ...

Du mußt dir Mühe geben.

Henni, frag dich doch mal, ist es nicht genau so wie in der Musik? Darüber sind wir immer einer Meinung gewesen. Eine ganze Zeitungsseite überließ man einem zeitgenössischen Komponisten, übrigens am Tag vor dem WTC-Attentat oder kurz vorher, eine ganze Seite für hochtrabende Erklärungen seiner Kompositionen. Nutzlos, vergeblich und aufgeblasen. Musik erklärt man nicht, sie erklärt sich selbst, oder es ist keine gute Musik. Für die anderen Künste gilt das auch.

Könnte es sein, daß du altmodisch bist? Dein aufgeblasener Komponist kann heute nicht mehr wie Schubert komponieren.

Kann er nicht, natürlich nicht. Abgesehen davon, daß er dazu auch gar nicht in der Lage wäre. Aber was immer er komponiert, es muß mir ohne seine Fußnoten einleuchten. Mich interessieren, überraschen. Am besten: mir gefallen. Am Leitfaden einer wenigstens minimalen Melodie, einem Erkennungszeichen, das er dann meinetwegen beim Variieren schwierig machen kann. Der kleine melodische Anhaltspunkt müßte mir ab und zu mal einfallen, ich würde ihn summen ... das Motiv...

Du verlangst eine Menge.

Will ich auch. Und ich weiß auch, daß du nicht mehr wie Vermeer malen kannst, nicht wie Munch, wie die Impressionisten.
Auch nicht *könntest*?
Fälscher *können* es. Übrigens hat genau dieser Komponist ein paar Tage nach dem 11. 9. den Terrorakt als Kunstwerk angehimmelt, ich meine: dessen Anblick. Ein Fernseh-Publizist weiß immer noch nicht, ob ihn diese Bilder überhaupt *erschrecken*, er grübelt darüber, er deliriert über sein Glück bei der Erfahrung, von den virtuellen Katastrophen befreit zu sein, endlich war das mal nicht der gewohnte Vergnügungsterror, aber trotzdem, er kommt und kommt nicht dahinter, ob er erschrocken ist oder nicht. Jetzt werden sie die letzten drei Literatur-Nobelpreisträger befragen, ich weiß nicht, ob es exakt ist, das mit den letzten drei der garantiert auch *Aber-Amerika*-Leute, einer hat sich ja schon gemeldet mit seinen 5000 amerikanischen Toten, die nichts und nur ein Zahnloch voll sind verglichen mit den seit eh und je vom Kapitalismus, also Westen, also USA-Unterdrückten, Ausgehungerten, Versklavten.

Und Henriette würde sich wieder auf ihre politikferne Kunst-Oase berufen. Aber so lang dauert kein Telephonat, nicht bei mir, ich telephoniere nie so lang, dachte Gunna. Weil es zu regnen angefangen hatte, mit schwebendem Regen und Intervallen von interessanten Schauern, und um davon nichts zu verpassen, bezog sie ihren Behelfsschreibplatz im Souterrain, in der kleinen Diele unter der Schräge neben dem Treppenaufgang ins Parterre. Die Schräge erinnerte sie an Paulas Insel-Kämmerchen *Der blaue Fleck*, das Regengeräusch an die *Lister Pfanne*. Jetzt gerade wieder trommelte ein Schub Wasser gegen die gläserne Kuppel des Oberlicht-Doms, und sie bekam Heimweh nach ihrer Abgeschiedenheit in Sirins Ferienhaus. Die Beleuchtung von oben warf ein Museumslicht in Treppenhaus und kleine Diele. Entlang der Treppe begleiteten kolorierte alte französische Graphiken die Stufen, ländliche Genrebilder, Jagdszenen. An der Wand gegenüber schienen bei günstigem Lichteinfall die Pastellfarben eines Schiffsbildes vor dem Hintergrund der Bucht mit Hafen hell auf. Als größtes Gemälde dominierte die Wand, auf die man treppab zuging, das Bildnis einer schönen jungen Frau mit sanft-hintergründigem Lächeln; sie trug ein langes dunkles Kostümkleid, das ihre rechte schlanke Hand im Faltenwurf über den Knien zusammenraffte, die linke Hand hing von der Lehne ihrer Armoire herab, deren dunkelrot gemusterter Teppichüberwurf an Holland, die kleinen Tische der Wohnzimmer, Cafes erinnerte. Ihre Haare bedeckte, verwegen in die Stirn gezogen, ein flaches schwarzes Hütchen. Das ist meine Großmutter, Mutter meines Vaters, stellte Gunna Besuchern das Portrait stolz vor, bei denen mit Humor riskierte sie den Zusatz: Ihr schmales Gesicht habe ich leider nicht geerbt. Ihre schmale Kopfform. Ich habe nicht gern diese Backenknochen. Wir sind hier in unserem Prado.

Aber die wenigsten Besucher verweilten. Wirklich beeindruckt und zwar unaufgefordert waren sie jedoch von der unbedeutenden Treppe aus schwarzem Granit (die Frauen unter ihnen), wunderbare Treppe, sagten sie, schwer zu putzen, oder?

Überhaupt nicht. Sie ist mein Favorit, wenn schon putzen, sagte Gunna.

Gunna war spontan, keine Grüblerin. Das Schreiben fiel ihr leicht. Leute, denen sie Post schuldete, informierte sie in Kurzfassung über ihr 11. 9.-Problem. An Paula Weymuth (überfälliger Dank für zwei zwischen Zutraulichkeit und deren spröder, selbstkritischer Zurücknahme schwankende Doppelportobriefe) schrieb sie ausführlicher (und müßten ihre Sätze nicht wie eine vorübergehende Abmeldung, gar eine Abfuhr wirken?): »Diese Aktualität hätte mir nicht dazwischenkommen dürfen. Gibts denn noch *Bücher-Truhen*-Kunden nach dem 11. 9.? *Ich* könnte jetzt erst mal keine Romane lesen, auch keine Portrait-Studie über Frauen, die älter werden, gar nichts von Gedichten bis zu Kochbüchern. Nur Zeitungen. Niemals zuvor hat mich ein äußerer politischer Anlaß bei der Arbeit an einem Buch aus der Bahn werfen können. Im Unterschied zur Kollegen-Konkurrenz bin nämlich ich (und wäre es sicher auch ohne

Anton P. Čechov als Lehrmeister) gegen die Versuchung gewappnet, ohne Distanz abzuwarten aktuelle politische Ereignisse in meine Texte zu mischen oder sie womöglich sogar zum Thema zu machen (Ausnahme Tschernobyl, haben Sie meinen Titel *Freundschaft und Katastrophen* damals gut verkaufen können? Er ging nicht schlecht). Nur eine solche Abstinenz schützt Texte vor Verschleiß und baldiger Antiquiertheit, dem Schicksal der Aktualitätsproduktion: *Ach ja, das hat mich damals auch aufgeregt*, und *passé! verjährt!* winkt der Leser ab. Und so weiter. Und wegen meiner beabsichtigten distalen Abstinenz (*distal*: Paula müßte im Fremdwörter-Lexikon nachschlagen) wurde ich schon früh als unpolitisch eingeordnet ... muß mir egal sein, Hauptsache ist die Unabhängigkeit eines Textes von einer unmittelbaren, an bestimmte Daten gebundenen Erfahrung, und das macht ihn zeitlos. Und jetzt schnell zurück mit mir in mein ungewohntes Schreibproblem ...«

Zeitlos ... Gunna unterließ es aus strategischen Gründen (*allzu tief einweihen sollte ich die gute Paula auch wieder nicht*), die Adressatin tiefer in ihre Gedanken einzubeziehen. Ringsum kam es ihr darauf an, ihre Ich-mach-mir-nichts-aus-Politik-Frauen zu beschämen. Kein schöner Charakterzug an mir und nicht der einzige. Aber warum auch halten die Frauen sich zwar raus und gehen trotzdem zur Wahl? Werden dann aber doch weinerlich und haben *eine Meinung, Frieden* genügt. Sind verschreckt, einfach bloß kreatürlich vom Geräusch der Vokabeln *Militär, Gegenschlag, Krieg*? Woher wissen diese mit voller Absicht und aus irrationaler Politik-Abscheu Inkompetenten plötzlich, daß *wir, unsere Gesellschaft, der Westen* schon seit Jahrhunderten Schuld auf sich geladen haben?

Und ich? Ich plädiere werweißwie für Toleranz und bin es selbst nicht, tolerant, nicht pauschal, wenn auch grundsätzlich, das schon. Müßte die kompliziert zusammendiplomatisierte Allianz gegen den Terrorismus vor *ihren* Krieg (der ihnen erklärt wurde, den sie überhaupt nicht wollten), so wie die fanatisierten Angreifer es machen, das Prädikat *heilig* setzen, wäre dann alles akzeptabler? Die Greenhorns in der Regierungskoalition, diese militant Beinah-noch-pazifistischen-Kleinen, haben für die unpolitischen Friedenstäubchen-Frauen die Sprachregelung gefunden (ihr Trick, um weiter mitregieren zu können): Militärische Einsätze unserer Soldaten: ja, aber nur unter der Gewährleistung von Zielgenauigkeit, Treffsicherheit und daß auf keinen Fall Unschuldige dabei geschädigt werden. Hirngespinstige Märchenbuch-Forderung! Oh nein, ich kann nicht dauernd tolerant sein. Ach wie gut, daß niemand weiß: Ohne ihr Rumpelstilzchen-Geheimnis, diesen kleinen inneren Triumph, kam Gunna bei sich selbst nicht gut weg.

Zeitlos... das zeitlose Buch ist immer aktuell. Es ist so wenig zeitgebunden wie die alles überdauernden, nur unter Gegenwartseinflüssen sich verändernden großen alten Themen Liebe, Sterben, Eifersucht, Treue, Neid und überhaupt alles an menschlichen Phänomenen und Gefühlen ohne Verfallsdatum. Selbst das auf den ersten Blick läppische Problem mit dem Älterwerden gehörte zum haltbaren Emotionsmaterial. Mitten im Krieg behielten Aussagen berühmter Männer über Frauen recht. »Die große Frage, die ich trotz meines dreißigjährigen Studiums der weiblichen Seele nicht zu beantworten vermag, lautet: Was will eine Frau?« fragt Sigmund Freud, und kannte Oscar Wildes Antwort nicht: »So lange eine Frau zehn Jahre jünger aussehen kann als ihre eigene Tochter, ist sie völlig zufrieden.« Und Čechov warnt: »Fürchte den Bock von vorn, das Pferd von hinten und das Weib von allen Seiten.«

Gunna konnte es selbst nicht deuten, warum sie ab und zu so schadenfroh, beinah gehässig scharfe Kritik an Frauen genoß, auch ihre eigenen ergänzenden Einfälle. Das aber rehabilitiert ja die Frauen, allein schon, daß sie zum Nachdenken anregen und dann zum Widerspruch, daß sie reizen, aufreizen. Karikiert werden doch auch nur herausragende Menschen, niemals Nobodys. Als Schreibstoff hatte Gunna immer schon Frauen interessanter als Männer gefunden, viel ergiebiger. Bestimmt nicht nur, weil sie selbst eine Frau war (wenn auch überhaupt keine hundertprozentige, fand sie), und es war wieder einmal Čechov gewesen, den Stücke oder Geschichten ohne Frauen langweilten, wie ein Schiff ohne Motor. Gunna dachte: Und sogar eine langweilige Frau kann ich interessant schreiben.

Wieder einmal hatte sie sich zur Rechtfertigung ihres Projekts, dem Alter, durchgeschlagen. Das Alter gehörte aufs engste zum Leben, diesem Todesprogramm. Zum Bewußtsein von der Vergänglichkeit. Und war es nicht von jeher, auch ohne zeitgeschichtlichen Horror, so gewesen, daß ihr (nicht veraltender) Schreibstoff in der Gegenwart plaziert war, in der sie lebte? Hatte sie je etwas aus einem Rückblick geschrieben? Nein. Viele taten das, Prosa-Autoren zum Beispiel. Siedelten ihre Geschichten in zwanzig, dreißig Jahre zurückliegenden Epochen an. Bei Gunna waren Schreibstoff und Schreibzeit identisch. Trotzdem hätte sie genau so gut vor zweihundert Jahren über die menschliche Seelenwelt schreiben können, ohne zu verjähren, über gekränkte Menschen, über Menschen beim Erdenabschied, dem eigenen und dem von geliebten anderen, und auch über den Macho-Mann oder den weichen, einfühlsamen, und schließlich auch über Frauen mit Schwierigkeiten beim Älterwerden. Gefühle veränderten sich nicht, nur ihre Bewertungen, die Zeitkulissen.

»Aber die Dimension dessen, was am 11. September 2001, dem ersten Tag einer neuen Zeitrechnung, begonnen hatte, Steinzeit in der Kombination mit dem hochtechnisierten Instrumentarium der Neuzeit, hätte mich bei jedem Thema unterbrochen, selbst wenn das Thema nicht verjährt«, schrieb Gunna an eine von vielen Adressatinnen, denen sie Post schuldete, vorläufig ließ sie die Anrede weg. »Schon weiß ich nicht mehr, was mich mehr aufregt, der Überfall aus dem zwar über unserem Planeten sowieso niemals rundum heiteren Himmel, dieser verdammte Hinterhalt-Terror des islamistischen Verbrecher-Syndikats, und daß wir zu spät dran sind damit, es bis auf die letzte Zelle auszuheben, es sieht so aus, als hätten die Geheimdienste ziemlich viel gewußt, aber nicht viel getan... wie habe ich angefangen... war *der Westen* zu naiv? Oder ob mich noch mehr oder genau so sehr die Reaktionen in der deutschen Bevölkerung aufregen? Zuerst war es ihre Anmaßung, der US-Regierung Besonnenheit zu empfehlen, aus Angst mit drohendem Unterton. Und dann, wohin man hörte, immer so weiter mit den *Aber-Amerika*-Schuldzuweisungen.

Übrigens mich, ganz privat gesehen, kann nichts amerikafeindlich machen, auch zu Vietnam-Zeiten konnte keiner mich umstimmen, denn für mich, ich war zwölf, waren (und bleiben lebenslänglich) die Amerikaner die Befreier von den Nazis. Es war bestimmt einer meiner glücklichsten Jugendzeitnachmittage, an dem auf ihren leisen Sohlen in den geschmeidigen Stiefeln und in Tarnanzügen die GIs durch unseren dichten grünen Garten liefen, auf die offene Haustür zu, in der mein Vater stand, um sie zu empfangen, und ein Soldat mit Brille, er sah wie ein Psychoanalytiker aus, hat mit ihm geredet, er hat gelächelt, mein Vater auch, und ich war stolz auf ihn und sehr verwundert, weil er plötzlich so gut Englisch konnte. Und daraufhin habe ich meine ersten Verliebtheiten erlebt, sehr gründliche, tagsüber anonym an alle diese ansehnlichen jungen Soldaten adressiert, und für die Nacht erfand ich mir den Einen, er hieß Guy, und wir kamen ziemlich weit miteinander, so weit wie meine Phantasie ... heutige Zwölfjährige hätten mehr gewußt, die armen, Phantasie ist viel interessanter, sie macht die Wirklichkeit viel interessanter und vor allem: besser. Aber alle ringsum in meinem Beobachtungsradius haben sich später und bis heute, trotz latentem Antiamerikanismus (jetzt, seit dem 11. 9.: virulentem Antiamerikanismus.) extremer amerikanisiert als ich mich. Besonders die Frauen. Sie machen *wow*! und sie haben *Kids* ... *Kind* ist ein schönes Wort, ernst, intensiv. Von New York schwärmen, noch besser von *The Big Apple*, ist ein *Must*, und sie wollen immer wieder hin. Okay-Sagen habe ich mir auch angewöhnt, gegen viele Anglizismen habe ich überhaupt nichts, gebrauchte sie aber schon als *Kind*, wie andere Fremdwörter auch, ich liebte Fremdwörter, mein Lehrer war mein älterer Bruder, und ich wandte sie in der Nazizeit-Schulzeit an: meine Widerstandshandlung, meine Rebellion gegen Deutschtümelei, instinktive Idiosynkrasie gegen Germanen- und Arier-Kult ...«

Mit einem so ausführlichen Brief verwöhne ich keinen. Wieder ohne Anrede fing Gunna neu an: »Die neue Zeitrechnung nach dem 11. 9. hat mein ruhiges Bei-der-Sache-bleiben blokkiert (bin zur Zeit an einem neuen Buch, bisher: Vorarbeit). Deshalb, um nicht arbeitslos rumzuhocken und womöglich nur noch im Haushalt zu wirtschaften, Beschluß: Mein Gestörtsein wird in den Text integriert, die Tagesfakten mischen sich in die beabsichtigte Thematik. Als Problem der Protagonistin (und nebenbei: Chronistin), als *mein* Problem im Kontakt mit den nur marginal Gestörten. Damit würde ich zum ersten Mal gegen Čechovs Gebot verstoßen und nicht abwarten, bis ich zu Eis erstarrt bin, ehe ich ein Sujet angehe. Vielleicht bleibt mir ja gar keine Zeit mehr für die dem Sujet nützende Eis- Erstarrungs-Distanz. Vorgestern gab es den ersten Anthrax-Toten und zwei Anthrax-Kranke in Florida. Vor dem Leeregefühl in schreibtischfernen Wochen, die der Lage angemessen wären, verschanze ich mich hinter einem Alibi. Schreiben müssen: mir ist schon klar, daß das diesmal noch mehr als sonst meine Privatangelegenheit ist. Ich muß mich unterbringen. Ich muß, wie Freuds Gesunder, den Sinn selbst herstellen. Ihn nicht, wie sein Kranker, suchen. Dann fände ich ihn nämlich sowieso überhaupt nicht. Es *hat* keinen Sinn. Wie bei Tertullian der Glaube: Ich glaube, weil es sinnlos ist. Weil es absurd ist.«

Nebenbei äußerst irritierend war folgendes Rechen-Resultat: *Frauen werden älter*, vorläufiger Titel, könnte, um die Verlagsvertreter und die Sortimenter nicht über das gewohnte Maß hinaus zu strapazieren, erst im Jahr 2003 erscheinen. 2002, das Frühjahr, war bereits mit Gunnas Buch über erbärmliche Verständigungsrituale zwischen Sterbenden und deren Besuchern am Krankenlager besetzt. Und damit auch der Herbst 2002. Vor ein paar Jahren noch konnte Gunna zwei Bücher pro Jahr veröffentlichen. Aber die Titel fingen an, einander zu stören, sie verkauften sich schlechter, was sie für die Werbung uninteressant machte, beworben wurde jetzt der Erfolg, damit der sich steigert. Gunna publizierte zu viel, pendelte zwischen zwei Verlagen, womit sie keinen von beiden erfreute und nur ihrer individuellen und, wie sie fand, ihrer der psychosomatischen Gesundheit unentbehrlichen Obsession nützte. 2003, das klang seit der neuen Zeitrechnung ab dem 11. 9. 2001 sehr fiktional. Was wäre 2003? Was wird sein? Wie viel von dem, woran wir gewöhnt sind, wird noch Bestand haben? Wird überhaupt noch etwas sein?

MACH DIR NICHTS DRAUS, vergiß 2003, befahl sich Gunna und kürzte, was gleichzeitig geschah: ihr Sinnieren und ein schnelles Staubsaugerprogramm. Sie setzte sich mit Kaffee und Gauloise, Mineralwasser und zwei Co-Dafalgin an den Schreibtisch. Gleich beim Zusammenspiel von Denken und dem rein Manuellen am Schreibvorgang, diesem Extrakt der Konzentration, wurde sie, dabei noch von der Genußmittelzufuhr unterstützt, eine gewohnte verhaßte Plage los, säuselige Übelkeit, die durch Nichtstun, durch zielloses Herumstreunen und Systemlosigkeit eskalierte. (Das Schreiben und die Surrogate sind meine Therapie: Dani konnte das ohne Erschrecken hören, bei Albert, der es immer geargwöhnt hatte, wäre ihr Bekenntnis und sein zorniges fürsorgliches Entsetzen in einem Prinzipienstreit zusammengeprallt.

Zum Schnell-Imbiß mittags hatten Dani und sie eine zu Würfeln geschnittene Melone und Panecillos gegessen, Gunna zu viele und zu gierig, weil sie bei Tisch nie merkte, daß sie satt war, erst fünfundzwanzig Minuten später und dann: zu satt. Und die gerösteten Kräuter-Knoblauch-Brötchen waren etwas zu ölig, und Gunna wußte es und konnte sich doch nicht bremsen. Beim kurzen Austausch über ihre Vormittage hatte Dani sie getröstet, mit James Joyce und dessen 2003, bei ihm war das der bevorstehende Zweite Weltkrieg, der ihn nach der Niederschrift von »Finnegan's Wake« ungeduldig seufzen ließ: »Wenn sie doch nur etwas schneller machten.« Er meinte seinen Verleger. »Der Krieg steht bevor, und niemand wird dann mehr mein Buch lesen wollen.«

Während Gunna sich, um kein Regengeräusch zu versäumen,

unter dem Licht-Dom, in Sirins und Salvatores Szenerie in der jetzt auch dort in Regen gehüllten Glasveranda versetzte, dann in Paula, die vor einem kleinen Waschbeckenspiegel im WC der *Bücher-Truhe* vielleicht doch gerade überlegte, wie sie ihr Älterwerden demnächst mit grundsätzlicherer Taktik überlisten könnte (aber das war nicht Paulas Problem, außerdem sah sie noch jung genug aus), fielen ihr nur wieder Dialogbruchstücke aus der politischen Gegenwart ein: X argumentiert gegen westliche Blasiertheit, die aus Y spreche, Y wird allmählich ärgerlich: Warum soll denn ich mich jetzt gründlich mit dem Islam auseinandersetzen, bin ich Religionswissenschaftler? Habe ich nicht meine eigene Religion? Lebe denn nicht ich hier, wohin ich gehöre? Setzen deine Moslems und deine Taliban sich etwa mit dem christlichen Glauben auseinander? Nichts dergleichen tun sie, sie setzen sich überhaupt nicht mit anderen Religionen auseinander. Weil sie die verabscheuen, gar nicht erst anerkennen. Hast du nicht verstanden? Wir sind die Ungläubigen. Mit uns muß es ein Ende haben. Und es gibt die *guten* Terroristen, und von denen Hunderte, Tausende, optimal ausgebildete Piloten, die via Selbstmordattentat nur allzu erpicht darauf sind, verbrecherische Aufträge auszuführen, um endlich Märtyrer zu werden, im Paradies warten schon siebzig Jungfrauen auf sie ... und die gibt es mitten unter uns, diese Wahnsinnigen, in einem vor lauter Frieden schlafmützig gewordenen Ruheland hier bei uns sind sie getarnt als besonders emsig studierende *Schläfer*. X spricht von jahrhundertealter imperialistischer Ausbeutung, vergißt nicht die *Schere zwischen Arm und Reich*, macht *uns alle* zu Schuldigen, aber zum Hauptschuldigen selbstverständlich Nordamerika, Y redet dauernd rein, als die *Spirale der Gewalt* wieder einmal beschworen wird, kann Y keine weitere Anleihe bei den borniertn Intellektuellen, den Schriftstellern, anderen Künstlern mehr ertragen, setzt an beim Irrtum, die Ursache des Terrors in der armseligen Elendigkeit von Dritter-Welt-Bevölkerung zu suchen. Die Ursache ist Haß. Und deine verblendeten verrückten Täter entstammen nicht den Slums, sie alle kommen aus gutsituierten Familien, gehören zur gebildeten

Schicht, ihre Eltern haben Geld, die Söhne können sich im Ausland zum Studieren infiltrieren. Wohin, in welchem islamischen Land, darf denn ich meine Kirche bauen? Nirgendwohin, in keinem. Ich darf nicht einmal eine Bibel im Gepäck haben, wenn ich nicht verhaftet und als Geisel genommen werden will wie die Leute von *Shelter Now*, die zum *Helfen* ins Land kamen. Aber wir gutwilligen Idioten hier bauen den für uns lediglich *Andersgläubigen*, wir duldsam unsere *Ungläubigkeit* Hinnehmenden, wir lassen sie vor lauter überquellender Einfühlsamkeit Moscheen bauen, Moscheen noch und noch, damit sie sich bloß *angenommen* fühlen, heimisch in der kalten Fremde, die bejammernswürdigen Heimatlosen, die zwar freiwillig hierher drängten und sich ja zwar auch integrieren sollten, *bitte bitte*, mahnen die Politiker, aber was das schwierige Integrieren betrifft, so wünscht man sich von uns, dabei mitzumachen, indem wir soviel wie nur möglich multi-ethnisch-kulturell von ihnen lernen. Lernen, um zu profitieren! Welch eine Chance! Das sollten wir begreifen! Am Ende kommt dabei heraus: *Wir* integrieren uns: X *war* in einer Moschee, Informations-Meeting (Meeting! Pfui! ruft Y, womit X nichts anfangen kann), und *hat* viel gelernt, *hat* profitiert. Es waren vor allem deutsche Frauen da, etwas ältere Frauen, aber auch Junge, Schülerinnen, Schüler, und überhaupt sind ja immer die Frauen die am Menschlichen Interessierteren... und eine Frau sagte in das Mikrophon eines Reporters, manches aus dem Koran hätte sie doch sehr ans Neue Testament erinnert, oder vielleicht war's auch das Alte, entscheidend sei die gewisse Ähnlichkeit. Der politischen Diskussion entlieh sie: Wir sind in einigen Punkten gar nicht *so weit auseinander*. Diese Frau war sehr angetan. Hauptsache vor allem sowieso: Diese Islam-Gäubigen, einfach mal als Menschen, sie sind wirklich sehr nett, sehr sympathisch, irgendwie sanft.

Telephon-Störung. Eine Journalistin fragte nach Buchmesse und Selbstverständnis des Schriftstellers in diesen Tagen, bat, sich auf drei, höchstens vier Sätze zu beschränken. Gunna sagte: Die Entbehrlichkeit äußerer Anlässe, speziell auch der

Buchmesse, fällt mir seit dem 11. 9. noch mehr als sonst auf. Wie man weiterschreiben kann, als wäre noch alles wie immer oder würde das doch ziemlich bald wieder sein – keine Ahnung. Ich hätte jetzt gern das Selbstverständnis eines Zeitungsausträgers. Die Journalistin bedankte sich: Ganz wundervoll. Ich darf's ja noch ein bißchen *ein*kürzen, ja? Hätten Sie doch noch ein positives Schlußwort, etwas Hoffnungsvolles? Ganz kurz zusammengerafft? Leider nein, sagte Gunna, tut mir wirklich leid.

Die Journalistin einer anderen Redaktion, sprachlich-stimmlich ihrer Kollegin zum Verwechseln ähnlich, bat um ein Wort über V. S. Naipaul, den soeben gewählten Nobelpreisträger für Literatur: Bitte ganz kurz. Sie klang lustig. Gunna sagte: Ich bin endlich ausnahmsweise einmal sehr einverstanden, Stockholm war mutig. Am besten daran, daß alle, die sich bisher freudig dazu äußerten, eine schwere Enttäuschung vor sich haben. Wie bitte? fragte die Journalistin. Ich muß das zwar sowieso *ein*kürzen, aber vielleicht geht auch die Begründung pur? Sie lachte. Gunna sagte: Sie freuten sich, weil sie nichts von ihm gelesen hatten und weil sie bisher von ihm nur wußten, da er ein Islam- und Dritte-Welt-Kenner ist, was sie in der augenblicklichen Lage für hilfreich gegen westliche Vorurteile hielten ... aber nichts gewußt haben sie von seiner scharfen Islam-Kritik und überhaupt, von seinem Haß. Er ist nicht einer, der die Dritte-Welt-Armseligkeit blindlings gutartig umarmt ... und die Gutmenschen fühlen sich reingelegt ... und so weiter. Sie wollen es ja nicht gründlicher. Leider leider, sagte die Journalistin, es war ganz wunderbar, wird nicht allzu schwierig sein, da und dort einzustreichen. Sie bedankte sich *ganz* herzlich, wünschte einen schönen Tag *noch* und sagte: Tschüß!

GUNNA STAND HINTER SIRIN in Sirins Schlafzimmer am Kopfende ihres Bettes. Sirin kniete vor der üppigen Auswahl ihrer Halsketten, die sie einem weiblichen Torso umgehängt hatte, und jetzt, an einem warmen, fast sommerlichen Tag Anfang

Oktober, auf ihre Tauglichkeit, optimale Wirkung, für eines ihrer tief ausgeschnittenen Oberteile prüfte. Heute trug sie ein hellblaues. Blasse Farben mochte sie. Als sachverständige Schmuckfanatikerin mit noch längst nicht kompletter Ausrüstung kam Sirin an Auslagen von Juweliergeschäften schlecht vorbei; sie mußte sich über neue Designs informieren, das Angebot auf den eigenen Bedarf hin studieren: Ohrringe, Fingerringe, Armbänder, Armreifen, Halsketten (doppelt hängende lange, halsnahe kleine, schlichte und aufwendige, die mit Edelsteinen und die mit Halbedelsteinen und die ohne Steine), Broschen, Clips, Amulette, Gemmen, und falls es darüber hinaus noch mehr gab, dann eben noch mehr. Am Hals des Gips-Torsos fand sie für ihr Oberteil zwar das passende, Opal, aber nicht das hundertprozentig Wahre: Smaragd? Amethyst?

Sirin gehörte zu den Frauen, die nicht anliegende, lose fallende Oberteile bevorzugen, es konnten auch weitgeschnittene Blusen sein, die bis über die Hüften ungezähmt herunterhingen. Die sie nicht in die Hosen stopften. Röcke trug Sirin fast nur noch bei Parties, an festlichen Abenden, zu offiziellen Feiern (wenn sie als Dekanin kleine Reden halten mußte), bei Konzerten mit ihrem Ensemble, und dann waren das lange Röcke, ebenfalls bis über die Hüften unter Oberteilen. Dieser Bekleidungsstil hatte, wie bei den anderen Oberteilträgerinnen auch, mit dem allmählichen Ausschleichen einer deutlich markierten Taille zu tun. Daß der weibliche Körper beim Älterwerden in den meisten Fällen zwischen Rumpf und Hüften etwas Litfaßsäulenartiges annahm, hing mit körperarchitektonischen Veränderungen am Rückgrat zusammen, auch mit Muskel- und Bindegewebserschlaffung der Fleischlichkeit in der Bauch-Region. Und wer konnte sich schon dauernd darauf konzentrieren, den Bauch einzuziehen? Sirin nicht, sie war ein geselliger, gesprächiger Mensch, schon deshalb konnte sie es nicht. Darum die Überhänger-Oberteile, im Winter lange und breite Pullover mit rundem Ausschnitt: Platz für Ketten, für lose gefaltete Tücher. Zu den Tücherliebhaberinnen gehörte Sirin auch, und Gunna mußte an die Ministerin und an den 11. September denken: blaßrosa Kostüm mit langer weiter Jacke, das Tuch, der Krisenstab, der für die Ministerin gedachte, dann leere Stuhl am Tisch des Restaurants im *Plaza Crown*, verschrecktes, mutmaßendes erstes Politisieren beim Abendessen vor Gunnas Auftritt.

Für Schmuck und Tücher hätte ich keine Geduld, sagte Gunna. Und dann noch diese wabbeligen hängenden Textilien.

Sirin, talentiert in Selbstironie, sagte: Wabbelig ist gut für die Figur, weißt du. Was locker und ungebändigt herunterhängt, läßt vieles offen. Sie lachte. Und doch muß man leider trotzdem drauf achten, dass der Stoff nicht auf den Hüften und dem Hintern aufsitzt.

Ich kenne Frauen, aber das sind die wirklich dicken, die auch beim Sitzen dauernd an sich herumlupfen, überm Bauch, sagte Gunna.

Sie waren jetzt in der Glasveranda, Sirin, hinter dem Tresen zum Küchenteil, hantierte mit Tassen, Kaffeedose, Wasser.

Machst du den Kaffee mal um zwei bis drei Nuancen stärker? fragte Gunna. Das ist keine Kritik, du weißt, daß ich dich bewundere.

Aber meinen Kaffee nicht.

Doch, sogar den. *Irgendwie* ... schwer zu sagen. Ich bewundere, daß du alles *irgendwie* hinkriegst. Und deine gute Laune.

Weiß ich. Ich bin der Doris-Day-Typ, wie es aussieht. Bin ich ganz ungern.

Du bist stabil.

Klingt, wie wenn eine Frau dir als angebliches Kompliment sagt, wie gut du aussiehst, ich meine: wie gesund.

Sirin gab zu jeder Replik eine Dosis Lachen, aber sie meinte es ernst, nicht allzu ernst, weil sie selbstbewußt genug war und intelligent, und deshalb auch Gunnas Komplimente durchschaute und was an denen nicht durchweg schmeichelhaft war.

Stabil habe ich aufs Seelische bezogen.

Ha, wäre ich's doch! Ich muß doch immer und sofort losheulen, wenn irgendwas ist, und was mach ich, wenn was wirklich Gräßliches passiert? Mit den Töchtern? Mit Salvatore? Mit der ganzen übrigen Familie ... und mit dir? Sirin lachte diesmal mit einem wimmernden Nebengeräusch. Aber sie hatte während des kleinen Dialogs den Tisch decken, Kuchen aufschneiden, den Kaffee in der Maschine kontrollieren und sogar darauf achten können, daß das hellblaue Oberteil nicht über Hüfte und Hinterpartie aufsaß.

Vielleicht bist du gerade wegen deines Talents für tiefe Gemütsbewegungen stabil, gerade *wegen* deiner Kunst des schnellen Losheulens? Du erledigst die Dinge. Du hast spät Autofahren gelernt und kannst es mutig, genauso spät Bankgeschäfte, und du beherrschst sie, ich weiß nicht, was du nicht schnell lernst und dann kapiert hast, Computer, Internet und aus dem Stegreif Gästen vier-Gänge-Menus Vorsetzen und Leute über Nacht bei dir Beherbergen, du kannst es, du kannst dich mit drei Übernachtungsgästen morgens nach dem Aufstehen sofort unterhalten und, für mich genauso fürchterlich, dir mit ihnen dein eines einziges schönes Bad plus WC teilen. Ich fürchte, du bist ein guter Mensch. Ich find's auch gutartig, wie du dich anziehst.

Jetzt kann ich dir aber wirklich nur noch schwer folgen. Kaffee diesmal richtig?

Optimal. Und gutartig, daß du eine Stunde früher als nötig aufstehst, um Zeit zum Duschen kombiniert mit Haarewaschen zu haben und für dein Make-up und Schmuck. Ach, die armen Frauen!

Was ist mit uns?

So viele Anstrengungen, soviel Zeitaufwand, Unbequemlichkeit. Mit einer Kustodin zusammen bin ich in einer Jury für essayistische Prosa, wir sind die einzigen Frauen. Die Männer haben ihre Anzüge an, und fertig sind sie.

Denk bloß nicht, Männer wären nicht eitel!

Die Kustodin trägt über ihren geschäftsmäßigen Power-Frau-Hosenanzugs-Sakkos eine besonders anspruchsvolle Tuch-Variante. Es ist eher ein Schal, und sie hat mehrere davon, und sie erinnern an Hirtenschärpen aus Himalaja-Regionen, mehrfarbig gewebt, und ich denke mir, sie muß dauernd befürchten, daß sie abrutschen, sie hängen nämlich von einer ihrer Schultern herunter, sie muß sich geradehalten, damit die Schärpe in der Balance bleibt. Aber sie achtet gar nicht drauf, sie rutschen nicht ab, wenn sie aus dem Taxi klettert, und nicht beim Händeschütteln, nicht beim kleinen Essen nach den Konferenzen, mit Fleischzerschneiden, Weintrinken. Von dieser Hirtenaufmachung kann sie sich auch im Hochsommer nicht trennen, die breite Schärpe liegt auf der richtigen Schulter und rührt sich nicht. Sie hat's also im Griff, ist vielleicht Routine, aber viel bequemer wäre es doch ohne Schärpe.

Sirin hatte längst abgewinkt und gelacht und sagte, solche Schals würden fixiert, sie könnten gar nicht abrutschen.

Trotzdem, sagte Gunna, mich verwundern die vielen kleinen Maßnahmen, die Frauen treffen ... beinah hätte ich gesagt: die *ihr* Frauen trefft, weil das mal wieder ein Symptom dafür ist, daß ich nicht dazugehöre ... diese vielen tückischen aufwendigen Maßnahmen, um sich zu schmücken, Strafmaßnahmen, lauter Freiheitsberaubungen.

Du wirst es nicht glauben, aber das macht doch Spaß!

Hat dein Salvatore je eine alte Verwandte gepflegt?

Was ist denn das nun wieder? Sirin lachte. Auf Gutes gefaßt war sie nicht, aber sie liebte Dialoge, in denen es um sie als Interpretationsobjekt ging, und einen solchen erwartete sie jetzt, eine Fortsetzung diesmal mit Geliebtem, die sie neugierig machte. Außerdem fragte Gunna viel zu wenig nach Salvatore, und Sirin genoß es, von ihm zu erzählen. Sie selbst war in der Widerspiegelung Gunnas ihr Lieblingsthema, aber dann kam sofort Salvatore, noch besser: ihrer beider Liaison. Auf Gunnas Frage antwortete sie, Salvatores Mutter wäre ungefähr in Gunnas Alter (sie lachte, diesmal etwas verlegen), und seine Alten seien noch keine richtigen Alten. Es gab nichts zu pflegen. Sie lachte, sie war neugierig, bereitwillig. Denkst du mal zur Abwechslung wieder an dein Buch und nicht an Terroristen?

An die denke ich immer auch. Aber war er vielleicht als Zivildienstleistender in einem Altersheim?

Nur zum Musikmachen. Davon gibt's wahnsinnig komische

Anekdoten. In einer Gruppe haben sie die Bewohner mit alten Schlagern glücklich gemacht, wenn du willst, kann ich dir irre drollige Geschichten erzählen...

Später mal, aber jetzt... Pflegerisch und so war nichts?

Nichts. Mit einer anderen Gruppe haben sie auf einer Ökostation irgendwo im Norden an Biotopen gearbeitet und auch Vögel beobachtet. Aber da hab ich nicht viel Material drüber. Es gibt noch leere Flecken in seiner Biographie... es tut so gut, einander Stück für Stück immer besser kennenzulernen. Es ist wie bei einem Mosaik. Oder Puzzle. Sirin, wieder selbstironisch, wieder lachend, gestand, sie glaube, *ihr* Puzzle, das Mosaik Sirin, sei allerdings längst vollständig zusammengesetzt. Ich bin ein bißchen gesprächiger, wie du weißt. Aber was ich nicht weiß, ist, warum du nach all dem fragst. Mit deinem Buch über älterwerdende Frauen kann's ja eigentlich nicht zusammenhängen.

Doch. Und zwar fiel mir vorhin, als du dich über deine defekte Bandscheibe beschwert hast, eine Talkshow ein, länger her, der Talkmensch hatte Pärchen wie euch eingeladen...

Stop! Es gibt keine *Pärchen wie euch*! Wie uns! Wir sind einmalig!

Jedes Pärchen ist das, selbstverständlich. Die Frauen älter als die Männer, habe ich damit gemeint, viele ziemlich erheblich älter... hej! Sieh mich nicht so bedrohlich an!

Gleich kommt bestimmt was Schlimmes!

Aber nein, nichts Schlimmes. Eher was Komisches.

Das ist doch erst recht schlimm.

Nicht für Leute wie dich. Leute mit Humor. Jetzt hör zu. Alle waren sehr zufrieden, beziehungsweise überglücklich, die Frauen gickelten herum und girrten ihre Burschen an, und die strahlten zurück, mehr oder weniger, und kein Satz kam vor, der nicht im Lachen endete, und als der Talkmann einen besonders jungen Burschen einer besonders ältlichen Frau fragte, ob er auch dem sehr hohen Alter seiner Freundin furchtlos entgegensähe, ob er je daran gedacht hätte, daß sie eines Tages als Pflegefall seine Liebe doch vielleicht strapazieren würde, es müsse ja dazu nicht kommen, Angst einjagen wolle er ihm nicht, alles graue Theorie, aber ... da unterbrach ihn der unerschrocken grinsende Junge sehr vergnügt: Für mich wird sich nichts ändern, was auch mit meiner Marietta geschieht, denn wissen Sie, ich habe schon meine Oma und dann später noch eine Tante bis zuletzt gepflegt: kein Problem.

Ihhh! machte Sirin, sie schüttelte sich, quietschte, lachte. Ist ja absolut gräßlich! Die Oma! Die alte Tante! Aber *mir* jagst du damit trotzdem keine Angst ein.

Tu ich doch. Ich tu es bei allen, die ich nach der Angst vorm Älterwerden frage, der Angst vor dem *Alter*, alle haben sie, natürlich, warum auch nicht? Es fängt mit den ästhetischen Defiziten an sehr unangenehm zu werden, und es endet nicht bei Gebrechen, Hinfälligkeit, alle hassen den Gedanken, von anderen abhängig zu werden, und nur das immerhin geben sie zu. Und dann kommt das Sterben dran, und dann der Tod, besser nicht so weit vorausdenken ...

Tust denn du das etwa?

Möglichst oft, manchmal täglich, und zwar mir zuliebe. Ich möchte jetzt nicht religiös werden, paßt nicht zu Kaffee und Kuchen, aber ich *müßte* religiös werden, wenn ich weiter darüber sprechen würde, ich meine, warum ich mit Absicht an den Tod denke.

Und warum verabscheust dann du diese Selbstmordfanatiker? Die wollen doch auch ins Paradies.

Ich will's aber nicht als Massenmörderin. Es ist die Angst vor der Angst.

Was ist die Angst vor der Angst?

Aus lauter Angst vorm Älterwerden haben sie Angst, darüber zu reden. Statt nach Angst zu fragen, sollte ich besser von Unlust sprechen, und daß es einfach keinen Spaß macht, das Älterwerden, mit allen seinen Einbußen, dem Ausgebootetwerden, beruflich zum Beispiel, und das betrifft nicht nur Fernsehfrauen, irgendwelche verwelkenden Moderatorinnen; die Männer bleiben, die Frauen sind für die unschönen Nachrichten nicht mehr schön genug. Und sogar für Schreibtischfrauen wie mich gilt das

Verfallsdatum. Du wirst nicht mit deinen Schreibjahren und vielen Publikationen würdiger, immer beachtlicher, so wie die Männer, und wie es auch, falls du es wert bist, gerecht ist; nein, als Frau verlierst du deinen Glanz, du bist zwar bestenfalls eine *Institution*, so stellte mich neulich jemand dem Publikum vor, aber eigentlich bist du die Ach-lebt-die-denn-noch? Die Ach-die-schreibt-auch-noch?, also jemand, dem abgewunken wird, verjährt, nichts Neues zu erwarten, ein bißchen Zeitgeschichte, ja ja, das war die Soundso-Ära, du bist die Sah-mal-sehr-gut-aus, damals, alles damals. Alle altern, die Männer *altern*, macht nichts, aber die Frauen *veralten*. Von alten Frauen, die schreiben, braucht man höchstens drei, und die dürfen sogar fett werden, die Kult-Frauen, Mütter. Alt und monströs und *wichtig*. Am besten mit mäandernder Lebensgeschichte. Nazi-Kind, Nazi- oder FDJ-Jugendliche, nach schwerstem Ringen der Loslösung vom Faschismus, Faschismus klingt schicker als Nationalsozialismus, nach existentiellen Krisen wird der Kommunismus ihr neues Ideal, neue Gruppengeborgenheit ...

... bis sie dann einfach irgendwie links bleiben. Sirin lachte. Kenn ich schon. Von dieser pummeligen Halb-Kollegin, mit der du nicht gern denselben Nachnamen hast.

Als sie sich zu einem Spaziergang in der stillen Quarantäne-Zone um die Heinrich-Kleist-Straße herum aufgerafft hatten, Gunna sich zum langsamen Gehen zwang und Sirins Geschichten aus der Hochschule zuhörte, bis Sirin sagte: Jetzt bist du wieder dran, fragte Gunna, ihrem Abschweifen folgend: Würde es, wenn ich älterwerdende Frauen und tagespolitische Aktualität irgendwie vermische, zu dir passen, daß du zu einem von diesen idiotischen Good-will-Unternehmen pilgerst, deinen zuerst widerspenstigen Salvatore im Schlepptau? Zu so einem schrecklich gutwilligen *Tag der offenen Moschee*?

Oh nein, schreib das bloß nicht über mich! Ich sehe schon ein, daß du Kontrastfiguren zu dir brauchst, um dich über sie lustig zu machen, aber das muß ja nicht immer ich sein, oder? Und (Sirin lachte) wenn ich's auch wirklich gar nicht mal uninteressant fände, und ich finde es nicht uninteressant, meinen

Schatz brächten keine zehn Pferde mit dorthin und nicht mal ich, ich hätte genau so wenig Erfolg.

Er hat sich doch schon zu x Unternehmungen auf dem Bildungs- und Touristik-Sektor überreden lassen. Schau mal, Mitte Oktober und die Straßenbäume sind noch grün. Sind das Linden?

Die Heinrich-Kleist-Straße war mit doppelreihigem altem Baumbestand auf einem Mittelstreifen wie eine südliche Avenue angelegt, Gunna mußte an Lissabon denken, aber die Jugendstil- und Gründerzeit-Häuser hinter ihren gepflegten Vorgärten paßten nicht in diese kurze Assoziation. Niedrigere Gewächse auf den Grundstücken waren herbstlich verfärbt, braun, gelb, da und dort schimmerte Rot.

Die allzeit lernwilligen Deutschen, sagte Gunna. Sie finden, es ist fünf vor zwölf oder fünf nach zwölf für eine Auseinandersetzung mit dem Islam. Diese bereitwilligen Deutschen, sofort schuldbewußt, sofort aber auch schuldig sprechend: Zwar hat nun leider der amerikanische Präsident nicht als Cowboy funktioniert und aus der Hüfte geschossen, trotzdem, er und das ist *der Westen ...*

Ich weiß, ich weiß. Aber hier war so ein *Tag der offenen Moschee*, und er soll sehr erfolgreich gewesen sein. Besucherandrang und so weiter.

Du hättest nicht *aber* sagen sollen. Natürlich war er ein Erfolg! Im Fernsehen sagte eine deutsche Besucherin, von der Frisur bis zu den Schuhen topmodisch: Ich bin sehr dankbar. Sehr froh darüber, daß ich gekommen bin. Eine Muslimin hat uns den Sinn des Kopftuchs erklärt. Und so weiter und so weiter brav und doof, und dann kam die Krönung: Die deutsche Frau war richtig glücklich mit der Erfahrung, daß vieles aus dem Koran doch ganz ähnlich auch im Neuen Testament stehen würde. Oder im Alten, sie war sich da nicht ganz sicher, auch egal, Hauptsache: diese Gemeinsamkeit.

Und Sirin, obwohl sie viel gelacht und viel gestöhnt und oft wie ohnehin immer bei Gunnas kritischen Satiren zugestimmt hatte, verstand trotzdem die ganze Aufregung nicht, und sagte es.

Sie passierten eine Unterführung und kamen in einer Fußgängerzone mit Geschäften, Restaurants und Cafés wieder an die Oberfläche, stellten fest, daß sie Lust hatten, irgendwo auf der Straße vor einem Café im Freien zu sitzen, bedauerten, daß sie zu satt waren für Eis, fanden Platz mit Blick auf die Passanten und orderten Prosecco, und Gunna entging nicht, wie dringend sie beide auf den italienischen Kellner einen unauslöschlichen Eindruck machen wollten, und das sagte *sie* diesmal.

Und wenn ich euch Frauen...

... *euch* Frauen! *Uns* Frauen! Du bist auch eine!

... euch mit eurem rührenden Zeitopfer für die Schönheit noch so wenig verstehe und mit dem täglichen Duschen plus Haarewaschen, den Tüchern, Schärpen, Ohrringen ... und nicht dazugehöre ... beim Gefallenwollen bin ich dabei. Hast du je daran gedacht, daß es schon rein anatomisch ein vollkommen anderes, vollkommen unbekanntes und auch kaum vorstellbares Lebensgefühl sein muß, das ein Mann hat?

Rein anatomisch ... Sirins hellhäutiges, freundliches Gesicht wurde in seinem Grinsen breit, weich. Du wirst jetzt anzüglich, oder? Die Männersachen am Körper meinst du, oder? Eine Freundin einer Freundin hat sich als Mann entdeckt, nach über dreißig Jahren als Frau. Nach ich weiß nicht wie vielen Operationen ist sie jetzt endlich auch unten herum ein Mann, *anatomisch*. Sirin fiel es nie schwer, gleichzeitig zu kichern und zu sprechen. Aber ich habe sie mal gesehen, und ich glaub nicht dran. Richtig gelungen kann es nicht sein. Sie trug enganliegende Hosen, und man sah überhaupt nichts. Und oben rum war noch was Verschwollenes übrig, trotz dicker Wollsachen definitiv busenartig. Mit dem Vornamen war's leicht, weil sie Julia hieß. Jetzt ist sie Julius. Irgendwie schrecklich, oder?

Was man als Mann denkt und fühlt ist eigentlich doch vorstellbar. Ich glaube auch nicht ans hundertprozentige Gelingen von diesen Umwandlungsoperationen. Deine Julius-Julia wird nie ganz genau so wie ein Mann denken und fühlen. Ich kenne einen Mann, der es umgekehrt gemacht hat und jetzt eine Frau ist und das sogar in seinem alten Beruf, Chef vom Sowieso-Kultur-Forum, nun Chefin, und nicht mal die Stadt hat er-sie gewechselt, er-sie residiert im selben Büro wie vorher, arbeitet mit demselben Team, scheint das nicht peinlich zu finden.

Die Leute flanierten, die wenigsten schienen in der Stadt wirklich etwas Wichtiges vorzuhaben, nur die meist zu mehreren gruppierten Türkinnen schleppten sich mit schwerbeladenen Tüten ab. Die Mehrheit wollte einen dieser letzten warmen, sonnigen Oktobertage auskosten, die Jungen führten ihre Körper vor, ehe sie unter dicken Jacken verschwendet werden würden. Mit Ausländern sah die Szene besser aus.

Wenn wir, der böse Westen, solche verrückten Sachen machen, geschieht es uns eigentlich recht, daß diese Religionsfanatiker uns bestrafen. Was wir nicht alles für selbstverständlich halten, und vor noch einem Jahrhundert oder einem viel kürzeren Zeitraum wäre das den Menschen absolut irreal vorgekommen, ich meine Peep-Shows, die Leute laufen fast nackt herum, Street-Parades, Love-Parades, wer nicht ordinär ist, kriegt keinen Applaus, nicht im Fernsehen, nicht für Literatur, übrigens auch ein affiges Getränk, Prosecco ... unsere westlichen *Werte*, igitt!

Du wirst plötzlich fundamentalistisch.

Und *du* hattest ganz am Anfang eurer Liebesgeschichte bei Salvatore Unterricht in Pornographie. Ihr habt Pornofilm-Studien gemacht ...

Es gibt ihn, den guten Porno. Und den schlechten.

Wie beim Islam, oder? Aber daß sie uns verachten, verstehe ich.

Am Nachbartisch kam es zu einem Benutzerwechsel. Ein älteres Paar brach auf, zwei junge Mädchen setzten sich neben Sirin und Gunna. Eine war blond und langhaarig, die andere dunkel, kurze Lockenfrisur. Beide trugen offene Blusen über kleinen Hemden, enge lange Hosen, waren hübsch, beinah schön, fand Gunna nicht neidlos. Ganz egal, ob diese jugendfetischistische Zeit es forderte oder nicht, man sollte jung sein. Sie sagte: Eigentlich ist das Leben für die Jungen da.

Bis fünfzig geht's doch noch, sagte Sirin. Fang nicht wieder an, mir Angst zu machen. So lang mein Schatz mir keine macht, kann ich's aushalten. So lang er sagt, sie gefallen ihm, er findet sie süß, ertrage ich fast sogar meine ekligen Augenwinkelfältchen. Ich lache zu viel. (Sie mußte lachen, es stand ihr gut.)

Lachen ist immer günstig beim Älterwerden. Ich habe festgestellt, daß ich so circa ab, na ja auch wohl fünfzig, daß ich ab da kein ernstes Gesicht mehr machen sollte. Es sieht bitter aus, nicht nachdenklich, gescheit und dergleichen, eher sogar geistlos.

Auch ich krieg schon einen komischen Mund auf Photos, auf denen ich ernsthaft aussehen wollte, überhaupt, einen komischen patzigen Gesichtsausdruck. Übrigens, ich bestell mir noch was.

Jungen Leuten stehen ernste Gesichter extrem gut, eher besser als Grinsen. Wir reden nur von Frauen! Männer, auch die alten und die ältlichen, Männer brauchen nie zu lächeln. Die Natur ist ungerecht. Sie ist feindselig, sie ist's sowieso. Fressen und Gefressenwerden. Biologisch ist die Frau benachteiligt, da können die Feministinnen mir nichts vormachen. Ich hab's schon als Kind geahnt, und dann ab der Menstruation radikal erkannt. Sie war ein Schock. Ich haßte sie. Sie war eine Gefangenschaft, eine Niederlage und Blamage, da bist du plötzlich leck geschlagen und kriegst's mit blutigen Klumpen zu tun und verdammt weh tut es auch noch ... Sauerei.

Andererseits, nur wir Frauen können Kinder kriegen. Und wir haben noch ein paar andere Vorteile.

Mir fallen keine ein.

Kein Wehrdienst.

Einverstanden.

Meine Kinder hatten kein Problem damit und sie *haben* keins. Vielleicht ist dein Becken zu eng? Sirin lachte, Variante: vorsichtig, schüchtern. Mir tut's nicht weiter weh, den Töchterchen auch nicht.

Mit Anfang dreißig hatte ich physiologisch gesehen das größte Glück innerhalb meiner Biographie, kriegte ein Myom, also weg mit dem verdammten Uterus, all dem Gebärzubehör.

Sirin, das Schönste an dir unter vielem Schönen ist, da du ungewöhnlich gescheit bist und deshalb nichts übelnimmst, du Mutter. Schau mal, da drüben am Gemüsestand! Die junge Türkin, sehr schönes Gesicht. Ernst!

Oh, und mit Brille! Sieht seltsam modern aus zu dem mittelalterlichen Gewand und dem Kopftuch. So so, ich bin also ungewöhnlich gescheit. Zwar glaube ich selbst das auch (kleiner Lacher), aber nicht, daß *du* das denkst, du brauchst mich mehr als die Naive, die dauernd und über alles und jedes lacht. Und in die offene Moschee rennt und den Folklore-Fimmel mitmacht und das sympathisierende Interesse für fremde Gebräuche und die Akzeptanz der Kopftücher als Ausdruck einer anderen Identität ... Sirin holte Luft, mußte lachen. Du willst mich als eine, die alles verkitscht und verharmlost und an Sälbchen und Kräutertees gegen das Altern glaubt und vor allen Dingen eigentlich überhaupt nichts von Politik wissen will, nur Sex und Gesäusel mit ihrem Liebsten. Und jetzt sag bloß nicht, daß da nichts Wahres dran ist. Bei mir willst du die Wonnen der Gewöhnlichkeit genießen.

Du hast ein zu hohes Sprechtempo, ich bin nicht ganz mitgekommen. Die schöne junge Türkin hat nichts gekauft, nur die zwei andern. Für die zwei andern ist die Verpackung vermutlich eine Gnade. Übrigens, man sieht nie eine allein.

Das ist vielleicht verboten. Ich will jetzt mit dem Kellner flirten. Und *du* wirst mich ausstechen wollen.

Als Mann, vor die Wahl gestellt: westliche, ziemlich ausgezogene Schöne oder schöne vermummte Östliche, würde ich mich wahrscheinlich für die Verpackte entscheiden. Sie ist phantasieanregender.

Du klingst immer mehr wie die Frau, die vom *Tag der offenen Moschee* geschwärmt hat.

Die fällt doch nur auf alles rein, was multikulturell ist, sie findet's irgendwie heilig und schrecklich wichtig, sie hält sich für weltoffen und politisch weise, ist aber bloß sentimental und einäugig. Weder sie noch irgendeine hiesige Frau würde sich von Kopf bis Fuß verhüllen, noch die Unansehnlichste fände es zu schade für ihre vielleicht passablen Oberarme oder die Beine und den letzten Haarschnitt. Und du, denk an deinen Schmuck.

Und du? Bist nah dran, in diese schlabberigen Gewänder zu steigen? Sirin glänzte den Kellner an, hob ihr Glas, sagte: Nochmal dasselbe, prego!, lachte.

Das *gleiche*, sagte Gunna. Mir auch. *Bitte!*

Bitte! Jetzt bist plötzlich du deutschtümelnd.

Ich bin nicht sicher, ob er Italiener ist. Und wenn ja, müßte alles auf Italienisch sein, der ganze Satz. Gunna dämpfte die Stimme: Welche von den beiden findest du besser?

Sirin lächelte zum Nachbartisch hin. Keine. Meine Töchter finde ich besser.

PAULA WEYMUTH, im Streben nach der *richtigen* Freundin, wagte einen Vorstoß: Ich würde gern eine Veranstaltung mit Ihnen machen, liebe Gunna. Allerdings könnte ich wohl kaum einen Saal mieten, aber selbst wenn es in der *Bücher-Truhe* etwas beengt wird, kann das seinen besonderen Reiz haben. Wir hatten früher mal eine Jugendbuchautorin bei uns, es war ein guter Abend. Auf kleinerem Raum ist es intimer, und die Leute trauen sich, Fragen zu stellen.

Paula machte eine Pause. Mit ein paar freundlichen *Ja* und *Aha* (oder Ähnlichem, das nichts aussagte, aber auch nichts abschmetterte, hatte Gunna sie vorerst im Stich gelassen, so empfände Paula es. Sie mußte also allein weiterreden. Sie war etwas überanstrengt. Vor Max Weymuth, dem klumpigen Hindernis, und ihrer eigenen Überzeugungsarbeit ekelte ihr beinah, und das gefiel ihr gar nicht.

Was stört dich eigentlich so fürchterlich an meiner *Idee*, fragte sie ihn.

Und warum liegt dir so viel an der Sache? An deiner Idee? fragte er.

Gunna Stern ist eine berühmte Frau, sie ist interessant, sie wird auch der Buchhandlung guttun.

Ganz schön naiv. Seit wann gehen bei uns *berühmte* Leute ein und aus? Bisher hatten wir bescheidenere Ansprüche. Wenn sie wirklich so berühmt ist, ist sie mehr, als wir uns leisten können. Hast du deine wunderbare Idee auch mal aufs Ökonomische hin abgeklopft?

Fragen kostet nichts, oder?

Außer daß wir uns lächerlich machen. Was liegt dir eigentlich an dieser Frau?

Ich hatte in meinem ganzen Leben nie eine richtige Freundin, sagte Paula fest, und mit Überwindung zu äußerster Selbstdisziplin blickte sie aufwärts in das mürrische Gesicht ihres Mannes. Mit seiner letzten Frage hatte er zum ersten Mal Einfühlungsgabe bewiesen. Sein Argwohn war berechtigt. Er witterte ihr Davonpreschen, ihr Wegstreben. Jetzt müßte er ihr eigentlich leid tun. Vielleicht später, dachte Paula, die im Augenblick des Streits nichts dergleichen empfand, keinerlei Mitleidsregung. Sie brauchte Ruhe. Und mit so viel Ruhe, wie sie sich abzwingen konnte, und auch diese Ruhe war vorgetäuscht, sagte sie: Ich möchte nur wenigstens mit ihr darüber sprechen.

Streit ginge ja noch, alle Leute stritten sich dann und wann, aber schlimm an Max war seine Unfähigkeit, sich zu versöhnen. Anscheinend braucht er das nicht, hatte Paula an einem der ihr unvergeßlichen Abende in der *Lister Pfanne* zu Gunna gesagt, nachdem sie einander nähergekommen waren, so (bisher und bei niemandem auf der Welt) verwegen nah, daß Paula über das unverfängliche *Er ist skurril* hinaus sich zur Kritik an ihrem Mann vorwagen konnte. Anscheinend braucht er keine Versöhnung. Ich weiß nicht, was in seinem Kopf vorgeht.

Und mitten im Pfannkuchen des bewußten Abends (Brokkoli mit Bel Paese?) hatte Gunna getröstet: Ich fürchte, da geht es ihm wie allen Männern. Oder: wie den meisten. *Alle* stimmt ja nie. Und sie selbst brauche auch, spätestens vor dem Schlafengehen, Versöhnung. Als wir Kinder waren, hat unsere Mutter uns das beigebracht, es mußte nicht abends sein und auch kein tiefgehender Zank und Streit, aber sie sagte den Spruch auf: »Oh wie fein und lieblich ist es, wenn Geschwister einträchtig beieinander wohnen.« So etwas prägt. Und später lerne man, daß Frauen einen Streitfall zuende diskutieren wollen, Männer aber nicht, weil sie nicht nachgeben wollen. Und nicht können, die meisten.

Paula redete von ihrem Bedürfnis nach Konsens, Umstimmung und Überzeugung erwarte sie ja gar nicht, nur eine Patt-Situation als Ebene für die harmonische Fortsetzung des Zusammenlebens zwischen vier Wänden.

Gunna sagte: Was mich immer umwirft, das ist, wenn in Filmen gerade noch der wildeste Ehezorn tobte, aber dann beide ins gemeinsame Schlafzimmer gehen, die Frau legt sich wirklich brav und mit verstörtem Gesichtsausdruck neben ihren Mann, Kopfkissen nah beieinander, er schläft ziemlich sofort ein ... Ganz und gar grauenhaft. Gemeinsame Schlafzimmer sind sowieso ein Grauen.

Als köstlich liebevoll, nur aber leider gar nicht tröstlich empfand Paula eine Erinnerung, die in diesen Zusammenhang gehörte. Zwar wollte sie nicht wie eine Heulsuse vor Gunna dastehen, des Mitleids bedürftig, aber als Realistin wünschte sie sich eine realistische Betrachtungsweise ihres Lebens. Und wieder hatte die Erinnerung mit Gunnas im Grunde liebenswertem, erbarmungsvollem kleinen Spleen aus ihrer Kindheit zu tun: Bei einem anderen Pfannkuchen (Pesto?) und Sturmböen gegen die Fensterscheiben in ihrer Stammecke erzählte Gunna von einem Trick gegen die Häßlichkeit der Realität, früh einstudiert, Übungsobjekt: die Kinder der Putzfrau ihrer Mutter. Obwohl ich nicht besonders an ihnen hing ... ich war nur immer neugierig, anders als meine Schwester, die nicht mitkam, wenn ich diese Kinder besuchte. Aus Neugier auf andere Milieus als unseres sah ich mich auch bei Kindern aus meiner Schulklasse um, überall war es nicht wie bei uns, aber doch nirgendwo unerträglich. Mir haben sogar spießige Wohnzimmer mit unbedeutenden Möbeln Eindruck gemacht, vielleicht hatte ich einen schlechten Geschmack, oder es war das Gespür für die absolute Unähnlichkeit meiner Familie mit allem in unserem Umkreis ... wir wohnten etwas abseits von der kleinbürgerlichen Nazi-Mitläufer-Welt, zu der meine Schule gehörte, in manchen von diesen aus heutiger Sicht stumpfsinnigen Wohnungen hingen Hitler-Portraits, und ich wußte natürlich, daß das verachtenswert war ... aber für diese Schulkameradinnen mußte meine weltverbessernde Phantasie keine Gegenwelten erfinden, das machte sie nur bei der Putzfrau-Familie, denn dort war alles wirklich unerträglich ... das trostlose Oberlicht, die Wohnküche, geheimnislos; die Öde, auch schlecht geheizt, vereinnahmte mich schon im Treppenhaus des Mietshauses und bis rauf in den zweiten Stock, zwei Wohnungen auf jeder Etage.

Wenn nur Gunna sich nicht immer noch wie als Kind alles ins Ideale verwandelte, dachte Paula, nicht auch bei mir, und meinen Alltag so ummodeln würde, daß ich darin Ruhe und Behagen empfände. Über geheime unterirdische Gänge gelangten die Kinder der Putzfrau, sobald Besucher weg waren, in ein kleines gelbverputztes Schloß inmitten eines dicht und grün mit interessanten, schatten- und versteckspendenden Gewächsen beschützenden Gartens, und sie trugen dort schöne Sachen und hatten alles, was sie sich wünschten, und die heimlichen, die wahren, liebevollen Eltern; die Mutter putzte nicht, die Mutter las Bücher, und hier residierte der Vater, den sie in der Wirklichkeit nicht einmal kannten, Eltern fürs Anvertrauen, und denen es gut ging, voll zärtlicher Güte, trotz allergrößter Ähnlichkeit mit Gunnas Eltern nicht wie diese bei Seufzern und Beängstigung zu erwischen, denn ins Park- und Schloß-Terrain konnte keine Nazizeit eindringen. Schöne erschwindelte Wunschwelt, Gunnas kindliches Phantasie-Paradies, nach dessen Schilderung, letztes Glas Wein in der *Lister Pfanne*, sie sich selbst verspottet hatte: Immerhin, weil ich mir so viel Mühe für andere gegeben habe, kann ich doch unterstellen, daß ich wahrscheinlich kein schlechter Mensch bin, kein ganz schlechter, oder? Soziales Gewissen, hatte ich das etwa nicht? Schon als Kind?

Und von mir kam nichts: Paula erinnerte sich ungern. Kindsköpfig kam sie sich nachträglich vor, bloß staunend, aufblickend, mit offenem Mund, Fragegesicht. Obwohl ihr doch im Kopf herumgegangen war, daß Gunnas Zaubereien etwas

Schönfärberisches hatten, an Wirklichkeitsflucht erinnerten. Immerhin, ihr Engagement galt anderen, war uneigennützig. Mußte man nicht aber als erwachsener Mensch mit diesen Abschiebungstricks Schluß machen? Paula sah Fernsehbilder vom Elend aus Katastrophengebieten vor sich. Jetzt die afghanischen, die Flüchtlingsszenen, die Armseligkeit hungriger und womöglich verwundeter Kinder. Würde Gunna auch die mit dem Befehl *Das ist nicht die Wahrheit über euch* schnell aus der gemeinen Realität in eine ihrer Traumidyllen transportieren?

Und mir, ihrer fast schon *richtigen* Freundin, mein mühsames Leben und die Arbeit, beruflich, privat, die mir über den Kopf wächst, mir soll sie unverfälscht glauben. Beinah erbittert wünschte Paula das, Erbitterung und Wunsch wunderten sie, weil sie ja auch nicht als klägliches wehrloses Opfer bemitleidet werden wollte. Als Jammergestalt und unemanzipiertes, domestiziertes Frauchen. Anerkannt werden, das wollte sie, *erkannt*. Gut, ja, auch mit ihren Schwächen, kleinen Feigheiten. Erkannt als das, was sie war und geworden war, geworden durch eine (oder mehr als eine?) Weichenstellung in ihrer Biographie. Bei der Weichenstellung (oder bei mehr als einer?) hatte sie schlecht aufgepaßt. Und auf Gunnas Frage (Intimität der Inselabend-Hermetik ringsum das Meer und inklusive Wein), warum sie Max geheiratet hatte, war ihr überhaupt keine Antwort eingefallen.

Nach Gunnas wenigen, aber freundlichen *Aha*- und *So-so*-Beweisen dafür, daß sie Paulas telephonischem Vorstoß in Richtung Vortragsabend in *Weymuths Bücher-Truhe* überhaupt Aufmerksamkeit schenkte, riskierte Paula, die ökonomische Seite des Projekts zu erwähnen, ermutigte sich vor jeder möglichen Enttäuschung: Ich werde das irgendwie hinkriegen. Geben Sie mir nur einen Anhaltspunkt. Daß Sie erster Klasse reisen, weiß ich. Sie lachte. Unsere gemeinsame und doch ein bißchen separate Reise damals nach Sylt habe ich nicht vergessen. Gleichzeitig dachte sie an ihr privates Konto: Zum ersten Mal in meiner Ehe werde ich Max betrügen. Zum ersten Mal werde ich mich viel mehr als mit meinen kleinen Freiheitsfluchten in die Außenwelt von *Buch-Intern* als selbständig handelnder Mensch ihm gegenüber behaupten. Wenn auch leider heimlich. Von meiner Finanzierungslist darf er nichts erfahren, und das muß ich Gunna anvertrauen. Voll emanzipiert sprang sie demnach immer noch nicht über die jahrzehntelange eheliche Feigheit hinaus (laß nur das *noch* weg, denn es wird lebenslänglich so bleiben.)

Was halten Sie davon? fragte Paula. Hört sich das für Sie ganz unmöglich an?

Gar nicht, sagte Gunna. Nur fürchte ich, daß mein übliches Honorar plus Konditionen drumherum Sie erschreckt, und daß Sie einen Freundschaftsnachlaß erhoffen...

Aber nein! Paula log nicht.

Ich würde es ja gern, nur, im sogenannten freien Beruf muß ich einfach unidealistisch sein, ich muß beim Außendienst Geld verdienen. Nennen *Sie* doch die Summe, an die Sie gedacht haben.

Ehrlich gesagt, ich habe keine rechte Vorstellung..., bei Frau Sevening-Bär waren es 600 DM ... aber Sie sind berühmter...

Weiß ich nicht, nur teurer.

Sagen Sie doch, womit ich zu rechnen hätte.

Sagen doch erst mal Sie, was ungefähr Sie sich leisten könnten. Gunna lachte. Ich mache das immer so, wenn die Honorarfrage nicht schon vom Verlag geklärt ist und darüber verhandelt wird. Denn ich könnte ja mit meiner Kondition unter dem Angebot des Fragestellers liegen. Jetzt bin ich mal wieder gemein, oder? Bißchen hinterhältig? Raffiniert? Ja, bin ich, aber leider muß ich es sein. Ich muß leider immer auch als Geschäftsfrau denken.

Aber das weiß ich ja, Sie sind überhaupt nichts dergleichen, raffiniert, gemein ... nur, ich tappe im Dunkeln...

Also nennen Sie einfach eine Zahl. Dann wird man sehen.

Zwar hatte Gunna nochmals gelacht, aber Paula bekam eine etwas gereizte Ungeduld mit. Sie durfte nicht länger herumdrucksen. Sie dachte (beunruhigend, befreiend!): Ade Max, ätsch!, und wollte mit ihrer *1000* herausrücken, als Gunna ihr zuvorkam: Damals, als wir uns vor den Ansichtskarten *Aus der Römerzeit* in Ihrer Buchhandlung kennenlernten, beim Regenschauer, damals habe ich im *Steigenberger* gewohnt. In Städten mit *Steigenbergers* ist das immer meine Wahl. Sie wissen ja, ich kann einfach nicht in mittelguten Hotels wohnen, sie deprimieren mich, es dauert eine Stunde, bis man für sein Zimmer von den Kopfkissen bis zur Beleuchtung alles so zurechtgeordert hat, daß man es einigermaßen aushalten kann, und dann: Ich hasse Duschen, diese Milchglaskäfige. Ich brauche Badewannen. Und DZ als EZ.

DZ als EZ?

Doppelzimmer zur Einzelzimmerbenutzung. Dann hat man immerhin gleich, aber auch nicht immer die richtige Anzahl dieser schlappen Parodien auf Kopfkissen. Es ist nicht teurer. Der EZ-Preis wird berechnet. Es ist üblich.

Und selbst wenn es teurer wäre ... das *Steigenberger* läßt sich machen. Paulas dafür zuständige Rezeptoren hatten längst einen Strich durch die *1000* gemacht, irgendwelche anderen Gehirnzellen stellten die ziemlich boshafte Frage: Warum interessiert diese Frau also doch noch nach dem alles verändernden 11. 9. ein Bagatellproblem wie eine einzige Hotelnacht derart angelegentlich? Ist demnach nicht auch sie wie alle anderen, über die sie sich ziemlich hochmütig erhebt, zur Normalität zurückgekehrt? Eine Schlauere antwortete: Es interessiert sie, weil eine einzige Hotelnacht so wenig wie irgendein einzelner Augenblick in ihrem täglichen Davonkommen kein Bagatellproblem für sie ist, jede Lebensminute muß bei ihr perfekt sein, sie lebt nicht in den Tag hinein und so, als hätte sie endlos Zeit, sie lebt ihre Vergänglichkeit bewußt und deshalb nach dem carpe-diem-Prinzip.

Auf die Botschaften ihres Gehirns reagierte Paula mit *Ich kapier's, aber verstehen kann ich es nicht.* Um taktvoll zu sein, reduzierte sie den Tumult in ihrem Kopf auf die Genugtuung über Gunnas wenigstens partielle Rückkehr in die Bedürfnisse, die ihr vor dem 11. 9. wichtig gewesen waren.

Den New Yorker Marathon hätte ich zwar nicht mitgemacht,

sagte Gunna, und unsere Post aus Amerika werfen wir ungeöffnet in eine Plastiktüte vor der Haustür, und eines Tages wird man auch Inlandspost nicht mehr anfassen, aber ich sagte zu Dani, von jetzt an machen wir erst recht aus jedem Tag das Beste. Vernichtet werden sollen wir allesamt. Warum also sparen, zum Beispiel? Für welche Zukunft? Schuhe putzen?

Noch könnte man damit rechnen, daß man alt wird, und dann kann Geld sehr wichtig sein, sagte Paula. Und damit sind wir wieder beim Geld. Sie lachte vorsichtig. *Ich* werde nicht sparen, schon gar nicht bei Ihnen! Ich zahle selbstverständlich das *Steigenberger*, obwohl ich was Kleines, sehr Hübsches wüßte ...

Ich würde doch lieber ...

Es ist nur fünf Minuten von uns weg, Frau Sevening-Bär war dort sehr zufrieden.

Ich kenne das, ich höre das immer, Gunna verstellte ihre Stimme: Ihre Kollegen waren im XYZ sehr zufrieden ... Sie seufzte. Meine Kollegen haben bis vier in der Nacht irgendwo rumgehangen und merken dann überhaupt nichts mehr von ihren *hübschen kleinen* Zimmern.

Paula lachte. Aber auch alle unsere Freunde, die wir bei uns nicht unterbringen können, übernachten da immer wieder sehr gern, und sie sind bestimmt nicht betrunken. Das Hotel ist so individuell, wie soll ich sagen, eben persönlich, es hat nicht diese kalte Anonymität der großen Hotels.

Bitte ... ich liebe die Anonymität. Wenn alles funktioniert und überhaupt nichts Individuelles überall herumsteht, Bastgestecke, nette kleine Häkeldeckchen, all diese Heimeligkeit.

Paula erinnerte wieder an die Distanzgemeinsamkeit der Reise nach Sylt und beschwor die Weihnachtsgestecke in der V.I.P.-Lounge-Etage im Bahnhof herauf, und Gunna stimmte zu, lobte: Gutes Gedächtnis. Ich riskiere es, daß Sie mich für neurotisch halten, und wahrscheinlich bin ich das, ganz schön neurotisch, aber dann bin ich es eben. Dann muß ich es berücksichtigen. Paula, falls Sie nicht die Lust verloren haben, es wird nicht billig. Es wird teuer.

Aber preiswert. Paula gab sich eine gute Note, selbst verwundert über ihre Synonym-Schlagfertigkeit. Und wieder mit einem kalten triumphalen Gruß an Max und mit definitiver Entschlossenheit fragte sie: Also 1000? 1000 € pauschal, Hotel, Reisekosten 1. Klasse? Würde das hinkommen?

WIE GUT, DASS ICH SIE HABE SCHMOREN LASSEN. Gute Strategie. Eine Geduldsprobe zwar, bis sie ihr Angebot rausgerückt hat, aber das war's wert.

Gunna hatte Dani einen Kurzbericht erstattet. Euphorisch stimmte der ihn nicht.

Ich finde, daß die Gute, die Arglose, viel riskiert. Ich glaube nicht, daß sie das ihrem Mann sagt. Ich meine, wie hoch die Summe ist, die ich schließlich ja auch ihn koste.

Ach ihr Frauen. Was habt ihr nur immer für Labyrinthe und Irrgärten in euren Köpfen, lauter kleine Hampton Courts. Kurz blickte Dani über seine Zeitungsseite hinweg Gunna an, die über ihre Zeitungsseite hinweg auf ihn blickte. Was findet sie an dir?

Vermutlich irgendwas Freiheitliches. Etwas Unabhängiges.

So so? Bloß weil wir unverheiratet sind? Es ist doch trotzdem Zusammenleben. Gibt's heut eigentlich keinen Espresso?

Gibt's heut eigentlich keinen Espresso? Gunna hatte Dani piepsig imitiert. Gut, ich habe ihn vergessen, aber ehe ich ehefrauartig aufspringe, frage ich mich, ob nicht du ihn machen könntest.

Ich brauche ihn nicht unbedingt.

Ich aber. Gunna stand auf. Du hast recht, es ist Zusammenleben und manchmal verdammt eheähnlich. Aber ich erwecke diesen unverheirateten Anschein. Ich habe nun mal wie keine sonst diese freiheitliche Wirkung. Anziehungskraft.

Das war nicht wirklich Streit, aber mißtönend, und solche Miniaturen als für Paula tröstliche Kostproben konnte Gunna ihr offenbaren. Danach erklärte sie abschließend: Daß letztlich doch ich es war, die für den Espresso gesorgt hat; und daß ich in anderen ähnlichen Disharmonie-Lappalien genau so nachgegeben hätte, beweist keinen Edelmut, ist auch keine Demut, und nicht mal entspricht's dem Spruch vom Klügeren, der nachgibt ... es ist purer Egoismus. Denn ich will Frieden, auch wieder nicht aus weiser humanitärer Größe, sondern nur, weil ich meine Ruhe haben will. Verdammt nochmal, meine Ruhe. Paßt auch ins Jetzt-ist-Jetzt-Leitmotiv und *Jetzt* muß es mir gutgehen. Sie ergänzte ihre mit sich selbst ungnädige offene Interpretation bei Nachgiebigkeiten kleinerer Art um den Rat: Überlegen Sie, ob Sie meine Taktik auch zwischen sich und Ihrem Mann und den Söhnen einführen könnten. Sie werden gewinnen. (Schlechter Rat, dachte sie, zynisch, euphemistisch: Paula war in die Anpassungen tief eingebettet, und ihre Pflichten übertrafen Gunnas minimale Gnadenakte – da einen Espresso, dort einen Gang zum Briefkasten für eilige Post Danis, wenn der keine Zeit hatte – übertrafen sie um eine unübersichtliche Alltagsmasse, von morgens bis in die Nacht und für immer unfertig.

Freundinnen habe ich von einer idealen Ehe erzählt, von deren architektonischer Lösung, sagte Gunna. Sirin, die Verliebte, verabscheut dieses amerikanische Paar. Dani nennt sie Sadisten.

Paula hörte mit ausspähendem Lachblick und halboffenem Mund zu, Zweifel im kleinen Gesicht.

Es war in San Antonio, Texas, penetrante Sonne, sicher 40 Grad. Mit der Frau war ich seit einer Uni-Party in der Wayne State, Detroit so halb befreundet, wir mokierten uns über Kollegen. Dani und ich, das war circa zwei Jahre später, wir wohnten bei ihr, beim idealen Paar; der Mann war verrückt und irgendwas im Wahlhelfer-Team von Reagan damals, lang her also.

Interessantes Leben. Paula sah neidlos aus.

Dani vergißt nichts, schimpft als wär's gestern passiert: Fast nichts hat sie uns zu essen gegeben. Dauernd schlecht gelaunt war sie, außer wenn sie uns am Kanal entlang durch die glühende Altstadt schleppte: Ich fand es auch schlimm, vor allem das: Ein Hotel war ausgemacht, aber sie hat's vermasselt und behauptet, alles sei ausgebucht gewesen, und uns in ein schmales Zimmer, heiß!, mit Doppelstockpritschen bei sich zu Haus verbannt, und lustlos ein paar Salatblätter auf nasse Käsescheiben geklatscht oder andersrum und in zwei Sandwichlappen geschmettert. Sandwichlappen analog zu unseren Sandwichlagern. Und uns den Tiraden ihres verrückten Mannes ausgeliefert. Meine Freundin Henriette, die wie ich auf ihre Ruhe versessen ist, sie hat spät, aber dann mit voller Wucht ihr Talent für die Malerei entdeckt, Henriette findet die architektonische Lösung dieser amerikanischen Soziologie-Professorin für das Phänomen Ehe so genial wie ich. Sie hat, mit zugemauerten Durchgängen, *ein* Haus in *zwei* verwandelt. Für jeden eine Hälfte. Es ging nur aus statischen Gründen nicht bei ausgerechnet einer Tür zwischen dem Bad/WC des Ehemanns und dem Gästeverschlag, der zu ihrem Trakt gehört.

Paula Weymuth war eigens für eine vorbereitende Besprechung von Gunnas Auftritt in *Weymuths Bücher-Truhe* angereist; lange Bahnstrecke mit kurzer Umsteigezeit und schwerem Gepäck: außer ihrer übergewichtigen Nervosität handelte es sich dabei um zwölf Exemplare von *Freundschaft und kleine Katastrophen* zum Signieren. In jedem Buch zwischen Broschurdeckel und Vorsatzblatt steckte ein Zettel, auf dem in Druckbuchstaben Vor- und Nachname des potentiellen Empfängers stand. Hier und da mit vorangestelltem Doktortitel.

Sind Sie oft in Amerika gewesen? fragte sie. Sie rückte auf dem kleinen Empire-Sofa bis zum Polsterrand. Vorher hatte sie sich angelehnt, um bequem zu sitzen, aber es war ihr sofort peinlich geworden, daß sie in dieser Position nicht mit den Füßen auf den Boden kam.

Nehmen Sie doch diesen Sessel, riet Gunna, die Not ihres Gastes bemerkend, und um ihr den vielleicht peinlichen Wechsel zu erleichtern, fügte sie hinzu: Das Sofachen ist etwas tückisch. Zu lange Sitzfläche, falsch konstruiert. Ja, fürs Goethe-Institut und noch andere Institutionen war ich ziemlich oft in den USA, immer wieder neugierig drauf. Nicht nur zustimmend. Und das schon in meinen Albert-Zeiten.

Paulas Ausdruck hatte etwas Defensives. Im voraus schien sie sich gegen eine Enttäuschung zu wappnen. Günstigere familiäre Arrangements als ihres belasteten sie. Bis auf ihre immer noch optimistische Sehnsucht nach der *richtigen* Freundin war sie eine skeptische Realistin, die wußte, was noch korrigierbar (wenig) und wofür es zu spät war (viel). Und weil Gunna ihr diese gemischten Gefühle ansah, kam sie ihr (wunderbar freundschaftlich, so einfühlsam, so tröstlich, sogar belustigend, dachte Paula) schnell zu Hilfe: Ich weiß natürlich, wir zwei sind nicht, keine von uns, der radikale Typ, wir fänden die Lösung meiner amerikanischen Freundin zu brutal, schon weil unsere Männer sie brutal fänden ... und übrigens überhaupt nicht mitmachen würden. Ist mein Kaffee zu stark?

Paula sagte *Gar nicht*, und daß sie eine alte Kaffeetante sei und fühlte sich wieder wohl. Jetzt, im Sessel, hatte sie auch Bodenhaftung.

Für ihr schmales Keksangebot entschuldigte sich Gunna zum zweiten Mal, und Paula sagte wie beim ersten Mal, *unter Tag* esse sie sowieso nie etwas (mit *Arbeiten Sie im Bergbau?* konnte sie nichts anfangen). Und Gunna verschwieg wieder, daß sie zu nervös für gastfreundlichere Offerten war, und Paula unterschlug das Kaffeegebäck (von dem Gunna aber früher schon erfahren hatte, und daß es jemand aus dem kleinen *Bücher-Truhen*-Team in der Konditorei Stämmer, fast nebenan, besorgte (*unter Tag*, dachte Gunna).

Erzählen Sie noch ein bißchen, bat Paula.

Finden Sie die Ehe-Architektur gut?

Das wohl weniger. Haben diese zwei denn keine Kinder?

Keine. Selbst wenn, wären sie bei der ersten besten Gelegenheit geflohen. Anders als Ihre Söhne. Würde Paula Kritik heraushören? Die Söhne bleiben, weil es bequemer und billiger ist? Schnell fügte Gunna hinzu (denn sie wußte: eine emotionale Hilfe *waren* Paula die Söhne): Vor schrecklichen Eltern macht man sich aus dem Staub, bei den idealen bleibt man.

Das Ideal von Eltern sind wir nun gerade nicht, sagte Paula.

Na gut, keiner ist ideal. Meine Eltern waren es, aber fortgegangen bin ich auch. (Das war wieder nicht ganz das Richtige. *Ihre Söhne bleiben aus Beschützerinstinkt, breitere Front gegen Ihren Max:* Wohl noch weniger das Richtige. Gunna ermahnte sich: Ich kenne diese Weymuths ja auch gar nicht wirklich. Paula bleibt diskret. Aber gerade deshalb fühle ich, daß ich sie genau kenne!)

War das auch, San Antonio, während einer Goethe-Instituts-Reise?

Ja. Danach, in Austin, dann Houston, haben wir uns erholt von diesen zwei Tagen. Am zweiten Abend hatte ich plötzlich einen Agoraphobie-Anfall. Es war bei lauter Musik in einem Country- & Western-Restaurant, Riesenhalle, Riesentanzfläche, Riesen-Steaks. Hatten Sie je Platzangst? Dani hatte mal welche in Verden an der Aller. Wir mußten die halbe Nacht lang durch die Straßen des Städtchens laufen.

Nein, zum Glück, Paula hatte nie Platzangst.

Meine Halbfreundin lehrt an einer Privat-Universität. Der Campus ist eine Idylle, die schönen, gutproportionierten Gebäude liegen verstreut auf einem hügligen und dichtbepflanzten Gelände, kennen Sie diese südlichen Bäume, bei denen die Äste schon tief unten am Stamm anfangen und sich abzweigen? Keine besonders hohen Bäume, olivenbaumgrünliches Laub, in einem Film-Klassiker mit Bette Davies sind sie rechts und links der Allee höher, es ist die Allee, die auf das herrschaftliche Haus zuläuft, in dem Bette Davies nach einer gescheiterten Liebesaffäre verbittert allein lebt, auf den Titel komme ich jetzt nicht, aber sofort auf die Leitmotiv-Melodie: »Hush hush, sweet Charlot...«

Paula kannte weder Film noch die Bäume, und in Texas war sie auch noch nie gewesen. Bei unserem kunstgeschichtlichen Interesse... und den sehr knapp bemessenen Urlaubszeiten... vorerst bietet sich da Europa an.

Ich bin eher banausisch. Fremde Gegenwart schlägt Museen 1:0. Die USA verlocken mich immer wieder, nur jetzt... ich bin faul geworden. In der Theorie habe ich Reiselust, in der Praxis: Null. Das fängt beim Gedanken ans Packen an. Und nach dem 11. 9. ...

Das sollte aber nicht für immer gelten.

Sie brauchen ja längst Kaffee! Gunna goß Paulas Tasse voll, und Paula nannte sich wieder *Kaffeetante*, riet wieder zum Reisepläneschmieden. Rom?

Da war ich, sogar fast ein halbes Jahr, ewig her. Mit Albert wohnte ich schon mal in San Antonio und zwar auf dem Zaubertraum-Hügel vom Campus-Terrain, im Gästehaus hatten wir eine Suite, tiefe weiche Polstermöbel, grünlich wie der flauschige Teppichboden ... und dann, Jahre später, dieser Schock in der Gästezimmerschachtel, wie zwei Pfadfinder, und wir mußten dieses mit dem Mann gemeinsame Bad benutzen, worin er uns jederzeit hätte erwischen können, weil es keinen Schlüssel zu seinem angrenzenden Schlafzimmer gab, die Folge: Obstipation vor lauter Angst: Paß auf, du sitzt auf dem WC, und gleich stürmt er rein und schimpft auf die Demokraten.

Diesmal mußte Paula beherzter und ausführlicher lachen als sonst.

Es war kein Steigenberger, sagte sie.

Arme Mabel. Nun steht auch ihre Post ungeöffnet vor der Haustür.

Das mit der amerikanischen Post vor der Haustür hätte sie vorhin schon nicht ganz verstanden, sagte Paula, sie sagte: Ich *gestehe*, und *nicht ganz* bedeutete: gar nicht, und Gunna rief: Anthrax! Die Giftattentäter! Und ein befreundeter Arzt fand es richtig, was wir mit der US-Post machen.

Ach so, natürlich, dumm von mir. Paula stieg zur Kenntnisreichen auf, als sie sagte: Aber das betrifft die Ostküste. Von Texas hört man nichts. Inwiefern war denn dieser Ehemann verrückt? fragte sie mit der Absicht, Gunna von der Gegenwart in der neuen Zeitrechnung wegzulotsen. Die politische Gunna machte ihr ein mittelschlechtes Gewissen. Sie freute sich über die doch nicht wenigen Anzeichen dafür, daß auch bei Gunna doch noch vieles so war, wie vor dem 11. 9. 2001.

Mables Mann ist obskur. Spleenig bis irr. Wir saßen in seinem Zimmer voller Ronald-Reagan-Trophäen, und er sprach so texanisch, daß man ihn gut verstand, die Texaner sprechen fast schweizerisch langsam, dazu noch breiig, wie mit vollem Mund. Nach dem Umbau träfen er und Mable nie mehr zufällig zusammen, erklärte uns Mable, nur nach telephonischer Absprache oder Klopfzeichen. Unsere Ehe funktioniert via Umbau-Idee erstklassig, sagte sie, ihre vielen Do-not-disturb-Warnschilder konnte sie abhängen und immer zu ihrem schrulligen Mann nett sein. Keine übers Gesellschaftliche hinausreichenden Kontakte mehr zwischen beiden, Solo-Nächte, Solo-Bad/WC-Betätigungen. Sie sagte, wenn wir Lust haben, verbringen wir auch mal einen Abend gemeinsam, und ein paar Rituale werden auch eingehalten, Morgenbegrüßung, aber erst, nachdem jeder sich separat zivilisiert hat, nichts Unrasiertes mehr und mit Mundgeruch; Gute-Nacht-Wünsche und solche Dinge, oft auch telephonisch. Zusammen essen? Selten. Wer hat schon mit wem gleichzeitig Appetit? Wie klingt das für Sie, Paula?

Vielleicht doch etwas kalt. Wie denkt denn der Mann dieser Professorin darüber?

Er hat nur immer gegrinst und Grimassen geschnitten. Es scheint ihm völlig egal zu sein.

Sie könnten sich ganz trennen.

Und das sagen Sie! Paula! Ist das so leicht? Ich meine es nicht persönlich, aber wie wird man einen Mann los?

Trotzdem, ich weiß nicht, ich glaub nicht, daß ich so leben möchte. Paula öffnete den Mund, sagte nichts, sah aus, als erwarte sie von Gunna die Entscheidung, ob sie so, oder wie sie sonst gern leben wollte. Genial fand sie sich nicht, etwas Ironisches wäre ihr lieber gewesen, als sie sagte: Sie werden ja mein Zuhause bald kennenlernen, es ist bescheiden, es ist hübsch, und ich fühle mich wohl da, aber es bleibt nun mal in einem Reihenhaus, obwohl wir am Rand sind, wir hätten keine so eingreifende Umbau-Möglichkeit wie bei Ihrer Freundin.

Ich bin gespannt drauf, ich habe mir schon damals auf Sylt zusammenphantasiert, wie Sie wohnen, Ihre Kulisse, wissen Sie noch, meine Kindheits-Imaginationen vom verborgenem, aber wahren Ambiente für die Kinder der Putzfrau? Ein Schlößchen statt der widerwärtigen öden halben Etage?

Und ob ich das noch weiß! Paula strahlte. Und ich wollte immer, daß Sie meine Realität kennenlernen ... Sie wagte den Vorstoß: Und *nicht* verändern. Nicht schöner machen als sie ist ... Ein wichtiger Zusatz fehlte noch, nach der Schilderung dieser schrecklichen amerikanischen Ehe, die sich für sie wie zur Nachahmung empfohlen angehört hatte: Nur ist bei mir alles anders als bei Ihrer Freundin. Ich liebe meine Familie, wirklich. Eine solche Trennung, eine so kalte Beziehung, sie würde mir nicht passen. Und trotzdem kann einem ja alles ab und zu über den Kopf wachsen. Oder?

Natürlich, ja. Meine dauerverliebte Freundin Sirin mag dieses Paar natürlich überhaupt nicht, aber Henriette, der verspäteten und jetzt deshalb dreifach vitalisierten Malerin, der imponiert das Modell, sie ist neidisch, sie denkt: Ich, mit meinem Dolf, ich habe alles falsch gemacht. Wie die meisten Frauen in diesem Alter hat sie Angst vor der Ruhestandszeit ihres Mannes, wenn er dann immer im Haus ist, obwohl er doch anklopft, ehe er bei ihr eintritt. Gunna lachte und erklärte, sie verstehe dieses Bangen vor der Veränderung des Lebensgefühls. Es macht viel aus, selbst wenn man untereinander verabredet hat, daß keiner den anderen stört, daß dieser andere nun doch *da* ist, seine pure Anwesenheit, auch die geräuschloseste, ändert den Aggregatzustand. Und das ist einer der Hauptschrecken angesichts des Älterwerdens. Das müßte, wenn ich damit weiterkomme, trotz neuer Zeitrechnung, in mein Buch. Den Tod wünschen diese Frauen dem Partner selbstverständlich nicht, sie wünschen nichts weiter, als daß er nur in geringer Dosierung zu Haus ist, abwesend zu festgesetzten Zeiten. Dann sind sie nett zu ihren Berufsrückkehrern. Sie fürchten, sie könnten nicht den ganzen langen Tag hindurch nett sein. Und sie fürchten natürlich auch das Belauertwerden. Sie wollen bei ihren diversen kleinen Gewohnheiten nicht ertappt werden.

Aufgemuntert von Gunna, sagte Paula Betrübliches fröhlich: Bei mir wird es zu solch einem Ruhestand überhaupt nicht erst kommen. Wir werden ja eines Tages gemeinsam von der *Bü-*

cher-Truhe Abschied nehmen, und das wird trotz aller Plagerei doch ein schmerzlicher Abschied werden.

Weil auch keiner der Söhne sie übernehmen will.

Ganz genau, sie wird in fremde Hände kommen, oder wer weiß, was mit ihr passiert, ob jemand den Mut hat, sie zu übernehmen, in dieser schwierigen Zeit. Und anfangs hat es mir wehgetan, daß beide Söhne andere Pläne hatten, aber jetzt freut es mich für sie. Aber um das aufzugreifen, Ruhestand hin oder her, es wird alles wie immer bleiben, ich meine, das dauernde Zusammensein.

Und als daraufhin Gunna sich der Unfairneß bezichtigte, allein des Themas wegen, klang Paula energisch: Ach, Sie wissen ja gar nicht, wie gut mir Ihre Offenheit tut. Ihr Sarkasmus. Ich habe immer alles in mich reingefressen, oder nicht mal das, ich habe vieles gar nicht erst aufkommen lassen. Nein nein, Sie haben mich überhaupt nicht vor den Kopf gestoßen oder so was, ich meine, dieses Krasse, eben Sarkastische, es hat etwas Therapeutisches.

Paula blickte erwartungsvoll, mit dem ausforschenden, auf die letzte Erhellung hoffenden Ausdruck.

Um so besser. Kann sein, daß diese paar Kekse abschreckend wirken, das Minimale an ihnen, weil sie hier unbenutzt herumliegen. Nehmen Sie doch wenigstens das Bißchen, das da ist.

Ich esse ja *unter Tag* nie ... oder nur mal einen Happen aus der Konditorei Stämmer fast nebenan von der *Truhe*. Aber gut ... Paula war hungrig geworden. Sofort nach dem ersten Keks, Ingwergeschmack, nahm sie einen zweiten und fand es danach schwierig, aufzuhören. Obwohl sie genug von dieser kaltherzigen Amerikanerin hatte, bat sie, um unauffällig noch ein paar Kekse essen zu können, Gunna möge doch bitte weitererzählen. Wie haben Ihre männlichen Reisebegleiter auf dieses Eheverhältnis reagiert?

Dani war es ziemlich egal, er hat ja auch den verrückten Ehemann fast ignoriert. Aber für den Mann, mit dem ich verheiratet war, Albert, für ihn war diese Ehe eine Groteske. Und alle beide waren böse, weil es nichts zu essen gegeben hat, nichts Richtiges. Gut zu sehen, daß Sie sich der Kekse erbarmt haben.

Paula hielt beim Reinbeißen in den fünften inne. Verwirklichte dann die Absicht zu kauen in gedrosseltem Tempo, als Gunna erzählte: Sie hatten noch zwei Doggen, die gefährlich aussahen und auch, zum Glück für Gäste, aber irgendwie doch schändlich, nur ungeliebt abgetrennt von ihren Haltern auf einer mittelgroßen Wiese rund um ihren Zwinger zwar zur Familie gehörten, aber nie ins Haus durften. Während also Albert die zwei – ich meine jetzt die zwei Menschen – feindselig und halbwegs geisteskrank fand, dämmerte mir, aber noch verdrängte ich das mit schlechtem Gewissen, daß meine Freundin die Weichen fürs harmonische Zusammenleben von zwei unterschiedlichen Individuen, denn so ist Ehe doch immer, ideal gestellt hatte. Und auch fürs Älterwerden. Keine der üblichen Alltagsbagatellen teilten sie, zankten sich deshalb nicht darüber. Über keine Algen in keiner Zahnbürste, schmutzige Zimmerekken, all den Mist. Friedliches Alter. Die eliminierten gewöhnlichen Schrecken, und doch, im großen ganzen, gemeinsam. Oder? Sie sehen nicht überzeugt aus.

Etwas gemäßigter rigoros organisiert – da könnte ich zustimmen, aber so ... mich erinnert das überhaupt nicht an Liebe, mir geht's wie Ihrem damaligen Mann, es wirkt feindselig. Als empfände Ihre Freundin ihren Mann als Feind. Was in *ihm* vorgeht, weiß ja niemand.

Vielleicht war auch einfach meine Schilderung zu brutal. Nur, nach wie vor unterstütze ich alles, was auf Streitvermeidung hinausläuft. Verheiratete Menschen hocken zu dicht aufeinander. Wie im Brutkasten.

Mit meinem Mann kann man sich nicht einmal streiten. Er blockt einfach ab. Wieder trat dieser erwartungsvoll erlösungsbedürftige Ausdruck in Paulas großäugiges Gesicht mit dem halboffenen Lachmund.

Besser schweigen, als streiten.

Nein, widersprach Paula, die empfand, wie leicht ihr das fiel, das *Nein* ohne Zaudern, gar nicht als Mutprobe. Sie saß offenbar wirklich bei der *richtigen* Freundin, wenn auch noch immer scheu und voll Respekt. Nach einem Streit kann man sich versöhnen. Man kann etwas klären.

Gunna glaubte nicht daran. Man läßt ihn versickern, mehr kommt dabei nicht heraus. *Meistens* nicht.

Und übrigens, beim Älterwerden und dann erst recht im Alter, braucht doch einer den anderen ... und ... Diesmal benötigte Paula doch einen Schub Mut, das Sprechen über Religiöses schien ihr intim zu sein, und indiskret wollte sie nicht werden. Sie fand eine Lösung, durch die sie das vermied: Gunna, so gut kenne ich Sie doch schon, daß ich weiß, wie viel Ihnen das Religiöse bedeutet. Ich denke gerade an Sylt, an die Weihnachtszeit, und wie Sie über Heidnisches spöttisch herzogen, ein Beispiel nur, das Lied »Oh Tannenbaum«. Bei dieser Erinnerung hörte Paula den kleinen familiären Telephon-Chor, den sie dann nicht an Gunna verraten hatte: Er war so freundlich und ein lieber Einfall gewesen, und arglos.

Oh ja. Und? Ich geb's zu, mein Utopie-Pärchen lebt nicht gerade unter dem Motto des gegenseitigen Erbarmens zusammen.

Utopie-Pärchen? Bei Ihrer Freundin ist es Realität. Diese Abart-Ehe kann Ihnen eigentlich wirklich nicht gefallen.

Gunna lobte Paula. Auch sie habe die Kälte ihrer Freundin trotz der Neidgefühle doch erschreckt. Aber mit dem Verweis auf das Zweckmäßige, dem gegenseitigen Gebrauchswert bei Hilflosigkeiten im Alter, erweise sich wieder einmal, wie tief zur nur mehr praktischen oder, siehe Weihnachten, sentimentalen familiären Privatsache das Christentum heruntergekommen sei. Und jetzt, in diesem Krieg gegen ein Pilzgeflecht von Haß, Geistesgestörtheit, Gehirnwäsche millionenschwerer Terroristen, sind wir Säkularisierten, wir Schein- und Gelegenheitsgläubigen im Nachteil. Das ist kein Kampf der Kulturen, denn unsere ist zu lahm. Dem zur Zivilisation abgeschwächten Christentum steht eine Fieberreligion gegenüber. Love-Parade und Betriebs-Weihnachtsfeier-Besäufnis versus Fundamentalismus, apokalyptischer Glaube. Phhh! Gunna holte Luft, schnitt eine Grimasse, bot an, vom Kaffee auf Aperitifs umzusteigen. Sherry?

Was Schärferes? Tut mir leid, daß ich mich da wieder reingeredet habe. Für Sie hat diese umgekrempelte Gegenwart nicht so viel Bedeutung ... oder Ihr Lebensgefühl verändert. Ich hab mich jetzt schon fast selbst islamistisch angehört, bin ich wahrlich überhaupt nicht, aber mich ärgert diese Westliche-Werte-Heuchelei.

Paula öffnete den Mund, und dabei blieb es.

Höflich und aus Mitleid sagte Gunna: Auch ich hätte mich nicht dermaßen aus der Bahn werfen lassen sollen. Politisch betrachtet bedeutet der 11. 9. nur eine Terror-Eskalation, es gab seit 1993 Terrorakte in den USA, und die hätten mich genau so erschrecken müssen, aber erst der 11. 9. hat mich aufgeweckt, schlimm genug, und wir wissen jetzt auch einfach mehr, vom weltweiten Terroristen-Dschungel wußte ich nichts, von der Apokalypse, in der wir sowieso leben ... Essen Sie die Kekse auf!

Ist nicht die Apokalypse, was erst noch bevorsteht? Sie kennen die Bibel sicher besser, aber ... Übrigens, lieber noch Kaffee, bitte.

Nach Bibel-Kenntnis hört sich's bei mir nur an. Ich habe Lieblingsstellen.

In der *Offenbarung* ist davon die Rede, oder? Paula nahm den vorvorletzten Keks, sagte *Danke* zum nachgeschenkten Kaffee und *Nein danke* auf die Frage, ob Gunna neuen Kaffee machen solle.

Wenn die Menschen sich ihrer mikroskopischen Minimalität im Universum deutlich und dauernd bewußt wären, könnten sie nur noch schreien. Vor Entsetzen und Angst und Verlassenheit. Wir sind weniger als Stäubchen, unser Planet ist's, unser Sonnensystem, eines von Billionen oder wasweißich, und das Universum wird kollabieren. Das weiter entfernte mit seinen Galaxien expandiert, das uns nähere schnurrt zusammen, rast auf einen einzigen winzigen Punkt zu ... Gunna dachte, ich kann Paula erzählen, was ich will, sie wird es nicht genauer wissen, sie wird es noch viel ungenauer wissen als ich es weiß. Aber wie kann sie ruhig mit ihren paar Problemen dahinleben, anstatt vor Erschrecken und Grauen zu schreien. Ich kann astrophysikalische Fehler machen noch und noch, aber das wird immer noch richtiger sein, als über einer mißratenen Ehe zu grübeln und Neuerscheinungen auf ihre Eignung für die *Bücher-Truhe* zu prüfen und sich nach der *richtigen* Freundin zu sehnen, zu alt für Romantik mit Blick auf den Sternenhimmel.

Wenn wir den Sternenhimmel bewundern, bewundern wir, Lichtjahrmillionen entfernt, etwas Erkaltetes, eine noch beschienene Vergangenheit. Keine Angst, Paula, ich hab sie auch gern, Sterne, den Mond. »Sonne Mond und Sterne.« »Weißt du wie viel Sternlein stehen ...«, wirklich, ich summe mir das manchmal vor, wenn ich nicht einschlafen kann.

Das finde ich schön, sagte Paula, jetzt auch im übertragenen Sinn mit Boden unter den Füßen. Und sie wüßte ein paar gesunde Tips gegen Einschlafprobleme, und gleich würde sie mit denen anfangen, gleich, nach dem letzten heruntergeschluckten Bissen vom letzten Keks.

WEIL IHR HEUTIGER GAST (diesmal vormittags: Kaffee ohne Kekse) als gemächlicher Mensch nie pünktlich kam, sich außerdem (Autofahrerin aus dem Macho-Witzbuch) jedesmal verirrte (*verfranzte*), wühlte sich Gunna bei überschrittenem Ankunftstermin durch ihre übereinandergeschichteten Notizen aus den ersten Wochen nach dem 11. September. Es war jetzt Ende November und trotz tiefhängender Bewölkung heller in den Zimmern, seit ein paar Stürme das in diesem Jahr langlebige gelbe, rötliche und braune Laub von den Zweigen der Garten- und Straßenbäume gepeitscht hatten. Nur noch von immergrünem Kirschlorbeergebüsch, Taxus und den verblichenen schimmlig-grünen langen Blättern der Schneeballen vor allzuviel klarsichtiger Kahlheit geschützt, kehrten Dani und Gunna mit ihrem Anwesen wieder in die häßliche Realität ihres Ambientes zurück, die grüne und zuletzt vielfarbige Abschirmungskulisse war dahin. Auf der von einem Wall mit nun auch kahlen Büschen und Sträuchern, Ahorn und Robinien auf Distanz gehaltenen, tiefer gelegenen anderen Straßenseite tauchten die Häuser wieder auf, drei öde, weißlichgrau verputzte Flachdach-Reihenhäuser, das Flachdach-Firmengebäude eines Baustoffunternehmens mit seinem von Steinhaufen ausgebeulten Maschendrahtzaun, den Geröllbergen und Lastwagen im staubigen Gelände, sowie ein rotes Backstein-Hexenhäuschen mit hellroten Ziegeln auf dem überstehenden Satteldach und zwei höhere ältere und einstmals bessere, jetzt heruntergewirtschaftete Häuser mit Giebeln, ein mattgelbes, ein schmutzig-graues. Ohne Sonne störte Gunna dieses Bebauungskauderwelsch kaum, voll ausgeleuchtet an den allseits beliebten hellen Tagen unter blauem Himmel war es eine Beleidigung. Nicht nur deshalb, oder seit sie hier wohnte, liebte sie die kleinen, aus der Nacht ins trübe Licht geschmuggelten Tage im Spätherbst.

Ohne Weihnachten und Sylvester wäre das Jahresende ideal, sagte sie, ab Jahresanfang geht meine Stimmung runter, und das Schlimmste ist das Frühjahr. Vorfrühling, Frühling.

Damit du auch in diesem Punkt bloß nicht bist wie alle anderen. Alles was du sein willst, bloß auf keinen Fall normal, sagte dann Dani.

Ja, erwiderte Gunna. Genau so ist es. Es ist zwar zuerst mal von selbst so, aber der Gegensatz zu den anderen macht es besser.

»Nach Abschwellen deutscher Trauerfeiern quellen aus den Feuilletons die *Aber*-Amerika-Essays, durch die Amerika immer schuldiger wird.« »Indische Schriftstellerin sieht Bin Laden und George W. Bush als Doppelgänger.« »Beide Kirchen fordern, wenn schon überhaupt statt Dialog usw., dann militärische Aktionen *treffsicher*, *zielgenau* ... beten *für* den Frieden, es könnte aber höchstens *um* Frieden gebetet werden. Der Frieden ist ein Zustand, kein Patient. Kein Gegenstand der Fürbitte, an der das Beste ist, daß sie uns entlastet: Lieber Gott, ich bete für mein krankes Kind, hilf ihm.«

Gunna erinnerte sich daran, daß ihr die Amerikaner drei Wochen lang, in denen nichts geschah, schon allzu *besonnen* gewesen waren, genau das demnach, wozu sie von den unbefugten, dazu nicht aufgeforderten Deutschen anmaßend permanent ermahnt wurden. Am Telephon bellte sie *Besonnene* an: Ihr seid naiver als naiv, ich sage *naiv*, um taktvoll zu bleiben. Denkt ihr ernsthaft, es käme auf der anderen Seite Moslems in den Sinn, sich ihrerseits ebenfalls mit der anderen Religion zu beschäftigen, mit der christlichen? Oder irgendeiner sonstigen außer ihrer eigenen? Gäubiger als ihr sind sie leider allemal.

Sie las weiter: »Erste US-Militär-Erfolge. Aber ein Gesamterfolg ist frühestens nach Jahrzehnten denkbar ... seit wir von den beinah weltweiten zahllosen Terroristen-Zellen wissen und ...« Sie hob den Blick, nervös vom Warten, und gemütlich trudelte der Gast über die Zufahrt, der weibliche Körper, den der Ehemann auf einer Serie von Skizzen als Leuchtboje gezeichnet hatte, nahm sich Zeit für den sanften Hügel zwischen Gartentor und Haus. Leuchtboje war auch eine passende Namensmetapher für die Person selbst, die etwas von einem sicheren Anhaltspunkt hatte. Als sie Gunna, die einen Schritt vor die Haustür getreten war, erblickte, blieb sie in der Wegbiegung vor dem Ziel vollends stehen, wie um ausführlicher lächeln zu können; die beiden riefen einander Begrüßungen zu, und Gunna dachte: Diese Frau läßt sich auch heute wieder nicht aus der Ruhe bringen. Es ist eine angeborene Ruhe. Sie kann nichts dagegen machen.

Wie immer stand der Besuch, vereinbarte Dauer: ein *Stündchen*, unter dem von Gunna verhängten Zeitdruck. Wie immer würde aber ihr Gast sich davon nicht beeinflußt fühlen. Sie *war* eine einfühlsame Frau, nur eben verstand sie nichts von Unruhe. Obwohl ihr Mann zappelig war, ein Schiffbrüchiger, an die Zuverlässigkeit der Leuchtboje geklammert. Auch wie immer trug sie einen ihrer breiten dunklen Pullover, sie reichten über die Hüft- und Bauchwölbung bis zum Ansatz der Beine in zerknautschten Hosen; sie war klein, von ihrem introvertiert über die Kümmernisse des Irdischen bescheidwissenden Strahlen, einem Leuchten des Gesichts, ging etwas prophylaktisch Begütigendes aus, dazu kam das, was sie hatte und auf andere verströmte: alle Geduld der Welt.

Verströmte, aber nicht in Gunna auslöste. Das immer nur sogenannte Stündchen des heutigen Besuchs auf einer Durchreise von Freundinnen zu Freundinnen aus dem künstlerischen Sektor (oft boten sich Abstecher zu Gunna an) hatte mittlerweile 85 Minuten gedauert. Doch auch nach 120 und werweißwie vielen weiteren Minuten erhöbe Wanda sich nicht freiwillig aus ihrem Sessel (Paulas Erfahrung mit dem zu hohen Empire-Sofa, den Strampelbeinchen, hatte sie hinter sich), und wie immer liefe das Ganze auf einen gemäßigt sanften Rausschmiß hinaus. Peinlich nur für Gunna. Die Besucherin bewahrte ihre unantastbare Ruhe. Gunna müßte (wie immer) an ihre eigene Unruhe erinnern, getarnt hinter der verständlicheren Zeitknappheit; keine Vortäuschung, fand sie, denn die fixe Idee *Ich habe keine Zeit* war ebenso genuin wie die Ruhe ihres Gastes (genaugenommen sämtlicher Gäste), und außerdem erinnern (was die Angelegenheit leichter machte und wodurch Gunna höflich und im Recht bliebe) an die Verabredung für diesen Vormittag: Tut mir schrecklich leid, aber Sie wissen, das heute, das war nicht *mein* Wunschtermin. Ich warnte Sie vor meiner Zeitklemme. Und um den Gast nicht in ihre Psychopathologie einzuweihen, würde sie das Register der unabänderlichen beruflichen Verstrickungen ziehen, vom Termindruck bei einem Artikel für den *Orion* bis zur diesmal vielleicht italienischen Studentin, für 14 Uhr 30 angemeldet, mit einer wissenschaftlichen Arbeit über »Gunna Stern und die XYZ-Frage«. Dem Gast, der seine selbstgemachte ziemlich verspätete Entdeckung als einer zum Dichten Berufenen ruhig genoß, würde (wie immer) Gunnas Berühmtheit bewußt werden, zugleich seine eigene Unbekanntheit – ohne Eifersucht. Überhaupt nicht beunruhigt, nicht zu schnellerem Tempo aufgestachelt.

Nichts als Qualen! Zu denen käme es nicht, wenn die Besucherin sich an die Verabredung hielte: Ein *Stündchen*! Das war doch sowieso schon eine Stunde mit Zugabe von 15–30 Minuten, Aufenthalte in der Garderobe, im WC, Geleit bis zum Auto vor dem Gartentor und Abschiedsherzlichkeiten nicht inbegriffen. Die Besucherin ahnte nicht, wie gern gesehen sie hier sein könnte (gegen gutdosierte Geselligkeiten hatte Gunna nichts), wenn *sie* und nicht die Gastgeberin diejenige wäre, die ab und zu auf die Uhr sah, diejenige, die man nicht erst unter Druck zu setzen brauchte. Für gern gesehen hielt sie sich ja aber ohnehin, trotz Übertretungen, arglos. Vielleicht bemitleidete sie die immer nervöse, immer abgehetzte Gunna. Falls sie die überhaupt so erlebte. Denn anstecken ließ sie sich nicht, immun gegen alles Unruhige. Ihre unumstößliche Ruhe schützte sie, schirmte sie ab, als befände sie sich in einem unsichtbaren Schrein, worin sie mit still unergründlichem Madonnenlächeln jeder Hektik der Außenwelt (und den Blicken der Touristenströme) standhielt. Wanda war da.

Wanda bemerkte zwar diesmal Gunnas Blick (den wievielten schon?) auf ihre Armbanduhr, hörte auch mit Beileidsmiene ihr *Tut mir leid, aber ich muß auf die Zeit achten*, zog aber wieder keine Konsequenz daraus, spielte den korrekten Part nicht, hielt sich an *ihr* Drehbuch und sandte deshalb ihr Lächeln aus, ein nachsichtiges Lächeln wie über ein reichlich bedauernswertes, doch possierliches Zootier. Gunna versuchte es mit einem Kompliment: Die Zeit rast, wie immer, wenn wir zusammen sind. Spricht für uns. Und wie bei jeder ihrer engelsgeduldigen Zumutungen an Gunnas Ungeduld sagte Wanda: Oh ja, das tut sie. Mimisch drückte sie die bittstellende Frage aus: Und ist daran wirklich nichts zu ändern? Sie sagte: Es ist zu schade, wie wenig Zeit uns immer bleibt, und saß, keine Bewegung.

Es war auch, was den heutigen Vormittag anging, noch nicht alles zwischen ihnen erledigt. Die Hauptsache fehlte, und Gunna wußte es. Sie hatte sich davor drücken wollen, und das vor allem Wanda zuliebe, die gerade sagte: Ich warte noch. Sie versprachen mir ja zu schreiben, aber mündlich geht's vorerst auch. Sie wissen, was ich meine.

Und ob Gunna das wußte! Bei ihrem letzten Abstecher und Doppelstündchen hatte Wanda ihren endlich doch noch erschienenen kleinen Roman mitgebracht (als Taschenbuch in der Reihe *Die Frau in der Gegenwart* bezüglich Rezensionsbeachtung chancenlos) und Gunna dediziert, und mit insistierender

Bescheidenheit im ernst-inständig lächelnden, etwas konkaven Gesichtsoval um ein Urteil gebeten. Ich wäre natürlich froh über ein paar Zeilen von Ihnen, hatte sie, in Sanftmut erpresserisch gesagt. Die höfliche Gunna hatte ihr diese *paar Zeilen* noch nicht geschrieben, damals aber versprochen, allerdings mit dem Zusatz: *Ich* würde das, im umgekehrten Fall, nie tun, nie um irgendwelche Stellungnahmen zu meinen Büchern bitten. Wodurch Wanda nicht von ihrem Wunsch abzubringen, ihr Mondsichellächeln nicht auszublenden gewesen war.

Jetzt wollte sie wissen, wie es damit stand. Weil sie die Dauer ihrer Anwesenheit so fröhlich überzog, stiegen die Chancen für Gunnas Sieg über die taktvolle Heuchelei, sie unterlag der Ehrlichkeit (aber immer noch höflich). Ihre Welt ist mir ein bißchen fremd, begann sie vorsichtig. Alle Leute in Ihrem Buch sind geradlinig gut. Gute Menschen. Ich verlange keine Bösewichter, aber bei mir hätten Ihre Heldinnen gemischte Gefühle, schillernde Schattenseiten, die Frauen wären aufeinander eifersüchtig und nicht sofort Freundinnen.

Das kleine Mädchen schmiedet sie zusammen, sagte Wanda. Das kleine Mädchen ist die Schlüsselfigur. Für Melissa ist sie das Sesam-öffne-dich, und zwar zurück ins Leben, aus der Abkapselung vor der Welt.

Daß es das sein soll, habe ich natürlich kapiert. Ich verstehe ja nicht viel von zehnjährigen Mädchen, vielleicht hat mich deshalb so viel kathartische Wirkung auf eine Erwachsene erstaunt.

Vergessen Sie nicht die Frömmigkeit, diese ganz urvertrauliche Frömmigkeit schon der Kleinen, und wichtig ist mir auch, daß alles in einer Kirche begann, die zarten Fäden zwischen den beiden, dem Kind und Melissa mit ihrem Schmerz um ihr eigenes Kind, sie werden von Maria in ihrem Schrein mitgesponnen. Von der Mutter Gottes, einer Mutter, die ja auch ihr Kind verlor, wenn man so will. Allerdings, er war erwachsen.

Sie schreiben immer *Muttergottes*. Gunna betonte *Mutter*. Sie schreiben es in einem Wort. Ist das katholisch?

Ist es nicht auch evangelisch? Gut, wir schreiben es so.

Die Mutter Gottes spielt bei uns nicht die herausragende Rolle wie bei Ihnen. Alles in allem, das Buch paßt zu Ihnen. Alle sind gut. Sie selbst kommen mir auch so vor, so gut, so als hätten Sie nicht mal nur die eine Schattenseite, die jeder und jedes hat. Bei den Psychologen hat *alles* seine sogar *zwei* Schattenseiten. Gunna stand auf. Sie trotzte sich eine halbwegs lustige Grimasse ab. Unser Stündchen, liebe Wanda!

Stichwort *Stündchen*: Es brachte Wanda nicht aus der inneren Balance, genauso wenig wie Gunnas unerquickliche Kommentare zum kleinen Heiligtum, ihrem ersten gedruckten Roman. Obwohl innerhalb einer Taschenbuchreihe (allerdings eines renommierten Verlags) erschienen, also eher unauffällig, konnte sie sich nicht vorstellen, daß er darin unterginge. Oft schon im kleineren Kreis, auf den das Netzwerk der seelenverwandten, künstlerisch motorisierten Frauen (und der wenigen Männer) zählen konnte, dieser beflissenen, schutzhüllenartigen Öffentlichkeit hatte Wanda daraus vorgelesen (*stündchen*weise und daher viel zu lang, vermutete Gunna) und Zustimmung gefunden. Die Zuhörerinnen (und wenigen Zuhörer) nutzten das Angebot zur Diskussion, und bei der handelte es sich nicht um bloßes Frage-Antwort-Hin-und-Her, nein, richtige, *gute* Gespräche entwickelten sich, und diese Resonanz, der menschliche Faktor, machte wett, was am selbstaufgebauten Bücherverkaufstisch enttäuschte: Diese Gutwilligen blätterten im Roman, lasen sich fest auch in Liebhaber-Pressen und von der Autorin mitfinanzierten Gedichtbänden (Wanda brachte ihr Œuvre im Kofferraum des Volvos mit), und Wanda fand sie alle dankbar, ehrfürchtig, aber sie zückten ihre Portemonnaies nicht, sie kauften nicht.

Gunna notierte, was alles sie Wanda beim nächsten gemeinsamen *Stündchen* wahrscheinlich nicht sagen könnte: Sie haben nicht nur, weil sie so beneidenswert fromm verwurzelt sind, keine Angst vorm Alter. Ebenso gründlich verscheucht diese Angst Ihre späte, fürs Noch-Älterwerden gerade rechtzeitig gemachte Entdeckung, daß Sie eine Berufung haben. Daß Sie schreiben *müssen*. Daß Sie das gleichzeitig mit dem existentiell dringendsten Nachdruck *wollen*. Und von keinem Zweifel, keiner Selbstkritik geplagt das Müssen und das Wollen in einen zweiten sicheren Glauben schmieden, in den Glauben, ja die Gewißheit, daß Sie es *können*. Ich sehe Nester von Frauen Ihres Alters vor mir, von eierlegenden, eierausbrütenden Frauen. Sie bilden das sichere Geflecht, in dessen Geborgenheit sie stolz auf ihre Produktionen sein können, fern vom brutalen Konkurrenzkampf bekannter Literaten und Kritiker, genauso fern wie von den oberflächlichen, den in gigantischen Auflagen schnellverkäuflichen Eintagsfliegen-Machwerken jüngerer Frauen. Laßt sie getrost abkassieren, neidlos, denn unseren stillen Stimmen, leisen Büchlein wird eine Nachwelt-Minderheit sicher sein.

Innerhalb des Netzwerks wurden Lesungen, Ausstellungen, Konzerte vermittelt, die Frauen boten sich den geeigneten, ebenfalls vom Literatur-Rummel abgekehrten Veranstaltern an, nicht umgekehrt, waren bei den Honoraren nicht anspruchsvoll, oft genügte sogar der gute Zweck: die Chance, ein kleines gutwilliges Forum zu erreichen. Von den Veranstaltungen behielten sie den wohltätigen Eindruck zurück, daß es unter den wenigen, dann aber aufrichtig ernsthaft Interessierten viel offener und intimer zugehe als vor einem großen Publikum, demnach schön war für alle, bereichernd, man lernte voneinander. Gute Fragen wurden gestellt, wenig wurde gekauft, um so mehr diskutiert. Zu Haus auf ihren Nestern bemerken diese doch eher sanftmütig und bescheiden auftretenden Frauen nicht die Tyrannei ihrer Ambitionen, die ihre Familien unterdrückten. *Stille* Stimmen, *leise* Büchlein, stiller leiser Terror. Er fällt kaum auf, weil sie die Betten machen, ordentlich kochen, Geburtstage und Weihnachten nicht vernachlässigen, alte Verwandte pflegen, dem Alltag ins Gesicht blicken. Aber ihre Laptops flüstern in jeder vom Familienleben abgezweigten Minute, und sie streben weg in ihre selbstorganisierten Darbietungen, wogegen nichts zu sagen wäre beim Wachstum über die ungefährlichen Abnehmer-Grüppchen hinaus ins Risiko des höheren Bekanntheitsgrads mit dem Auf und Ab von Erfolg und Mißerfolg bei der Kritik, die sie überhaupt zuerst einmal zur Kenntnis nehmen müßte, was nur geschähe, wenn sie ... hart, es auszusprechen, liebe Wanda, aber so ist es doch wohl: wenn sie alle, und auch Sie, mehr riskierten, dann auch *könnten*. Dann würde ihr stiller leiser Terror, den Sie, so wie es jetzt steht, selbst finanzieren, sogar Geld bringen und damit hinge das Verständnis Ihrer Familie nicht mehr von der freundlichen Geduld für Sie ab. Immerhin, mit dem Verlag für Ihre *Melissa* sieht es auf den ersten Blick günstiger aus, aber ich fürchte, es wird kein Einstieg in eine bessere Zukunft daraus.

Oh, Wanda, nach meinem Hotelabend mit der Opferung dieser Zeitinsel-Oase an Ihr Buch (das zum Trost: Nur weil *Sie* die Verfasserin waren, habe ich ab Seite 1 Satz 2 – schiefe Syntax – doch neugierig weitergelesen), atmete ich am nächsten Tag auf, nach Etablierung auf meinem Idealplatz im ICE, Doppelsitz, Rückwand, Wagen 14 (Raucher), und dann gleich ein zweites Mal, beim ersten Satz meiner Ihretwegen unterbrochenen Lektüre des Romans eines amerikanischen Schriftstellers, dem jedes Jahr doch wieder ein Unqualifizierterer den Nobelpreis für Literatur wegschnappt; wie bei der Okkupation meines ICE-Platzes war das ein psychosomatisches Aufatmen: Ich sog den grimmigen, einfallsreichen Witz dieser üppigen Prosa ein, einer Prosa, der alles möglich ist; jede Formulierung ist jeder Beobachtung, jeder Erfahrung gewachsen, nehmen Sie nur, womit ich anfing: »Afrika war irgendwo auf der Landkarte ihrer Gene kürzlich mit Asien zusammengestoßen.« Und schon, so knapp, und wie zufällig und ohne Grübeln zwischen Gedankenstriche eingeschoben, ist die Nahaufnahme einer hübschen jungen Frau geglückt, die dem Helden für die paar Minuten gefällt, die er mit ihr in einem Büro zusammen ist. Was für Bücher haben Sie gelesen, lesen Sie, liebe Wanda? Ich will Sie nicht kränken, wahrscheinlich könnte weder ich noch sonst jemand das überhaupt, Sie kränken, und Ihnen liegt gewiß vor allem anderen an etwas so Ungefährem und Halbheiligem wie einer Botschaft. Sie nehmen eine traurige Situation als Ausgangslage, die Durchführung weist von Anfang an schon auf Kartharsis, auf Überwindung des Traurigen hin, wir merken schon im Mitleid, das wir haben sollen, aha, alles wird gut. Ich hole meinen Ironiebedarf nach, beim amerikanischen Schriftsteller, eine *Botschaft* hat er nicht, es war wie bei Rückgewinnung, Landnahme.

Als Interview-Partnerin für mein Projekt von der Angst der älteren Frauen vor dem Alter scheiden Sie leider aus: Sie haben keine Angst. Sie haben vermutlich vor gar nichts Angst, könnte sein, daß Sie sich ab und zu ein wenig fürchten (wenn Ihr Mann bei Geselligkeiten dafür sorgt, daß es Streit gibt, weil er sich ohne Streit langweilt). Doch vor der Angst schützt Sie alles, was Sie ausmacht. Ihr Naturell, der Charakter, die Religiosität, dieser feste Anker. Beruflich gesehen, nebenberuflich, betrübt der gewiß ausbleibende überregionale, das Netzwerk überfliegende Erfolg Sie zwar schon, Lohn der Schreibbemühungen, Sie sind ja weder unintelligent noch blind, aber er entmutigt Sie nicht, Sie werden weitermachen, stille Stimme, leise Produktionen, sanfter Terror. Verstört sind Sie nicht, und nichts bringt Sie aus der Ruhe, Ihrer speziellen Prairie-Ruhe. Den 11. 9. 2001 und seine Folgen nehmen Sie hin wie alle übrige Schizophrenie auf diesem Globus, dessen Naturwunder Sie lieben, und Sie lieben auch die Menschen, pauschal und alles in allem, glauben an das Gute, von dem Sie wissen, was es ist. Für das Böse ebenso wie für Politik bringen Sie weder Interesse noch Verständnis auf. Auch wovor alle, selbst die angeblich dem Alter gegenüber Immunen, Angst haben, vor Hinfälligkeit, Abhängigkeit von anderen, davor, womöglich dereinst ein *Pflegefall* zu sein, nichts erschreckt Sie. Sie haben bis zu ihrem Tod Ihre Mutter gepflegt, leisteten ihr beim Sterben Gesellschaft, und Sie vertrauen darauf, daß es, wenn es bei Ihnen so weit sein wird, auch für Sie einen gütigen Menschen (Ihre Töchter? Söhne?) geben wird als Beistand. Sie sind zu grundsätzlich zufrieden für die *Angst in der Welt*, die haben Sie übersprungen und sind gleich bei der zweiten Satzhälfte Jesu Christi: »... aber seid getrost ...«, und das, *getrost*, das sind Sie.

Keine Angst vor großen Familienzusammenkünften mit Gästen, die über Nacht bleiben und viel Appetit haben, vorm Autofahren, vor dem Urlaub, dann Ruhestand Ihres Mannes, vor dem Tod. Ihr Glaube kennt keinen Wankelmut, nichts ficht ihn an. Sie wollen noch nicht, könnten aber jederzeit sterben. Was ebenfalls gegen die Angst vorm Alter wappnet, ist das Fehlen von Eitelkeit. Sie sehen so aus, wie Sie – unter den gegebenen Bedingungen – aussehen wollen und damit alt werden können. Sie probieren keine Diätversprechen an Ihrem Gewichtsproblem aus, Sie nehmen sich so, wie Sie sind, geworden sind, sein werden. Sie werden die Madonnenfrisur beibehalten. Sie werden nicht eines Tages Ihre Haare färben. Ich beneide Sie, aber wäre ich wie Sie, wäre ich nicht mehr ich. Das Beneiden ist demnach sinnlos.

Übrigens, und das gefällt mir, missionieren Sie nicht. Ihre Frömmigkeit ist nicht, worüber Sie ungefragt sprechen. Jedesmal bin ich es, die mit meiner Vermischung theologisch-philosophischer Leihgaben und selbstgemachter Interpretation meines erst nach dem Tod sich offenbarenden und uns rettenden Gottes und dem Kindlichkeitsparadies loslegt, aufsässig, agnostisch, in Ihrer Selbstverständlichkeitsglaubensruhe herumratend, und was geschieht dann? Sie lächeln. Ein betrübtes Lächeln, aber auch wie zu einem Kind, mitleidig, zweifelnd, mütterlich, nicht allzu besorgt, fast amüsiert. Sie schweigen. Leuchtbojen tun ihren Dienst auch wortlos. Kaum bin ich von den Übertretungen der *Stündchen*-Schwelle erholt, da fehlt mir auch schon Ihre Ruhe, ich vermisse Sie.

So weit war es noch nicht, als Wanda sagte: Weil ich Sie gern habe, Gunna, wünsche ich Ihnen, daß Sie Ihre Nervosität loswerden.

Gunna machte *Ha ha*, dachte an Dani, der oben längst kribblig-giftig wartete, während Wanda Gunnas kurze Zeitspannen für Privates als Symptom diagnostizierte. Und vielleicht auch als Marotte? Und aufzustehen kam ihr immer noch nicht in den Sinn, Gunna machte es ihr nochmals vor: So lang kann ich nicht sitzen, bin schon steif davon. Wanda, im Ernst, abgesehen von der Studentin nachher und dem Essay für die *Orion*-Leute, ich kriege Ärger mit Dani, Hausfriedensbruch. Wir leben in einem Zeitsystem, und jetzt wäre eine Art Lunch dran.

Oh! Lächelnd schüttelte, und langsam, geduldig mit der Freundin und sich selbst, Wanda den Madonnenkopf: Madonnenlächeln aus dem großen, nach innen gewölbten Sichel-Oval, abnehmende Mondphase. Ein paar Strähnen hingen über den Schläfen bis zur Wangenknochenkurve in Kinnhöhe. Die langen glatten Haare kämmte sie halb über die Ohren, bündelte sie im Nacken. Noch stand sie nicht, doch gab es erste Anzeichen: Sie strich sich über den Pullover, Bauchhöhe, wo nichts wegzuwischen war, ihre unerschütterliche Sitzblockade kommentierte sie: Mein Mann wäre auch tyrannisch. Aber er schwärmt von dem Gleichmaß meiner Ruhe, nennt das den stillen Frieden der Prärie.

Wanda hatte indianische Vorfahren mütterlicherseits und einen ungarischen Vater von der Puzta.

Prärie- und Steppenfrieden, klingt schön, sagte Gunna, und Wanda hievte ihre psychosomatische Gemütsruhe langsam aus dem Sessel, zog am Pulloversack: hüftabwärts, die hochgeschobenen Unterärmel herunter. Mein Buch, gut, es ist nicht Ihre Welt, aber lesen Sie es doch ein zweites Mal, es könnte dann anders wirken, meinem Mann ging es so damit, er ist ja auch eher der nervöse Typ, und dann hat ihn die zweite Lektüre ganz ruhig gestimmt. Sogar geweint hat er. (Später bereute Gunna, daß sie verpaßt hatte zu fragen: An welcher Stelle? Sie wunderte sich über den rebellischen Mann, der stets seine Prärie- und Puzta-Friedensfrau mit viel paradoxem Irrwitz und als Zappelphilipp an die Wand spielte; in Tränen beim Lesen einer Art von optimistischem Jugendbuch konnte sie sich einen hyperkinetischen Erwachsenen wie ihn nicht vorstellen.) Trotz allem, sagte Wanda, ich möchte Ihnen noch eine zweite kleine Widmung reinschreiben, aufs heutige Datum bezogen.

Geduld Geduld, also jetzt auch noch hierfür. Sie ist ein herzlicher, gütiger Mensch, prägte Gunna sich ein, glaubte daran auch noch, als Wanda ein wenig keck *Ihr Dani wird schon nicht verhungern* sagte.

Er muß pünktlich sein, so pünktlich wie seine Patienten, sagte Gunna. Und dann: Kürze ist die Schwester des Talents.

Aber beim Antizipieren der Zeit nach dem Abschied von Wanda fröstelte sie, von kalter Ironie beim kalten Imbiß kalt erwischt.

Zwischen Gartentor und Wandas Volvo dachte sie: Würde man satirisch über sie schreiben, ließe man sie einen gebrauchten Lupo oder sonstwas Kleines fahren, schlecht fahren, und dann niemals weite Strecken gut und sicher, sondern langsam käme sie auf Irrwegen voran, an ihrer versierten Volvo-Wirklichkeit wäre alles zu ändern. Im Abschieds-Dialog, den auch wieder nicht zwei Schwestern des Talents führten, sagte Gunna nach ein paar Tips für die schnellste Strecke durch die Stadt zur Autobahn, für das Lokal, in dem die von Gunna Ausgehungerte vor der Weiterfahrt essen müßte: Machen Sie sich nichts aus meiner Buchkritik. Kommt doch wohl hauptsächlich aus der anderen Welt, in der ich lebe, weniger harmonisch und überhaupt nicht im Steppen-Frieden. Ihnen kann nie wirklich was passieren, Ihnen und Ihren Heldinnen. Fest verankert im Glauben.

Aber gläubig sind doch auch Sie! Beim ersten Mal, oh ich kann das gar nicht vergessen, weil es so wundervoll war ... ich meine, wir unterhielten uns noch im Rahmen meines Interviews über Glaubensdinge, und mittendrin merkten wir, daß wir abgehoben hatten, daß wir auf eine andere, eine höhere Ebene gelangt und einander ganz nahgekommen waren ... Sie erinnern sich doch bestimmt daran!

Ja schon, aber ... ich bin so gefestigt wie Sie nun auch wieder nicht. Auf und ab, hin und her.

Heute waren Sie nervös, deshalb ... und vielleicht waren Sie es auch, als sie *Melissa* lasen.

Aber nein, ganz im Gegenteil, hätte wahrheitsgemäß Gunna geantwortet, doch damit Wandas Abfahrt noch länger hinausgezögert. Kann sein, log sie deshalb, allerdings wollte sie den allzu stabil-gutartigen Optimismus Wandas doch wieder leicht ramponieren und sagte: Alles in allem, es ist ja sowieso absurd, wie ernst und existentiell wichtig wir unsere Schreibtisch-Hervorbringungen immer noch oder schon wieder finden. Nach dem 11. 9. 2001.

Das Eine ist das Eine, und das Andere ist das Andere. Wanda kuschelte sich in ihrem Poncho auf den Fahrersitz. Sie wirkte inmitten dieser technischen Welt wie ein Fremdling, vollkommen fahruntüchtig. Im satirischen Text über sie als Klischee ihrer selbst käme jetzt heraus, daß sie bloß gemogelt hatte und den Volvo gar nicht chauffieren konnte und auf eins von ihren erwachsenen Kindern oder auf ihren Mann wartete, um das an ihrer Statt zu übernehmen, oder sie brächte den Motor nicht dazu, anzuspringen, führe nach Lösung dieses Problems mit ein paar ruckhaften Stößen davon. Aber der Motor sprang sofort an, Wanda versenkte via Elektronik die Fensterscheibe neben ihrem Sitz, lächelte ihr tiefgründiges konkaves Madonnenlächeln und ließ Gunna wissen, daß, was auch immer geschähe, ihr außer dem Glauben und der Liebe (Familie) und der Freundschaft nichts so wichtig sei wie ihre Arbeit als Schriftstellerin, Prosa, Lyrik. Der 11. 9. stürze sie allerdings in das schwer belastende Gewissensproblem einer Pazifistin mitten im Krieg. Armes, geschundenes Afghanistan. Flüchtende Menschen nach nirgendwohin. Streubomben, die Zivilisten zerfetzten. Der allerunerträglichste Anblick: Die unschuldigen verwundeten Frauen und Kinder, die Leichname der Frauen und Kinder.

Wandas Physiognomie widerspiegelte keinen der aufgezählten Schrecken. Am liebsten hätte Gunna gesagt: Wenn sie das aus dem Mittelalter *in die Steinzeit zurückgebombte Afghanistan* beim Aufzählen nicht vergessen hätten, wären alle die Selbstverständlichkeiten beisammen, die man täglich liest und hört, sämtliche Klischees über die Begleiterscheinungen von Kriegen. Und warum sind eigentlich immer ausschließlich Frauen und Kinder unschuldig? Was ist mit den Männern? Aber damit würde sie den Abschied noch weiter in die Ferne rücken, und es erleichterte sie, daß Wanda nahtlos den thematischen Übergang zu dem vollzog, das ihr ohnehin das Wichtigste war, indem sie nochmals und mit Nachdruck drängte: Lesen Sie mein Buch bitte ein zweites Mal. In einem wirklich guten Moment, ohne Nervosität. Und dann fuhr sie so fachmännisch ab, wie es überhaupt nicht zu ihr paßte, nicht zu ihr als der privaten Frau, zu ihr mit ihrem Denken, Dichten, Trachten, nicht zu einer Verfasserin von *Melissa* ... und immer so weiter, samt Outfit.

IN EINEM WIRKLICH GUTEN MOMENT, OHNE NERVOSITÄT hatte Gunna Wandas braven kleinen Roman gelesen (und zu einer Wiederholung käme es nicht, es handelte sich nicht um einen schwierigen Text, dem man nicht gleich auf die Schliche kam – außerdem las Gunna nie Bücher, auch nicht hochgeschätzte, gleich zweimal hintereinander, höchstens nach Jahren). Wahrhaftig – absolut ideal plaziert gewesen war diese erste (und letzte) Lektüre, besser hätte er gar nicht Wandas Ruhezustand entsprechen können, in den sie sich Gunna fürs *zweite* Mal *Melissa* wünschte: abends zwischen zwanzig nach acht und viertel nach zwölf in einer Lieblingssituation. An einem Lieblingsschauplatz, diesmal mit seinen dicken alten Mauern und schalldämpfenden Trennwänden zu den Nachbarzimmern und zum Flur das *Schloßparkhotel* in Karlsruhe. Hinter den dichten und außerdem sogar gut schließenden Vorhängen wußte Gunna den jetzt dunklen, tagsüber beruhigenden Ausblick nach Westen (große, zuverlässig geduldige Bahnhofsuhr, die den Eindruck von Gerechtigkeit vermittelte), und den nach Norden (die alte Mauer um Parkanlagen mit hohen alten, herbstlich gefärbten Bäumen: das Gelände bis zum Eingang in den Zoo). Pseudo-antik geschmackvolles Mobiliar mit Sofa und zwei Sesseln in der Zimmerkategorie *Juniorlounge*, ein Mammutbett, ein funkelndes Bad, und wenn man alle Schalter drückte: Beleuchtungsorgie; ein breiter Schreibtisch, viele Spiegel, Spiegeltür zum Bad, und noch eine Ansammlung von Annehmlichkeiten: Jedes Detail ein Beitrag zum Lieblingsambiente für eine kleine Klausur im kurzen Exil. Daß es befristet war, konnte Gunna beim Genießen bis ungefähr eine Stunde vor der jeweils fälligen Abreise vergessen.

Die notwendige Geselligkeitsphase nach dem Abendessen als Gast ihrer Veranstalterin in einer Runde von angenehmen Leuten, die sich untereinander gut kannten, und in der Gunna ein distanzierendes, freiheitliches Fremdlingsgefühl schätzte, hatte sie mit dem bewährten Hinweis *Ich muß noch ein bißchen arbeiten* für sich verkürzt.

Liebe Wanda, meine Lesezeit für Ihr Buch hätte nicht günstiger sein können. Weil ich außerdem erst am nächsten Vormittag bei einer Matinee meinen Auftritt hätte, war ich abends frei und ungefähr zwei Stunden früher als gewöhnlich in meiner Isolations-Oase (einer komfortableren als in Sirins Ferienhaus auf Sylt), lagerte, nach einem vom Tag erlösenden, umweltschädigenden Schaumbad, hohe fragile silbrige Polster um mich, dann im Sessel, mit den Füßen auf dem herbeigerückten Schreibtischstuhl und unter genügend Watt aus der Lichtquelle einer Stehlampe. Nur weil ich Sie kenne, war ich auf Stichproben gespannt, aber bis auf die allzu kinderbuchartige Passage, in der das kleine Mädchen am spanischen Badeort verschwunden zu sein scheint und von den zwei Frauen in Panik gesucht wird, habe ich dann doch alles gelesen. Wort für Wort, das vorsichtige kleine Buch! Und warum? Klingt paradox, sagte ich zu Dani beim gewohnten Telephon-Austausch, aber ich lese und sogar gründlich, langsam, aus Neugier auf Wanda. Bei ihren Interviews und Portraits gelingt es ihr, Stimmungen zu vermitteln, sie mischt ins Reflexive und Abstrakte der Fragen und Antworten Szenisches, es gibt Kaffee und was zu essen und Ehefrauen/Ehemänner treten auf, was entsteht, sind Momentaufnahmen inmitten der Gespräche, und Wandas Gutartigkeit irritiert hier überhaupt nicht. Eine andere Person scheint den säuberlichen kleinen Roman geschrieben zu haben. Liebe Wanda, Sie passen nicht zu den schreibenden Netzwerk-Hausfrauen, deren Ich-muß-dichten-Gloriole sie vom Alltag dispensiert, lassen Sie das Netzwerk sausen, Sie sind so viel besser und gescheiter als Ihre Ambitionen. Gunna dachte: Aber vielleicht sind ihre Gedichte keine Spur weniger gut als die Gedichte von bekannten Autoren. Von Gedichten, den pur lyrisch-hermetischen, verstand Gunna überhaupt nichts. Gedichte, die ein *Du* anredeten, und in denen die Verben fehlten, konnte sie nicht leiden. Sie mußte an die *paar Zeilen* zu *Melissa* denken, um die Wanda sie gebeten hatte. Das Vergehen der Zeit erledigte manches, vielleicht auch das?

Neugierig auf Wanda, ja Dani, sie imponiert mir nämlich. Wieder eine, die mehr kann als ich: Tüchtig sein in Haus und Hof, für Kinder, Hunde, Katzen und sogar fünf Schafe sorgen, kann Schafe scheren, Gartenarbeit, kochen und das vielleicht sogar gut. Ohne *Dichtung* würde ich sie uneingeschränkt bewundern. Es ist wie bei Sirin, bei Paula, nur auf Wandas Weise, und daß im Vergleich auch mit ihr ich keinen Tag so leben könnte, mit so viel und so vielerlei Verantwortung. Mittendrin, sie probt ihren Klavierpart für ein Hauskonzert mit den Kindern, sie hackt Holz, sie hilft ihrem Mann bei schon wieder einem seiner Um- und Ausbau-Spleen-Projekte, sie sitzt mit dem Laptop im Garten und *dichtet*, ja und mittendrin ruft eine Redaktion an und braucht einen Artikel von ihr, und sie sagt sofort zu und wird ihn schreiben, und es ist keine bekannte Redaktion, weil sie sich auch als Journalistin zu spät entdeckt hat... aber sie *liest* ja auch, nur: was? Erkennt sie, bei Bewundernswertem, nicht die enge Gemütlichkeit des Netzwerks, fehlt der Maßstab?

UND NACH IHREM, GUNNAS MASSSTAB, fragte Dani, er stellte den Motor ab, sie standen ganz hinten in der Schlange vor der Bahnschranke, die den Weg in die Stadt versperrte. Du mußt wissen, ob es dir nichts ausmacht, dir es mit Wanda und deinen anderen Frauen zu verderben, die du für dein Buchprojekt benutzt.

Er sah sie an, sie sah ihn an, gab sich einen unbefangenen Ausdruck, den er ihr nicht glaubte. Gunna spielte die Optimistin und sie war es nicht. Unter altmodischem Gebimmel hob sich die Schranke, der Motor lief, und Gunna sagte: Sirin hat Humor. Sie ist intelligent, und das ist auch Henriette. Wanda? Zu ihr würde doch Vergebung passen. Zu jemandem, der *Muttergottes* schreibt, in einem Wort, und der sich so wie die frisiert.

Und was ist mit dieser Buchhändlerin? Die hast du doch auch im Programm, oder?

Paula? Ja, sie würde reinpassen. Daß sie intelligent ist, weiß ich, sonst aber nicht genug über sie. Ich muß halt aufpassen.

Dann wär's das erste Mal.

Beim Schreiben ist nur, wie ich es optimal hinkriege, wichtig. Danach, wenn man sich die Beschriebenen beim Lesen vorstellt, wird wichtiger, daß sie nichts übelnehmen. Gunna seufzte. Dani wollte wissen, ob sie sich jetzt leid tue. Ich seufze, weil ich gerade daran dachte, daß alles nur Ablenkung vom Tod und genaugenommen absolut unwichtig ist.

Aber wie trostlos es wäre, wenn man sich nichts vormachte und wirklich alles unwichtig fände, wie trostlos ohne Ablenkungs- und Beschäftigungstherapie. In der Zeit, wochenlang nach dem 11. 9. 2001, fand ich das politische Weltgeschehen niederschmetternd, und fast am empörendsten die deutschen Reaktionen auf die amerikanische Politik und in Europa nur die Briten gut, und ich las jede Zeitungszeile darüber gierig, und wirklich schien mir nichts mehr so zu sein wie es vorher gewesen war. Und ich konnte es nicht fassen, wie wenig verstört meine Klientel, die Freunde, Beinah-Freunde, *meine Frauen*, wie höchstens pazifistisch friedenstäubchenartig sie alle mit ihrem Leben so weitermachten, als würde es *sie* nicht betreffen, bald flogen sie wieder ihre Urlaubsziele an, du erinnerst dich, Bini Strecker schon circa zwei Wochen nach der Katastrophe, oder drei, egal, sie *mußte* zu diesem Mystik-Nebengleis-Kongreß, sie hatte dort nichts zu tun, keinen Vortrag, war nur Gast, aber verdammt stolz auf die Einladung, und als ich sie fragte, willst du wirklich drei Stunden vorher auf dem Flughafen sein, überhaupt: willst du es wirklich riskieren, werweiß, ob-wann-wie du zurückkannst, sagte sie als erstes Gegenargument: Ich hab doch mein Ticket schon. Merkte dann wohl, daß das schwachsinnig war, und setzte noch mehr Schwachsinn drauf: Ich hab mich doch so schrecklich drauf gefreut. Ich hab mich ein halbes Jahr lang drauf gefreut. Ich muß die richtigen Leute treffen, sonst drehe ich hier durch. Und alle andern machten auch so weiter, mit ihren Berufen, mit ihrem Privatleben und seinen altgewohnten Interessen, sie gingen in Konzerte, sie interessierten sich für Bücher, die gerade *im Gespräch* waren, oh lieber Himmel, der ganze Bildungsbürger-Imitationseifer, sie sahen Filme, Inszenierungen, und sie besuchten Museen, irgendwelche *wichtigen* Ausstellungen ... Wow! Und was ist jetzt? Mit mir? Hatten sie recht? Jetzt bin ich ja beinah so wie sie. Hab mich irgendwie dran gewöhnt. Bin schlechter dran als sie, weil ich in kein Museum gehe und weil mich nicht XYZ interessiert.

Also bist du wie seit vielen Jahren schon. Dani klang ungerührt.

Ich finde einfach nichts mehr wichtig, nicht, wenn ich's nicht zurechtmache, als sei es wichtig, rief Gunna.

»Gemessen am Tod ist alles lächerlich.« Das gehört doch zu deinem Zitatenschatz. Zusammen mit Joyce und ein paar anderen klarsichtigen Spielverderbern, sagte Dani.

»Man lebt und weiß den Tod. Alles andere ist Beschäftigungstherapie.« He Dani, sieh mal, es schneit!

Und das gefällt dir immer noch. Du brauchst es dir nicht erst als wichtig zurechtzumachen. Und eine Menge anderes fällt mir noch ein. Gestern abend Anne Bancroft als mürrische Großmutter.

Aber unsere Schreibtischprojekte. Wir sollten uns nicht erst vormachen müssen, sie wichtig zu finden. Die gute alte Obsession, was ist mit der?

Sie ist immer noch da, in einer Variation, die mit dem Alter zusammenhängt. Aber da ist sie, denn du kannst es nicht aushalten ohne Schreibtischpläne. Du mußt weitermachen.

Hört sich ziemlich kärglich an. Vielleicht bleibt der Schnee draußen bei uns liegen, was meinst du?

Wir gehören nun einmal leider zu den Wenigen, die an die unerhörte Unersetzlichkeit unserer Machwerke nicht mehr blindlings glauben. Längst nicht mehr. Seit unseren stolzen, naiven Anfängen.

Als wir alt zu sein anfingen, sagte Gunna. Mir wäre es wohler, wenn bei den Leuten, mit denen wir zu tun haben, auch Schluß wäre mit der Anfänger-Naivität.

Der Mensch kommt ohne das Gefühl seiner Unentbehrlichkeit nicht gut aus, sagte Dani. Und bei denen, die etwas produzieren, ganz allein mit ihren Gehirnen und Phantasien, bei denen ist das der Glaube an die Unentbehrlichkeit dieser Produktionen, ausgerechnet *ihrer*. Sie allein ist es, die zählt. Deine kluge Henriette wird schon auch wissen, daß ohne ihre Gemälde die Welt nicht unterginge, nur *ihre*, die ginge unter. Sehr pragmatisch, sehr vernünftig, das sie weitermalt. Mit deiner Sirin und all den anderen wird's ähnlich sein.

Nein, glaub ich nicht, ich glaube, sie alle halten das, was sie machen, für unersetzlich. Sie überlegen gar nicht erst daran herum, sie stellen es gar nicht in Frage. Übrigens, halt mich bloß nicht für eingeschüchtert! Ich denke von mir nach wie vor, daß ich die Beste bin. Wär's anders, müßte ich aufgeben.

Sie saßen im *Comeback*, wo sie in den busähnlichen Lederbanknischen, ähnlich denen in den *Pizza-Hut*-Filialen ihre amerikanische Nostalgie auffrischten. Gunna sagte: Ich will mich wieder über die deutsche Politik aufregen, und um es amerikanischer zu machen, bestellte sie Kaffee und Spiegeleier. Dani trank Bier.

Endlich hatte es Streit zwischen dem deutschen Innenminister mit seinen von den Vernünftigen begrüßten Law-and-Order-Maßnahmen und den sogenannten Intellektuellen gegeben.

Das muß für die Intellektuellen irritierender sein als für den Innenminister. Denn nun haben sie doch endlich die Regierung, die sie sechzehn negativ besetzte, ironisierte, bejammerte Leidensjahre hindurch haben wollten, und jetzt? Die furchtbare Enttäuschung.

Der Innenminister warf den Intellektuellen latenten Antiamerikanismus vor, die Intellektuellen, getroffene Hunde, bellten schimpfend zurück. Jeder hatte schon seine Schmarotzer-Zeiten in den USA hinter und neue vor sich, war als Writer-in-Residence parasitär, hatte öfter mal und monatelang in New York gelebt und drüber geschrieben (Imitationsproduktionen), tat sich als Kenner und Eingeweihter groß, profitierte auch zu Haus von Amerika weiter, Amerika, dem man Redefreiheit für die eigene Kritik und alle anderen Freiheitswohltaten verdankt.

Und ich wollte über die Passagiere in den gekaperten Flugzeugen schreiben. In denen vom 11. 9. Keiner weiß, ab wann sie wußten, was ihnen bevorstand. Ob sie nicht vielleicht dachten, sie wären nur Geiseln, schlimm genug, würden werweißwo landen.

Gab es nicht ein Telephonat, hat nicht eine Passagierin zu Haus angerufen und gesagt, was los war? Deine Spiegeleier kommen.

Die Spiegeleier mit unversehrtem, butterblumengelbem Dotter wurden serviert, und Gunna streute Salz drüber, aufs Eiweiß auch Pfeffer. Danis *Probier doch erst mal* war nur ein Reflex, genau wie Gunnas Ich-weiß-daß-Salz-fehlt und daß der Koch sie in zu viel Fett gebraten hätte.

Du wolltest eigentlich über die Frauen und ihre Angst vorm Alter schreiben. Du mußt dir das Weißbrot ins Fett tauchen.

Heute morgen dachte ich übers Alter und die biologische Ungerechtigkeit zwischen Mann und Frau nach. Bis in die Kunst reicht sie. Vor allem in die Literatur. Die Ungleichbehandlung, das unterschiedliche Ansehen, die Wirkung und die Ausstrahlung auf den Leser. Ich hab mich überfressen. Gunna schob den Teller weg. Immer der verdammte Nachteil der Frauen, der in der Kindheit anfängt, in der Pubertät eskaliert, du weißt schon ...

Oh ja, Gunna. Ja, ich weiß schon. Red ein bißchen leiser.

... Frauen und ihr vermaledeiter Monatszyklus, Und der Nachteil, der im Alter nicht endet. Die ungerechte Bewertung. Gunna tat Dani den Gefallen nicht, dämpfte nicht ihre Lautstärke. Wen interessiert schon eine Alte in der Literatur? Eine Alte als Hauptperson, eine *Rentnerin*? Eine Alte als Verfasserin? Alte Frauen werden ja immerhin vielleicht noch gemalt. Die Musik lasse ich weg, obwohl ... Opern, Operetten ... nirgendwo alte Protagonistinnen. Ich bin zu satt.

Von einem gewissen Alter an wären die auch nicht mehr zu besetzen, die Stimme bleibt weg.

Dann nimm andere Interpretinnen, wenn sie alt geworden sind. Wo ist die berühmte uralte Dirigentin? Die Geigerin? Pianistin?

Elly Ney war alt.

Bleiben wir bei Büchern.

Golda Meir habe ich verschlungen, sagte Dani.

Das ist was anderes. Als Figur der Zeitgeschichte und so weiter, und für Memoiren gilt das sowieso nicht, es war bei Golda nichts Belletristisches, und es ging nicht um ihr Seelenleben, nicht um sie privat, um sie vor dem Spiegel vor der Verabredung mit einem Mann.

Wenn sie interessant sind, die alten Frauen, dann wecken sie auch Interesse. Dani stoppte das Vorbeihuschen der blaugrün uniformierten, *jungen* Serviererin. Der Tisch, an dem er und Gunna saßen, stand in der Zone einer älteren Kollegin. Die Serviererin hielt trotzdem an. Sie und die beiden Gäste kannten einander. Ihr hübscher Kopf dominierte die Lächerlichkeit einer gestärkten großen Schleife mit der Aufschrift *Comeback*.

Elsa, haben Sie eine Idee, was ich essen könnte? fragte Dani.

Wir haben heute prima Corned Beef, schlug Elsa sachlich vor. Gunna stellte fest, daß sie nicht flirtete, und daß das viel wirksamer war: ihre überaus attraktive Ernsthaftigkeit, mit der sie Bestellblock und Kuli zückte, Dani anschaute. Einer Alten würde das nicht gut stehen, sie müßte Aufwand treiben, dachte sie. Elsa lächelte, aber freundschaftlich, weil sie nette Kunden gern hatte. Sie nahm ihren Job ernst. Dani und Gunna wußten, daß sie im *Comeback* ihr Studium finanzierte. Sie wollte Kinderärztin werden. Als Babysitterin hatte sie ein paar Kunden, und während sie Wache hielt, las sie Fachliteratur. Viele Abende für ihren Freund blieben ihr nicht, ihr Freund fuhr in der Nachtschicht Taxi und würde Informatiker.

Okay, sagte Dani, das Corned Beef. Und noch ein Bier. Im *Comeback* hatten sie die amerikanische Version von Corned Beef, schinkenartig.

Bert Brecht, sagte Dani, *Die unwürdige Witwe*. Belletristik.

Wie bitte? fragte Elsa.

Greisin, sagte Gunna, ich wäre eine.

Sie doch nicht, sagte Elsa.

Die unwürdige Greisin, nicht Witwe, sagte Gunna. Doch, ich wäre eine Greisin, in früheren Zeiten hieße ich Greisin.

Aber doch nicht Sie! widersprach Elsa, diesmal energischer. Sie sind jünger als die meisten Jungen. Jung im Kopf.

Das genügt mir nicht. Außen herum bin ich's nicht, sagte Gunna. Aber ich kenne das, Junge finden Alte toll.

Sie sehen noch prima aus, sagte Elsa.

Junge darf man nicht fragen. *Noch* prima aussehen, *noch* jung im Kopf sein; zu viel *noch*. Noch noch noch. Junge finden das Alter wundervoll. Es ist noch so lang hin, bis man selber dran ist. Kaum geht's ein bißchen bergauf, da komme ich ins Japsen. Ich hasse jeden, der mich überholt. Gunna grinste. Sie brauchen mich jetzt nicht so besorgt anzusehen, Elsa. Nicht so lang ich *noch* prima aussehe.

Das tun Sie, sagte Elsa und lachte. Mir fällt ein Stein vom Herzen.

Waren die Eier okay?

Prima. Wenn auch ... also Danis sind besser. Nicht so fett.

Sie haben's gut, mit einem Koch im Haus. Elsa strahlte Dani an, dann sagte sie gewissenhaft und mit Respekt zu Gunna (die dachte: Kann sein, daß sie mich wirklich beneidet, uns beide, wir haben das Schlimmste geschafft, sind etabliert): Und prima aussehen tun Sie wirklich. Ich glaub nicht, daß ich das mal packe. (Sie meint, ganz unschuldig, ganz arglos, mein Alter, dachte Gunna.)

Das *prima* Corned Beef, bitte, sagte Dani.

Wird gemacht, sagte Elsa, ich sollte längst unterwegs sein, obwohl, es ist Astrids Revier. Sie machte sich zum Tresen davon.

Weibliche Bedienung ziehe ich der männlichen vor, sagte Dani, Elsa nachblickend: Es war seine Richtung. Die Uniform des *Comeback*, in getreulich deutscher, auf dem Verkaufssektor philo-amerikanischer Imitation, schrieb Miniatur-Röckchen vor. Astrid und eine andere ältere Bedienung durften lange Hosen tragen.

Natürlich tust du das, Gunna klang sanft, vorausgesetzt, sie ist ansehnlich. Und heißt Elsa und nicht Astrid. Die Junge ziehst du der Alten vor.

Warum auch nicht? Es ist menschlich.

Menschlich ist meistens nicht nett. Und sobald die Junge endlich ihre miserable Menstruation los ist und eine Alte wird, kann sie euch gestohlen bleiben.

Die zwei jungen Mädchen in der Banknische vor ihrer drehten sich halbdiskret-neugierig um und sofort wieder weg, kicherten. Die Blonde hatte ihr glattes Vanillegelbhaar eng am gut modellierten Kopf zurückgekämmt und im Nacken zusammengebunden, die Braune trug eine kurze lockige Frisur, und auf beide war Gunna neidisch. Wie jung und damit für das Leben geeignet sie waren, wie gut sie aussahen, in die Szenerie paßten, in jede Szenerie ihres Alltags, überhaupt: in die Welt. In die Gegenwart dieses Planeten. Nach dem 11. 9. 2001 genauso gut wie vorher. Gunna hatte, weil die Mädchen auf sie aufmerksam geworden waren, die monatliche biologische Niederlage der Frauen noch gründlicher beschimpfen wollen, aber plötzlich die Lust dazu verloren. Es kam ihr antiquiert vor. Sie fühlte sich alt.

Meistens denke ich nicht über mein Alter nach, aber manchmal doch. Wenn ich junge Frauen beobachte, dann zum Beispiel, und dann komme ich mir alt vor. Gunna saß im Wohnzimmer der Familie Weymuth, Paula Weymuth gegenüber. Sie hatte ihr endlich den Wunsch erfüllt und einen Dienstreiseabstecher zu ihr gemacht. Sie fragte sich, warum es sie wunderte, wie schön Paula wohnte. Wie großzügig und geschmackvoll sie eingerichtet war. Hier paßte nichts zu den Assoziationen, die eine Buchhandlung mit dem Namen *Bücher-Truhe* auslöste. Auch erwies Paula sich als die bessere Gastgeberin: nicht nervös, der Sache gewachsen. Sie tischte interessante Creme-Obsttörtchen auf, alles nur Yoghurt, sagte sie, aber sie schmeckten nicht nach Diät. Ihr Kaffee war nicht bieder. Gunnas Sessel in der geräumigen flachen Polsterlandschaft couchartig groß, braunschwarzmeliert mit einem plüschsamtartigen Material bezogen.

Ich weiß nicht warum, und der Vergleich hinkt, aber ich muß hier plötzlich an die Dünengegend zwischen Kampen und List denken, sagte Gunna, stand auf, um die sparsam über die Wände verteilten großen Bilder, gemäßigte Moderne, mehr aus Höflichkeit als interessiert zu betrachten. Tz tz, machte sie, lauter Originale, und sie hörte sich beeindruckt an.

Ein befreundeter Maler, sagte Paula, und Gunna dachte an den blumigen Mischmasch, den Sirins Freundin produzierte, und an Henriettes Gemälde, zu deren Entschlüsselung man mindestens so viel Zeit aufwenden sollte wie für ein sechshundert Seiten dickes Buch, hier wie dort nur hausgemachte Kunst zugelassen und daß befreundete Maler und Maler als Familienmitglieder eine Plage seien.

Oh, Ihnen fällt plötzlich die Lister Landschaft ein! Paula freute sich. Stellen Sie sich vor, ich wollte Sie im Gedenken an unsere gemeinsame kleine Vergangenheit mit Lister Pfannkuchen bewirten! Die mit Äpfeln und Ingwer hatten Sie gern und die hatte ich geplant, aber dann ... weil Sie nicht viel Zeit haben ... ich hätte zwar alles vorbereiten können, aber doch erst, nachdem wir vom Bahnhof zurückkamen, mit dem Braten anfangen müssen. Paula fixierte Gunna, das Lachen, wie in Erwartung einer Überraschung, im Gesicht.

Ich hätte doch ein Taxi nehmen sollen, sagte Gunna, obwohl – diese Törtchen sind ideal! Diese hellen Schichten, das kann nicht nur Yoghurt sein.

Der Blick aus der Terrassentür und einem großen Fenster ging nach Süden in einen kleinen, aber dicht bewachsenen Garten, jetzt kahl. Gunna würdigte den Blick.

Im Sommer vergessen wir, daß wir in einem Reihenhaus wohnen. Nach Westen hin haben wir ja keinen Nachbarn, aber den zur Linken merken wir gar nicht. Seine Pflanzen und unsere wachsen fast ineinander.

Und da haben Sie mir vorgeschwindelt, bei Ihnen wär's nicht

so schön wie bei uns! Nur ein Reihenhaus ... ich hab's mir wirklich anders vorgestellt.
Wie denn?
Enger, zum Beispiel.
Oben ist es weniger geräumig. Wir sind ja auch zu viert hier drin. Paula hörte mit dem überraschten Glückslächeln nicht auf, eher als Gunna schien dauernd sie die perplex Staunende zu sein. Gunna dachte: Enger, das ist ganz und gar nicht alles, was ich mir anders dachte. Ein kleineres Zimmer, ja, das schon, das habe ich erwartet, aber vor allem eine andere Einrichtung, einen anderen, uneleganteren Stil. Bastgesteckartiges, in Erinnerung an die Syltreise. Gemütvoll. Bauernschränkchen, Folkloristisches. Es ging Gunna wie mit Wanda und deren Talent, einen Volvo statt eines gebrauchten Aufkleber-Kleinwagens zielsicher und versiert anstatt auf fahrigen Irrwegen zu steuern. Fazit: Ich bin nicht wohlmeinend, dachte Gunna, als sie fragte: Und man darf rauchen?
Weil Sie es sind, ja.
Schicken Sie andere Raucher auf die Terrasse? Gunna genoß den ersten Zug, Paula suchte, fand einen muschelförmigen Aschenbecher, und Gunna sagte, diese feindselige Behandlung der Raucher sei geselligkeitszerstörerisch, und sie habe sich, als das mit der militanten Ideologie der pseudoheiligen Nichtraucherfanatiker angefangen hatte und man sie mit ihrer Zigarette in den Garten verbannen wollte (*mitten im Winter war das damals!*), ihren Mantel genommen und nach kurzem Ciao-Zuruf einfach auf und davon gemacht. Und Paula hörte mit dem stutzigen Lachgesicht, offenem Mund, ungerührt zu.
Gab es eigentlich Schwierigkeiten mit Ihrem Mann? Weil Sie sich heute von der *Bücher-Truhe* dispensiert haben?
Keine großen. Denn ich werde in der Nacht nacharbeiten. Buchführung, Zahlungsverkehr der Buchhandlung.
In der Nacht! Wie ungesund!
Ich arbeite oft in der Nacht. Ich stelle den Wecker auf drei oder vier, je nach liegengebliebener Arbeit und Eile, und bis dahin habe ich die schlimmste Erschöpfung weggeschlafen.

Das ist ungesünder als Rauchen.

Es geht nicht über die Lunge. Wie kommen Sie mit Ihrem Buch über das Alter und die Angst davor weiter?

Es geht so. Irgendwas vernachlässige ich, bald den 11. 9. 2001 und die veränderte Weltsicht oder wie ich's nennen soll, bald meine Frauen.

Ihre Frauen?

Männer und ihre Probleme mit dem Alter lasse ich weg.

Eigentlich schade. Männer sind eitel. Vielleicht noch mehr als Frauen.

Und sie würden vielleicht die Altersängste nicht mal abstreiten. Ja, es ist schade. Aber die Buchpreis-Kalkulation würde nicht mehr stimmen. Bücher meiner Art sollten möglichst unter der Schwelle von ... oh, fast hätte ich 30 Mark gesagt! Für dieses jetzt muß ich in Euro vorausdenken. Also circa fünfzehn, mehr sollten sie nicht kosten. Das wissen ja auch Sie, aus Erfahrung mit den Kunden.

Ich ordere und verkaufe nur Titel, die ich verantworten kann, lesen kann ich weiß Gott nicht mehr alles, aber ich habe mittlerweile einen Instinkt für die mir gemäßen Wellenlängen. Paula wurde ihren spionenhaft prüfenden Lachausdruck nicht los. Durch den bekam sie ein Kindergesicht, aufblickend in neugieriger Vorfreude auf die nächste Clowns-Nummer und all die anderen Zirkusverblüffungen.

Haben Sie noch Kaffee da drin? Gunna hielt eine als Biedermeiergeschirr getarnte Thermoskanne halb hoch, weiß mit rosa Rosenblüten, und es war noch Kaffee drin, den Gunna wie bei jeder vorigen Tasse hymnisch feierte. Ja, meine Frauen. Sie seufzte. Sie sind Realistinnen. Sie ja auch, Paula.

Aber eine, die gern träumt. Diesmal machte Paula den Mund zu. Die Erwartung an Gunna wandelte sich in etwas Bohrendes. Lern mich endlich wirklich kennen! Wann sind wir endlich *richtige* Freundinnen? Wann endlich hören wir mit dem Sie-Sagen auf? Und Gunna ihrerseits fragte sich: Was hindert mich eigentlich daran, ihre bescheidenen Sehnsüchte zu stillen? Was ist das für eine innere Barriere?

Ich weiß, Sie träumen, Sie sind neben der Realistin auch jemand wie ich mit meinem Genug-ist-nie-genug-Dauerbrenner-Paralell-Gefühl. Nur doch vernünftiger, viel vernünftiger.

Wenn Paula den Kopf schüttelte so wie jetzt, temperamentvoll im Widerstand, fiel Gunna ihre elegant geschnittene Frisur auf, ziemlich kurz im Nacken und etwas länger sichelförmig über den Wangenknochen ausschwingend, und daß ihr glattes Haar in Tiefdunkel mit schwarz changierendem Mahagoni glänzte. Wie die Wohnung: nicht diese Haare, auch nicht dieser schöne schimmernde Blazer, was man zur Chefin eines Ladens mit dem Namen *Bücher-Truhe* assoziierte. Außerdem war Paulas Antwort klug: Realistinnen wären es ja aber, die mit dem Alter abrechnen würden. Oder nicht?

Schon, ja. Aber wenn denen nichts weiter einfällt als was sonnenklar ist? Daß man auf gar keinen Fall siech und gebrechlich und dann von anderen abhängig sein will, im Alter? Aus Angst müßten sie sich doch in Verdrängungsstrategien flüchten, in Phantasien, vielleicht religiöse. Die wären am hilfreichsten. Und ein paar mehr Argumente gegen das Alter sollten es auch schon sein. Etwas in der Art von Ungleichwertigkeit im Alter von Mann und Frau meine ich, die Ungleichwertigkeit beispielsweise bei ...

Bei der Liebe, ja, sagte Paula. Greise bleiben attraktiv für ganz junge Frauen, ganz junge Frauen heiraten ganz alte Männer, da gibt es doch, bei Künstlern, berühmte Beispiele. Paula hatte den Enttäuschungsschub hinter sich und wieder das kindliche Zirkusbesuchs-Gesicht.

Ja. Ja, das auch. Ich dachte aber an die Literatur. Fänden Sie einen einzigen Käufer für einen Roman mit einer Heldin ab siebzig und darüber, 74, 81? An Männern dieses Alters besteht Interesse. Ungerecht.

Oh doch! Paula mußte nicht lang überlegen und sagte es, und daß sie auf Anhieb interessierte Kunden wüßte.

Kundinnen.

Bei Belletristik sind es sowieso überwiegend Kundinnen.

Ohne die Frauen wären wir aufgeschmissen. Auch beim

männlichen Greis als Romanheld. Auch bei meiner Art Bücher, dem eher Essayistischen. Männer sind schlechte Leser. Gunna griff nach ihrer Zigarettenpackung, reflexartig schlug Paula einen kurzen Spaziergang vor: Ich würde Ihnen gern meinen kleinen Fluchtweg zeigen. Wenn ich's mir mal zeitlich erlauben kann und einfach ausbüchse.

Gunna dachte: Die Gegend ist hüglig. Südwestwind, kalt, könnte Regen geben. Sie sagte: Ich fürchte, ich hatte zu viel von Ihrem idealen Kaffee, Sie wissen schon, Kaffee treibt. Und dann, Sie kennen mein Reisefieber. Außerdem ist es so schön hier drin. In Wahrheit fürchtete sie um ihre schlechter als Paulas beschaffenen Haare und vor allem, nicht gut genug bergauf zu kommen, japsend kaum mit Paula Schritt halten zu können. Sie machte ein anderes Angebot, ein schmeichelhaftes: Ich sähe zwar sehr gern den Fluchtweg, aber doch noch dringender Ihr kleines Arbeitszimmer.

Dort war es wirklich so eng, wie es zur *Bücher-Truhen*-Chefin paßte, aber all die Computer, Laptops, Drucker: imponierend. Das kann sie also auch. Ich kann es nicht, dachte Gunna, sprach es dann aus; anderen ihre Bewunderung zu offenbaren, fiel ihr leicht, ausgenommen: die schreibende Konkurrenz. Und Paula, zu gescheit für Stolz auf ihren, auf *diesen* Vorsprung, sagte: Sie können anderes. Und viel Wichtigeres. Das hier kann jeder. Jeder kann es lernen. Übrigens brauche ich für alles Komplizierte immer noch meine Söhne.

Hier also sitzen Sie manchmal schon kurz nach vier in der Nacht.

Jetzt freute Paula sich wieder. Aber hier oben können zwei es sich wirklich nicht gemütlich machen. Sie war so stilsicher, ihr nicht die privateren Räume zu zeigen, nicht Bad, WC, die Zimmer der Söhne, das Ehebett im immer noch gemeinsamen Schlafzimmer. Immer noch gemeinsam: Gunna wollte fragen, warum. Weil Paula sich eine *richtige* Freundin wünschte, eine zum Aussprechen und Diskutieren auch des Intimen, sagte Gunna: In Maigret-Krimis wird immer sofort Verdacht geschöpft, wenn verheiratete Leute nicht nachts in einem Zimmer schlafen. Das finde ich natürlich, wie alles bei Simenon, wundervoll, aber grotesk, sehr altmodisch. Glückliches Zusammensein gelingt doch besser tagsüber, wenn man nachts nicht gestört wird.

Er schnarcht nicht. Paula machte einen Lachversuch. Aber er stört, hörte Gunna mit und erfuhr, manchmal zöge er nachts einfach um. Er wandert umher, sagte Paula. Man bekommt nicht heraus, warum. *Ich* schnarche erst recht nicht.

Im Wohnzimmer zum Garten hin knipste Paula da und dort kleine Lichtquellen an, und wieder dachte Gunna: elegant, und daß der *blaue Fleck*, das giebelige Kämmerchen in der Kampener Pension, besser zu Paula gepaßt hätte, zumindest zu der, die sie aus Paula machte, und der Tio-Pepe-Sherry statt Dry Sack oder gar keinem Sherry, sondern einem Obstsaftangebot, auch der paßte nicht zu ihrem Bild von Paula als Gastgeberin, genauso wenig die auf welche Weise auch immer raffinierten Jakobsmuschel-Canapeés (selbst zubereitet) statt einfacher belegter Brote.

Wissen Sie, was mich freut? Paula wartete keine Rückfrage ab: Es geht doch auch für *Sie* so weiter wie vor dem Terroranschlag. Die Zeit heilt Wunden.

Mich freut das ganz und gar nicht. Denn was bedeutet es? Ich muß auch bei mir diese allgemein menschliche Abgestumpftheit erkennen. Gunna lachte. Sie haben völlig recht, wenn Sie jetzt denken, aha, sie hält sich für was Besseres. Oder zumindest Sensibleres.

Das habe ich nicht gedacht. Übrigens, wir hätten immer noch ein gutes Stündchen Zeit für den kleinen Spaziergang. Paula erinnerte Gunna an eine ihrer Selbstaussagen: Ich kann nicht gut lang herumsitzen, es macht mich zapplig.

Gunna gab das zu, und wenn sie die ins Groteske trieb, machten ihr auch niederziehende, beschädigende Selbstaussagen nichts aus, im Gegenteil; also war sie diesmal in einer Verzerrung ehrlich, wozu sie des Sherrys nicht bedurfte, wenngleich er ein angenehmer kleiner Anschub war: Beim Spazierengehen mit Jüngeren fühle ich mich wie bei einem Belastungs-EKG.

In den belustigten Ausdruck der erwartungsvoll Überraschten mischte sich etwas Erschrockenes, gleichwohl blieb er belustigt: Oh nein! Sie, auf Ihrer täglichen 30-Minuten-Rennstrecke. Sie sind doch immer die auf der Überholspur! Leider, weil Sie zu arbeiten hatten, konnten wir auf Sylt bis auf ein einziges kleines Mal ja nicht miteinander spazierengehen, aber bei diesem einzigen kurzen Gang kam ja ich kaum mit!

Kann sein, daß ich seitdem einen Altersschub hatte. Oder herzkrank bin. Oder Asthma habe. Oder es sind die Raucherlungen.

Bei den *Raucherlungen* nickte Paula heftig und mit elegant schwappendem Haar und sah dabei besorgt aus. Könnten Sie nicht versuchen, dieses Laster loszuwerden? Es gibt heute Methoden, die es erleichtern, davon wegzukommen. Natürlich, es geht nicht ohne Willenskraft. Nicht abwinken! Was brauchen Sie zum Schreiben? Willenskraft, unter anderem, Talent, Ideen und so weiter, aber nichts geht ohne Willenskraft, Selbstdisziplin. Und die haben Sie.

Und Sie Glückliche verstehen nichts von Sucht. Obwohl, ich habe meine Sucht gern. All das Drumherum beim Rauchen, Handgriffe, Packungen, ein Stimmungsambiente. Es geht nicht nur ums Nikotin.

Außer der Wiederholung des Kopfschüttelns hatte Paula keine Idee.

Leider habe ich jetzt überhaupt keine süchtige Freundin mehr. Sie sind alle vernünftig.

Und das finden Sie nicht erleichternd?

Ich finde es erschreckend. Aber glücklich waren meine zwei Patientinnen nicht. Sie brauchten die Surrogate zum Überleben.

Das ist doch schrecklich, sagte Paula energisch.

Zwei Angstfreundinnen, und die sind tot. Alkohol, Medikamente.

Paula konnte nur wiederholen, daß das schrecklich sei. Sie klang nicht wirklich mitleidig, eher etwas abgestoßen: von haltlosen Menschen, denn waren sie das nicht, Süchtige? Haltlose Menschen, denen alles gleichgültig war, Fremdlinge, und die wollte sie auch nicht kennenlernen. Und Gunna, die ihr diese Abwehr vom nun störrischen Gesicht ablesen konnte (und die sich darauf verließ, daß Paula zu den vielen Menschen gehörte, deren Verlangen es war, von einem ihnen *wichtigen* Menschen interpretiert und dechiffriert zu werden, auch wenn nichts Gutes dabei herauskam), Gunna las ihr dieses physiognomische Lektüre-Resultat vor.

Kann gut sein, daß das zutrifft. Wie erwartet, blickte Paula wieder erfreut und neugierig und auf noch mehr Erkenntnisse über sich hoffend.

Sie haben doch aber auch gelernt, daß man Ihre *haltlosen Menschen* längst Kranke nennt, nicht mehr von Moral und Willenskraft redet. Sondern von Biochemie, Hirnstoffwechsel, Serotoninspiegel.

Wieder die Biochemie? Paula lachte, fast versöhnt. Und diese zwei Süchtigen fehlen Ihnen beim Thema Angst vorm Alter, ja?

Sie hatten keine Zeit für die Angst vorm Alter. Sie waren vereinnahmt von der Angst vor der Gegenwart. Ihre Zukunft ging nur bis zum Einschlafen, zum Aufwachen am nächsten Morgen. Da lag er vor ihnen, der Angsttag. Von der Hand in den Mund, sie lebten wie die Spatzen, nur nicht so sorglos.

Sie haben sicher recht, ich verstehe nichts von dieser Angst.

Aber den konkreten Anteil daran kann man erklären. Die Tücke der Heimlichkeits-Logistik bei der Freundin mit dem korrekten Ehemann, die Beschaffung, die Simulation einer ganz anderen Person. Die andere Freundin hatte das Verstellungs-Problem nicht, sie ruinierte sich ganz öffentlich und sogar zusammen mit ihrem Mann. Bei diesen beiden war es die Angst in ihrem wahren Sinn. Nicht konkret, nicht mit Furcht zu verwechseln, mit Befürchtungen. Sie spürten die Angst, die wir in der Welt haben.

Aber der gesunde Mensch befreit sich von ihr. Weniger trotzig als streng machte bei ihrer Reaktion Paulas gewissenhaftes Gesichtchen mit. Gunna erkannte darin wieder Ablehnung, Abneigung.

»In der Welt habt ihr Angst; aber seid getrost, ich habe die

Welt überwunden.« So tröstet Jesus Christus. Meine Angstfrauen kamen nicht bis zum *Aber*. Die andere, die mit dem heimlichen Ich, die brauchte Verstecks. Verstecks vor ihrem Mann. Obwohl sie wußte, daß er nicht ahnungslos war. Die Verstecks für die Drinks waren komplizierter, Flaschen brauchen einfach mehr Platz als Tabletten. Komplizierter und schlechter. Hinter Büchern, weiß nicht wo noch alles, in der Küche, aber ihr Mann kochte manchmal. Piccolo-Fläschchen unter Sofakissen neben ihrem Sitzplatz beim Fernsehen, und in der Bildschirm-Dämmerung wagte sie sich dran, und dicht neben ihr der Zuschauersessel und darin ihr Mann, der sie von A bis Z beargwöhnte, aber nie erlöst hat.

Nur, wie denn, erlöst?

Er hätte zum Beispiel *Trink dein Quantum öffentlich* sagen können. Sie war ja so vorsichtig, so überängstlich, ich glaube nicht, daß sie jemals richtig besoffen war.

Das hört sich alles schrecklich an.

Und du hörst dich auch schrecklich an, unzugänglich, abweisend, dachte Gunna. Sie sagte: Angst vorm Alter ... Angst ist da eigentlich auch der falsche Begriff. Da geht's auch eher um Furcht, die Schrecken des Alters sind konkret. Aber die Furcht der Frauen vor dem Alter wäre kein griffiger Titel. Mit *Angst* verkaufen Sie es besser, oder?

Das könnte sein. Paula konnte wieder lächeln, kurz. Ich mag es nicht, daß Sie so vielen trüben Gedanken nachhängen.

Gunna erklärte sehr vergnügt, es handle sich überhaupt nicht um trübe Gedanken. Sie dachte: Ich sollte nicht vergessen, daß es Paula ist, die *erkannt* sein möchte. Es muß wieder mehr von ihr die Rede sein. Trotzdem würde etwas fehlen, etwas Wichtiges, wenn sie wegließe: Ich hatte meine Angstkranken gern. Ich vermisse sie oft. In Menschen, die ausflippen, kann ich mich besser versetzen als in die, denen alles gelingt. Oh, das ist ganz nah bei Čechov. Sie sollten Čechov lesen, Paula.

Einiges von ihm kenne ich. Wir haben ein Theaterabonnement gehabt, bis vor vier Jahren. Bis die Buchhandlung uns einfach zu viel Arbeit machte.

Prosa lesen. Gunna hob die Stimme zum Zeichen, daß sie zitierte: »Glückliche Menschen, denen alles gelingt, sind mir unerträglich.« Und das meinte er sicher nicht nur als Schriftsteller. Oder als Arzt. Und über die Angst eins der vielen Angst-Zitate von Kierkegaard: »Angst, das ist das Schwindelgefühl der Freiheit.«

Aber die Freiheit haben Ihre Freundinnen mit ihrer Angst nicht erreicht.

Es war ihnen schwindlig. Fängt es an zu regnen? Ja, es regnet. Gunna sah auf ihre Armbanduhr, und Paula rechnete ihr vor, daß es noch lang zu früh wäre für Reisefieber. Und irgendwann werden auch meine drei Männer hier auftauchen. Und vielleicht die Braut. Sie lachte, seufzte, blickte ausspähend: Für mich bleibt's dabei. Es ist schlimm, wenn Menschen ohne Willenskraft...

Nicht wieder! rief Gunna. Es ist alles Biochemie. Übrigens wirklich alles. Auch ihre gemischten Ehegefühle. Ihre gemischten Gefühle angesichts Ihrer existentiellen autobiographischen Bedingungen. Alles. Sie grinste Paula an, Paula, mit Forscherblick, schaute ungläubig zurück, kindlich und wie gewappnet gegen einen Trick, auf den sie reinfallen sollte. Aber schlau reagierte sie schnell: Aha, alles Biochemie. Demnach auch die Probleme mit dem Alter. Ich dachte immer, Liebe, Verständnis, unsere menschlichen Gefühle, all das und noch viel mehr, es hätte mit dem Herzen zu tun. Wäre mir außerdem viel lieber so. Gut, ich weiß auch, das Herz ist nur ein Organ, nichts weiter als eine Pumpe, und doch... das Gemüt, die Seele... Nein! Ich bleibe lieber dabei. Und wenn ich glücklich bin so wie jetzt, weil ich mit Ihnen reden kann wie in unserer Lister *Pfanne* damals an unserem Tisch, dann ist das nicht Biochemie. Oder doch nicht nur.

Ich sehe es auch lieber so, aber glückliche Empfindungen sind trotzdem biochemische Prozesse. Nur zu gern würde ich Geistig-Seelisches unabhängig machen, aus unseren armen elenden unzulänglichen Kreaturtierkörpern raushalten. Mich hat mal ein befreundeter Arzt mit der Biochemie desillusioniert. Ich fragte, und daß du Bini gern hast, daß du dich in sie verliebt hast, das war auch nur Biochemie? Und er sagte *Ja* und es machte ihm überhaupt nichts aus, und seine fast zwanzig Jahre jüngere Bini saß dabei mit einem Ich-bins-gewöhnt-Ausdruck.

Wenn er sie liebt, läuft es im Grunde auf eins hinaus. Was immer es ist.

Ich wußte es doch, Paula, Sie können auch sehr nüchtern sein.

Bei meinen Gefühlen ist mein Verstand nicht ausgeschaltet. Wenn das nüchtern ist. Paula klang ein wenig aufsässig, doch ihre Mimik widerspiegelte Neugier. Die Neugier auf sich selber. In diesem Augenblick aber drangen die Geräusche ihrer zurückkehrenden Männer ins Wohnzimmer. Sie kamen zu dritt, Paula erklärte, demnach hätten sie die *Bücher-Truhe* zum Treffpunkt gemacht und seien von da aus gemeinsam nach Haus gefahren. Wieder und wie als Bewohnerin attraktiv arrangierter Einrichtung und wie als routinierte Gastgeberin entsprach sie nicht Gunnas Bild von ihr. Der Paula, die am Bahnsteig vor der verkehrten Wagenklasse bereitstand und der es in einem Zimmerchen wie dem *blauen Fleck* gut gefiel. Der Paula der Fortsetzungsbriefe und der vorsichtigen Annäherung an die Oberfläche von Beichten, suchend nach der *richtigen* Freundin. Diese Paula hätte die Ankunft der Familienmitglieder beunruhigt: Würden sie auf ihren Gast auch keinen schlechten Eindruck machen?

Die Paula, die aus Gunnas Bild von ihr heraustrat, war überhaupt nicht nervös. Und die Männer machten keinen schlechten Eindruck, Max Weymuth benahm sich wie ein Gentleman, sah nicht schlecht aus, die Söhne waren wohlgeraten, wohlerzogen, sahen hübsch aus, alle machten sich nach dem Hin und Her von Vorstellen, Händedruck, Austausch von ein paar höflichen Belanglosigkeiten schnell wieder davon, und eine knappe Stunde später parkte Paula auf dem Parkplatz hinter dem Bahnhof, und sie waren viel zu früh für Gunnas Zug. Vor einem Bistro in der Bahnhofshalle setzten sie sich an einen Tisch, Paula besorgte Espresso und Mineralwasser, am Nachbartisch kramte eine alte Frau immer wieder in ihren drei Taschen, suchte, fand nicht, und Gunna sagte: Sie wäre in der Kunst unbrauchbar. Frauen sind's, so ab sechzig. Sie müßten, als Roman-Frauen, sofort in ihre jungen Jahre zurückblenden. Und Paula lachte. Nach den Komplimenten für ihre Söhne fühlte sie sich wohl, und sie erzählte von der Verschiedenartigkeit der beiden.

Schade, daß ich die Braut nicht kennengelernt habe, sagte Gunna. Ich weiß noch ein wunderbares Kierkegaard-Angst-Bonmot: »Wer sich richtig zu ängstigen gelernt hat, der hat deshalb das Richtige gelernt.«

Ich gestehe, daß ich's nicht kapiere, sagte Paula.

Genießen Sie das köstliche *deshalb*, sagte Gunna. Es ist diese Kierkegaard-Prosa, die allein schon, sie hat immer auch etwas Verrätseltes. Sie dachte, und verschwieg es, daß sie vielleicht nur den vorausgegangenen Satz nicht kannte, durch den das *deshalb* sein Geheimnis und seine listige stilistische Außergewöhnlichkeit verlor.

Haben Sie das Richtige gelernt, mit Ihrem Reisefieber? Paula machte den Mund nicht zu im Lach-Spion-Gesicht, und Gunna antwortete: Das Reisefieber gibt uns noch diese halbe Stunde.

Es fiel ihr ein, daß sie im Lauf des Nachmittags über Paulas nächsten Besuch bei Gunna gesprochen hatten. Paula: Ich könnte übrigens eine Stunde früher als letztes Mal kommen. Sogar auch zwei Stunden früher. Beide Verbindungen sind machbar. Gunna: Oh, das hört sich gut an. Aber ich muß vorher im Kalender nachsehen. Paula: Es wäre ja wieder ein Samstag. (Viele Termine, bestimmt beispielsweise Arzt-Termine, entfallen samstags. Zwei Besucher von Gunna auf einen Tag gepackt: auch unwahrscheinlich. Was also sollte wohl, welches Hindernis, im Kalender stehen?) Paula: Ich könnte auch später abfahren, länger abends bleiben. Gunna: So weit ich das jetzt überschaue, es wird wohl nichts draus. Es wird ein furchtbar vollgestopfter Tag sein. (Womit? Was ließe sich nicht auf den Sonntag verschieben?)

Und jetzt, Gunna zerdrückte ihren Gauloise-Rest zwischen

braunen Zigarettenfiltern im vollen Aschenbecher und trank das Mineralwasser aus, jetzt beim Erinnern dachte sie: Sie braucht nur eine halbe Minute nachzudenken und schon kommt sie drauf: Ich, eine Paula Weymuth, ich bin nicht länger erwünscht, drei Stunden sind das Maß für mich. Denn was soll ein Mensch, der sowohl die frühere Ankunft als auch die spätere Abfahrt als *leider* unrealisierbar ablehnt, außer daß er seine Ruhe haben will für Gründe haben? Weil Paula aus lang erlernter Selbstkritik und Selbsteinschränkung eher argwöhnisch als arglos ist, muß sie erkennen ... diese Unlust ... wie schmerzhaft, wie kränkend! Die Wahrheit könnte, selbst wenn sie unverständlich bliebe, lindern, nur ließ Gunna sie, haltmachend vor ihrer Stolzschwelle, nicht heraus: Ich klebe in meinem mit Dani gemeinsamen System. Dani kritisiert immer: Deine Frauen haben dich in der Hand. Anderthalb Stunden Zusammensein kann ich wirklich genießen. Aber nach drei Stunden bin ich nervös überanstrengt. Kurzatmig. Vielleicht habe ich dann, bei Hausbesuchern, die lang bleiben, genau so wie zwischen Aufstehen und erstem Kaffeeschluck, pulmonale Hypotonie, Selbstdiagnose. Das Herz arbeitet sich an der Hochdrucklunge ab mit Überlebensinstinkt und dessen Strategien, das Herz wird versagen, nicht mehr lang und dann. Dann aber. Exit.

Ich will nicht, Paula, daß mein chronisches Keine-Zeit-Haben Ihnen den Tagesrest verdirbt. Daß es Sie betrübt. (Warum läßt sie mich weiter herumstammeln, warum wehrt sie nicht sofort ab?) Gunna versprach: Ich werde Ihnen das alles eines Tages erklären. Wenn wir noch weiter sind als Freundinnen, ja? Wir sind doch schon ganz schön weit, oder?

Paula nickte, blickte, wartete, die glatte Frisur schwippte.

Und Sie sind nicht betrübt?

Ich bin doch froh, daß ich überhaupt so bald schon wieder kommen darf.

Auf dem Bahnsteig tippelte – sie machte in nicht-*bücher-truhen*-artigen hübschen spitzen Lackschuhen kleine Schritte – Paula zielgenau einen Schritt vor Gunna zum Wagenstandsanzeiger, sagte: Das Bahnfahren habe ich von Ihnen mittlerweile gelernt, und daß Sie in der Bahnhofshalle weit voraus bis zu den Schildern B oder A laufen müssen, und Gunna sagte: In einem Film würde die Frau in meiner Rolle jetzt dankbar lächelnd aufblicken und seufzen: Ich habe Sie überhaupt nicht verdient.

Sie können nicht aufblicken, nicht zu mir, Sie sind die Größere, sagte Paula, aufblickend.

W ENN AUCH UNTER DEN BESTEN B EDINGUNGEN, auf ihrem Wunschplatz im ICE-Wagen 14, Doppelsitz, dahinter die Rückwand, vor sich keinen, griff Gunna dennoch nicht zum Notizheft. Sie fühlte sich demoliert. Vom Defizit an Isolation erledigt. Talentiertere Menschen würden an meiner Stelle jetzt dahindösen, vielleicht einschlafen, dachte sie. Sie aber konnte nicht einmal einfach dasitzen und in die nächtlich verdämmernde Gegend mit immer mehr da und dort aufblinkenden Lichtern schauen. Sofort mußte sie sich von dem halben Tag im Weymuthschen Wohnzimmer wegkatapultieren (sie hatte diesen Nachmittag genossen und trotzdem), was nur Lektüre-Ablenkung vermochte. Gunna las sich durch Zeitungsreste, fing dann mit dem in der Bahnhofsbuchhandlung (*tut mir leid, ich kaufe bei der Konkurrenz*) angeschafften Taschenbuch an, Edith Wharton's *Winter*, das einzig Brauchbare im dortigen Angebot; ausnahmsweise fand sie es ganz gemütlich, sich ein bißchen zu langweilen. Verwundert beobachtete sie sich bei der Geduld mit dem Neuengland Anfang des 20. Jahrhunderts, Kutschen fuhren durch die kleinen Städte von Massachusetts.

Vor einem Jahr noch hätte ich, kaum im Zug aufatmend, Notizen gemacht. Ganz egal welche, irgendwelche. Edith Wharton gab Gunna genug Spielraum fürs Nachdenken über sich selbst: Über mich und das Alter, am besten, ich informiere mich bei mir selbst.

Abgesehen vom Äußeren (mit der Lesebrille für Genauigkeiten schaue ich in keinen Spiegel mehr, die senkrechten Fältchen auf der Oberlippe, von denen ich mir früher *die kriege ich nie* prophezeite, erkenne ich inzwischen, weitsichtig, auch so); abgesehen von Körperlichkeiten (Gymnastik: Übung Radfahren/Kerze: gekräuselt und um den Nabel herum gefältelt eingezogen sieht mein Bauch mich wie ein grämliches Gesicht an), merke ich jetzt auch insgesamt (noch nicht mental, noch nicht kognitiv!) an Ermüdungserscheinungen vielem früher Interessierendem gegenüber und beim Aufraffen, Lusthaben, sogar manchmal schon auch beim Schreiben, daß ich nicht mehr jung genug bin. Ich spüre mein Alter, oder warum sonst werde ich fauler? Ich hatte Glück und viel Zeit bis dahin, und was *ich* merke, merkt *man* mir nicht an. Die meisten sind früher alt. Daß man beginnt, mehr rückwärts als vorwärts zu gehen, empfinde ich den Philosophen nicht nach, weil ich mich mit mir von früher nicht beschäftige, obwohl ... nostalgisch macht mich meine Kindheit. Sie war die Freiheit von Sorgen, Ciceros Voraussetzung für ein glückliches Leben, noch mehr: angstfrei ist sie gewesen. Wenn ich mit mir aus jeder Lebensphase identisch bin, und ich bin es, müßte es, bis ich sterben werde, beim Kindheitsvorrat bleiben. Gut, oder nicht gut, ich bin, betrachtet man meine Lebensdaten, alt, nicht mehr nur *älter*, und doch kein Rückblick-Mensch, mein Gedächtnis ist zu ungeduldig für längere Zeiträume, ich erkenne nur Abschnitthaftes, einzelne Schnappschüsse, alles ziemlich zusammenhanglos, keine Übergänge. Memoiren schreiben könnte ich nicht.

Ungern stelle ich fest, daß ich, allerdings ungenießerisch, faul werde. Es deprimiert mich, daß ich meine Ansprüche an mich selbst wie heimlich vor mir, wie mein Bewußtsein überlistend, herunterschraube, nicht mehr hinauf zu dem, das ich sehr wohl könnte, zu dem ich aber nicht (ständig, täglich) vordringe. Mit dem spanischen Mañana reagiere ich auf meine Möglichkeiten, vergebe mir meine Lähmungstricks: laß es heute, mach es morgen. So steigt man nicht auf zu den Sternen. Alibis schützen vor Selbstdisziplin-Ritualen. Klavierüben nach 22 Uhr? Ach nicht heute, du hast dir, nach 22 Uhr, das Ausruhen verdient. Aber das Ausruhen ist das Böse aus dem Vaterunser, das Nichtige, und mein Attest dafür ist die Trägheit, schwerwiegendste Sünde irgendwelcher Mönche ... Benediktiner?, Franziskaner?, und es ist die Angst, nein: Furcht vorm Fehlermachen. Die Hemisphäre für die linke und die für die rechte Hand tun sich nicht mehr immer zusammen, ich habe das Gefühl, zwei Hirnhälften spalteten meinen Kopf, zu keiner Koordination bringen sie mein Wille und erzürntes Hämmern auf die Tasten, und um mich nicht damit zu beängstigen, daß mein Jogging fürs Gehirn womöglich scheitert, bringe ich es schon bis zu fünf Tage ohne Klavier-Verordnung nach 22 Uhr und fange früher an mit der Denk- und Verantwortungsverwahrlosung durch die Delegation meiner Möglichkeiten an die Ablenkungs-Verführung aus dem Video-Kino-Proviant. Ich überrede Dani, der trotzdem *Was ist mit Lesen?* fragt, mein Argument: Ich habe den ganzen Tag über meinen Kopf angestrengt.

Damit, daß ich vom Aufwachen an jeden Lebenstag an meinem Tod messe, mir ausmale, was aus mir wird (und vor allem: *daß* etwas aus mir wird!, das *Himmelreich*, die *himmlischen Vorhöfe*, die *zukünftige Stadt*!) und daß ich deshalb, sobald mir weltliche Musik im Kopf herumgeht, sofort mit Kirchenliedern dagegenhalte, demnach damit, mich anzustrengen und zum Glück hierin ohne Zwangsdisziplinierung *nicht* faul wurde, bin ich einverstanden. Das Todesbewußtsein macht mich zu einem vergnügten Menschen. Es hält auch die Balance zu den erbärmlicheren unter meinen Vergnügungen, siehe Kino-Sucht ab 22 Uhr, es rechtfertigt sie (einigermaßen). Gott kennt mich, Gott verzeiht mir (auch das), dieser nette, intelligente, ferne Herr ist nicht humorlos.

Plötzlich war Gunna fit für ihr Notizheft: »Seit Cicero Beschäftigung der Philosophie mit dem Alter. Obwohl die Alten im Gang der Jahrhunderte ein unauffälliges Dasein geführt zu haben scheinen. Wichtiger: der Tod. Umfangreiche Literatur, Mittelalter, frühe Neuzeit, zur *ars moriendi*. In den christlichen Jenseits-Vorstellungen: Alter als Vorbereitung auf den Tod. Damals schon Alter als Gegensatz zur Jugend, demzufolge negativ besetzt. Drei Positionen: Die resignative, die elegische oder die sarkastische Klage über das Alter als Stadium des Verfalls und des Abschieds vom Leben. Die idealistische, die romantische oder die heroisierende Verklärung des Alters: Zeit der Vollendung. Die eifernde oder die abgeklärte, besorgte oder gelassene Bilanzierung des Alters als einer ambivalenten Mischung von Nachteilen und Vorzügen. Um 2500 vor Christus grimmige Klage des ägyptischen Weisen Ptahhotep: ›Wie qualvoll ist das Ende eines Greisen! Er wird jeden Tag schwächer; seine Sicht läßt nach, seine Ohren werden taub.‹ Er vervollständigt die trübe Bilanz durch die Abnahme dann auch der geistigen Fähigkeiten, kommt zum Fazit: Alter als das schlimmste Unglück eines Menschen. Was würden die Denker dieser frühen Epochen von der prallen Seniorenmunterkeit unserer Ära halten?« Gunna dachte an die medientauglichen Vorführ-Greise mit ihren sportlichen und touristischen Fitneß-Programmen, strotzend vor lebenszugewandter Vergnügungssucht, Verächter der Schwachen, die sie, ausgerüstet mit penetrant guter Laune, beleidigten.

Sie drehte das Heft um (schlechte Angewohnheit), notierte auf die erste Seite von hinten: »Passagiere in irgendeinem ganz beliebigen Flugzeug: Der Frau Ende sechzig, die vom Tagesbeginn an bis zum Einschlafen mit Denkstrategien und dem Absingen von Kirchenliedern ihr Ende vorbereitet (›Herr, lehre mich bedenken, da ich davon muß ...‹), fallen jetzt keine himmelsstürmenden Melodien und keine Gebete mehr ein. Ihre Ziele, denen sie doch hier oben viele tausend Fuß hoch näher sein müßte, *himmlische Vorhöfe, zukünftige Stadt,* sie erblickt nichts, nichts weist auf sie hin. So lang da tief unten, so tief, so tief unter ihr, alles leidlich gut ging, war sie ihnen näher, und hat doch immer bei Jenseitseinübungen nach oben geblickt und wie Kierkegaard deshalb den Herbst lieber gehabt als das Frühjahr mit Blick nach unten. Friedhöfe und Grabstätten-Engel mag sie, aber nur als Kulisse für Spaziergänge. Jetzt will sie nicht sterben.

Der Mann, der endlich das ideale Haus für seine Familie und sich gekauft hat – schon stehen die Gartenmöbel im kleinen Pavillon.

Die junge Frau will zum ersten Mal den Schwiegereltern in Portland/Maine ihr Baby, dritter und erstmals erfolgreicher Versuch nach mühseligen blutigen Schwangerschaftslagern, stolz vorführen.

Das nach harten Machtkämpfen frisch versöhnte mitteljunge Ehepaar.

Der Student mit dem Berkeley-Stipendium, verliebt ins Neue.

Das Pärchen mit Just-married-Buttons.

Die alte Frau, etwas überanstrengt vom Hin und Her zwischen europäischen Freunden.

Ihre etwa gleichaltrige Sitznachbarin mit der Angst vorm Umsteigen.

Der Mann, den eine ungünstige Diagnose nach dem zweiten Whisky nicht mehr bedrückt.

Eine Gruppe von Kongreß-Teilnehmern auf dem Hinflug. Sie konnten nicht widerstehen und haben ihr Gepäck jetzt schon mit Duty-Free-Parfums, mit Zigaretten beschwert, aber immerhin sich bei den Spirituosen noch zurückgehalten.

Und einige Männer-Grauköpfe, die Ehefrauen hellblau-silbrig; sie haben sich auf dem alten Kontinent umgesehen und das Wichtigste gefilmt, photographiert, und den größten Teil ihres Lebens hinter sich, vor sich aber die Absicht, weiterzuleben, und sich beim Einsteigen auf die guten alten amerikanischen Gewohnheiten gefreut.

Weiterleben will auch der schubweise Depressive, oft von suizidalen Gedanken gefoltert, aber in Flugzeugen empfindet er kreatürlich, und vor die Alternative Abstürzen oder Landen gestellt, entscheidet er sich ohne nachzudenken für Landen – als Opfer von Gangstern hätte er außerdem nie sterben wollen. Er bedauert, daß er bei seinem letzten Termin nicht mit dem Arzt darüber gesprochen hat. Nur weil er nicht weiß, wie bei ihm Sterben sein wird, will er das selbst erledigen, in einem Moment, in dem es ihm sehr gut geht.

Die Stewardeß, deren Freund für sie beide ein Wochenende in Seaside-City gebucht hat.

Die beiden Piloten, die sich über den Niedergang von Ajax

Amsterdam und die Rangliste in der Bundesliga und über ihre Frauen beklagen.

Die Stewardeß, die ihre neue Uniform genießt und sich selbst darin, und ihre Kollegin mit dem neuen Haarschnitt, eine Ausgabe, die sich gelohnt hat, falls sie den Flug überlebt.

Die Leute, allesamt beim Einchecken nicht daran zweifelnd, alles würde so weitergehen wie immer, bald gut, bald mäßig, es lohnte sich nie, darüber zu grübeln.

Ab wann wußten sie, was mit ihnen geschähe? Von da an wären sie wie die Frau, der kein Gebet mehr einfällt, zurückgeworfen auf ihre beschämenden instinktiven Kreatur-Urängste, reingefallen auf sämtliche Tricks, das Leben schön zu finden, die Frau, die in guten Augenblicken in den Himmel will, jetzt aber nirgendwo anders hin als auf die Landepiste des John F. Kennedy Airport.

Das Streben *Nur weiter, nur weiter wie bisher*, ob es viel taugt oder nicht, es einigt sie alle.

ABER ES LIEGT ZU LANG ZURÜCK! Oh verdammtes Versagen darin, an einer doch so abgrundtief empfundenen Schmerzverzweiflung und extremer Empörung festzuhalten, wie erbärmlich schneidet der Mensch bei solcher Ausdauer ab. Gunna überlegte: Wann war das genau, ab dem elften November, dem zwölften? Als die amerikafeindlichen deutschen Friedenstauben nicht mehr gegen die amerikanischen und britischen Bombardements demonstrieren konnten? Gegen die militärische Strategie, weil sie die erfolgreiche war, und das Taliban-Regime schneller als von jedermann erwartet entmachtet hatte? Weil die ersten befreiten Afghanen, die Bewohner von Kabul, viele sofort auch selbstbefreit von Bärten und Schleiervermummungen, auf den Straßen feierten, jubelten?

Und jetzt, schon Februar 2002, ist es fünf Monate her, daß die Türme des World Trade Centers in New York einstürzten, das Pentagon partiell demoliert wurde. Wann während dieser Zeit war das Erstaunliche geschehen, daß Dani und ich Respekt für die deutsche Politik empfanden? Wir stimmten Kanzler, Außenminister zu, befürworteten die verschärften Sicherheitsmaßnahmen des Innenministers, alle drei machten den angebrachten strengen und ernsthaften Eindruck. Wann auch immer, es ist längst vorbei und vorüber. Die zugesagte *uneingeschränkte Solidarität* könnte nur noch emotional gemeint sein, doch auch daran ist schwer zu glauben. Denn überhaupt nicht blamabel scheinen den Verantwortlichen die Ausrüstungsarmseligkeit und der Personalmangel, das Finanzdefizit der deutschen Armee zu sein (in ihrer Sprache heißen die stockend angelaufenen Hilfsdienste *Einsatz gegen den Terror*), vielmehr sieht es so aus, als kämen sie ihnen entgegen. Zusammen mit anderen Europäern, die Briten ausgenommen, sind wir nur Hilfspartner, Nato-Folklore. Mit uns kann Washington nicht rechnen. Hilfspartner flüchten sich in Larmoyanz, Warnungen, Klagen über Amerikas Allmacht. Hegemonie. Unilaterismus. Für die Zukunft hat der amerikanische Präsident den Irak im Visier, und dann wird die *uneingeschränkte Solidarität* zum *Abenteuer*, zu dem man nicht bereit sei, deklariert werden.

Der amerikanische Präsident, dem schon vor und erst recht nach der Wahl keiner hier etwas zutraute, er war nur ein Cowboy mit entsicherten Schießeisen, genießt seit seiner Reaktion auf den 11. 9. in der amerikanischen Bevölkerung längst die höchste Popularität unter allen seinen Vorgängern. (Daß Deutsche den Patriotismus, der in unschuldiger Naivität dabei eine wichtige Rolle spielt, nicht verstehen, versteht auch Gunna.) Und seit der Präsident, den Kongreß hinter sich, Afghanistan nur als den ersten Akt begreift und den *Feldzug* (das Wort nimmt man ihm übel) gegen den weltweiten Terrorismus, gegen die *Schurkenstaaten*, die in ihren Grenzen terroristische Zellen dulden, unerbittlich (und selbstverständlich militärisch) fortsetzen will, milliardenhohe Ausgaben für die Armee beantragt, wird, denn die altgewohnten, gut eingeübten Warner haben ihre antiamerikanischen Stimmen längst wieder erhoben, von deutschen Politikern, Künstlern, all denen, die sich für Geistesmenschen halten, streng mißbilligt. Ist denn nicht auch genug erreicht? Afghanistan hat eine Übergangsregierung. Das genügt der amerikanischen Regierung nicht, sie wird mit ihrem Führungsanspruch schon wieder unheimlich. Washingtons Leitmotiv und das Paradigma der Präsidentschaft des irrtümlich zu lang für unbedarft gehaltenen George W. Bush ist die allgegenwärtige Sicherheit. Und daraufhin, schon wieder, wie vor dem Militärschlag auf das Taliban-Regime, melden sich deutsche, auch andere europäische Bedenken: Sicherheit sei nicht ausschließlich eine militärische Kategorie, im Kampf gegen den Terrorismus müsse man sich vieler Instrumente bedienen (was man in Washington ganz gewiß auch gut genug weiß und dennoch auf das Militär nicht verzichten kann).

MIT SICH ALLEIN KANNTE GUNNA ihr Pensum. Aber dann, bei einem Abendessen im Zusammenhang mit einer ihrer Veranstaltungen, diesmal in Nürnberg, versagte sie beim allerdings höflichen Streiten mit einem Fernseh-Studioleiter (ihrem Gastgeber) und einem Politologen. Sie argumentierte hitzig und nervös und gestört vom Eindruck, daß ihren Widerstandsbelehrungen die aufklärerische Schärfe fehlte und sie sich eher naiv, noch in der Offensive defensiv anhörten. Nur emotional, ausgerechnet während sie doch das Nur-Emotionale der antiamerikanischen Künstler- und Intellektuellen-Warnungen anklagte. Sie war gereizt und kam sich verbal ungelenk vor, beschämt vom Gefühl, ihren Partnern falle auf, daß sie ihnen nicht gewachsen war, und sie alle behielten einen Small-talk-Scherzton bei: Sie sind ja selbst eine Fundamentalistin und zwar vom rechten Lager, spottete der Studioleiter mit vergnügtem Lächeln.

Ordnen Sie mich nirgendwo ein, rief Gunna. Daß links immer noch schick ist! Idiotisch! Alles drängt doch in die Mitte. Die Deutschen sind furchtbar. Ringsum macht man sich über uns lustig.

Mit Präzisionsbomben allein verschwinden die *schwarzen Löcher* nicht von der Weltkarte, sagte der Studioleiter.

Mit gutem Zureden allein und ohne Präzisionsbomben würden uns heute noch die Taliban auslachen. Laden Sie doch Saddam Hussein zu einer kleinen Studio-Runde ein, debattieren Sie ein bißchen über Massenvernichtungswaffen mit einem Despoten, sagte Gunna, und, dynamischer, daß sie keine Lust mehr hätte, auch nur mit einem einzigen Satz noch weiterzustreiten. Sie bekam zu deutlich (und deprimierend) mit, wie sie unsachlich wurde, wie die Aufgeregtheit ihr die Fakten, Sachverhalte, die dadurch ins Schwarze treffenden Argumente auffraß. Wenn sie mit sich allein und stumm war, mangelte es ihr nicht an Kenntnissen, an Überzeugungskraft. Aufgeregte sind immer im Nachteil, die Ruhigen lächeln und siegen, sie wußte das. Dann aber genügte doch wieder ein höflich-süffisantes Stichwort, und sie machte sich daraufhin über die Europäer lustig: Was für einen praktischen Wert haben Verbündete, die sich mit der Logistik herumquälen und heilfroh sind, sich vor Führungsaufgaben zu drücken? Mit ihren pygmäischen Armeen und deren jämmerlicher Ausrüstung? Kein Wunder, daß der amerikanische Präsident sie erschreckt, weil er seinen Krieg gegen den Terrorismus ausweiten und eskalieren lassen will. Vor lauter Angst fällt den lauen Verbündeten nur das Beschimpfen ein. Und die gewohnte Besserwisserei der Belehrungen und Verwarnungen. Und den unerschütterlichen amerikanischen Verteidigungsminister können sie schon gar nicht leiden. Donald Rumsfeld hat immer noch diese Frisur, Scheitel, zurückgekämmt, kleine Haarwelle rechts, diese Frisur der allerersten Befreier-G.I.s, die durch unseren Garten stapften und weiche Stiefel, leise Sohlen hatten und uns Kindern Kaugummi schenkten, und ich war in sie verliebt, in sie alle, ich bin wirklich *befreit* worden ... Sie beide vielleicht nicht, wir sind zwar ungefähr gleichaltrig, aber möglich, daß Sie ganz gern Hitlerjungen waren ...

Der Politologe fand Schutz hinter seinem zerknitterten Gesicht, ihm sah man keinen Ausdruck an, nur permanente Freundlichkeit. Der Studioleiter beharrte auf seinem zweifelnd-ironischen Blick, unter dem Gunna sich als possierliches Exponat fühlte.

Immer noch unterbrachen Zuhörer mit Signierwünschen die künstlich zivilisierte Kontroverse der drei, Gunna auf dem Podium an ihrem Tisch, flankiert von den beiden Männern unterhalb des Podiums, und mittlerweile schien keinem von ihnen mehr wohl zu sein. Trotzdem wünschte sich der Studioleiter noch etwas Geselligkeit in einem Lokal, und Gunna, unbefreit vom gereizten Diskurston (aber nach außen hin hatte sie sich immer souverän gegeben und wie ihre Kontrahenten beharrlich gelächelt, darüber hinaus Grimassen geschnitten: *Seht nur, mir macht das alles nichts aus, ich bin darüber erhaben!*), protestierte: Das war doch von vornherein so verabredet, und Sie haben es akzeptiert: Zusammensein vorher, beim Essen, nachher Hotel, nichts mehr. Sie stand auf, reckte sich, bog und streckte die Beine. Ich habe einen fürchterlichen Sitztag hinter mir, Bahnfahrt, dann das hier. Es wäre eine Strafe, jetzt gleich wieder in einem Restaurant rumzusitzen. Versuchen Sie es nicht mit der sogenannten Kleinigkeit, die man noch essen könnte.

Könnte man aber. Der Studio-Leiter gab nicht auf. Und man könnte sich über Bushs *Achse des Bösen* unterhalten, und über Ihren Liebling, den Kanzlerkandidaten.

Ha ha, machte Gunna. Da haben wir wieder das deutsche Lagerdenken. Und bloß, weil Sie vor den Qualifikationen dieses angeblichen Lieblings Angst haben, können Sie ihn nicht ausstehen.

Zwei kleine ältliche Frauen (vielleicht jünger als ich? fragte sich Gunna), kurzer Pony-Haarschnitt, Typ Kunstgewerblerinnen, baten um Widmungen, und Gunna fragte liebenswürdig nach speziellen Wünschen: Soll ein Name rein? Die erste Frau diktierte einen Namen: Bertha, Emil, Richard und fuhr nach dieser Methode fort, und Gunna, noch in ihre Irritation verstrickt, schrieb *Bertha*, merkte den Fehler, rief *Jetzt habe ich Bertha geschrieben!*, und alle lachten, der Studio-Leiter sagte, das sei ja daraufhin etwas ganz Besonderes, Gunna sagte zur verdutzten Besitzerin von *Gunna Stern, Familiengeschichten*: Lassen wir's doch bei Bertha. Es ist viel persönlicher, und es war der Frau recht, während die andere sagte: Ich denke aber doch, daß der reiche Westen an all diesen Prozessen schuld ist, daß die Armut dieser Länder, überhaupt diese *Schere zwischen Arm und Reich* ... auf diesem Boden kann dann Terrorismus ...

Die Attentäter waren Söhne reicher Eltern, rief Gunna und verhaspelte sich diesmal beim Datum unter ihrer Signatur, und als sie es merkte, hatte sie hinter die zwei der Jahreszahl drei Nullen geschrieben, wußte nicht weiter, und der Studio-Leiter sagte: Man muß trotzdem darüber nachdenken, man muß unter die Oberfläche gehen, nach Ursachen suchen, und dem Politologen, beseelt vom Wunsch, auszugleichen, gefiel am politischen Engagement von Schriftstellern und dergleichen ihre Freiheit von jeglichen Ämtern, und daß sie nur für sich selber sprächen, und der Studio-Leiter warnte: Man darf die Politiker nicht allein machen lassen, und Gunna, die es sich vorwarf, nicht so leidenschaftslos wie die andern bleiben zu können, kränkte alle mit ihrem Eindruck vom Streit im dumpfen Niveau von Volkshochschul-Seminaren. Es nützte wenig, daß sie *Nichts gegen Volkshochschulen!* rief und mit der Kategorie Intensiv-Lächeln die beiden Frauen bedachte, die gern weiterdiskutiert hätten, wohl oder übel aber gingen, weil Gunna energisch wieder aufgestanden war, ihre kleine Gymnastik fortsetzte. Sie schwang abwechselnd das linke und das rechte Bein, sie spürte, wie gut sie aussah, wie schlank sie war. Zehn Jahre früher, noch besser fünfzehn, zwanzig Jahre früher, und die Männer hätten nicht mit ihr politisiert.

Immerhin fing der Studio-Leiter auf der breiten Steintreppe entlang marmorierter Wände vom dritten Stockwerk des Gewerbe-Museums ins Parterre noch einmal mit der Kleinigkeit an, die man essen könnte. Oder einfach ein Glas trinken?

Sie haben gegessen. Wir alle haben gegessen, sagte Gunna.

Ich bin ein Genußmensch. Ich bin ein epikuräischer Mensch, sagte der Studio-Leiter.

Zum Hin und Her zwischen Gunna und dem Studio-Leiter steuerte der Politologe ein ringsum tolerantes Meckern als heitere Begleitmusik bei.

Oh nein, die Epikuräerin bin ich! behauptete Gunna. Ataraxia! Genießen, und speziell eben auch ein Essen und das Trinken genießen, geht bei Epikur nur, wenn er völlig gelassen ist und seine Seelenruhe hat. Aufgeregt essen vergiftet ihm und mir den Magen.

Selbstverständlich amüsierte sie, und das hatte sie nicht bedacht, den Studio-Leiter mit der *Aufgeregtheit*, während der lange dürre Politologe, dessen gleichmäßige Zurückhaltung wie schüchterne Anteilnahme auf Gunna wirkte, Epikur lobte: Seine Lebenskunst ist nachdrücklich demokratisch, sie wendet sich an alle Menschen.

Im ersten Stock in der Kurve zur Treppe plötzlich passierte es, und Gunna konnte nur noch denken: Ich brauche sofort ein WC. Unbedingt vor dem Rückweg ins Hotel und erst recht, falls die Männer mich begleiten, aber besser sowieso gleich jetzt.

Begleitung hätte Gunna mit oder ohne WC-Bedarf nicht gewünscht. Egal ob Männer oder Frauen, sie kämen schneller vom Fleck als sie, die in der letzten Zeit ein paarmal die Erfahrung gemacht hatte, daß ihr, nach einem Tag mit längerer Bahnfahrt und Vortragsabend, nachts auf Rückwegen zu Hotels in Gesellschaft anderer beängstigend zumute geworden war, schon nach wenigen Schritten: etwas übel, wacklig auf den Beinen, atemlos wie bei Sauerstoffmangel, wie damals in 3000 Meter Höhe in Snowbird, bei einem Kongreß, als sie, anstatt einen vermutlich uninteressanten Vortrag anzuhören, sich heraus aus dem großen luxuriösen Hotel- und Kongreßzentrum gestohlen hatte, um Bewegung zu haben, die Gegend ein bißchen zu erkunden. Sie fühlte sich, kaum draußen auf der Zufahrt, bleiern und bekam kaum Luft, sie dachte, das sind die ersten fünf Minuten, du hast lang gesessen, du wirst dich eingewöhnen, aber sie gewöhnte sich nicht ein, die ersten zehn Minuten waren pure Überlebensangstpanik; zwar dachte sie, vielleicht ist das die Erwartungsangst, Angst eingejagt hat mir der blöde, kinderreiche Mr. Strings, dieser Mormone, doch was es auch war, sie kam nicht weiter, sie brauchte eine Pause, sie fiele halbtot um; sie schlich die Zufahrt zurück, war in der klimatisierten, meteorologisch neutralisierten Lounge auf der Stelle wieder gesund, vollkommen geheilt, kaum diesseits der Schwingtür. Mr. Strings hatte sie am Flughafen von Salt Lake City abgeholt und in seinem Chevrolet-Kombi (mit Platz für sieben Kinder, wie viele Frauen?) die kurvenreiche Straße in die Höhen der Rocky Mountains gefahren und gewarnt: Machen Sie keine Spaziergänge da oben. Es ist schon mancher beim ersten Versuch tot umgefallen. Sehr dünne, vor allem auch sehr trockene Luft. Man muß dran gewöhnt sein. Und Gunna, damals noch sorglos fit, hatte sich für unbesiegbar gehalten, in schnellem Gehen war sie unschlagbar, und ihm nicht geglaubt.

Und mittlerweile waren Heimwege nachts in europäischen Flachland-Großstädten vom einen bis zum anderen Schritt Snowbird, lagen 3000 Meter hoch in Utahs Rocky Mountains. Allein der Gedanke an die gemeinsame Strecke zwischen Gewerbe-Museum und Grand Hotel (*es ist um die Ecke*, hatte für den Hinweg der Studio-Leiter großstädtisch dimensionierend angekündigt und nicht recht gehabt) weckte in Gunnas Bewußtsein sämtliche Körperpanik-Symptome auf. Waren die zwei Männer so alt wie sie? Ungefähr ja. Vielleicht etwas jünger. Der Studio-Leiter hatte dichtes weißes Haar; klebrig undeutlich zerstruppt, ähnlich seinem wie ab- und angebissenen Schnauzbart war der grauweiße Schopf des Politologen. Der Journalist würde sie beide dennoch, kämen sie als Zeugen in einem Unfallbericht vor, nicht als zwei *alte Männer* kennzeichnen, sie wären in seinem Bericht zwei *ältere Männer*, je nach Stilgefühl des Journalisten vielleicht auch *ältere Herren*. Und Gunna, sicher auch grau oder weiß oder meliert, sie wußte es nicht, ließ es mit Danis Hilfe bei Not-Tönungen zwischen Friseurterminen nicht zur Erkenntnis (dem Schock!) kommen, Gunna las in diesem Unfallbericht über sich: *Alte Frau* ... von Fahrzeug erfaßt ... oder man nannte ihr Alter sogar exakt als Zahl, das ging Gunna erst recht gegen den Strich. Beim ägyptischen Weisen Ptahhotep ist es der Verlust der Vitalität, der das Alter so trostlos macht, Aristoteles betonte die charakterlichen Mängel der Alten: »Sie haben zu nichts Vertrauen, alles bleibt bei ihnen unter dem Niveau, das angebracht wäre.« Derselbe

Aristoteles, der so freundlich war, Gott aus dem Lauf der weltlichen Kalamitäten herauszuhalten, weshalb Gott auch nicht für die Schrecken des Alters verantwortlich ist.

Jede weitere Treppenstufe abwärts machte das WC wichtiger. Stehen war besser als Gehen. Gunna, stehenbleibend, stoppte die Männer. Sie würde, was das Beste war, die Peinlichkeit in Originalität verwandeln und zwar, indem sie unumwunden aussprach, was los war. Zuerst noch etwas Ernsthaftes, dann nahtlos und salopp der menschliche Faktor. Der menschliche Makel.

Noch besser als die Ziele Gelassenheit, Seelenruhe, sagte sie, extrem fern von beiden Gemütsverfassungen, gefällt mir Epikurs Bedingung für diese erstrebenswertesten Empfindungen, und das ist der Schutz vor einer vierfachen Furcht. (Komme ich bis zur Furcht Nummer vier? Im Moment geht's mir ganz gut.) Die existentiellste Furcht, ich meine, der Schutz vor ihr: Gott. Man braucht ihn nicht zu fürchten, Gott, weil er, und das ist wie bei Aristoteles, nicht in den Lauf der Welt eingreift.

Und was ist Ihnen daran so sympathisch? Der Studio-Leiter, eine Stufe tiefer als Gunna, blickte zu ihr herauf, liebenswürdig, mit seinem ironischen Lächeln.

Weil damit das Gegrübel über Gottes Gerechtigkeit zunichte wird. Weil damit das törichte Wie-kann-Gott-das-zulassen-Vorwurfsgejammer absurd wird. Wir haben Gottes Zusage, und er wird sich erst nach dem Tod um uns kümmern, basta.

Der kameradschaftlichen, undeutlichen Zustimmung des Politologen, in der die Theisten vorkamen, konnte Gunna, unterm körperlichen Diktat, nicht mehr zuhören. Sie war zwar stolz, auf sich, auf Epikur, besonders auf Aristoteles, und überhaupt darauf, daß ihr ausnahmsweise mündlich und unter den schlechtesten Voraussetzungen aus dem Stegreif eine Interpretation gelungen war, aber das ging schon über ihre Kräfte. Und sie hätte sich für *diesen* Augenblick eine göttliche Einmischung gewünscht, sie waren auf dem letzten Treppenabsatz angelangt und wieder stehengeblieben, diesmal, weil der Studio-Leiter angefangen hatte, das Ambiente zu erklären, und Gunna fixierte die verschlossenen weißen Türen im Parterre-Gang, ihrem Blickfeld: Lieber Gott, greif ein, engagiere dich dieses eine Mal für den Lauf der Welt und steh mir mit einem Piktogramm für *Damen* bei!

Vom Politologen ging wieder eine freundschaftliche Neutralität aus, ansehen konnte Gunna ihn jetzt nicht, nicht ihn und gar nichts und keinen, als sei zu befürchten, daß schon die allergeringste Bewegung, und wenn es auch bloß eine Kopfbewegung wäre, ihr das WC noch unentbehrlicher machen würde. Versuch's endlich mit der ungezwungenen, direkten, der unfeinen Art, los, kommandierte sie sich und sagte: Gott sollte sich manchmal doch einmischen. Ich fürchte, ich brauche ein WC.

Das wird sich ohne Ihn machen lassen. Der Studio-Leiter, in jetzt für Gunna unbrauchbarer epikuräerhafter Gelassenheit, fand nichts dabei (aber Gunna auch nicht attraktiv originell), Gunna war einfach ein Mensch, der aufs Klo mußte. Sie war, wenn auch Engagement fehlte, dazu bereit, ihm eine gute Note dafür zu geben.

Oben waren welche, im dritten Stock waren Toiletten. Ihr Freund, der Politologe, klang nach Mitgefühl, Gunna, die ihn nicht ansehen konnte, rechnete damit, daß er lächelte, weil er das immer tat, lächeln, etwas geistesabwesend, etwas grüblerisch.

Ich weiß, sagte sie, und dann, nach ihrem Nenne-die-Dinge-beim-Namen-Motto für Notlagen: Aber nochmal diese vielen Treppen rauf ... ich bin zu alt. Das sind die Gauloises, zusätzlich zur Vergreisung.

Waren Übertreibungen denn nicht mehr wirksam, das Krasse? Warum lachte sie allein? Ich belustige keinen hier, dachte sie, am allerwenigsten mich.

Sie sagte: Vielleicht ist alles auch nur psychogen. (*Oder es sind irgendwelche Blähungen* ließ sie doch lieber weg.)

Wieder unengagiert, pur sachlich, und wieder konnte Gunna epikuräischen Gleichmut nicht gebrauchen, beruhigte sie der Studio-Leiter kaum mit der Zusage: Gleich werden wir unten die Toiletten suchen.

Gunna zwang sich ein Lachen ab (Vorsicht bei jeder Anstrengung!): Bestimmt sind alle Türen abgeschlossen. Deutsche Hausmeister sind so.

Unbestimmt, auf seine undeutliche Art solidarisch, lachte der Politologe ein bißchen mit. Aber warum kam er nicht auf die Idee, vorauszulaufen, sich auf die Suche zu machen? Ihm brauchte doch keiner mehr die baulichen Besonderheiten im Museum zu erklären: Der Studio-Leiter war nach der kurzen Unterbrechung jetzt beim unterschiedlichen Gestein der Fußbodenplatten im Treppenaufgang gelandet und wurde ausführlich, als er im gesamten Gebäude in einer Aufzählung von Einzelbeispielen bewies, daß inmitten der Umgebungsbaustile das Museum zur Zeit seiner Errichtung einen architektonischen Schock auslöste, Spät-Barock zwischen Renaissance oder umgekehrt oder Gründerzeit oder werweißwas ... Gunna konnte nicht aufpassen, wollte nicht. Wie vorhin beim politischen Meinungsstreit, in dem sie, immer rudimentärer und deshalb nervöser und alles in allem unzulänglich, ihr Versagen irritiert hatte (alle Kompetenz von der Rebellion getilgt, Pidgin-Argumente, Patchwork-Sätze!), wie vorhin im Vortragssaal konnte sie jetzt auch wieder den Studio-Leiter nicht ausstehen. Selbst ohne WC-Gier hätte er sie mit seinem ausschweifenden kunsthistorischen Exkurs gelangweilt. Erst später würde sie ihm Amnestie dafür erteilen und gerecht sein können: Erstens: Wie soll er wissen, daß ich ein äußerst einseitig interessierter Mensch bin? Zweitens: Wahrscheinlich kennt er körperliche Attacken wie meine nicht. Plötzlich und aus dem Hinterhalt, vielleicht kennt er es einfach nicht. *Notdurft* war einstmals ein treffendes Synonym für diese Pein.

Und ebenfalls erst später konnte sie denken: Mit Frauen statt der zwei Männer wäre die Lage überhaupt nicht erst zum Problem geworden. Gut, sie hatte vorhin nach ihrem Nenne-die-Dinge-beim-Namen-Notfall-Motto gehandelt und gesagt, was los war. Aber wenn Frauen statt der Männer es für nicht ganz so ernst gehalten hätten, wäre sie ohne sich zu genieren drastischer geworden: Heiterkeit und Realismus ringsum, alles vollkommen selbstverständlich. Wie alt müssen wir Alten, wir *Älteren*, denn noch werden, bis nicht mehr alles so ist wie früher, zwischen Männern und Frauen? Wie lang gibt es diese Scham-Barriere zwischen uns? Die Jungen denken, die Alten seien darüber weg, großer Irrtum! Wir flirten bis zuletzt, spreizen uns wie die Anfänger, nichts hat sich geändert, nichts ist dringender als zu gefallen, den unauslöschlichen Eindruck zu machen, und all die Verkrampfungen ohne jegliches Interesse aneinander!

Was für eine Vergeudung. Doch wenn es nicht gerade um den denkbar unattraktivsten banalen Notfall ging wie Gunnas im Museums-Treppenhaus, dann hatte die surreale Balzerei ihren Reiz. Sogar unentbehrlich war sie, auch wenn hundertmal beispielsweise die Verabredung zu einem die Dinge vorantreibenden Stelldichein zum Allerunerwünschtesten gehörte. Aber dieses zweckfreie Umgirren, diese anzüglich-anspielungsreichen Koketterien zwischen *älteren* Männern und *älteren* Frauen wurden fern der heuchlerischen zeitgenössischen Senioren-Sex-Propaganda ausprobiert und durchgeschäkert, sie hatten mit den oktroyierten Euphemismen so wenig zu tun wie mit den Verlogenheiten über die angeblich schönen Seiten des Alters und wie es glücklich verlaufen könne, putzmunter mit Sport, Spiel, Spaßhaben an Enkeln und Hobbys und dem Erlernen zusätzlicher Hobbys, – vielleicht Seniorenstudium? –, mit dem stattlichen Programm-Repertoire für die Aufrechterhaltung von geistiger Beweglichkeit – vom Ratespiel bis zum Volkshochschulkurs –, mit Horizonterweiterung auf Bahn- und Busreisen, viel Gesellschaft, Vereinsbeitritten und einer Vielzahl anderer Trainings-Tips für die Lebenslust. Oh nein, davon war dieses unausrottbare Paar-Geknister meilenweit entfernt und so kreatürlich wie die Angst vor dem Tod.

Genauso wenig wie die jetzt Jungen hatte Gunna, als *sie* jung war, dem Wahrheitsgehalt des skurril-absurden Theaterstücks der Alten über die Fortsetzung ihrer Jugend getraut. Und daran, daß sie als dereinst Siebzigjährige, vielleicht immer noch als Achtzigjährige, immer noch für einen gleichaltrigen Mann länger vor dem Spiegel stände als für eine gleichaltrige Frau. Obwohl doch Frauen wußten, daß Männer nicht merken, was die Frauen anhaben, wie sie frisiert sind, obwohl doch Frauen sich für Frauen schönmachen, denn fragte sie Dani: Und was hatte X an? *Keine Ahnung*, sagte er dann, *was Helles?*

Viel Aufwand (bei den Frauen gewiß mehr als bei den Männern), der seinen Sinn nur in sich selbst hat. Selbstzweck-Imponiergehabe, das sich mehr lohnt als früher das Zweckgerichtete, weil es nur einen Sinn in der Gegenwart hat und keine Zukunftsabsichten. Tertullian glaubte, nicht *obwohl* es absurd ist, sondern *weil* es absurd ist. Wir Alten flirten, *weil* es absurd ist. Daraus ergibt sich eine schöne Freiheit von der Sorge. Im Sinnlosen liegen die Heiterkeit, das Unbeschwerte, der Genuß. Alt sei man nur für die anderen, soll Sartre gesagt haben. Für die Jungen, die Jüngeren, ergänzte Gunna. Und Georg Christoph Lichtenberg hatte sowieso wie immer recht: »Nichts macht schneller alt als der vorschwebende Gedanke, daß man älter wird.« Und »daß man alt ist«, ergänzte wieder Gunna.

Nach Erholungswohltaten, Mittagsschlaf, Vollbad, ähnlichen Wonnen, aber auch nach sehr unangenehmen und, während sie stattfanden, verhaßten Anstrengungen, einem schrecklichen Spaziergang mit Strapazen-Asthma bei kaltem Sturmregen, fühlte Gunna in allen Gliedmaßen und auch im Kopf die Belohnung: ein seelisch-leibliches Glück; einen glücklichen Körper habe ich, sagten Gemüt und Verstand. Gar nicht so erging es ihr nach der Treppenhaus-Folter durch WC-Bedarf. Im Hotel fragte sie sich, woran das gelegen haben könnte. War's das Fehlermachen im Geschlechterkampfsport, ihre Eitelkeit, gegen deren Gesetze der physiologische Makel verstoßen mußte? Sie würde sogar dem Arzt, der sich eines Tages um ihr Sterben kümmerte, besser gefallen wollen als der Ärztin, falls die die Diensthabende wäre. Vermutlich galt das für alle Frauen, bewußt oder unbewußt, aber keine fürs Buchprojekt befragte Frau gäbe es zu, vielleicht weil es ihr zu albern vorkam und deshalb peinlich war, und sie würde von Altersqualitäten wie Gelassenheit reden, von Erleichterung darüber, aus dem Geschlechter-Werbespiel entlassen zu sein. Dazu wäre, aber auch nur vielleicht, höchstens Wanda berechtigt, Wanda, die dichtende Madonna. Aber scheitelte sie ihr Haar in der Mitte und legte es um die Ohren, trug es offen oder lose im Nacken gebunden ganz nur für sich, weil es ihr entsprach, weil sie etwas von Christi Mutter (der *Muttergottes*, in einem Wort geschrieben) in sich erkannte oder es zumindest erhoffte? Wollte nicht sogar auch Wanda mit dem, was sie aus sich machte, ungeschminkt und bis auf die Frisurstilisierung ganz Natur, Eindruck machen, auf sich sowieso, auf Freundinnen, aber doch sogar auch auf Männer? Und selbst Paula Weymuth verhielte sich beim Bücherverkaufen einem Mann gegenüber anders (etwas verkrampft?, öfter lächelnd?) als bei einer Frau.

Gunna erinnerte sich ins Museum zurück. Sie hatte die Not so attraktiv drapiert wie es einigermaßen ging, und gerecht betrachtet waren die zwei Männer keine Spielverderber gewesen. Endlich im Parterre machten sie sich, in beide Richtungen auseinanderstrebend, auf die Suche, Gunna schlug die Richtung des Politologen ein, rechnete mit Mißerfolg durch weit und breit verschlossene Türen und rief es beiden zu: Ich hab's gewußt, deutsche Hausmeister sind stur brutal gründlich ... lassen wir's, geben wir's auf ... Und da rief aus weiter Entfernung der Studio-Leiter, nun wieder in Gestalt eines sympathischen Menschen: Hier ist's! Als Gunna in die Nähe kam, sagte er ohne Spott und Feierlichkeit: Sesam, öffne dich. Gunna glückte ein Grinsgesicht, er lächelte ihr zu mit dem genau gleichen Lächeln wie im Vortragssaal, als er den politischen Dialog für sinnvoll und die Auseinandersetzung mit dem Islam für zwingend und Gunna für fundamentalistisch hielt, er sagte: Das wäre jetzt, frei nach Ihrem Epikur, der zweite Schutz vor der Furcht: Die eigenen Wünsche braucht man nicht für unerfüllbar zu halten, da der nüchterne Verstand sagt, zum glücklichen Leben brauche man wenig.

Gunna benutzte ihre letzte Reserve an psychosomatischer Disziplinierung in der Kombination mit Charme, sagte: In diesem Fall stimmt's, und bewegte sich etwas steifbeinig durch die bereits geöffnete Tür mit dem Piktogramm eines Weibchens im abstehenden Rock. In diesem Augenblick war die erbärmliche kreatürliche Erfüllbarkeit, der sie endlich so nah war, nichts weniger als Glück. Geänderte Reihenfolge der epikuräischen Schutz-Liste, Nummer eins im Schutz vor der Furcht, statt Gott die WC-Zelle. Zum glücklichen Leben brauchte Gunna nur die. Darüber hinaus war nichts zu wünschen.

ZEHN, BESSER FÜNFZEHN, NOCH BESSER und erst recht zwanzig Jahre früher, und der Studio-Leiter hätte am Museums-Ausgang nicht gefragt: Genügt es Ihnen, wenn ich Ihnen von hier aus den Weg zum Hotel erkläre?

Was eigentlich macht es denn für mich schwierig, daß ich alt bin? fragte Gunna sich und wußte keine eindeutige Antwort. Im hier gegebenen Fall allerdings doch: Für eine Alte (eine *Ältere*) macht man, – ein Mann – über die Dienstzeit hinaus keine Anstrengungen. Gut, zum Nachspiel im Restaurant, noch dienstlich und mit Quittungsbeleg fürs Finanzamt, war sie gedrängt worden. Wahrscheinlich brauchte der Studio-Leiter noch Bier oder Wein, für die er ohne Gunna privat bezahlen müßte. Aber was lockte an einem Umweg übers Hotel? Vor zehn, fünfzehn, zwanzig Jahren: alles. Fazit: Schmeichelhafter, Höflichkeit einmal ausgeklammert, wäre die Selbstverständlichkeit des gemeinsamen Wegs gewesen. Oder nicht? Leider doch nicht schmeichelhafter, weil es ja nicht mehr vor egal wie vielen Jahren gewesen ist und ich kein Objekt der Begierde mehr sein kann? Nur doch immer noch eine, die als Gesprächspartnerin ein mittleres Vergnügen macht. Gunna empfand sich als jemand, den man auch ganz gern wieder los war. Unumwunden vom Mangel an Lust angetrieben: der Studio-Leiter. (Der passiv gutartige Politologe wurde nicht mitgerechnet.) Wenn die Alte nach absolvierter Pflicht schon nirgendwo mehr rumsitzen und was trinken will, schicken wir sie einfach weg, auch in Ordnung.

Was ist los mit mir? Ich bin doch scharf drauf, allein zu sein. Ich hätte ja vielleicht beim gemeinsamen Gehen vor lauter Erwartungsangst wieder mein Anstrengungs-Asthma gekriegt, werweißwas für Symptome noch, halbkollabierend. Happy-Enders, so nennt uns die Werbung, und ich spiele einen Happy-Ender mit gewissem Erfolg, aber lang durchhalten kann ich meine Rolle nicht mehr, vor allem abends nicht, ich spüre, wie ich häßlich werde. Das Altsein ist eine narzißtische Kränkung. Auch heute wird es mit meinem guten Aussehen nach der Veranstaltung vorbei gewesen sein, erst recht nach dem Drama im Treppenhaus, Stimmungsabfall und sämtliche physischen Kräfte inbegriffen. Vor der Veranstaltung war ich jeder Jüngeren gewachsen. Kurze Happyness-Fristen der Enders. Erschöpftsein steht mir längst nicht mehr. Früher bin ich, als Erschöpfte, Überanstrengte, besonders gut gewesen. Und mit ernstem Gesicht: schön anzusehen, eindrucksvoll, ausdrucksvoll. Heute dagegen sieht mein ernstes Gesicht nur bitter, nur griesgrämig aus. Die Mundwinkel sind prekär geworden. Ich sollte unentwegt grinsen. Bis irgendwann auch das nichts mehr helfen wird. Als Interview-Frau von mir für mein Buch befragt, würde *ich* am Alt-und-älterwerden kein gutes Haar lassen.

Der Weg zum Hotel war leicht zu finden. Um sich für den Tagesrest nicht alt zu fühlen, das Alleinsein zu genießen, von jetzt an in jeder Minute, mit Vorfreude auf ihr Hotelzimmer, auf das Schaumbad, den Bademantel und das Lesen im Sessel, hochgelegte Beine, um sich das *Körperglück* zu verschaffen, den durch kein Symptom geängstigten *glücklichen Körper*, den der Geist mit Wohlbehagen und heiterem Vergnügen bewohnte, ging sie zwar nicht langsam (zu viel Feigheit hätte dem immer doch auch noch ehrgeizigen Selbstbewußtsein geschadet), aber nicht zu schnell. Und doch war es ein flottes Schritt-Tempo, das sie ohne Atembedrängnis meisterte, ein wenig kurzatmig, aber nicht schreckenerregend. Aus demselben Grund, Angstvermeidung, entschied sie sich in der Hotel-Lounge gegen die vier Treppen und für den Lift – kam jetzt öfter vor, schlechte Erfahrungen schüchterten ein. Für heute hatte sie genug riskiert. Mit der Entscheidung gegen den breiten, sogar auch flachstufigen Treppenaufgang (das Grand-Hotel war ein wundervoller und überall geräumiger alter Kasten mit dicken Mauern und breiten gepolsterten Fluren, geräuschlos) und mit der unsportlichen Wahl des Lifts riskierte sie bloss ... bloss was? Es war doch nicht wenig. Es war Drückebergerei. Es war das Zurückscheuen vor einer möglichen deprimierenden Realität.

Okay, der Studio-Leiter hat noch Zeit für mich abgeknapst, als er anbot, mir das Veranstaltungs-Plakat einzurollen, sah aber sofort ein, daß das für meine Rückfahrt unpraktisch wäre, sperriges Gepäck, die Rolle zu lang für meine Reisetasche, doch seiner schnellen Einwilligung brauche ich wahrhaftig keine Gleichgültigkeit anzudichten. Sie war angenehm, intelligent. Ich bin nicht paranoid (manchmal hysterisch), nur, daß er meine Bekundung *Ich gehe nachher allein ins Hotel und Sie beide in Ihre Kneipe* so gewissenhaft in sich gespeichert hat (wir diskutierten ja gerade noch sinnlos amateurpolitisch, und ihn amüsierte meine Aufzählung der intellektuellen Qualitäten des Kanzlerkandidaten), und dann später am Museums-Ausgang gefragt hat, ob es genüge, den Weg erklärt zu bekommen, das war eindeutig die Quittung für mein Lebensalter und seine Folgen, seine Wirkung auf Männer in diesem Fall, auf Männer egal wie alt. Der Reiz von Alten-Flirts und Imponier-Spielchen schwächt sich schnell ab, ist dann nur flau wiederzubeleben und bald verbraucht, dahin, auf und davon. Und ich will sie doch genau so: so zweckfrei, so folgenlos, was also kränkt mich? Mein Happy-End als Happy-Ender ist doch das Ich-will-meine-Ruhe-haben-Alleinsein. Was also stimmt nicht, was ist los?

Gar nichts. Nichts war los, alles stimmte, und Gunna, die jede Minute zwischen Eintreten in ihr ideales Hotelzimmer und dem Sicheinleben im Bett zwischen glattem Stoffmaterial der Bettwäsche ausdrücklich und bewußt genoß, abgesichert gegen Zimmernachbargeräusche, Gunna wußte, wie harmlos und unscheinbar die kleinen Kratzer auf der Oberfläche ihrer Eitelkeit waren. Als keines Nachdenkens, keiner Selbsterforschung würdig hätte sie diesen minimalen Schönheitsfehler empfunden, die Wegbeschreibung statt der Begleitung. Wenn sie den Abend nicht mit Blick auf ihr Buch über Frauen, die älter sind und alt werden und was sie davon halten, analysiert hätte.

Im Sessel unter der Stehlampe, die zusammen mit der Schreibtischlampe und der entfernten Lichtquelle aus dem Bad das Zimmer behaglich ausleuchtete, und bei der falschen Lektüre (eine vermutlich sehr gescheite Frau befragte einen bestimmt sehr gescheiten Naturwissenschaftler, Träger des Alternativen Nobelpreises, über die Quantenphysik mit Abstechern in andere Fakultäten) mitten im Behagen verselbständigten sich Gunnas Abschweifungen. Erst nachdem alle Lichter gelöscht waren und Gunna ihren *glücklichen Körper* in der gestärkten Bettwäsche genießen wollte, hörte sie den leisen, aber stechenden, boshaften Piepston wie von einem elektrischen Gerät oder von einem Wecker. Erfolglos kehrte sie von einer Fahndung nach dem Ursprung des Tons ins Bett zurück, vielleicht hätten ihn die Interviewerin und der Alternative Nobelpreisträger trotz stiller Requisiten in Gunnas Zimmer und Stummheit aus den Nachbarzimmern deuten können: geschärfte Hellhörigkeit durch das Fehlen von Geräuschen? Es ging den beiden ja um die Tatsache, daß wir »mehr erleben, als wir begreifen«, und um Tinnitus ging es bei Gunna nicht.

Sie beabsichtigte, sich gegen Beeinträchtigung zu immunisieren, beschloß, sich abzufinden, sie dachte an Obdachlose und übte Es-geht-mir-gut-Aufsagen. Sie dachte an den 11. 9. 2001 und wie er in ihrem Buch abhanden kam. Daran, daß er längst auch für sie zur Erinnerung geronnen und, das allerdings weitaus mehr als die Leute rings um sie, nur noch für die Dauer der Zeitungslektüre und bei den Fernsehnachrichten interessierte, der 11. und seine Folgen, dieses für die geradezu exotisch patriotischen Amerikaner jeden Tag frisch erschütternde Datum. Amerika war willens, die zweite Stufe im Kampf gegen den weltweiten Terrorismus zu erklimmen, die Europäer, ausgenommen die Briten, hatten die Lust verloren, offizielle Bezeichnung für die Sehnsucht nach Rückkehr ins Gewohnte: Warnung, Umsicht, Diplomatie.

Es fiel Gunna schwer, sich als die vom Schock des 11. September aus der Bahn Geworfene wiederzuerkennen, sich in die prinzipiell Veränderte zurückzuführen. Das Problem mit den älteren Frauen, die alt werden, war als Schreibstoff wieder so interessant wie nötig und so politisch wie alles, worüber sie bisher geschrieben hatte. Über Menschen, Innenleben. Zu ihrem Bücherschreiben befragt, antwortete sie immer noch wie damals als Anfängerin: Andere Leute haben mich schon als Kind neugierig gemacht. Ich sah mich gern in fremden Milieus um, ich wollte wissen, wie meine Mitschülerinnen leben, nicht nur meine Freundinnen, fremde Wohnungen, fremde Lebensverhältnisse, und das geht bis heute so, im Bus und auf Bahnsteigen belausche ich Dialoge, ich setze Bruchstücke zusammen, und all das Fremde zieht mich an und stößt mich ab, und ich kann mir nicht vorstellen, daß ich diese Neugier verliere.

Aber stimmt das auch noch genau so? Hat sich die Neugier nicht doch abgeschwächt? Mischt sich nicht immer öfter eine schon beinah feindselige Abwehr der Außenwelt in mein unter anderem auch graphomanisches Interesse? Bei schlechter Laune: ja. Bin ich zu oft jetzt schlecht gelaunt? Dann müßte ich mich dem widersetzen, weil es mich aussperrt, weil es unproduktiv ist, weil bei guter Laune alles, vor allem auch das Denken leichter fällt.

Folglich sind die älter werdenden Frauen und ihr Problem mit dem Alter hochinteressant: meiner Laune zuliebe, damit sie eine gute Laune ist. Und so gesehen war es richtig, die Frage des Studio-Leiters nach meiner Fähigkeit, einen erklärten, angewiesenen Weg allein zu gehen zu analysieren und zu interpretieren, eine Harmlosigkeit wie diese aufzublasen, aus einer Mücke einen Elefanten zu machen, ganz nach Art der Psychologen. *Genügt es Ihnen, wenn ich Ihnen den Weg erkläre?* Überbewertet gibt diese Frage sich als universales Desinteresse an einer Person zu erkennen, die fragestellende Person möchte nicht länger als unbedingt nötig mit der befragten Person zusammensein, Grund: Das Alter der befragten Person, die Defizite des (zu hohen) Alters. Genaugenommen ist das keiner Aufregung würdig, vielleicht, weil ohnehin exzessiv gedeutet, stimmt es sogar nicht einmal. Ein *Mann* (Fragesteller) verhält sich zu einer *Frau* (Befragte) neutral. Nichts Bombastischeres geschah.

Und trotzdem ist an all der Interpretationsausbeute im Schleppnetz etwas dran. Nur weniges, unbrauchbar, wird zurück ins Wasser geschmissen. Am besten, beschloß Gunna, ich gehe meine Frauen durch, mache mich wieder neugierig auf sie und gut gelaunt dazu. Das gelang ihr noch immer: sich zum Schreibinteresse hinzudisziplinieren. Nach dem Aufraffen lief alles von selbst. Die gespeicherte Beobachtung durchmischte sich mit der Phantasie, und schon wurde Schreiben interessant. Fragen müßte sie aber längst ehrlicher beantworten, anders als die Anfängerin, die an der Bedeutung ihres Tuns noch nicht gezweifelt hatte, nämlich, heute, ernüchternd, kalt: Schreiben nützt meiner Gesundheit. Es ist ein psychosomatischer Vorgang. Die Konzentration lenkt von allem ab, sogar vom Bedrückendsten. Macht aus mittlerer und saumäßiger Laune gute Laune. Ich weiß, es ist nichts Erhabeneres als Beschäftigungstherapie, genau wie alles, was wir tun, wie Leben, worin wir, James Joyce hat recht, den Tod wissen. Es ist Todesgedankenvermeidung, selbst dann, wenn meine Sätze vom Tod handeln. Angst, die sich auflöst, wie das Nichts, also das Sein: Gadamer? Als ich am 15. März las, daß er gestorben ist, war ich traurig, er fehlte mir sofort, ich lese ihn gern, obwohl ich ihn zu oft nicht ganz verstehe, er tat mir immer gut.

Und dann ist das Schreiben selbstverständlich auch der Schutz vor dem Ennui. Langeweile ist ebenfalls eine Angstbefindlichkeit, ist Angst, die ängstigt. Die Zistersienser-Mönche hatten Angst vor der Mittagszeit. Meine zwei toten Sucht-Freundinnen hat sie zu Tode geängstigt. Zum heutigen Fatalismus mir und sämtlichen Bücherschreibern gegenüber kommt, daß mittlerweile *jeder* schreibt. Ich bewundere keinen, der es tut. Ich bewundere Leute, die es lassen. Und Leute, die etwas riskieren. Piloten. Chirurgen mit dem Mut, ins wabbelige Fleisch eines menschlichen Bauchs zu schneiden, beladen mit der Bürde extremer Verantwortung. Mutige Artisten bewundere ich, Angstüberwinder, Messner-Grenzgänger, Formel-

1-Rennfahrer. Genies ... außer Komponisten, Malern muß ich wohl schon auch schreibende bewundern, aber doch mit Riesenabstand am meisten die Komponisten, denn die allein haben vom Irdisch-Begrifflichen abgehoben; die Machbarkeit von Lyrik, Prosa, Gemälden, Skulpturen gibt keine Rätsel auf, hier geht es nur um Talent, dort aber hat der Himmel selbst sich eingemischt. Bücher, Bilder, Melodien *nützen* den Menschen auch, aber die Urheber haben keine Verantwortung (wie kann der Chirurg nachts schlafen?) und nichts riskiert, nur Verrisse und schlechte Verkaufszahlen. Jeder Busfahrer wagt mehr.

Mit ihrem Rundumschlag gegen die allgemein akzeptierten Werturteile hatte Gunna vor allem Schriftsteller, Künstler und die andächtig zu ihnen Aufblickenden treffen wollen, und jetzt würde sie gern Henriette irritieren, auch die musizierend künstlerische Sirin, Wanda, die dichtende, womit sie sich selbst irritierte: unliebenswerte Absicht! Beim Schwenk zum Thema Alter kam sie auf ihre Analyse der Studio-Leiter-Frage zurück (Genügt es Ihnen, wenn ich Ihnen den Weg erkläre?). Sirin, zwar zu jung für diesen Fall von Verletzung, verstände trotzdem Gunnas paranoide Fangzüge, es peinigten sie ja jetzt schon kleinste Fältchen auf ihrer hellen glatten Haut, sie malte sich aus, was sie von sich in ein paar Jahren hielte: zu alt, nicht wirklich schlank, und sie geriete in Panikstimmung. Zu Gunnas Verwunderung aber unabhängig vom jungen Salvatore: Seiner war Sirin sich, nach skeptischeren Gründungszeiten, inzwischen ganz sicher. Sie würde Gunna entsetzt und gleichzeitig äußerst belustigt zuhören, ihr Humor milderte das Erschrecken. Aber ihr, von selbst, wären in Gunnas Situation überhaupt keine kritischen Gedanken in die Quere gekommen und alle Schritte zwischen Museum und Hotel, allein unterwegs, absolut plausibel gewesen. Sirin war zu gutartig für mißtrauische Phantasien und selbstbewußt-robust, zumal bei einem Arbeitskontakt. Und außerdem wäre für sie der Studio-Leiter ein alter Herr, in weiter Flirt-Ferne. Gunnas Entdeckung der nie verjährenden Balzerei-Konstellation zwischen Männern und Frauen würde sie ermuntern (gute Aussichten fürs *gräßliche* Alter!), sie könnte ihr aber nicht ganz trauen.

Wanda würde zweifelnd lächeln, kein Wort glauben, kein Wort sagen. Paula widerspräche. Und Henriette? Streng zuhören, wie Sirin zum ersten Mal mit der absonderlichen Auslegung einer Bagatelle konfrontiert. Was *ist* flirten? grinst Gunna. Aber bitte, wenn schon, dann gleiches Recht für alle, meine Maxime Nummer Eins. Sirins Lachgezwitscher klänge bei ihr bissig-keck, nach Geht-mich-nichts-an. Humor genug hätte sie; mit Humor, dem schwarzen, würde Henriette die grotesken Details aus Gunnas Beweisführung für die unendliche Geschichte der dann komplizierten Turteleien zwischen Männern und Frauen bissig genießen.

Henriette fährt sich wie ein Mann von der Stirn her durch ihr kurzes welliges Haar, das wie von Sonnenbrand fleckig hell und dunkel ist und außerdem drahtig fest, so daß keine ihrer wilden Bewegungen seine Anmut zerstören kann, und sie behauptet: Aber mich betrifft das alles schon lang nicht mehr. Schon lang mache ich die Mann-und-Frau-Zicken nicht mehr mit, ich male, ich gebe mir Mühe, zu meiner Familie freundlich zu sein, ich male meine Bilder, und wenn ich rauskomme, dann kümmere ich mich um Galerien, Ausstellungen. Ich habe ja auch bei deinem politischen Schock, bei deinem 11. September, nicht mitgemacht, es war doch der 11. September? *Du* hast nicht mehr wie vorher weiterschreiben können, *ich* habe wie vorher weitergemalt. Und zwischen mir und Galeristen und Freunden und Bekannten gibt's sowieso keine Männchen-Weibchen-Techtelmechtel, und du redest ja von Kopien dieser Spielchen, und für die bin ich schon gar nicht zu haben, ich bin der Typ für die große Passion.

Und die wäre nicht dein Dolf. Ein Ehemann ist nie die große Passion. Das hört spätestens mit der Heirat auf. Überhaupt bist du wahrscheinlich noch zu jung für diesen Abzweig von meinem Altersthema. Und außerdem fehlt dir der Sinn für den Reiz des Überflüssigen, würde Gunna sagen.

Ich kann mir mich als Alte aber gut vorstellen. Und erst recht dann passe ich nicht in dein Schema. Henriette würde darauf bestehen, deshalb immun gegen narzißtische Kränkung zu sein, und Gunna würde das bezweifeln.

Wirklich und als einzige nicht ins Schema paßte Wanda. Narzißtisch kränken könnte keiner sie. (Aus Gunnas Buch-Kritik hatte sie dankbar-mondsichelhaft mild einen Gegensätze-ziehen-sich-an-Gewinn gezogen!) Erotik im Alter mit den unabgewandelten Methoden der Jungen? Zwischen x-Beliebigen, einander Fremden? Wanda zerrte, Dauergeste und Angewohnheit, am überhängenden Wams, lupfte ihn hüftabwärts und überm Bauch, zog ihn, wo immer er festsaß, herunter und redete von Treue. *Treue war mir von jeher das Wichtigste.* Man gehört zueinander. Was auch immer sich an Trennendem zwischen uns ergeben hat, leider (sie sah in diesem Moment traurig aus, sah nach zu viel Schmerzerfahrung aus), es zerreißt nicht das Band, es ändert nichts an unser beider *Ja* zueinander damals vor dem Priester am Altar.

Treue und Zusammengehörigkeit, einmal gelobt, für immer gültig, sie banden Wanda katholisch-warmherzig-verzeihend unverbrüchlich und über jeden Streit erhaben an ihren Mann. Für Abtrünnigkeitsschlenker auch nur der allertheoretischsten, allerplatonischsten und fast schon lächerlich bagatellhaften Art war in ihrem Madonnenkopf kein Platz. Die ehelichen Leiden nahm sie wie selbstverständlich in Kauf, sie hatte keine Wahl, hätte keine zugelassen. So kann sie nicht immer gewesen sein, sie war nicht die sanftmütig Ergebene, alles Hinnehmende, als sie sich verliebte, sie muß über den engen Kreis ihr seelenverwandter Menschen hinausgetreten sein, denn dort kann sie ihren zukünftigen Mann nicht kennengelernt haben, sie heiratete einen Kontrast. Ihr Mann war für sie eine Existenz in Anführungszeichen, oder er wurde es, oder sie entdeckte es erst mit der Zeit; versteckt hinter chronischer Ironie und Streitlust fand und fand sie ihn nicht, und Ironie konnte sie nicht leiden, Streitlust auch nicht, ihn aber liebte sie.

Nur wissen Sie doch nie, wer er wirklich ist, hatte Gunna gesagt, Sie kriegen nicht heraus, wen genau Sie da lieben. Ihr kam nicht aus dem Sinn, was Wanda sie im schlichten Mitteilungston, als handle es sich nicht um etwas monströs Trauriges, hatte wissen lassen: Früher habe ich nie an den Tod gedacht, das fing erst an, als ich verheiratet war. Vorher nie, aber dann sehr oft und ziemlich sofort, als ich es war, eine Ehefrau.

Paula Weymuth bedient in der *Bücher-Truhe* männliche Kunden anders als weibliche. Sie, der das wahrscheinlich gar nicht bewußt ist, lächelt mit Männern anders, natürlich nicht anzüglich, nicht kokett; sogar ihre Stimme klingt verändert, sie bewegt sich ein bißchen fahrig ... der Unterschied ist nicht groß, aber Paula-Kennern entgeht er nicht. Gunnas Phantasie transportierte sie in die *Bücher-Truhe*, zurück in den Regenschauernachmittag, und weil sie keine x-beliebige Frau, sondern Gunna Stern war, ging in der Wiederholung Paula Weymuth am kleinen Tisch mit den Ansichtskarten mit ihr wieder ein wenig so wie mit einem männlichen Kunden um, eine oder auch nur eine halbe Oktave höher, und brachte Gunna dazu, die Kartenserie *Aus der Römerzeit* zu kaufen. (Die war immer noch nicht an Adressaten verbraucht.) Und war auch ich ein bißchen verwandelt, ein bißchen männlicher Kunde? Nur aus Höflichkeit, nicht aus Besitzlust, nicht aus Überzeugung, nur um der Unversehrtheit der chemischen Verbindung zwischen uns beiden willen Interesse und Zustimmung simulierend?

Die Veränderung, sie ergibt sich einfach, sie geschieht selbsttätig. Kreatürlich, selbstverständlich reflektiert auch Paula den Mann als Gegenüber, sie verfolgt dabei keine Absichten, sie hat es nicht darauf angelegt; ganz unbewußt ist der Reflex ihr nicht, schon weil er sie ein wenig anstrengt, und der Kontakt mit Frauen ist überhaupt nicht anstrengend oder auf völlig andere Weise. Beim Unveränderten (bis auf die Variation: Zweckfreiheit) im Alter zwischen Männern und Frauen macht Paula keine Ausnahme. Wenn auch aufs Unauffälligste. Wanda bleibt der Solitär. Und es gibt gar nicht so wenige Wandas.

Sahen denn aber Männer in Paula überhaupt noch ein brauchbares Pendant für den Spiel-Flirt-Reflex? Wirkte sie auf Männer wie die Frau, der gegenüber man einen anderen Ton anschlug, anders lächelte? Machte es einen Unterschied, ob in der *Bücher-Truhe* Männer bei *ihr* oder bei *ihrem Mann* Rat suchten, entweder einkauften oder unentschlossen weggingen? Nein, lautete die brutale Antwort, die Gunna mit Kritik an den Männern abmilderte, mit männlicher Wahrnehmung, der das Verhohlene entging, die alles deutlich bemerkbar, augenfällig brauchte. So unauffällig anders verhält Paula sich bei Männern, daß sie die ganze Person nicht zur Kenntnis nehmen, nicht als Frau, der man imponieren will. Keine Avancen, kein Getue, auf beiden Seiten. Selbst wenn Paulas Reflex auf den Mann als Kunden leichter zu erkennen wäre, würde sich daran nichts ändern. Obwohl sie gut aussah: nichts. Und nicht *alt* war, nur *älter*.

Was halten Sie von meiner Theorie ... begann Gunna, und vorsichtig, fröhlich legte Paula ihren rechten Zeigefinger auf ihren jetzt geschlossenen Mund und machte dann: Psst! Sie sagte: Was hältst *du* von meiner Theorie ... und von welcher? Sie lachte Gunna mit dem Ausdruck eines neugierigen Kindes an.

Schande über mich, sagte Gunna, aber ich hab's ja vorhergesagt, daß ich mich am Anfang immer mal versprechen würde.

Ist schon klar, sagte Paula.

Seit ein paar Wochen nannten sie einander nicht mehr nur bei den Vornamen, Gunna, die schon auf Sylt Paulas Warten gespürt hatte, war endlich zur Frage entschlossen: Was würden Sie sich von mir wünschen?

Die zuerst ein wenig ratlose Paula blickte fragend, nach Spionsart ausspähend, und erinnerte Gunna an einen kleinen lustigen Hund, der mit einem Leckerbissen rechnet, sagte dann: Oh, ich glaube, vieles. Aber jetzt weiß ich selbst nicht, warum ich das gesagt habe.

Daß wir *du* sagen? Ist das eine Nummer aus dem Wunschprogramm?

Eine Nummer eins sogar. Ein richtiger Herzenswunsch, hatte Paula gesagt, die sich nun nach Gunnas Theorie erkundigte.

Ich meinte, daß wir, egal wie alt wir sind, ich meine, nicht mehr jung sind wir und können doch nichts dran ändern, daß wir uns Männern gegenüber anders verhalten als Frauen gegenüber. Irgendwelchen Männern, irgendwelchen Frauen. Es können Fremde sein. Wir können noch so alt sein und doch nicht damit aufhören, Männern gefallen zu wollen, mit ihnen herumzuturteln, und die Männer können auch so alt oder jung sein wie sie wollen, es geht immer damit weiter, der ganze Stimulans-Quatsch. Junge denken von den Alten, sie seien darüber weg, jenseits von Gut und Böse ... Irrtum. Wir bleiben im Männchen-Weibchen-Trott.

Paula sagte in Gunnas verächtlich-zornigen Redeschwall, bescheiden: Nie drüber nachgedacht, kann sein, weil ich solche Sachen nicht merke.

Noch wahrscheinlicher, daß diese Vorgänge sie auch gar nicht beträfen, Herumturteln ihr sowieso nicht liege und ihr fremd sei (nie praktiziert, sagte sie), und dann rührte sie Gunna, die sich in diesem Augenblick grausam vorkam, weil ihr Herumstochern trübe Erkenntnisse wie eine Verunreinigung auf eine zuvor glatte saubere Oberfläche gehoben hatte, nämlich die immerhin noch frageförmige Selbstaussage Paulas: Vielleicht kommt noch dazu, daß ich auf Männer keinen besonderen Eindruck mache, denn die Männer haben mich nie (sie lachte) na ja: angemacht, wie das heute heißt. Und sie tuns, seit ich älter bin, natürlich erst recht nicht mehr. Sie lachte wieder und sah dabei unternehmungslustig genug für den Beweis des Gegenteils aus, und fügte leise, aber mutig entschlossen an: Vielleicht, nein sogar ganz bestimmt, habe ich nicht das gewisse Etwas, *du* hast es, ich meine: Sex-Appeal, und daß ich den vielleicht nicht habe.

Gunna, die darauf hinausgewollt hatte, war beschämt und widersprach ohne Überzeugung mit überzeugendem Schwung. Aber sie machte dabei viele Fehler. Sie redete von über 80jährigen mit Anziehungskraft auf Männer: Die wittern ein schillernd gelebtes Leben voll interessanter Erfahrung und viel Bescheidwissen über die Strömungen zwischen Männern und Frauen in einem verschmitzten Blick, in einem eingeweihten Lächeln, und noch jede Runzel im Gesicht steht ihnen gut. Meine Freundin Sirin wäre einmal eine solche Alte, keiner, der nicht erkennen würde, wie viel und niemals töricht sie gelacht hat. Das macht Appetit.

Aber bei mir wittert niemand ein interessantes gelebtes Leben, wie hast du gesagt? Schillernd? Und all das andere, die einschlägigen Erfahrungen, all das.

Den verschmitzten Blick hast du. Gunna suchte nach weiteren Gegenbeweisen und dachte: Allerdings hast du recht. Und du siehst nach gußeiserner Treue und Pflichterfüllung mit zusammengebissenen Zähnen aus.

Vielleicht sieht man mir meine etwas langweilige Biographie an. Paula klang, als mache sie einem Kunden ein Angebot.

Man sieht dir deine gewissenhafte Opferrolle an, die Käfighaltung in Familie und Beruf, sagte Gunna nicht, statt dessen: Man sieht dir deine Ernsthaftigkeit an und daß auf dich Verlaß ist und du es nicht immer leicht hattest. Und noch immer nicht hast. Und so herum ist das keine schlechte Diagnose. Nicht die Spur langweilig.

Aber auch nicht die Spur sexy. Unbefangen, lachbereit, in weiter Entfernung von zerknirschtem Trübsinn blickte Paula Gunna entgegen, mit einem offenen Ausdruck, viel zu klug für Beschönigungen und um auf Schmeicheleien hereinzufallen.

Paula, im Ernst, nimm dein Äußeres. Du weißt, was zu dir paßt, du weißt das übrigens besser als die meisten Frauen, besser auch als Freundinnen von mir, die meisten wissen's nicht und kaufen sich ab und zu die verkehrten Sachen, Sirin zum Beispiel, Henriette ... (und es macht trotzdem nichts, diese Mode-Irrtümer können dem Sex-Appeal überhaupt nichts anhaben: das ließ Gunna weg).

Das gebe ich zu. Selbstbewußt kannte Paula ihre Talente.

Also, demnach ... du kleidest dich mit Geschmack. Dein Haarschnitt ist genial.

Na na ... den hat man jetzt viel.

Das Haar schwappt so schick, schimmern tut's auch, du hast den Instinkt für Stil. Gunna merkte, wie gern Paula zuhörte, ohne Widerspruch, weil sie wußte, wohin Bescheidenheit gehörte, wohin nicht.

Und dann, fuhr Gunna, der es guttat, mitten im schlechten Gewissen Paula gut zu tun, dann kommt das Entscheidende bei dir: Die Abwesenheit sämtlicher Vorsicht-Künstlertyp-Accessoires. Damit entsprichst du überhaupt nicht dem Bild einer Chefin (deines Alters, sagte Gunna nicht, *älter*, nicht *alt*, sagte sie nicht), die auf die Idee kam, ihre Buchhandlung *Bücher-Truhe* zu nennen. Dein Anblick, was du daraus machst ...

Entschuldige, zwei Fragen, unterbrach Paula, neugierig blickend, beinah frohlockend. Erstens, was sind das für Accessoires? Und wie sieht zweitens jemand aus, der Chefin einer *Bücher-Truhe* ist ... wozu ich auch drittens gern noch wüßte, was an *Bücher-Truhe* falsch ist.

Paula lachte, sie war guter Dinge. Nah dran an der *richtigen* Freundschaft. So intensiv war noch kein Mensch in ihrem ganzen Leben auf sie eingegangen, so differenziert. Sie fühlte sich wohl. Anders wohl als beim Austausch zwischen Küche und dem Wohnzimmer mit der Braut, Miriam: der Generationsunterschied störte ein wenig, der Familienzusammenhang mehr, und nur in dem, wenn sie selbst das Thema war, kam sie dann vor. Außerdem war es keine X-Beliebige, die sich so engagiert mit ihr abgab, es war schließlich Gunna *Stern*, eine Herausragende, eine Bewunderte, und Paula, trotz der gewachsenen, frohmachenden Zutraulichkeit, blieb im Innersten beim Selbstverdacht: Ich bin nicht ebenbürtig, ihrer Aufmerksamkeit nicht wert, nicht wirklich, sie bringt ein Zeitopfer, ich muß dankbar sein. Und das war sie, sie war dauernd dankbar, obwohl ihr Selbstbewußtsein sich erheblich aufwärts entwickelt hatte.

Gunna erklärte: Die Accessoires. Wie sieht die Chefin einer Buchhandlung namens *Bücher-Truhe* aus? Zuerst mal, sie geht nicht zum Friseur. Die Haare trägt sie lang und offen runterhängend, manchmal bindet sie alles im Nacken zusammen. Mit einem Gummiband. Oder mit einem Tuch. Überhaupt: Tücher! Batiktücher hat sie immer an, lose um den Hals gebunden, festere Tücher, wie Schärpen, hängt sie über eine Schulter. Und sie liebt lange Kettengehänge aus dem Orient, Inka-Schmuck, oder was Afrikanisches. Man sieht ihr an, daß sie ausschließlich in Öko-Bio-Läden einkauft, und die ganze Schrot-und-Korn-Ernährung, und kein Make-up natürlich, *natürlich* ist alles an ihr, dieser Achtung-Alternative-Frau-Frau, die *Grün* wählt, obwohl sie mit regierungsanpasserischen Hauptfiguren hadert, sie ist vielleicht Parteimitglied und mit aller Leidenschaft und Treue in der *Basis*. In den nächsten Ferien reist sie entweder nach Kabul oder in den Jemen.

Paula, die sich mit lachwilligem Spionsgesicht gut amüsiert hatte, sagte: Du bist wirklich gefährlich.

Und so sieht jemand aus, der eine *Bücher-Truhe* leitet.

Und was stört dich an *Bücher-Truhe*? Wir haben ja noch unseren schönen Nachnamen davor. Wir wollten uns von den merkantilen Läden abheben. Wenn die Leute *Truhe* hören, spüren sie, daß für uns das Buch viel mehr ist als eine Ware.

Zur *Truhe* assoziiert man etwas Heimeliges. *Truhe* klingt nach dem Outfit dieser eben geschilderten schrecklichen Frau, nach ihrer Ideologie. Gunna, nach einer Miniaturpause, weil Paula ein wenig enttäuscht aussah, verzichtete auf den Genuß beim Sarkasmus, hörte sich sanfter, einlenkend an, als sie rasch sagte: Also das war's ja nur, was *ich* interpretiere. Was *ich* mithöre. Mach dir nichts draus. Euren Kunden geht's sicher anders. Ihr habt ja eure Stammkunden.

Die nicht so leicht zu täuschende Paula folgerte logisch: Dann könnten ja aber unsere Kunden genau die Leute sein, gegen die du genau die gleichen Einwände hast wie gegen diese Art Chefin.

Gunna mußte jetzt auch schnell sein, ihr fiel ein: Sie kommen deinetwegen und nicht, weil dein Laden heißt, wie er heißt, und du siehst nun mal total anders aus, nicht nach *Truhe*. Übrigens bin ja auch ich gekommen.

Weil es geregnet hat. Paula, nicht gekränkt. Paula mit dem kindlichen Ausdruck wie in Erwartung einer Freude. Einer gesteigerten Freude, denn alles zwischen Gunna und ihr war sowieso Freude. Unverzagt machte sie sich an die Selbstkritik:

Übrigens stört es mich nicht, daß Männer mich nicht beachten. Nicht mehr, ich bin ja nicht mehr im Tanzstundenalter. Ich war das Mauerblümchen, bis mein Mann dann in der Buchhändler-Schule doch unbedingt mich wollte. Und damals wollte ich nicht als Mauerblümchen enden. Heute wär's mir egal. Meine Mitarbeiterinnen finden mich sicher etepetete, aber wenn ich's nicht wäre, ginge vieles daneben. In meiner Schulklasse war ich die Miss Rühr-mich-nicht-an. Bis hierhin und nicht weiter, ich habe das wohl immer ausgestrahlt.

Paulas Stimme war dann doch etwas bedrückt, aber gleichsam geschäftsmäßig, als rede sie mit einem Kunden – diesmal egal ob männlich oder weiblich – über ihren Mißerfolg, ein sehr begehrtes Buch auf den Antiquariatsseiten im Internet ausfindig zu machen. Der Titel ist vergriffen. Überhaupt nirgendwo mehr zu haben. Tut mir leid, aber so ist die Lage.

Sie weiß nicht schlecht über sich Bescheid, dachte Gunna. Sie hat aus ihrem gesamten Habitus das Entscheidende in der Fortsetzung des Geschlechter-Schach gestrichen, den Sex-Appeal, und was heißt Fortsetzung? Es gab ja nicht einmal einen Anfang.

Trotz allem, langweilige Biographie, Unzufriedenheit mit deinem Leben, falls du das so empfindest, man sieht es dir nicht an, sagte Gunna und meinte es ernst damit. Gleichzeitig dachte sie an Paulas Tippelschritte, diese und ein paar andere pantomimische Metaphern für ihre beflissene und wißbegierige Gewissenhaftigkeit, an das Verhuschte an ihr, das Dornröschenhafte (*mich müßte jemand endlich erst einmal aufwecken*), an all dies nicht genau Definierbare, leicht Erschrockene, aber auch Überraschte: Attribute, durch die sie, über ein betuliches Flair hinweg, jugendlich blieb, jung, oft fast ein Mädchen. Hätte das nicht Männer rühren müssen? Männer fühlen sich von Frauen angezogen, die ihre Beschützerinstinkte wecken. Einen Mann dieser Art hatte Paula nicht geheiratet. Es ging ihr wie Wanda. Den Mann, den sie geheiratet hatte, lernte und lernte sie nicht kennen. Er ließ es nicht zu. Meinungsverschiedenheiten, die sie durch Diskussionen aus der Welt schaffen oder doch klären wollte, schienen ihm nichts auszumachen, Streit wurde nicht durch Friedensabkommen beendet, er versickerte bis zum nächsten Mal, zur nächsten Variation.

Vermutlich sehe ich tugendhaft aus. Ist ja auch gleichgültig, für dein Seitenthema beim Älterwerden komme ich sowieso nicht in Betracht. Ich kann mir nicht vorstellen, daß du recht hast und ich männliche Kunden anders berate als weibliche. Außerdem, leider, wie ich dir schon viel zu oft vorgejammert habe, komme ich ja in der *Truhe* bei der Kundenbetreuung gar nicht auf meine Kosten. Und genau das, die Beratung, das Gespräch mit den Menschen, die sich für Bücher interessieren, genau das hat mich an diesem Beruf gelockt. Und genau das sieht man mir vielleicht an. Den Verzicht.

Wie ein Opferlamm siehst du auch nicht aus.

Ich hab's viel zu spät gemerkt, daß immer ich es war, die nachgibt.

Jetzt ist es zwar viel zu spät für grundsätzliche Änderungen, aber seit *Buch-Intern* und nun noch der Seminare ist es besser geworden. Es geht mir so gut wie nie.

Paula hob ihr kleines zartes, hellhäutiges Gesicht wie ein Angebot an die Kundin Gunna, die fürchtete, jetzt käme irgend etwas wie *Dank dir geht's mir so gut wie nie* dran, und deshalb schnell sagte: Es muß doch schön sein, auf andere zu wirken wie die Frau, auf die man sich verlassen kann.

Schön und gut ist es, aber nicht attraktiv. Paula, der tapfere kleine Kamerad, the good sport. Nur wer sie näher kannte und wen sie (auf der Suche nach der *richtigen* Freundin) ins Vertrauen zog, entdeckte auch die Frau, die davonlief. In der Phantasie noch viel öfter als in der Wirklichkeit ihres adretten Wohnviertels und von da über die Grenze in Schrebergärten-Landschaft, zornig ermüdet von ihren Lebensbedingungen, überarbeitet, und nicht mit Klassik, oh nein: mit Rockmusik im Walkman, die in ihrem Kopf einen befreienden Rausch auslöste, verwegenes Träumen dazu, Paula: bald tief durchatmend. Allerdings würde die davonlaufende Frau immer wieder zurückkehren, nicht aus feiger Pedanterie, auch nicht nur aus Pflichtbewußtsein; sie selbst wünschte sich Harmonie, und Lebensklugheit warnte sie vor Übertretungen, die doch nur in ein sinnloses Streitchaos führen würden, weil es zu spät war für alles andere als das Durchhalten. Aber eine Heimkehr sah nur nach einer Heimkehr aus, die Familie bekam das nicht mit und nicht, wie fern sie war.

Im Milano hatten sie einen Tisch reservieren lassen, *nicht an der Südseite* gebeten (die Märzsonne heizte), ihre Freundin Una Specht war für ein paar Stunden zu Besuch. Dani hatte geklärt: Diesmal sind wir dran beim Zahlen und, Gunnas Vermutung, bedauert, daß Una nicht widersprach, auch nicht überschwenglich dankte, aber eins der beiden Menus würde sie, nach Art der Frauen eine Salat-Frau, sowieso nicht bestellen. Das Lokal war bis auf sie und, weit von ihnen entfernt, einen Tisch mit zwei Männern leer; Gunna fand ihre Reservierung peinlich für den Chef, Una hatte Angst vor ihrem überfüllten *Vegetarischen Teller*, Gunna würde erst nach dem Essen zu viel Essen bereuen (Gnocchi mit Gorgonzola-Sauce), Dani war wortlos mit seinem Thunfisch-Steak einverstanden, und Gunna sagte: Wenn ich dich, Una, nach den Schrecken des Alters befragte, wärst du unergiebig. Du würdest behaupten, daß du keine befürchtest. Oder so: daß du dich nicht jetzt schon mit so was abgibst.

Dani fand, dann wäre sie ein nachahmenswertes Vorbild für Gunna, die ihn belehrte, es gehe um berufliche Recherche und nicht um sie. Es ist ein Frauenthema. Euch Männer kann man ja über so etwas nicht aushorchen. Ihr seid zu eitel, Ängste gebt ihr nicht zu. Abgesehen davon, daß euch die Natur sowieso privilegiert hat. Die ältesten Knacker kriegen noch die jüngsten Blondinen.

Nur die Berühmten. Der große Pianist, der angeschwärmte Schauspieler. Wir anderen bleiben bei unsern alten Ehefrauen und zetern einander an. Nimm nicht schon wieder Salz. Du hast erst vorhin Salz drübergeschüttet.

Das war auf der oberen Schicht. Jetzt kommen die unteren dran.

Una glaubte, sie würde nicht alt, sie hätte das im Gefühl. Und außerdem, wenn du mit den Schrecken des Alters auch das Dahinschwinden des guten Aussehen meinst, sieh mich an, sieh meinen Kopf an. Ich lasse die Natur walten. Und aufs Ganze sieht das dann besser aus als mit den Täuschungsmanövern.

Una, irgendwas um Mitte fünfzig und der grundsätzlich ehrliche Typ, hatte in diese angeborene, dann auch willentliche Ehrlichkeit ihre Haare einbezogen, sich selbst und anderen nichts mehr vormachen wollen (diese ewigen Friseurtermine hingen mir zum Hals raus, begründete sie eine Begleiterscheinung des Sachverhalts *Treue zur Identität/Keine Fälschungen*, jetzt muß ich nur noch zum Schneiden hin und außerdem meine Haare nicht mehr malträtieren lassen). Sie hatte mit Tönungen radikal Schluß gemacht, die lange Zwischenphase mit dem mischfarbenen Herauswachsen der Farbe durchgestanden (einmal entschlossen, wurde jemand Charakterfestes wie sie nicht abtrünnig), und nun, mit wenig Grau, weißem Haar stand es ihr nicht schlecht.

Älter macht es trotzdem, sagte Gunna. Braunhaarig hast du zehn Jahre jünger ausgesehen.

Aber ich bin nicht zehn Jahre jünger. Una klang vergnügt.

Außerdem hattest du diese lustige Schüttelfrisur, sagte Dani, und Gunna kommentierte: Wie kenntnisreich er sich anhört!

Jetzt gab's nichts mehr zu schütteln, eng lag der weiße dichte Schopf um Unas kleines gewitztes Gesicht und sah, trotz seltener Termine, mehr als vorher nach Friseur aus.

Ehrlichkeit, ich meine, weißes Haar, *macht* älter, sagte Gunna.

Es macht nicht älter, es macht genau so alt wie man ist, sagte Una. Ehrlich währt am längsten, und Chemie ist schädlich. Für dein Haar wär's auch besser, du würdest mit dem Färben aufhören. Und du sähst sogar noch besser aus als so schon. Die Natur ist immer das Beste. Die Natur ist immer am schönsten. Was die Natur so hinstreut in einer wilden kleinen Waldlichtung kann der beste Gärtner nicht übertreffen. Er kann der Natur nicht mal gleichkommen.

Una war Biologin. Bei Spaziergängen mit ihr, und jetzt im März besonders, und sie hatten einen hinter sich, ohne Dani, absolvierte sie ein Hüpfprogramm, von einem winzigen Pflänzchen zum anderen, und es rumorte in ihr, wenn sie für ein Wildkraut (*sag bloß nicht Unkraut!*) nicht gleich den Namen wußte, sie ließ nicht locker, bis er sie plötzlich ansprang, ausgespuckt vom Gehirn-Computer.

Die Natur ist grausam. Sie mag uns nicht, sagte Gunna: Hör dich mal bei unseren elenden unzulänglichen Organen um, lauter Lecks, Defekte, Zellen können jederzeit mit dem Wuchern loslegen.

Wie geht's denn deinem Bruder? fragte Una (mit etwas Verspätung, dachte Gunna). Erholt er sich? Nehmt mir bitte was von diesem Teller ab, so lang so viel drauf liegt, kriege ich nichts runter. Sie schubste einen Spinatkloß auf Gunnas Gnocchi, ihre Artischocke glitt neben Danis Fisch. Und dann wiederholte sie, wie vernünftig es sei, so alt auszusehen wie man war.

Danis warnenden Blick mißachtete Gunna gegen bessere Vorsätze, aber sie mußte jetzt feindselig sein: Wie soll's ihm schon gehen! Er ist sehr diszipliniert, aber mit *der* Diagnose... und erst recht Prognose! Ich halt's nicht aus.

Ich ich ... *du* hältst es nicht aus. Dani schnalzte. Komm, mach's wie er und sei auch du diszipliniert.

Bin ich das etwa nicht? Wann rede ich schon drüber? Mach ich nicht alles wie immer? (Selbstmitleid ist gut für mich, Gekränktwerden, all das, dachte Gunna, es ist das einzige, durch das ich ein bißchen Tränennässe in meine Augen quetschen kann. Weinen konnte sie nicht. Sie beneidete die flüssige Sirin. Sirin, nach einer Bagatell-Katastrophe, erzählte: Und zu Haus, da habe ich erst mal eine Stunde lang geheult ...)

Ihr Bruder, erklärte Dani der, seit ihr Teller nicht mehr überladen war, geradezu heißhungrig essenden Una, er genießt jetzt seine Rekonvaleszenz nach der Operation, läßt sich von seiner Frau verwöhnen, und er ist ein an allem interessierter Mensch geblieben. Und ...

Während mich, unterbrach Gunna, der es besser ging, in

Wahrheit überhaupt nichts mehr interessiert. (Zu Paula Weymuth hatte sie gesagt: Null Interesse mehr ringsum. Keins am 11. September und den Folgen, und die ältern Frauen, die alt werden, brauche ich bloß als Beschäftigungstherapie. Gunna hatte die Absicht gespürt, Paula zu kränken, Paula würde sich fragen: Und was wird, bei diesem Vorrang des Bruders, aus unserer Freundschaft? Wenn das Interesse so schnell verfällt, wie stabil ist es dann je gewesen?)

Hm, machte Una, und damit auf Gunna einen aufsässigen Eindruck.

Du beneidenswerter Single kannst das natürlich nicht verstehen, sagte sie. Diese Verwandtschaftsliebesbindungen strangulieren dich. Beziehungsweise: dich nicht. Wenn ich an Wiedergeburt, glaubte ...

Ich hatte meine Mutter, vergiß das nicht, mahnte Una.

... dann würde ich beim nächsten Mal, sobald ich laufen könnte, mich auf und davon machen, gar nicht erst in dieses Liebesgewebe reingezogen werden.

Du würdest es dir auch wieder nicht aussuchen können. Mit oder ohne Wiedergeburt, wir alle können es uns nicht aussuchen, unser Leben. Mit einer zerdrückten Kartoffel zwischen den Gabelzinken wischte Una ihren Teller blank. Oder unser Schicksal. Keiner kann sich's aussuchen.

Ich würde drauf aufpassen, alle Leute, mit denen ich zu tun habe, bloß gern zu haben, nicht mehr, sie nett und sympathisch zu finden, bloß nichts Tieferes, sagte Gunna, und Dani machte *Ach! Ach!*, der Saphir steckt mal wieder in dieser Rille der defekten Schallplatte fest, und aus Vernunft und medizinischem Wissen genießt dein Bruder auch die Hoffnung auf die Chance, die er nämlich doch noch hat.

Chemo? fragte Una.

Ja, sagte Dani, Anfang April. Sogar wahrscheinlich ambulant.

Der zweite Tumor in meiner Familie, die zweite *Chemo*, schimpfte Gunna. Büschel ihrer wunderbaren Haare hielt meine Schwester plötzlich morgens in der Hand.

Dein Bruder hat gesagt, das wäre heute nicht mehr so, sagte Dani.

Ich weiß nicht, ob ich's machen würde, Chemotherapie, Bestrahlungen, sagte Gunna. Mir fällt immer der Film ein, in dem Jack Lemmon seine schandbare Diagnose hört, und dann sagt er in der Familie: Sie sind alle dran gestorben. Alle, die ich kannte, sind dran gestorben.

Was du machen würdest, kannst du erst beurteilen, wenn du selbst in der Lage wärst, sagte Una.

So hast du auch geredet, als ich damals über alle diese angeblich irregeleiteten und aus ihrer Zwangslage angeblich nicht rauskönnenden heiligen DDR-IM-Parteimitglieder-Kühe geschimpft habe. Du hast sogar behauptet, in deinem rührenden Gerechtigkeitswahn, du selbst würdest von dir nicht wissen, ob du mitgemacht hättest, auch als Nazi. Beim Karzinom hast du sicher recht, aber ob man ein genuiner Mitläufer ist oder nicht oder sich ideologisch verblenden lassen kann oder nicht, das *muß* man von sich wissen. Auch in der Theorie. Und ich, ich Alte, ich habe sogar *Praxis*, sogar Nazizeit-*Praxis*. Als Kind, und ich hatte eine Idiosynkrasie gegen alles, was auch für Kinder mit Nazisein zusammenhing, der gesamte Gruppen-Schafts- und-Schar-Geist, Ungeist, Idiotie, kriminelle, verdummende. Und ich habe *nicht* mitgemacht, meine Geschwister auch nicht, meine Eltern haben geholfen.

Trotzdem, ich kann's von *mir* nicht wissen.

Una, mach dich nicht so schäbig. Du bist doch die leibhaftige Charakterfestigkeit. Kein Mitmachermensch, niemals, nicht du.

Weiß ich nicht. Una wischte sich Bierschaum von den Lippen und die Hand an der Hose ab.

Espresso? Grappa? fragte Dani.

Beides, sagte Gunna. Eine Redakteurin und Freundin hat, als ich vom zweiten Tumor in der Familie berichtete, *ganz schön happig* gesagt.

Na ja, sagte Una, sie sah etwas mürrisch aus, das dürfte ja wohl leicht untertrieben sein.

Mir gefiel's. Es war ehrlich. Es war mir lieber als Mitleidsschwulst, mir hat es gutgetan. Und alle sind mir recht, die nicht sofort fragen: Und wie alt ist er oder sie eigentlich? Auf *alt* lauern sie, als würde das was ändern. Gunna ahmte eine piepsige Stimme nach: Und wie alt ist deine Schwester eigentlich? Da kann ich dann nur zurückschnauben und ich hab's damals gemacht, wenn diese saublöde Frage unser Elend beleidigt hat, ich schnaube zurück: Was spielt das für eine Rolle? Wenn ich jemanden liebe und er ist hundert, dann habe ich ihn seit hundert Jahren geliebt ...

Nur, wenn ein junger Mensch stirbt, wenn Kinder sterben, fing Una bedächtig an, wurde sofort von der aufgeregten Gunna unterbrochen: Ja ja, sie haben noch nicht richtig gelebt, *meine* Patienten aber sollten sich nicht beschweren, genau danach klingt es, nach Zurechtweisung. Ich weiß, daß Babys sterben, aber sie haben noch nichts auf diesem Planeten liebgewonnen ...

Aber sie *werden* geliebt, sagte Una, während Dani wieder mit warnenden Blicken einzugreifen versuchte.

Weiß ich, weiß ich im Schlaf. Und daß es, so oder so, immer schrecklich ist. Gunna sah voraus: Diese Gnocchi werden mir bis zum Abend zu schaffen machen.

Wer schwärmt denn aber permanent vom Jenseits? Verdirbt anderen die Lebensfreude? Dani feixte: für Una. Für Heiterkeit am Tisch.

Natürlich, alles spricht für den Tod ... für die *zukünftige Stadt*, und trotzdem, der armen elenden Kreatur bleibt's schrecklich, die miserable Diagnose, das Dahinsterben ...

Du hast Gott immer dafür geliebt, daß er, in deiner, ich glaube theistischen Sicht, mit dem Leben nichts zu tun hat, du nennst es Erdenwahnsinnsleben, und Gott hätte keine Verantwortung für den Unfug der Menschen ... Dani fiel nichts mehr ein.

Ist es nicht alles Seine Schöpfung? Una sammelte mit den Gabelzinken Karottenscheibchen auf, stapelte sie zu einem kleinen Spieß und dachte sicher an ihre Pflanzenlieblinge in der Natur.

Und das ist und bleibt auch das Beruhigendste und Beste an meiner Interpretation der christlichen Religion. Daß Gott erst nach dem Tod drankommt, dann aber! Und *wie* er dann drankommt! sagte Gunna, und später, nach dem Espresso, riet Dani: Laß besser deine Grappa mir.

Als ich von denen sprach, die kaum erst gelebt haben und schon sterben müssen, meinte ich, ganz im Ernst, wir Älteren, wir haben immerhin unser Leben gelebt, sagte Una. Was verpaßt nicht alles ein Kind, ein sehr junger Mensch.

Das mit dem Leben, das er gelebt hat, Gunna klang ironisch, das hilft den Älteren und dem sehr Alten überhaupt nicht. Mir hat ein alter emeritierter Professor einmal gesagt: Jetzt erst habe ich mich eingelebt, hier. Und er deutete in die Park-Szenerie, rings um die Stelle, an der unsere Spazierwege sich gekreuzt hatten. Er hat das System gemeint, innerhalb dessen er sich eingerichtet und wohnlich gemacht hat, die vielen kleinen Rituale, die Stunden am Schreibtisch, Staatsrechtler war er, glaub ich, aber auch Philosoph, den Tee mit Toast, five o' clock, mit seiner alten englischen Frau, das Mittagsschläfchen vorher, seinen Rundweg, den immer gleichen ... Warum damit aufhören? Er sah es nicht ein. Es kam so abrupt, ich meine, jetzt, bei meinem Bruder.

Kommt es das nicht immer? sagte Una, und daß das auch sein Gutes hätte. Und sie nicht alt würde. Ich sterbe früh, aber hoffentlich noch lang nicht. Sie lachte. Nie! Möglichst nie!

Mein Bruder und seine Frau, wie der alte Professor hatten sie sich so gut eingelebt, er war tausendmal genußfähiger als ich und tausendmal interessierter.

Erstens wäre er mit dem Imperfekt nicht einverstanden, sagte Dani, und wer liest denn täglich so gierig vom ersten bis zum letzten Komma die Zeitung, das heißt: interessiert bist du auch, zweitens.

Reihenweise sterben meine Geschwister an Krebs.

Der eine lebt, der andere auch und ist nicht mal krank, und du ... Dani griff nach Gunnas Grappa-Glas, aber Gunna hielt es fest, Una amüsierte sich. Wenn dir das Übertreiben hilft, okay, sagte Dani.

Meine Schwester kam nie zum richtig behaglichen Lebensgenuß, sagte Gunna. Und daß sie sich immer nur abgehetzt und für andere verströmt hat, kommt jetzt auch unentwegt in meinem Mitleid vor, so wie es jetzt das Gegenteil ist, die Zufriedenheit meines Bruders vor der Überfall-Diagnose. Bei ihm hilft's mir bis ins Grab, aber hoffentlich nicht länger, überhaupt nicht, daß alles nach dem Tod erst vollkommen sein wird. Weil er seine Zeit davor so ideal nutzen konnte. Übrigens, Aristoteles hat das auch gesagt, außer mir und Epikur, allerdings nur das von der Nichteinmischung Gottes in den Lauf der Welt.

Gunna sah plötzlich die kunsthistorische Fundgrube, das für Erläuterungen ergiebige Treppenhaus im Nürnberger Gewerbe-Museum vor sich, den dozierenden Studio-Leiter, den etwas klapprigen scheuen Politologen, sie rekapitulierte ihre psychosomatischen Qualen, aber ein WC brauchte sie nicht.

Allen geht's wie dir, Una. Alle wollen möglichst noch lang nicht und nie sterben. Gunna inhalierte, klopfte etwas zittrig Asche ab.

Dann mach diese Zigarette aus, sagte Una.

Verdammt, ich habe meine Mittagspillen vergessen.

Gunna hält sich mit Tranquilizern und sonstwas zusammen, sagte Dani.

Niemanden wirst du finden, der erklärt: Okay, ich habe genug gelebt, und wenn er auch weiß, daß das vielleicht doch so ist, aber kein totes Baby stimmt ihn um, und auch die fatale und finale Diagnose nicht, die er gehört und die ihn erschreckt hat, und er ist nur einfach von seinen Organen enttäuscht, mein Vater, und er war Theologe, war auch körperlich enttäuscht und wollte absolut nicht herzkrank sein, er, als Spaziergänger und auch genießerisch, wollte sich auf seinen Körper verlassen können. Keiner kann noch originell sein, nicht im schrecklichen Moment der schrecklichen Diagnose.

Weil Dani diesmal mehr verärgert als warnend blickte, stimmte Gunna sich um, schauspielernd, doch eingewöhnen würde sie sich wieder und sogar schnell, klang freundlich: Una, nochmal zurück zu den Haaren, zu den Fälschungen. Du kannst dir deinen weißen Schopf leisten, und warum? Weil du ein sehr junges Gesicht hast.

Una, einer der wenigen Menschen, die gut ohne Schmeicheleien auskamen, gefiel aber Gunnas Kompliment, wahrscheinlich spürte sie, das es ernst gemeint war. Abwehren, jedoch mit sich zufrieden, mußte sie es trotzdem: Junges Gesicht, na ja. Weiß ich nicht, ist mir auch egal, Hauptsache ich muß nicht mehr so oft zum Friseur und ich schade meinem Haar nicht. Wer bin ich denn, daß ich mich verstellen müßte und jünger machen als ich bin. Es gibt Alte, die sind x-mal jünger als Junge.

Entspannung am Tisch mit den drei einzigen und letzten Gästen des *Milano*, die beiden Männer waren schon vorher gegangen. Aus Erfahrung wußte Gunna, wie viel besser Freundlichkeit ihr bekam als schlechte Laune. Doch draußen, auf dem Weg zum Parkplatz, empfing sie der gleißende Kontrastwetter-Tag, und sie mußte ihn beschimpfen: Wenn ich was hasse, dann ist es diese Kombination: Knallsonne plus eisigem Ostwind. Was sag ich: Wind! Das ist Sturm! Verdammter März. Kein Erbarmen, keine Wolke, die bräunliche Häßlichkeit ungetarnt. Verabscheuenswert.

Una war nichts Besonderes am Wetter aufgefallen, na schön, es war ziemlich windig, aber die Sonne schien, und sicher dachte sie an ihre Pflänzchen-Entdeckungen in den Böschungen, die den Waldweg flankierten, als sie sagte: Trotzdem, der Frühling ist nicht mehr zu bremsen.

Vergiß nicht, ich bin von der übrigen Menschheit ausgeschlossen.

Aha. Una genoß Gunna, ihr Kontrastprogramm.

Ich bin der Menschheit abhanden gekommen.

Dani sagte: Aber die Gnocchi waren gut, oder?

Gunna seufzte tief, sie ließ Una den Beifahrersitz neben Dani, schob sich im Fond zurecht. Ich habe für den Frühling nichts übrig. Alle Jahre wieder, die Anemonen, die Narzissen, das ganze Oh-es-blüht-Theater und die Leute, die ihre Gesichter in die Hautkrebs-Sonne halten, und wie eine Gefahr vor mir der Sommer mit seinen Hitzewellen und dem kindischen

30-Grad!-Jubel der Fernseh-Wetteransager, Anbeter des *Bilderbuchwetters* und trotz extremer Trockenheit Feinde des Regens.

Redest du von der Karibik oder was, von wegen Dauersonne bei uns hier, sagte Una. Mir bekommen unsere Wetterwechsel gar nicht, gesundheitlich, mir geht's nur bei Hochdruck gut.

Meine Zirbeldrüse reagiert pervers. Nicht wie bei euch Mitgliedern der überwältigen Menschheits-Majorität und nicht wie bei den Vögeln, ihr lebt bei Sonne auf, mich deprimiert sie.

Dich macht sie aggressiv, sagte Dani. Und wie kann überhaupt jemand, der vorhin noch behauptet hat, es interessiere ihn null und nichts mehr, wie kann so jemand sich trotzdem so vehement übers Wetter aufregen? Und ärgern, in Panik steigern? Gerade noch ... es gibt Schlimmeres, oder?

Taktvoll, daß er abbricht, ehe er mich an Tumoren erinnert, er hat meinen Bruder gern, leidet auch, sie sind ungefähr gleichaltrig, er hat bei meiner Schwester mitgelitten, er macht es ziemlich stumm, er macht es souveräner als ich, ich bin geschwätzig und deshalb von den matten Reaktionen auf mein Lamento zu erbittern: Vernünftig-Einsichtiges ging Gunna durch den Kopf, bevor sie trotzdem sagte: Schlimmeres als das Wetter gibt es immer. Aber ich brauche Ablenkung. Insofern nützt mir der verdammte März sogar. Und eure Wiederholung der jahrzehntelangen Wiederholungen beim Entzücken über erste Zitronenfalter und Blümchen und Knospen. Lenkt Extrem-Leid in läppischen Ärger um. Sorge ist das Verhältnis zum Leben, bei Kierkegaard und bei mir, und März ist der zweitschlimmste Monat, er wäre der schlimmste, aber das ist der Juni, nur ist der allerdings näher am Herbst.

Wenn das dein Verhältnis zum Leben ist, die Sorge um den schlimmsten Monat ... und dann mußte Dani den Autofahrer vor ihm verfluchen, der döste vor der auf Grün umgesprungenen Ampel.

Mir ist jeder Monat recht, jeder auf seine Weise, sagte Una, und daß sie in Gegenden nicht würde leben wollen, in denen es keinen Jahreszeitenwechsel gab. Fändest du das nicht auch eintönig, Gunna?

Ja. Und bei aller Präferenz für den Herbst, der Herbst ist auch von Jahr zu Jahr enttäuschender. Gunna bat, die zwei sollten ihr den sinnlosen Ärger lassen, als Ablenkung vom wahren Unglück durch banale Kalamitäten, doch glaubte sie sich selbst nicht. Sie wünschte sich, friedlich zu sein. Mit wieder ehrlicher Reuewut sagte sie: Außerdem, es ist wieder passiert. Ich hab mich wieder überfressen. Verdammt, warum kann ich nicht wie andere Frauen einfach was auf dem Teller liegenlassen. Frauen lassen immer was liegen.

Das ist die Nachkriegszeit bei dir. Bei mir war's die Erziehung, sagte Una.

Meine Eltern waren nicht so. Es gab sowieso überhaupt nichts, wozu sie uns Kinder gezwungen haben.

Man merkt's. Bis heute merkt man's, sagte Dani.

Zum Glück, sagte Gunna.

Das war waghalsig, kommentierte Una eine Überholvorgangs-Eleganz Danis, klang dann sanft wie zu einem Kind, auch verschmitzt: Übrigens, Gunnachen, wirf doch nachher mal einen Blick auf einen eurer vielen Kalender. Es ist nämlich nicht mehr der schlimme März. Es ist April, der 2. 4. 2002.

Auch schlimm, sagte Gunna.

Abends machte sie Notizen: Warum ist das Lästern immer meine erste Idee? Warum ist mein Reflex auf mein Unheil der Schuldspruch über andere? Es muß wohl leider der Neid sein. Auf mehr seelische Behäbigkeit ringsum. Ich möchte es auch so bequem haben, ich möchte überhaupt nicht so aufgedreht sein, nicht so genau die Frage (wessen Frage, eines der Apostel, eines Propheten?) verstehen: »Was betrübst du dich, meine Seele, und warum bist du so unruhig in mir?«, und wenn ich sie schon so genau verstehen muß, besser dem Rat folgen können: »Harre auf Gott ...« und geduldig werden.

Schreibe ich aus Rache? Rache ungewisser Herkunft, ungewiß motiviert? Bin ich weniger erfolgreich als die Kestler-Brock und sonstige Konkurrenz, weil ich bürgerlich bin und individualistisch in keine Gruppierung passe und Pfarrerstochter und von jeher gegen den je fälligen Zeitgeist rebellisch oder, wenn nicht rebellisch, so doch immun? Und nicht ordinär und auch nicht chamäleonhaft mich ideologisch bald asyliert, bald gesträubt und anderswo mitgemacht habe? Einzelgänger sind unbeliebt, sie sind verdächtig. In mir wiedererkennen will sich nur die getreue Minderheit meiner Leser, und selbst die ist, beim Empfinden der Seelenverwandtschaft, öfter im Irrtum, so wie meine mir besser Vertrauten, die mir näheren Bekannten, die Freundinnen, aber ich verrate das nicht, schon wegen der Verkaufszahlen in der deprimierenden Lektüre meiner Honorarabrechnungen, über die ich auch kein Wort verliere: aus Stolz. Und wenn ich doch Mitleid mit mir verabscheue, warum kritisiere ich die Reaktionen auf die todtraurigen Nachrichten aus meiner Familie, jetzt bei meinem Bruder, vorher bei meiner Mutter, kurz darauf bei meiner Schwester? Es stimmt, daß keiner es mir recht machen kann, aber infantil, wirklich dumm, wirklich unfreundlich klage ich es ein, das Richtigmachen. Immerhin, und erwachsen, daß ich, bis auf ein kleines Zornaufbrausen ab und zu, höflich bleibe, nett, dankbar, gute Freundin, all das und wie es sich gehört. Und niemand hört mich stumm rufen: Ich brauche euch, ihr seid eine gute Abwechslung, aber lieben? Nein. Die Liebe ist es nicht. Lieben kann man nur einmal und nicht reihum und wahllos viele, mit dem Lieben fängt man als Kind beim Erwachen des Bewußtwerdens an, und in diese Lebenszeit gehören die Verwandten. Ich kann (und trotzig will ich auch) nur meine Familie lieben, jedes einzelne Mitglied auf seine Art, in seinem und meinem Rollen-Zusammenspiel.

Kontrastwetter mit der Kombination Knallsonne/kalter, in Böen stürmischer Ostwind irritierte Gunna auch am nächsten Vormittag wieder. Vor ihrem Halb-Souterrainfenster neben dem Schreibtisch II, das nach Süden ging und vor dem sie gegen zwei Uhr den Rolladen herunterlassen würde, bebten sogar die bodennahen Gewächse, Immergrün, Haselwurz, Anonymes (bis Una ihr die Namen liefern würde).

Wie komme ich zu so viel anmaßender Erhabenheit über meine Freundinnen-Auswahl fürs Buchprojekt? Ich habe mehr Defizite als sie alle zusammen.

Gunna zündete sich eine Gauloise an, und sie blieb beim Thema, als ihr dazu ihre Nichtraucherinnen einfielen (nur Henriette bekam Zigarettenlustanfälle, aber mehr spielerisch, sie könnte das Rauchen auch lassen), und gleichzeitig hörte sie ihren jüngsten Bruder, der nach der *Scheiße*-Verfluchung auf seine makabre Art die vernünftige Gewissenhaftigkeit und Selbstdisziplin der beiden älteren Geschwister grimmig kommentiert hatte: Das kommt, wie vorher beim Schwesterchen und jetzt bei ihm, dem gewissenhaften Bruder, vom gesunden Leben. Du und ich, wir zwei brauchen also nichts zu befürchten. Und Gunna hatte ergänzt: Wenn Čechov recht hat, und er war schließlich Arzt, so müssen wir uns nur vor der Krankheit, die wir am meisten verabscheuen, fürchten. »Man stirbt nicht an der Krankheit, vor der man sich fürchtet«, sagt er. Einen Tumor will keiner von uns, schon gar nicht Metastasen. Ihm sei alles egal, behauptete der für Gunna immer noch sehr junge Bruder, und sterben jederzeit recht.

MÄNNER DRÜCKTEN DAUMEN, FRAUEN AUCH, aber *sämtliche*. *Wir können es uns nicht aussuchen*: kam sehr oft vor. Ein Freund, der das schon bei Gunnas Schwester vergeblich erledigt hatte, wünschte nun auch dem Bruder *alles Glück dieser Erde*. Die Jungen, Studenten, Studentinnen, die Gunna über ihre Magister-Arbeiten hinaus die Treue hielten, einige als Freunde, oder die noch zu Interviews ins Haus kamen, sagten *Scheiße*. (Ausnahmsweise und im Ernstfall wie diesem wirkte die abgenutzte Beschimpfung auf Gunna wie der ehrlichste Beistand, in seiner ohnmächtigen Hilflosigkeit als Ausdruck ehrlich-einfallsloser Wut, Verachtung der Krankheit, und gerade darum doch eine Hilfe, den Zusprüchen, feinsinnigen Bemühungen zum Zusichern der Anteilnahme weit überlegen.) Wanda würde beten: Als sie das versprach, schnitt sie bei Gunna gut ab, ihre Schwägerin, Alberts Schwester, aber gar nicht: Die prinzipiell bittere Frau; bitter auch aus prinzipieller Glaubensferne mit ihrer So-ist-das-Leben-Stimme, sagte: Da hilft nur Beten.

Gunna schmückte ihre Erinnerungen aus. Sirin mit irgendeiner drolligen, ironisch erzählten Alternative aus ihrem Tagesgeschehen, zu Gunnas trauriger Information unüberlegt als Trost gedacht, Fröhliches über die erfolgreichen Töchter, Groteskes über Kollegen, Verzauberndes vom angeschwärmten Liebhaber mit Beweisen seiner eifersüchtigen Abhängigkeit, all das vermeintlich Aufmunternde herausgesprudelt, nachdem sie, und das genau so aufrichtig wie die Belustigungs-Alternative, mitleidig und erschrocken zuende gewimmert hätte. Bissig Gunna: Du hast deinen feinfühligen Tag heute, oder? Darauf Sirin, zurückgestoßen und wieder kläglich: Aber es ist doch nicht so grauenvoll wie damals bei deiner Schwester? Gunna, streng: Es ist anders, aber bei Qualität und Quantität des Schreckens kein Unterschied. Nicht der kleinste. Geschwister sind Geschwister. Im Verhältnis zueinander gibt es Variationen, in der Liebe nicht. Nur im Umgangsstil. Schwestern sind ein bißchen anders zueinander als Bruder und Schwester. Und in der Kindheit kommt noch der Altersunterschied dazu. Wer mit wem gespielt hat. Bei meinem älteren Bruder hatte ich Unterricht: Komponisten, er sammelte Komponisten-Portraits, Fremdwörter, mein Kindheitswiderstand gegen die Nazi-Schule. Die gemeinsame Spiel- und Phantasiewelt hatte ich mit meiner Schwester. Mein jüngster Bruder, da war ich zwölf, war das wundervollste rundliche Baby der Welt und das schönste kleine Kind, das ich kenne; als Embryo im Bauch meiner Mutter war ich noch wütend auf ihn, oder: auf meine Eltern, ich haßte den Gedanken an Sex bei ihnen sowieso, und dann fand ich sie auch zu alt für so was. Später verzieh ich ihnen das, was ich mir aber bis heute nicht als Sex vorstellen will, mehr als Glücksrauschreaktion auf die amerikanischen G.I.s, die durch unseren Garten stapften, diese eleganten Befreier auf den weichen Sohlen, Ende der Nazizeit. Als mein jüngster Bruder so ungefähr mit fünfzehn ein Beatles- und überhaupt Popgruppen-Pionier war, und wir seine Platten auf meine Tonbänder überspielten, habe ich ihm leider das Glück durch Whiskey und Bier beigebracht, beim Unglück durch Alkohol wohnten wir nicht mehr zusammen im großen Klinkerstein-Pfarrhaus und den Verwunschenheiten seines riesigen Gartens. Uff! Oh und ach! Meine Geschwister, ich liebe sie alle, alle gleichermaßen. Mit den Eltern ist es genauso. Furchtbar finde ich es, wenn irgendwelche sogenannten V. I. P.s im Talk-Show-Geplapper erklären, und sie tun's stolz, als werte diese Aussage sie auf: Aha, das ist eine Mutige, ganz Clevere, Aufsässige ... *Ich war immer eine Vater-Tochter*, behaupten sie triumphal, und schon erscheint das Schattenbild einer geduckten, unwichtigen armen Maus von Mutter. Ein Vater ist ein Vater, eine Mutter ist eine Mutter, jeder hat seine wichtige unentbehrliche Funktion, und jeder erweckt im Kind Liebe, kein Milligramm mehr oder weniger weder für den einen noch für den anderen, wenn es gut geht, und bei mir ging es gut.

In ein Gefühlsleben einzudringen, das von derartig idealen Voraussetzungen in der Kindheit geprägt ist, wird später in der Biographie für andere Menschen verflucht schwierig. Und erst gegenüber den später Dazukommenden macht man dann diese emotionalen Schweregrad-Unterscheidungen. Liebe von 1 bis ... obwohl, ich glaub auch nicht, daß es dann eine Liebe Nr. 2 oder gar Nr. 5 gibt, das ist dann nicht Liebe. Das ist das unanstrengende Gernhaben.

Gunna glaubte nicht, daß Sirin sie verstände. Und wer überhaupt außerhalb meiner Familie, in der viel zu extrem, zu eng geliebt wird, eine schreckliche Gefahr, von der man nichts ahnt, so lang man jung ist, bevor sich die Sorge einmischt: beim furchtbaren Älterwerden, Altsein.

Bei meinen Befragungen zum Alter habe ich bisher die Zusammenhänge vergessen, fiel Gunna ein. Ich bin ja nicht allein, ich bin in Bindungen gefangen, ich zapple in dem Liebesgewebe, in das hinein ich geboren wurde, und nicht ich allein werde älter, älter werden sie alle um mich herum, schrecklich alt sind die geliebten Schwestern meiner Mutter, ich möchte sie wie mittlerweile schon vielfach reparierte Porzellan-Wertsachen in einer Vitrine konservieren, ausgerechnet ich, die auf das Himmelreich Setzende, gönne ich es ihnen denn nicht? Doch, aber ich will sie nicht überleben. Nicht nur aus Edelmut, sondern weil das Sterben Scherereien macht, Praxis fordert, Veränderungen bringt, Schmerzensverlust-Abschied, denn die eine wird die Hinterbliebene der anderen sein ... Und ich will mich davor drücken, ich will die zwei verstecken, damit der Tod sie nicht findet, ich bitte um den Stillstand.

Daß einer, der Nächststehende, immer übrigbleibt, ist das Schlimmste am Tod. In seiner prä-operativen Klinik-Woche bei einem glühkopfigen Besuch in seinem milchkaffeefarbenen öden Zimmer (und die Schock-Diagnose kannten beide, sie wußten es nicht genau voneinander, sprachen nicht darüber) hatte Gunna plötzlich, in Nummer 231 umherblickend, gesagt: Im Himmel ist es schöner. Ernsthaft überzeugt und doch mehr so, als gehe es um den Vergleich zweier Buchneuerscheinungen, hatte der älteste Bruder zugestimmt, dann aber mit einem entsetzten Ausdruck im anämisch-gräulichen Gesicht die Augen aufgerissen und halblaut gerufen: Aber die Hinterbliebenen! Doch dann war er es gewesen, der Gunna dämpfte, als *sie* die Liebe verfluchte. Und als *er* die Liebe rühmte, war es Liebe. (Aber die Hinterbliebenen! dachte Gunna.)

Der Tod von Geschwistern ist schlimmer als der Tod der Eltern. Den sieht man ein, er hat seine Logik. Für Eltern muß es das Schlimmste sein, wenn eins ihrer Kinder, egal in welchem Alter, vor ihnen stirbt.

Nein, Sirin, bei mir nicht, keine Rangunterschiede bei Geschwistern. Deine schönen Töchter wirken doch auch wie zwei zärtliche enge Verbündete. Aber du und deine Schwestern, ihr nicht. Beim Signieren eines ihrer Bücher, bei *Geschwister*, hatte Gunna immer wieder gehört: Bin gespannt aufs Lesen, denn zwischen uns zu Haus, und das geht bis heute, hat es immer ganz schön *geknirscht*. Und Gunna, die das *r* und das *n* von *Stern* zu einem langen Strich vereinigte, hatte jedesmal gesagt: Bei uns nicht! Soll ich sonst noch was reinschreiben? Schreiben Sie ruhig *für Frank* rein, der Kontakt zwischen uns ist zwar das Letzte, aber nun gerade! Schreiben Sie ruhig *für Conny* rein, die wird umfallen, wenn sie was von mir kriegt! Diese Frauen hatten für ihre Geschwister eingekauft. Trotz Zank und Streit, wahrscheinlich waren sie einander die nützlicheren Schwestern als Gunna ihren Geschwistern, Schwestern für die Praxis, und die nicht wie Gunna ihrer kranken Schwester Kinderlieder umgedichtet und nicht ihrem Bruder kleine selbstgemachte Silbenrätsel geschickt hatten, diese *knirschenden* Schwestern würden ihren Kranken die Wäsche waschen und Suppen kochen, Kuchen backen, Behördengänge erledigen.

Eine solche Schwester wäre Sirin, die lachend die Beziehung zu ihren zwei Schwestern *entspannt bis kritisch* nannte. Die Liebe zu Verwandten war für Sirin streßfrei-unverkrampft etwas ganz Selbstverständliches. Familienleben brauchte sie, Geburtstage, Festtage genoß sie, als Gast und als Gastgeberin war sie großen Familienzusammenkünften gewachsen und sie machten ihr Spaß. Alles das erlebte sie unbeschwert, wodurch Gunna in viel kleinerer Familienrunde wie in einem fiebrigeren Liebes-Asthma nach Luft schnappte. Quantitäts- und Qualitäts-Abstufungen beim Lieben aber unterstellte Gunna ihr, und ganz oben, unerreichbar fern für Konkurrenten, rangierte der junge Freund. Und bedrängt, diese Siegerehrung zu überprüfen und dabei die Töchter zu bedenken, würde Sirin lachend und ohne sich untreu zu fühlen dabei bleiben: Mit ihm, das ist etwas anderes. Die Liebe zu Töchtern und die zu einem Mann kann man nicht miteinander vergleichen. Und das wissen meine beiden Mädchen auch und sie finden es in Ordnung.

Sirin, nach kurzer glücklichmachender Innenschau, kichernd: Sie sind ja auch total vernarrt in ihn, und er ist's in sie. The winner is... in allen Kategorien geht der Oscar an ihn. Bester Hauptdarsteller sowieso. Beste Regie: Er hat mich gelehrt, wer ich bin. Beste Kameraführung: Er kennt meine Schokoladenseite, er bringt mich zur Geltung... (kichern, jetzt stolz, verliebtheitsweiche Stimme)... er macht mich schön.

Vielleicht müßte Gunna, um Sirin den Liebesterror angesichts des von einem auf den anderen Tag aus dem Lebenszusammenhang gerissenen Bruders (plötzlich erfährt er: Ich bin ja todkrank!) nachfühlbar zu machen (*meinen* Liebesschreckensterror), vielleicht müßte sie vorschlagen: Stell dir vor, deinen

Herzensbrecher hätte es erwischt, Diagnose, Prognose, stell dir euch beide damit konfrontiert vor ... Denn, und sag dir das auch vor, »der Lachende hat nur die schlechte Nachricht noch nicht empfangen ...« oder erhalten, so ungefähr, stell's dir vor. Und dann *dich* beim Zuhören *meiner* Telephonversuche, dich mit ein paar Grotesken aus meinem Alltag aufzumöbeln. Ich würde das zwar garantiert gar nicht erst machen, aber stell's dir vor, uns zwei bei diesem Rollentausch.

Sirins Verteidigung, schon etwas eingeschnappt: Aber ich wußte ja nicht, wie wichtig er dir ist, dein Bruder, du hast nie von ihm erzählt. Von dem anderen auch nicht. Ist es der jüngere? Und Gunna würde *Nein* sagen, und daß es der ältere wäre und daß Sirin jetzt nur nicht *wie alt?* fragen solle, weil das im Fall von Liebe überhaupt nicht zähle und ebensowenig für den von der Diagnose Vernichteten, und nach Immerhin-er-hatte-ein-erfülltes-Leben klänge, nach diesem Gemeinplatz: So ließe sie der armen guten Freundin wenig Spielraum, sperrte sie in einen Resonanz-Käfig, setzte Trostbekundungen Grenzen. Und weil sie sich auf Sirins Tränentherapie nach Kränkungen verlassen könnte, käme sie zurück auf die verzagte Versuchs-Defensive mit dem Bruder, der nie Erzählstoff gewesen war, und würde sagen: Was heißt außerdem *nie erzählt?* Habe ich von meiner Schwester je viel erzählt? Wann bin denn überhaupt ich die mit dem Erzählen? Wie groß ist *mein* Redeanteil bei unserem Austausch? Macht ja nichts, ich höre sowieso lieber zu. Alle anderen machen es genauso wie du (sie dachte: bis auf Paula, sie ruft an, schweigt, wartet, daß ich was sage: sehr schwierig!). Zwar habe ich Freundinnen, doch mehr noch haben die Freundinnen mich. Keine Bitterkeit! Meine Zuhörer-Funktion ist mir recht.

Nach dem Dialog mit Sirin müßte Gunna wegen der Vermittlung der *reinen Lehre* einerseits zufrieden sein, andererseits ganz und gar nicht, weil sie wieder einmal nicht klug gewesen war zu bedenken, wie viel bekömmlicher die Freundlichkeit war. Und nichts war freundlich daran, Sirins Freundlichkeit zu versehren, Sirins Unbeschwertsein: nicht mit Gedankenlosigkeit zu verwechseln. Immer schon hatte sie von Sirins selbstironischen, kurzweiligen Alltagsschilderungen profitiert.

An die Wirkung der Nachricht über den Bruder auf Paula erinnerte Gunna sich nicht genau. Verschrecktes Mitgefühl? Das auch. Denkbar, daß sie von Wundern gesprochen hätte, die doch da und dort immer geschähen, und *wir können es uns nicht aussuchen* würde zu ihr passen. War sie nicht aber die einzige gewesen, die Rückfragen gestellt hatte? Die es medizinisch präziser wissen wollte? Doch Verständnis für Gunnas universales Desinteresse seit dem Schock (*im Auge des Hurrikans*) brächte sie nur ungern auf, würde es behutsam mißbilligen. Ihr wäre jetzt sogar die Nachwirkung des 11. 9. auf Gunna lieber gewesen als ihre neue Distanz zum Alltag und damit auch zu ihr, Paula.

Mit seinem *Verdammt* und *Scheiße* hatte Gunnas jüngster Bruder, zwölf Jahre Abstand zwischen ihm und ihr, es genau so richtig gemacht wie die jungen Studenten.

Gunna hatte angerufen: Tut mir ja verdammt leid, daß die Nachricht in eure Wales-Idylle reinplatzt.

Irgendworein muß sie ja platzen. Der jüngste Bruder und seine schöne junge kanadische Frau folgten immer ihren Spleens, und diesmal war der ländlich-angloman. Sie versuchten sich als Schafsfarmer, hielten sich, im Nebenjob Postausträger, damit schon seit beinah sieben Jahren über Wasser. In letzter Zeit war allerdings die Rede von *irgendwas mit Fischen* in Kuba. Meteorologe, als Kind sein Berufswunsch, war er nur privat geworden (er haßte Examen), und, bis auf eine kleine Wetterstation, auch mehr passiv: Rund um die Uhr verfolgte er Fernseh-Wetterberichte. Beide rauchten, um viel zu rauchen *Lights*, *Carlton's*, *Capri Ultra*, tranken walisisches Bier, irischen Whiskey, und der Bruder fragte: Er ist doch ein verflucht gewissenhafter Mensch, war er nicht bei den Check-ups?

Doch, selbstverständlich, genau nach Kalender, woran man sieht, daß das Quatsch ist. Du kannst eben gesund vom Arzt kommen und schon nachts todkrank sein. Heute das gute Ergebnis, morgen fängt irgendeine Zelle irgendwo in dir mit ihrer Gemeinheit an.

Das kommt vom gesunden Leben, ich sag's ja immer.

Wie bei unserm Schwesterchen. Unsere zwei älteren haben immer vorsichtig gelebt, wir beide aber ...

Mit ihrem jüngsten Bruder konnte Gunna sogar bei Elendsthemen sarkastisch sein. Wie ernst aber auch er die Not nahm und sie zu seiner machte, bezweifelte sie keine Minute lang. Er und seine Frau, die sich auf ihr Zeitlosigkeitsgefühl beriefen, ließen fast nie etwas von sich hören, ab und zu dann aber überraschten ihre Päckchen mit selbstgemachtem Gebäck. Gunna verstand die beiden (beinah), ihr älterer Bruder nicht, die seltsame Bedürfnislosigkeit nach Kontakt grämte ihn, und deshalb bat Gunna den jüngeren: Ruf ihn doch bald mal an. Es würde ihm guttun, verdammt.

Mit einem Fluch war die Bitte wirksamer, wußte sie. Und schon am Abend desselben Tages freute sie sich, sie dachte: wie über einen Schüler, als ihre Schwägerin zwischen anderen Meldungen rief: Und stell dir vor, sogar euer jüngster Bruder hat angerufen!

AUF HENRIETTE BIN ICH WÜTEND, sagte Gunna, so was von Trägheit!

Wie alt bist du eigentlich? fragte Dani.

Sehr alt, sagte Gunna. Ich weiß, was jetzt kommt: Ich benehme mich kindisch. Daß ich wegen Henriette beleidigt bin, ist albern, so ungefähr die Reife von Mädchen zwischen – na ja, sehr jung, Kinderzeit, und siebzehn bis zwanzig. Nur, der Anlaß hat's ja in sich. Im ersten Schock nach der Diagnose noch habe ich genau *den* Henriette in einem Brief anvertraut ...

Auch Teenager-Verhalten. Immer hast du zu nichts Zeit, aber dann verschwendest du sie, schreibst lange Briefe.

Ich war ihr sowieso längst eine Antwort schuldig, wir sind beide altmodisch und telephonieren nicht gern. Und außerdem, zweitens, war's kein langer Brief. Nur ein intensiver. Und jetzt ruft Sirin nicht mehr an, diese Ober-Dauer-Telephonistin, weil sie sich vor meiner schlechten Laune fürchtet.

Du hast sie vor den Kopf gestoßen.
Ich erzähle ihr von meinem zu Tode getroffenen Bruder.
Den Eindruck macht er nicht. Nimm dir ein Beispiel dran, er ist sehr diszipliniert.
Das ist er, er ist bewundernswert, aber was geht insgeheim in ihm vor? Also ich teile Sirin das mit, und was macht sie? Gut, ein bißchen Gewimmer und Mein-Gott-gräßlich-Rufe, doch danach nichts als Harmlosigkeiten, auch noch Erfreulichkeiten, irre Kollegen, tolle Töchter, Super Salvatore, all das, schon sträflich naiv zu glauben, ich könnte, schnell getröstet von all den Bagatellen, drüber lachen und applaudieren wie sonst immer. Sonst immer ja auch mehr ihr zuliebe. Wenn ich mal nicht begeistert von ihr bin, hält sie sich lieber fern, versteht die Welt nicht mehr.
Auf dem Bildschirm positionierten sich der amerikanische Außenminister und der israelische Regierungschef hinter ihren Stehpulten zwischen saftig grünen exotischen Bäumen, der Korrespondent sprach von dem durch das jüngste palästinensische Selbstmord-Attentat belastetem Treffen, der äußerst erschwerten Mission des amerikanischen Vermittlers und von Israels Härte, die an einem Tag wie diesem scheinbar ins Recht gesetzt sei, und Gunna rief: Nicht scheinbar! Heut abend paßt mir eins dieser verdammten Attentate sehr! Der letzte Naive, der noch an *politische Lösungen* glaubt, wird unsicher. Diese deutsche Palästinenser-Tränensusigkeit ist längst mehr als nur geschmacklos. Deutsche dürfen für immer und ewig kein antijüdisches Wort über die Lippen bringen.
Gunnas nächster Beifall, für den sie den Napf in ihrem Schoß mit körner- und kleievermischter Vanille-Paradiescreme einen Augenblick vergaß, galt einem Umfrage-Ergebnis: Nur 30 Prozent der Deutschen wünschten, daß der Bundespräsident das via Verfassungsbruch im Bundesrat angenommene Einwanderungsgesetz unterschriebe, 51 Prozent waren dagegen. Der Bundespräsident prüft und prüft.
Ich frag mich, was es so lang zu prüfen gibt, was es überhaupt zu prüfen gibt. Ich hörte und las nur von Verfassungsrechtlern,

daß Bundesländer einstimmig dafür oder dagegen sein müssen. Aber seine Genossen werden ihm zusetzen.

Wer kein Genosse war, wer der sogenannte politische Gegner war, durfte dem Bundespräsidenten nicht einmal einen Brief schreiben. Gunna erinnerte sich an frühere Zwickmühlen des eigentlich gutartigen Predigers und Witze-Erzählers Bundespräsident und an das Wehgeschrei bei geringster Kritik an ihm: Beschädigen Sie das Amt nicht! Ich kann nicht zulassen, daß Sie mit Respektlosigkeiten das höchste Amt beschädigen. Der Mann war das Amt geworden, das private Individuum, der Mensch, der aß und trank und verdaute wie jeder andere, verschwand im Amt wie in einem großen weiten Kapuzenmantel. Daß er unbedingt und schon seit langem ganz dringend hatte Bundespräsident werden wollen, störte Gunnas Bild von ihm, der ihr grundsätzlich sympathisch war.

Bei ihrem vorletzten irdischen Umtransport folgte dem Sarg der Queen Mum ein langer Trauerzug entlang der Londoner Mall, und inmitten todtrauriger Gesichter und zu beiden Straßenseiten flankiert von Tausenden ihrer bürgerlichen Verehrer entdeckte als Abschiedsschmerzbeweis die Korrespondentin Tränen, Anteilnahme, viel untröstliches Leid und nur ein einziges, gleichsam unbeteiligtes Gesicht, das Gesicht der Tochter ihrer geliebten Toten, der Queen Elizabeth II., und die parteiische Korrespondentin behauptete: Als einzige war es ihre Tochter, die amtierende Queen, die hart blieb, sie wirkte versteinert, verzog keine Miene. Und Gunna schimpfte: Nur ein einziges Mal könnte doch jemand, der über die Queen berichtet, so originell sein und sie gut leiden können. Aber nein, sie soll nun mal so sein: unnachgiebig, streng, unnahbar, volksfern, sogar, seit Diana spätestens, herzlos. Es ist idiotisch, kitschig infam. Ich fand, sie sah sehr traurig aus. Am liebsten hätte dieses Fernseh-Sentimentalitätspathos-Weib sicher gesagt: Die Quen war *not amused*, aber ganz so pietätlos durfte sie nicht sein, das wußte sogar sie, und so drehte sie ihr das distanzierte, angeblich versteinerte Gesicht an ..., *verzog keine Miene* ... was für Grimassen hätte sie wohl schneiden sollen? Weinen hätte sie sollen, vielleicht zusammenbrechen, irgendwas volkstümliches. Ihre Mutter war 101, und verdächtig sind Menschen die nicht weinen können. Kann ich weinen? Nein. Nur eine halbe Träne bei Selbstmitleid. Krokodilstränen, sagte meine Mutter dazu, als ich ein Kind war. Und nahtlos ans Elend des Planeten anknüpfend (sie hatten noch ein paar Katastrophenszenen gesehen), Nahost-Konflikt und tote Queen Mum sind nichts dagegen, das alljährliche schwachsinnige Frühjahrs-Gequassel der Moderatoren und Reporter, männlich, weiblich egal, Hauptsache Sonne, nein: Sonnen*schein*, Passanten kriegen das fransig vermummte Mikrophon vor den Mund geschnickt, und dann kichern die anzüglich, Männer wie Frauen, und *gestehen* es nur zu gern: Oh ja, allerdings, sie hätten *Frühlingsgefühle* und in ihren Bäuchen würden *Schmetterlinge flattern*. Dani, ich ertrag's nicht mehr.

Erfreulich, daß du dich selbst widerlegst, erfreulich für dich selber, sagte Dani. Du behauptest, du würdest dich für null und nichts mehr interessieren, seit ... seit dieser Diagnose, aber du regst dich dauernd auf, von Terroristen übers Frühjahr bis zu deinen unerwachsenen Frauenfreundschaften.

Immerhin sind die nicht so langweilig wie Männerfreundschaften, so viel ich über die weiß und ich weiß eigentlich kaum was drüber, denn du hast keine. Es stimmt trotzdem, wirklich interessieren tut mich nichts, es ist nicht mehr so gierig wie in der Zeit nach dem 11. September, und das war's eigentlich schon vor *dieser Diagnose*.

Der nach den Nachrichten, weil Gunna mit ihrem Dessert noch nicht fertig war, durch ein paar Programme jagende Dani landete in der Folge einer Arzt-Serie mitten im OP, und über dem Behandlungstisch und einer verhüllten menschlichen Gestalt mit offengelegtem Operationsfeld, Bauch, wabblige Eingeweide, warfen sich im kleinen Ausschnitt zwischen grünen Hauben und grünem Mundschutz drei Ärzte und eine Anästhesistin bedeutungsschwere Blicke zu, die Ärzte mit angewinkelten Armen, das Operationsbesteck zwischen den Fingern in den grünen Handschuhen. Dani, damit Gunna nicht an ihren Bruder dächte, wechselte in eine Werbe-Szene mit gütigem Großvater und kleinem, gläubig aufblickenden Enkel, der Großvater hielt eine kleine Ansprache auf den umwickelten Bonbon in seiner hochgehaltenen Hand, und Gunna rief: Laß doch! Mach bitte wieder den OP!

DANI, WAS MICH IMMER NOCH vom Allerschlimmsten ablenkt, und es war schon beim Schwesterchen so, und es ist das Allerbeschämendste, das ist ... rate mal.

Deine Eitelkeit. Dani hatte es leicht mit der Lösung. Wie nach jedem Friseurtermin, und Gunna war gestern nachmittag nach immer wieder hinausgezögertem schwerem Entschluß und zwischen hoffnungsvoller Erwartung und pessimistischem Bangen von drei Stunden dort nach Haus gekommen; ein paar Reisen standen bevor und damit das Ende der gemütlichen Verwahrlosung. Seitdem redete sie, zwar so selten wie möglich, und das war trotzdem ziemlich oft, vom Verlust ihrer Identität. Mit fast schulterlangen Zotteln war sie zum *Salon Gila* aufgebrochen, mittelbraungrau meliert, und kurzlockig im Afro-Stil zurückgekehrt und, wenn Licht auf die getönten Haare fiel, violett.

Nimm mich halt so an, rief sie Dani zu. Er stand in der offenen Haustür, auf alles gefaßt, trostbereit, und würde gleich etwas wie *Hauptsache sauber* sagen, später behaupten, ihm gefalle sie. Gunna deutete auf Sirins Geschenk, einen pygmäischen chinesischen Fliederbusch, der neben dem Vogelbad sein Bißchen Bestes gab, fragiles Stämmchen, rundgeschnittenes, löchriges Köpfchen, und sagte: Dem sehe ich ähnlich. *Velvet* stand auch noch auf der Packung, außer Schwarz. Niemand hat auf das Velvet geachtet. Ich sehe wie eine mittelreife Brombeere aus.

Und wie sonst noch? Komm ins Haus.

Gunna kam ins Haus. Im Haus war sie schwarzhaarig. Das half wenig, sie kannte die Wahrheit.

Wasch mir das sofort raus, Dani.

Größere Sorgen hast du nicht, oder?

Gunna brauchte sofort Kaffee, obwohl dem System zufolge die Kaffeezeit um war. Kaffee-Kirsch. Eine Gauloise. Diesmal eine aus der vorletzten Packung der holländischen Stange, die Una ihr geschenkt hatte.

Unter so einer Frisur und auch noch violett sieht sofort das ernsthafteste Gesicht putzig-drollig aus, jemandem, der so aussieht, kann man nichts Geistreiches zutrauen. Für sich selbst hat sie nicht recht, die naturbelassene Una, sie ist zu jung für weißes Haar, aber für mich schon eher. Die Tricks werden mit der Zeit allzu durchschaubar.

Ich würde ja sagen, Hauptsache, es lenkt dich ab, nur ... es ist neurotisch. Es macht dir kein Vergnügen. Nach dem Friseur ist es immer noch besser als vorher. So wie vorher ging's nicht mehr. Dani klang vernünftig, bewirkte aber nichts.

Das Haar sieht nicht wie Haar aus. Es sieht aus wie Kunststoff. Lila! Die zwei Friseusen fanden's nicht übel, sie sagten, es wäre *warm*. Pur schwarz reden sie mir sowieso immer aus, es wäre *kalt*. Sie meinen sicher: bei einem alten Gesicht. Heute beneide ich sogar Wanda um ihre Madonna-Strähnen. Hauptthema im *Salon Gila* war diesmal natürlich die Angst des Kanzlers vorm Verdacht, er würde sich die Haare färben. Und er färbt sie, sagen die zwei. Für ihn, dem alles Spaß macht, sogar politische Schlamassel, die er süffisant-charming zu seinen Gunsten zurechtbiegt, und jeden, der ihm mit kritischen Fragen zusetzt, kriegt er rum, einfach, indem er weitschweifig über etwas ganz anderes Auskunft gibt und damit überhaupt keine Auskunft gibt und überhaupt nichts beantwortet hat, also für einen postmodernen Fun-Kanzler wie ihn, hören der Humor und der Spaß da auf, wo die Eitelkeit eine Grenze um ihn herum zieht. Er ist schlecht für's Geschäft, finden Gila und Rita.

Du aber müßtest ihn verstehen, sagte Dani.

Tu ich. Aber er war noch nie lila. Alt bin ich, werde älter, will mich aber von meiner Gewöhnung an mich von früher nicht trennen, von meiner Identität. Es ist ein Problem fürs Buchprojekt.

Identität! Dani, der davon oft genug gehört hatte, blieb geduldig: Es geht bloß um die äußere Erscheinung, nicht um Wesensveränderung.

Was immer es auch ist, es geht um das Bewußtsein von dir selbst und daß sich das ändert; das Befindlichkeitsgefühl von dir selbst in der Welt ändert sich durch alle Begleiterscheinungen des Altwerdens. Gut, eitel bin ich auch, gebe es sogar zu, wodurch ich wieder mal als Befragte übers Alter die geeignetste Person wäre. Natürlich bin ich mir auch deutlicher über mich im Klaren als andere.

Du denkst und analysierst zu viel an dir herum. Und bist doch angeblich der Carpe-diem-Mensch.

Nicht angeblich, ich bin es. Kaffee, Kirschwasser, holländische Gauloise erhellen mich. Bei meinen Frauen muß ich mich mehr um Lebenszusammenhänge kümmern, ich muß sie darauf stoßen: Ihr hängt doch an den euch aufs engste nahestehenden Menschen, die, wenn *ihr* älter werdet, auch älter werden, und falls sie schon sehr alt sind, dann steht was bevor? Was kann ihnen noch bevorstehen? Nichts Erfreuliches, sondern noch mehr Einbußen, Selbständigkeitsverluste, Logistik der Betreuungen, vielleicht Siechtum, bestimmt das Sterben. Man wird nicht für sich allein alt, Sirin, du kannst nicht für dich allein deine Lachfältchen zählen ... schlechtes Beispiel, Sirin: Sie zählt für ihren jungen Liebhaber.

Die elektronische Triole der Telephonklingel verscheuchte Gunna aus ihrem Sessel, weg vom Bildschirm und dem Waschmittelprodukt, das einen kleinen Jungen überglücklich machte: Seine Mutter präsentierte ihm das vor dem Waschprozeß verfleckte T-Shirt, dann strahlend dessen weiße Wiedergeburt, und in seiner Begeisterung umarmte der kleine Junge Mutter und Waschmittelpackung.

Telephonklingeln, mehrfaches und dadurch penetrant, machte Leute, die dazu gar nichts konnten, zu Zudringlingen. Paula war dran, wie immer klang sie schuldbewußt: Ich könnte übrigens am nächsten Samstag auch entweder einen Zug früher kommen, das wäre dann kurz nach zwei und nicht kurz nach drei, oder, wenn dir das lieber wäre, einen späteren Zug nehmen, davon gibt's mehrere und in der engeren Auswahl habe ich ...

Gunna, noch etwas benebelt von der Fernsehreklame, bekam aber mit, daß sie dann endlich mal etwas mehr Zeit füreinander hätten und daß auch statt entweder/oder beides möglich sei: früher ankommen, später abfahren.

Ich kann nicht so lang rumsitzen, konnte Gunna nicht sagen. Ihre Arbeit war zwar immer ein Alibi, was aber niemand so recht einsehen wollte. Und diesmal war auch Paula in extremer Zeitnot, Paula auf einem fahrplantechnisch unbequemen Abstecher auf der Reise zu einem ihrer Buchhändler-Fortbildungs-Seminare.

Kann ich mir's noch überlegen? Ich muß mit einer Umfrage-Antwort, ziemlich knapp erbeten, fertigwerden, und ich halte mich mit der Kritik an der Frage schon zu lang auf. »Was *schätzen* Sie am Christentum.« *Schätzen!* Als wäre das Christentum eine Hotelkette oder eine bestimmte französische Weinsorte, rufst du morgen nochmal an, geht das?

Lassen wir es bei der üblichen Zeit. Ist wohl besser so. Paula hatte Gunna durchschaut, den Aufschub richtig interpretiert: Kurz ist besser.

Am Samstag ihres Besuchs, als Gunna auf der Fensterbank Kaffee einschenkte, ungeschickt ein Panettone anschnitt, stand Paula aus ihrem Sessel auf, stellte sich mit dem Rücken zum Fenster neben Gunna, sagte, sie müsse etwas gestehen.

Gestehen? Klingt spannend. Was denn?

Beim letzten Telephonat war ich's doch.

Was warst du doch?

Gekränkt. Oder besser: traurig. Ich war traurig.

Oh! Weil ich nicht sofort sagte: Ja, komm früher, ja, bleib länger?

Gunna regte sich auf, eine durch sie traurige Paula, das war eine aufsässige Paula. Sie ärgerte sich, fand diesen Kränkungskummer unerwachsen. An die Bescheidenheit dieser Freundin hatte sie sich gewöhnt; wenn sie nicht übertrieben wurde, war sie eine Annehmlichkeit.

Aber ich habe dich hundertmal gefragt: Bist du auch nicht gekränkt? Bist du es wirklich nicht, gekränkt? Du hast *nein* gesagt.

Das stimmt. Ich wollte es nicht zugeben. Nicht am Telephon. Außerdem erbat ich bloß ein bißchen Bedenkzeit. Ich habe dir von diesem Artikel erzählt, und daß ich ein Problem damit hätte, wegen des Verbs, wegen *schätzen* ... und daß deswegen der Anfang zu ausführlich wäre ...

Das stimmt auch. Und gekränkt bin ich ja eigentlich nicht, traurig eher. Und darüber müßte man sprechen. Es ist nichts fürs Telephon. Ich konnte einfach nicht anders, ich mußte über der Frage brüten, ob du vielleicht gar nicht das *Bedürfnis* hast ... ich meine, daß wir mehr als zweieinhalb Stunden zusammen sind.

Gunna stellte die gefüllten Kaffeetassen auf der gitarrenförmigen Sitzfläche – für zwei ziemlich kleine Kinder – des Nostalgie-Schlittens mit geschwungener, rotbemalter eiserner Rückenlehne ab, der sehr unzulänglich die Funktion eines Tischs erfüllte. Die Kuchenteller paßten nicht mehr drauf, Gunna überreichte Paula den einen, nahm sich selbst keinen, setzte sich in den mit weinrotem Leder bezogenen Clubsessel, der sie an altmodische englische Hotel-Lounges erinnerte.

Setz dich doch auch. Bedenkzeit, das war's, worum es mir ging, und du kannst mit dem Traurigsein aufhören. Für Artikel gibt's nun mal Ablieferungstermine.

Zwar lachte Paula gehorsam, setzte sich, suchte nach einem Platz für ihren Teller, behielt aber den Mund nicht offen, blickte nicht erwartungsvoll-spionierend, und demnach hatte Gunna sie nicht überzeugt, vielmehr sogar enttäuscht, ihr das Besprechungsthema geraubt. Sie wäre gern zum Grundsätzlichen zwischen ihnen vorgedrungen, Tiefen und Untiefen auslotend.

Gunna dirigierte sie von ihren Wünschen um, indem sie fragte, wie das Seminar abgelaufen sei. Warst du diesmal zufriedener mit dir als beim letzten Mal? (Die Ablenkung gelänge, Paula plazierte ihre selbständigen Betätigungen auf einen der oberen Ränge.)

Ich habe deinen Rat befolgt und die Tweedjacke angezogen, wie du siehst. Und es hat geholfen. Ich glaube, nicht nur ich war mit mir zufrieden. (Sie erzählte ausführlicher, und Gunna, die auf die Tweedjacke neidisch war, erkannte auch diesmal wieder, daß ihre deutlichen Anspielungen auf einen erhofften Besitzerwechsel letztlich erfolglos bleiben würden. Die meisten Freundinnen zogen sich nicht neiderregend an, die meisten Sachen nach deren Geschmack wären ihr auch zu weit, nur an Henriette hatte sie ein paarmal Jacken gesehen, die sie interessierten, und einmal war Henriette aus einem so überdeutlich bewunderten Kleidungsstück geschlüpft und hatte es an Ort und Stelle Gunna überlassen. Bei Paulas vorletztem Besuch in der Tweedjacke war Gunna so weit gegangen, das eine Beispiel zu übertreiben, es zu vervielfachen: Freundinnen ziehen sich aus für mich, kaum sag ich: Gefällt mir verdammt gut, da krieg ich auch X oder Y auf der Stelle geschenkt! Paula, einfach nur erheitert, hatte gesagt: Das Jäckchen gefällt mir so gut wie dir. Ich hab's schon lang, schon mal renovieren lassen, und: ich liebe es *heiß und innig*. Das hieß definitiv: Nichts zu machen.

Iß doch was! Du mußt ausgehungert sein, drängte Gunna. Daß ihre Gäste auch zur Mittagszeit bestenfalls mit Kaffee und Gebäck rechnen konnten, hatte auch Paula längst gelernt. Paula sah noch etwas blasser als sonst aus und nach chronischer Überforderung. So wenig arbeite doch auch ich nicht, dachte Gunna, warum sehe ich trotzdem nicht überarbeitet aus, transparent-gläserne Haut, bleich, nicht nur blaß (bis auf die Nase *war* sie blaß, aber seit einigen Jahren mit rötlicher Nase, bei Kälte violett – sie mußte an *Velvet* in der Haartönung denken), und spätabends, warum sehe ich da nicht so erledigt aus wie ich es bin, hohlwangig, hohläugig? Sondern statt dessen rosig und mit Augen wie kleine zerquetschte nasse Gewitterfliegen unter geschwollenen Oberlidern und über diesen scheußlichen Säckchen, schlaffen Beutelchen, *Tränensäcken?* Im Alter macht das mit hundert Selbstdisziplinierungen erzielte Durchstehen eines langen Tages häßlich, das Gesicht widerspiegelt nicht mehr wie in der Jugend die Schönheit der Ermattung, den Ernst und die Strapaze des Vollbrachten.

Wie geht es deinem Bruder? fragte Paula mit freudloser Monotonie in der Stimme und ohne ihren auf Frohsinn gepolten Erwartungsausdruck, und daß sie überhaupt fragte, dafür gab Gunna ihr eine Eins Plus, falls das die beste Note war. Paula hatte also ein Gespür dafür, daß es Schwerwiegenderes als Freundinnen-Pathos mit Sentimentalitätsdifferenzen gab.

Er macht es mir leicht. Etwas schwierig, wenn wir reden, ist es, daß keiner von keinem weiß, wie viel er weiß.

Das ist nicht gut. Der Kranke sehnt sich nach Wahrheit, er durchschaut den krampfhaften Optimismus von Angehörigen, er will ...

Ich weiß, ich habe auch diesen Artikel in der gestrigen Ausgabe gelesen. Umgang von Ärzten mit Todkranken, und daß die um so weniger leiden, je besser sie informiert sind, all das, es war interessant, aber trotzdem bin ich für Goethe, »Eines schickt sich nicht für alle«, und es ist nicht ein Patient wie der andere.

Sicher nicht, aber ohne Offenheit aller um ihn herum fühlt ein Kranker sich alleingelassen, irgendwie auch belogen, es ist eine Belastung, er kann sich nicht gründlich genug mit seiner Lage auseinandersetzen ...

Mein Bruder will nicht dauernd drüber reden. Zu seinem großen Glück interessiert ihn noch alles, was ihn vor der Diagnose interessiert hat. Das war bei meiner Schwester anders. Sie hat sich verkrochen.

Gunna stand auf, um Kaffee nachzuschenken, setzte sich mit einer Zigarette und dem wellenförmigen blauen Aschenbecher der Firma Pellegrino wieder im Clubsessel zurecht. Ihr fiel ein, warum Paula nach jedem Kurzbesuch schrieb: »Unser Zusammensein hat mir wieder sehr gutgetan. Es war wie Atemholen in einer Oase.« Die Oase war: Sie konnte für einen anderen Menschen, der nämlich nach ihr fragte, genau so interessant sein wie sie es für sich selber war. Von ihr selber wurden nicht einfach nur Funktionen gebraucht.

Du hast dich aber nicht hierher zu mir abgehetzt, um über

meinen Bruder zu sprechen, sagte Gunna. Aber daß du nach ihm gefragt hast, bringt dich außer Konkurrenz zu meinen übrigen Freundinnen.

Paula sagte, das sei doch selbstverständlich, ihr stehe kein Lob zu, aber sie freute sich, bekam ihr lustiges Gesicht.

Nur das noch, sagte Gunna. Klavierspielen will er immer noch nicht. Er sagt, er hätte Angst vorm Fehlermachen. Und ich hoffe, das ist es, ich meine, das allein ist es, nicht hauptsächlich die Stimmung. Fürs Musizieren ist eine gelöste Stimmung die Voraussetzung. Und die kann er ja bestimmt nicht haben. Aber das sagt er nicht. Wirklich, er macht's mir leicht.

Wenn du es aber doch durchschaust?

Dann ist es immer noch leichter als eine jämmerliche Stimme. Gunna, nach einem tiefen Luftholen: Oh lieber Himmel, bin ich froh darüber, daß ich nicht vor vierzig oder fünfzig Jahren auch einfach blindlings Kinder haben wollte, einfach erst mal nur weil Babys wundervoll sind!

Sie dachte an Paula als Mutter, an die zwei Söhne, die Braut, und: Ich bin doch nicht womöglich jemand, der andere gern kränkt? Es macht mir doch dauernd Spaß, sie heraufzusetzen, ihnen zu schmeicheln. Vielleicht aber nur, weil ich ihnen damit gefalle? Applaus, der als Bumerang zu mir zurückfliegt?

Ich habe Schluß gemacht, ich für meinen Erdenwandel, Schluß mit dem Scheißspielchen Leben, Sterben. Keine Fortsetzung nach mir. Und von jetzt an, wenn's erst richtig losgeht mit dem Altern, müssen sich nicht irgendwelche Nachkommen, die dafür auch schon längst nicht mehr ausreichend gute Nerven haben, um mich sorgen, sich um mich kümmern. Ich habe zur Leidvermehrung auf diesem Globus nicht beigetragen, immerhin das, oder: das nicht.

Elegant schwappten Paulas glatte, glitschige Haare pendelnd hin und her, vom Stichwort Nachkommen an beim Kopfschütteln, dem pantomimischen Widerspruch.

So darfst du das doch nicht sehen. Einander zu lieben ist ein großes Glück, vielleicht das größte, und daß Liebe auch Leid bringt, ist das Natürlichste von der Welt.

Also das Grausamste. Natur ist grausam.

Und schön, schön ist sie auch. Und durch meine Söhne fühle ich mich bereichert, ich meine, ich bin dankbar und eben glücklich, weil ich sie habe, und sicher beurteile ich das nicht falsch: Auch die beiden sind glücklich darüber, daß sie leben ...

Jetzt noch. Ich will dir wirklich nicht die Laune verderben, wahrscheinlich habe ich es zwar längst getan, aber wenn man Kinder hat, arbeitet man mit an der Fortsetzung von ... na ja, von diesem alten Spiel, von diesen Endlosumdrehungen des alten Karussells. Mit dem verfluchten Rollentausch am Wendekreis des Alters.

Aber auch der ist natürlich! Paula hielt inne: Mit der Natürlichkeit war Gunna nicht rumzukriegen. Oder nennen wir's selbstverständlich, verbesserte sie sich. Die Jüngeren geben den Älteren aus Dankbarkeit zurück, was sie einst empfangen haben. Die jeweils Stärkeren den jeweils Schwächeren. Jedenfalls in harmonischen Familienbeziehungen. Jeder hat Pflichten, übernimmt Verantwortung.

Es hört sich nicht verlockend an.

Wenn man einander lieb hat, ergibt es sich von selbst. Paula lachte, Schelm-Gesicht und ausspähender Blick, aber nicht aufwärts: auf gleicher Höhe, weil sie einander schräg gegenüber saßen. Ein paar Seufzer sind durchaus erlaubt, sagte sie. Denn natürlich sind es auch immer kleine oder oft sogar große Freiheitsberaubungen, wenn die einen sich um die anderen kümmern. Du weißt wahrscheinlich gar nicht, auf wie vieles junge Eltern verzichten, so lang die Kinder sehr klein sind. Und wenn sie größer werden, dann zieht trotzdem alles andere als Ruhe ein. Sie lachte wieder, behielt diesmal den Mund offen.

Junge Eltern sehe ich aber nicht als Opfer, sie haben den Teufelskreis eröffnet, sie haben angefangen, und John Updike läßt einen seiner Protagonisten-Väter sich *schuldig* fühlen, beim Blick auf seine Kinder, und recht hat er.

Aber man schenkt doch *Leben*!

Und Sterben. Das Todesprogramm. Schenken! Bin ich schrecklich?

Ein bißchen. Du machst dir's schwer.
Ich bin doch aber froh über keine Kinder ... Eltern *schenken* vor allem ja wohl sich selbst Kinder. Erfüllen sich diesen hartnäckigen archaischen *Kinderwunsch*, obwohl, ich glaub nicht, daß er archaisch ist. Die Ur-Ur-Ur-Ur-Menschen konnten noch keine Luxus- und Klischee-Wünsche haben. Übrigens sind die Freiheitsberaubungen, über die du dir ein paar Seufzer erlaubst, die der jungen Eltern entschieden netter als die, Jahrzehnte später, der ältlichen Kinder durch die uralten Eltern. Babys und alles, was mit ihnen an Arbeit zusammenhängt, sind niedlich, noch das Unappetitliche ist es, niedlich, oder sogar appetitlich... aber umgekehrt ... und es mischen sich beim Sorgen für und um die Alten ganz andere Mitleidsgefühle ein als gegenüber den köstlichen winzigen Lebewesen. Das eine Mitleid ist *schön* rührend, ein Kind weint, das andere Mitleid, uralte Eltern blicken starr-trostlos, ist *nicht-auszuhalten* rührend.
Paula, die wieder mit viel Kopfschütteln Protest ausgedrückt hatte, sah diesmal aber unentschlossen aus. Sie wußte nicht, was sie mit Gunnas bitterer Einstellung anfangen sollte.
Für dich hört sich das alles nach Haß an, oder? Ziemlich hart, oder? bot Gunna ihr an.
Oh ja, aber vielleicht nur, weil ich es noch nie so gesehen habe.
Und du willst es auch nicht, oder?
Wohl nicht, nein. Ich will es nicht. Es widerspricht mir, irgendwie. Es ist wirklich zu hart. Faß es nicht als Kritik an dir auf, aber es ist auch einseitig. Du siehst nur die Schattenseite.
Alles hat seine *zwei* Schattenseiten.
Nein. Es gibt auch die Sonnenseite.
Und ich bin nicht hart, die Mechanismen sind es. Ich müßte viel viel weniger weich sein, um wie die meisten anderen das Harte gar nicht zu empfinden, ich wäre dann *dem Leben gewachsen*, nicht von ungefähr gibt es diesen blöden Spruch. Gunna lachte. Und das Groteske ist, *ich* Erzürnte, *ich* grinse dauernd, *ich* genieße meinen Kaffee, *du* läßt deinen kalt werden, *du* blickst finster ... Und das, obwohl von uns beiden du

die Lebenstüchtigere bist ... *lebenstüchtig*, auch so ein schreckliches Wort ... ich sehe ins Innere einer Turnhalle und die Geräte und die Schulkinder, die *lebenstüchtigen* Kleinhochleistungssportler lachen den schwachen Outsider aus ... Tut mir leid, aber anscheinend fallen mir heute nur die noch mehr als zwei Schattenseiten des Lebens ein. Panettone?

Danke.

Was heißt *danke*? Ja?

Nein. Paula lachte jetzt auch. Ich rechne damit, daß du jetzt wiedermal die Liebe verfluchst!

Gut, daß du mich daran erinnerst. Damit ich es nicht tue. Obwohl ich gerade jetzt, auch *wiedermal*, genau das tue, ich meine: für mich.

Wenn du auf deinen Bruder anspielst, es ist doch aber immer wunderbar gewesen, daß du ihn geliebt hast, und er dich, geliebt, von Kindheit an ...

Als es noch wunderbar war. Als Mitleid, als Sorge ist es nicht mehr wunderbar.

Ich finde: doch. Es hilft ihm. Dir sicher auch.

Wir sind nicht Geschwister für die Feierlichkeit von gegenseitigen Liebeserklärungen. Gunna brauchte wieder eine Zigarette, auch Kaffee, erinnerte Paula an ihren Kaffee in der halbleeren Tasse. »Ein glückliches Leben besteht in der Freiheit von Sorgen.« Das war Cicero.

Aha. Das versteht man. Gibt's aber natürlich nicht.

Natürlich, natürlich! Da hast du wieder deine schöne Natur! Paulus möchte ... »Ich möchte, daß Ihr ohne Sorge seid«, schreibt er an die Korinther.

Aha. Danke gern, ja, sagte Paula zur Kaffeethermoskanne über ihrer Tasse.

Das Leben ohne Sorge, demnach die Freiheit, das muß dann der Glaube sein. Kierkegaards Sprung in die Freiheit.

Es ist alles etwas schwierig. Mit mir als Gesprächspartner kommst du nicht auf deine Kosten. Paula blickte betrübt.

Du erst recht nicht auf deine, dachte Gunna und sagte: Ich habe doch selbst immer nur ein paar Happen aufgeschnappt.

Wie ein kleiner Hund, der den Eßtisch mit allem, wonach er sich sehnt und vor dem er bettelt, nicht überblicken kann. Mein Bruder schreibt weiter an seinem Tagebuch. Er hat's auch in der Klinik gemacht, jede scheußliche knappe Mahlzeit dokumentiert, jedes Medikament, den Ausblick aus seinem öden Zimmer... ein Protokoll.

Das hat ihm sicher geholfen. Und jetzt schreibt er weiter. Das ist sicher eine gute Sache.

Schon, ja... ich stelle mir aber vor, wie er vielleicht denkt: Ich weiß nicht, bis zu welchem Datum ich noch vordringe.

Das weißt auch du nicht, dein letztes Datum. Und ich weiß es nicht, keiner weiß es. Und ich denke, das ist auch gut so.

Aber wir halbwegs Gesunden können uns vor dem Dauerdrandenken drücken, na irgendwann, vielleicht noch lang nicht, vielleicht überhaupt nicht, das denken wir doch, wenn überhaupt. Das Schlimmste, das kaum Erträgliche an der Lage der Todkranken: Man wartet nur noch von Tag zu Tag auf mehr Niedergang, mehr Sterben, das Sterben arbeitet sich in dir vor ... das Schlimmste ist nicht der Tod, es ist die ungewisse Frist bis dahin.

Sie machten einen kleinen Spaziergang, den kürzesten der möglichen Rundwege. Nach Westen und Norden grenzte ein Waldstück an Danis und Gunnas Grundstück, der Weg führte dann durch Parkgelände, der ostwärts in Acker- und Felder-Bauernlandschaft überging. Zwischen den dunkelrotbraunen zerfurchten Erdschollen ging hellgrün in kurzen Halmen die Wintersaat auf. Die Kirschbäume waren schon beinah verblüht, auf den Parkwiesen leuchteten büschelförmige Narzissengruppen, längs der Wege Anemonen, violette Zwerghyazinthen, und Gunna mußte an ihre Haare denken, und all die Mini-Flora, die Una Specht mit Namen anredete, Una, die in botanischem Frühlingseifer von einem Kräutchen zum andern gehüpft wäre, während Paula, selbstverständlich auch erst nach abgedientem weiblichem Entzücken übers alljährliche Frühlingserwachen, *Bei uns ist die Natur noch viel weiter zurück* registriert hatte und von da an aufhörte, rundum zu schauen.

Mit ihrem japanischen Trippeln, das ihre Gewissenhaftigkeit bildlich machte, war sie endlich einiges über sich losgeworden, Thema: das letzte, dank Gunnas Tip *Zieh die Tweedjacke an!* gut gelaufene Seminar und ihr Lampenfieber bei den Vorbereitungen mit Dias, Projektor, Laptop – auch Computern? Gunna verstand wieder wenig davon, Paula redete hastig, so als störe sie, jetzt mit Sätzen über ihr neues Selbständigkeitsgefühl, für das sie gern alle Nervenstrapazen in Kauf nahm. Das ist bestimmt nicht der Lebensmoment bei dir, in dem dich meine Angelegenheiten interessieren, sagte sie. So spannend sind sie vielleicht nicht.

Sie interessieren mich immer. Darauf kannst du dich verlassen.

Das ist lieb von dir. Vielleicht lenkt es dich ein bißchen ab und muntert dich auf.

Paulas Mischung aus Selbstwertschätzung und Bescheidenheit rührte Gunna, sie sagte: Ja, aber es ist mehr als Ablenkung, es ist wirklich Interesse. Sei nicht immer so vorsichtig. Wir sind doch seit der *Lister Pfanne* weitergekommen, fügte sie, für Paula suggestiv-sentimental, hinzu und glaubte selbst daran. Weil es Paula guttat, war es gut. Oder nicht?

Es war auch ungut. Gunna hatte ein ungutes Vorgefühl. Sie erweckte Erwartungen. Paula redete von Fortschritten in intensiverer Freundschaft, Gunna konnte nicht so viele erkennen. Als Stimulans hatte schon auf der winterlichen Insel immer sie fungiert. *Weitergekommen* miteinander, auf dem Weg wohin? Was war das Ziel?

Ich bin leichtsinnig, resümierte Gunna, jetzt in meiner speziellen Rolle für Paula, demnächst wieder mit Wanda, mit Sirin, Henriette, mit allen. Auf jeder Bühne improvisiere ich. In meinem Fach, *gute Freundin*, bin ich unerreichbar. Es gefällt mir zu gut zu gefallen. Wie geht das alles einmal aus? Es wird nicht ausgehen, beruhigte sie sich, vielleicht sieht man mir manches nach.

Gibt es aber Ablenkungen, und deine Probleme sind keine für mich, ich glaube, auch du weißt das, es ist viel mehr ... gibt's

Ablenkungen, wahre, für einen Patienten mit schlechter Prognose?

Wenn du ihn besuchst, das ist bestimmt Ablenkung für deinen Bruder. Und auch mehr als das, natürlich.

Es könnte minimale wichtige Zufriedenheitsmomente für Kranke geben, und bei mir wären das nicht Besuche, ich will schon nicht mal besucht werden, wenn ich nur einen kleinen Infekt habe, mich stört schon der Höhenunterschied: ich im Bett, auch noch *liegend*, die Besucher über mir, ob sie stehen oder sitzen ...

Das habe ich noch nie so gesehen. Wenn ich krank bin, habe ich's gern, daß nette Menschen mich besuchen.

Im Ernstfall kommt noch das gegenseitige Verschonen dazu, die Umwege ums Mitleidsausmaß, all die sensiblen Not-Verlogenheiten in den Weglassungen und im Optimismus ... Nein, für *mich* gäb's gute Momente wie: der erste Schluck Kaffee, die erste Zigarette, Opiate, Auflösen in Weichheit ... nur wäre das alles wirksam erst nach längerer Abstinenz, und wie schaffe ich die? Gunna lachte. Sieh mich nicht so bedenklich und zweifelnd an. Alles halb so schlimm. Und außerdem *noch* Zukunft.» Aber in die Zukunft schauend, denke ich schaudernd, wie viel Glück ich noch brauche.«

Gunna sah auf ihre Armbanduhr, nicht zum ersten Mal seit sie spazierengingen. Paula an ihrer Stelle hätte das tun müssen, es ging um *ihren* Zug, der ohne sie abführe, wenn sie nicht aufpaßte. Aber Paula paßte nicht auf. Immer hatte Gunna Gäste, auf deren Gleichmut sie neidisch war, vor allem aber reizte er sie. Gunna hatte das Reisefieber ihrer seelenruhigen Gäste, denen erst wenn der Taxifahrer klingelte die Rückfahrt einfiel. Überhaupt nicht nervös aufgeschreckt sammelten sie dann erst ihre paar Utensilien zusammen und gingen nochmal aufs WC, und in der Garderobe überlegten sie, ob sie den Mantel, die Jacke anziehen oder über den Arm nehmen sollten, und mit *Das muß ich dir aber noch erzählen* schlugen sie, Gunna stand schon in der offenen Haustür, ein neues Kapitel auf, wurden es, den Kieselsteinweg zum Gartentor hügelabwärts, nicht los, vollendeten es vor der offenen Tür des Beifahrersitzes neben dem Taxifahrer, erledigten dann erst und sehr gründlich die Abschiedsrituale, Umarmungen, Beteuerungen.

Paula hatte unterdessen das Schaudern im Blick auf die Zukunft beanstandet: Du bist zu düster eingestellt.

Von uns beiden bin, glaube ich, trotzdem ich der lustigere Mensch.

Das verstehe ich nun hundertprozentig überhaupt nicht.

Ich bin leichtsinniger. Ich habe Brecht zitiert, und er hat recht. Wir sollten umkehren, vorsichtshalber.

Das kannst du besser beurteilen als ich. Paula lachte. Ich blicke nicht schaudernd in die Zukunft der nächsten Stunden, in denen ich vielleicht meinen Zug nicht mehr kriege.

Ich aber, dachte Gunna, doch höflich lachte sie. Du solltest schaudernd dir deinen Sohn vorstellen, der dich abholt, und dann steigst du nicht aus, und der arme Kerl muß bis werweißwann warten ...

Wäre kein Weltuntergang.

Der Westwind griff sie jetzt frontal an. Gunna fühlte sich zerrupft und violett und verbraucht, von einem Elanschwund mitgezogen, abgewirtschaftet. Ihr Mund war ausgetrocknet. Paula, aufgefordert, aus dem Arbeitsalltag in einer Buchhandlung zu berichten, von Arbeitsprozessen, die der Kunde nicht mitbekam, erklärte, inwiefern seit der Umstellung auf den Computer vieles komplizierter geworden, das meiste aber übersichtlicher und viel schneller zu erledigen sei. Gunna hörte nicht aufmerksam zu, sie hatte nur beabsichtigt, Paula reden zu lassen. Sie konnte sich sowieso darauf verlassen, daß sie beim Resümee, das sie aus dem Bericht zog, nichts falsch machte: Alles in allem, du hast viel zu viel zu tun. Dir bleibt zu wenig Privatzeit.

Paula, die das gar nicht oft genug hören konnte, fühlte sich verstanden bei der beinah schon *richtigen* Freundin. Etwas Unvollkommenes blieb zwar noch nach jedem Zusammensein, aber lag nicht in diesem großen Fragezeichen vielleicht sogar ein anspornender Reiz? Paula käme nicht (und nie, sah Gunna voraus) ganz dahinter, ob ihre Scheu vor dem intimeren Anvertrauen die Sperre war, oder ob sie Gunna mit zu viel Respekt bewunderte, um die immer noch beträchtliche Distanz zwischen ihnen zu tilgen. Vorstellen könnte sie sich allmählich etwas von dieser einer Aura ähnlichen Distanz, für die Gunna selbst sorgte, und die sie nicht nur vor *ihrem* Zutritt schützte: Ganz nah an sich herankommen ließ sie, und wenn sie sich auch noch so offen und leger gab, vermutlich keinen. Und doch brachte sie gleichzeitig das Kunstwerk fertig, freimütig aus ihrem Innenleben zu plaudern – ah ja, genau das könnte es sein, was irritierte, daß es ein *Plaudern* war, in dem das Ernsteste noch amüsant unterhielt und mit Komik versetzt war, oder schnell wieder abgeschwächt wurde, und daß sie keine Trauermiene aufsetzte, wodurch sie den Eindruck erweckte, zusätzlich mit theatralischem Seufzen, Lächeln, Lachen, alles gehe ja eigentlich niemanden außer ihr selbst etwas an, und sie, Gunna, sei die Realistin, die sich nicht begütigend umstimmen ließe, durch niemanden und keinen: Do not disturb!

Sie trennten sich in einer Rechtskurve vom Blick auf die bäuerliche Szene, die sich leicht hügelan bis zum fernen Waldrand im Osten dunkelbraun und in eingesäten Parzellen hellgrün hinstreckte, und gingen westwärts auf einer Serpentinenstraße zwischen pflanzenreichen Villengrundstücken; hohe Hecken und alte Bäume warfen Schatten auf die Trottoirs, und Gunna erzählte, daß sie im Hochsommer den Besitzern mit den dichtesten Gewächsen im Innern dankte und man hier so gut wie nie jemandem begegnete, Spaziergängern nicht (als witterten die auf dem Gelände mit dem Spitznamen *Bonzenberg* den *Klassenfeind*) und auch kaum jemals einen Bewohner; nur manchmal geht eine Hausfrau oder ein Ehemann mit Abfalltüten zu einem Mülleimer, sagte Gunna, oder ein Auto fährt in die Garage zurück oder stößt rückwärts aus der Garage auf die Straße, und die Bewohner seien in all den Jahren nach ihrem Einzug (*aber das war vor unserer Zeit in dieser Nachbarschaft*) alt geworden, die Männer im Ruhestand, alle um die Siebzig oder älter und ruhig, und selten kamen ihre erwachsenen Kinder zu Besuch, manchmal mit Enkeln und als Ehepaare, die Töchter ab und zu auch allein, die Söhne seltener.

Mit einem täglichen Spazierweg wie meinem hat man Glück, sagte Gunna. Man wird geschont. Oder verschont.

Es stimmt, ihr wohnt schön. Schöne Wohnlage, sagte Paula.

Eure auch, aber das habe ich nicht gemeint. Mit der Schonung, dem Schonbezirk. Gunna beschrieb Hotelzimmerausblicke, Bahnhöfe, Fernbahn, U-Bahn, S-Bahn, Ausblicke auf die Elendigkeit und Häßlichkeit der Kreuz- und Quer-Mixtur-Bebauung, und der Industrieansiedlungen mit eingestreuten Wohngebieten und Tankstellen und Schnellimbiß-Buden und Straßenkreuzungen der Großstadteinfahrten, diese Gegenwelten zum stillen, angenehmen *Bonzenberg,* den sie jetzt, auf einem schmalen Weg nach links abzweigend, verließen, die letzten paar Schritte nach Haus: immer noch dreißig Minuten bis zu Paulas vorbestelltem Taxi.

Die Gegenwelten sind die Wirklichkeit. Brutal und abstoßend, sagte Gunna.

Sie hatten im Lauf des Nachmittags über den Schüler-Massenmörder von Erfurt gesprochen, nicht ausführlich, weil Gunna alle psychologisierenden, bei Kausalzusammenhängen schnell fündigen Interpretationsübereifrigkeiten genauso ablehnte wie den sentimentalen Schwulst der immer wieder beschworenen Fassungslosigkeit (Ich bin nicht fassungslos, und ein paar unterstützende zusätzliche Motivationen erkennt jeder auf den ersten Blick, er war ein Geistesgestörter, er war krank: damit hatte sie Paulas Anlauf gestoppt). Deshalb sagte Paula, an das antike Drama aus dem Gegenwarts-Erfurt anknüpfend: Dieser Schüler stammte aber aus keiner ganz so schlechten Familie, oder ... zumindest hat er in einem ganz guten Wohnviertel gelebt.

Das habe ich auch wieder nicht gemeint, Mord und Totschlag. Angesichts von Häßlichkeit und Unordnung, elenderen Gegenden, fragt man sich, was für den Menschen spricht. Gunna lachte, sie sagte: Zugunsten des Menschenlebens, kein Zeichen deutet daraufhin, nach etwas in der Art frage ich mich.

234

Und kann es leider keine Spur verständlicher ausdrücken. Vielleicht ist es überspannt.

Paula wies das zurück, eifrig erklärte sie sich wieder zur unzulänglichen Gesprächspartnerin, was daraufhin Gunna zurückweisen mußte. Im Haus steuerte Paula sofort, beinah noch eine halbe Stunde bis zum Taxi, Gunnas Zimmer an, und Gunna überlegte: Worüber sollen wir jetzt noch reden? Ich habe Reisefieber.

Am 3. Mai, einem dämmrigen Regentag nach ihrem Geschmack, wußte Gunna, trotz guter Versorgung mit Fünf-Uhr-Kaffee, Fünf-Uhr-Gauloise, keinen Anknüpfungspunkt an den 11. September, was so viel bedeutete wie an ihr damaliges Lebensgefühl von Umstülpung – was war nicht mehr, wie es vorher gewesen war? Damals: alles. Heute: fast alles war wieder wie immer.

Aber nicht für die amerikanische Politik; der amerikanische Präsident blieb entschlossen, den *Feldzug* gegen den Terrorismus fortzusetzen, für die amerikanische Bevölkerung war der 11. September immer noch nicht vorgestern, noch immer bekannte jeder ausländische diplomatische Besucher, postiert am Programmpunkt *Ground Zero* vor den Mikrophonen und den Kameras seinen erschütterten Gesichtsausdruck offenbarend, sich zu den westlichen Werten und fügte hinzu, daß man unbedingt vor diesem Schlund und Mahnmal des Unfaßlichen gestanden haben müsse, um dann erst alles zu begreifen (das doch das Unbegreifliche blieb); in den Gebirgshöhlen Afghanistans stöberten amerikanische und britische Elite-Soldaten immer noch Taliban-Verstecks auf, das Terror-Netzwerk hatte in den *Schurkenstaaten*-Zellen überlebt und funktionierte, und ob mit oder ohne Bin Ladens Regie, wußte noch immer niemand mit Sicherheit, weil immer noch Videos von ihm auftauchten, keiner hatte seinen Leichnam gesehen – doch Schlagzeilen machte seit Wochen längst wieder der zum Krieg eskalierte Nahost-Konflikt, die zweite Intifada, und jeder Vermittlungsversuch zwischen Palästinensern (Gewalt, Urheber) und Israel (Reaktions-Gegengewalt) scheiterte, und die europäischen Sympathien verlagerten sich von den Israelis weg auf die als armselige, geschundene Opfer melodramatisierten Palästinenser; mehr als nur prekär: die *deutsche* Gefühlsverlagerung, die *deutsche* Kritik an Israel.

Für immer müßten Deutsche den Mund halten, niemals dürften sie feindselig über israelische Politik meckern, sagte Gunna zur jüngsten unter ihren Freundinnen, die erklärt hatte (stillte sie währenddessen ihr Baby?), sie sei zu jung, um sich als Deutsche schuldig zu fühlen, mit dem Holocaust habe sie nichts zu tun, und sie erfuhr (widersprach aber): Es genügt, daß du deutsch bist. Und das wird noch lang genügen und später auch dein deutsches Baby zum Schweigen verpflichten. Die Palästinenser-Sentimentalitäten sind zum Kotzen, nichts Neues übrigens, es fing schon werweißwann an mit diesen vielleicht in Taiwan oder Malaysia fabrizierten blödsinnigen Palästinensertüchern, die ihr euch gedankenlos mode-mitläuferhaft umgeschlungen habt, ihr dekorativen kleinen Pseudo-Revolutionäre. Und auch *Holocaust* statt Nazi-Massenmord-Verbrechen ist bloß modisch-schick. Mohammed müßte mit den Nazis so zufrieden sein wie mit den Fanatischsten unter seinen Moslems, mit Hitler und seinem idiotischen germanenkult-kriminellen Team so zufrieden wie mit Dschihad und Hizbollah, denn was verbindet sie? Ihr gemeinsames Ziel, Vernichtung der Juden, vom ersten bis zum letzten, und beim wundervollen Mohammed kommen noch die Christen dazu. Weg auch mit denen.

Enttäuscht und vorerst erfolglos mußte sogar der amerikanische Außenminister nach seiner Nahost-Kreuzfahrt abreisen. Als potentiellen Gegner behielt der amerikanische Präsident den Gangster-Staatschef des Irak im Visier, von den lustlosen Warnungen (*seine Mitwirkung am Verbrechen des 11. 9. 2001 ist ihm nicht nachzuweisen*) unbeeindruckt. Aber in der gemeinsamen Espresso- und Zeitungs-Stunde, wenn sie sich Sätze aus Artikeln zuriefen, war es längst nur noch Dani, der wieder eine Meldung über aufgespürte Schläfer-Arsenale, geplante Terror-Akte, Al-Quaida-Neuigkeiten zulieferte, alles, was ihn weiterhin interessierte und empörte, obwohl doch ihn weniger als Gunna der 11. September umgehauen hatte, und die machte jetzt Jagd auf Nachrichten aus der deutschen Innenpolitik, Danis Lektüre unterbrach sie mit Fangzügen aus dem Sumpf Kölner Spendenskandale, mit der neusten, höheren Zahl der Arbeitslosen, der auf den meisten Feldern schlechten Regierungsbilanz (nur noch vier Monate bis zur Bundestagswahl!), und bei Glück mit Material, durch das es der Opposition endlich gelang, die Regierungskoalition das Fürchten zu lehren. Sehr wichtig, denn Gunna wünschte sich eine scharfe unfreundliche Konkurrenz, einen spannenden Wahlkampf. Sie brauchte jetzt nicht weniger lang fürs Studium des politischen Teils ihrer Zeitung.

Jeder, der sich überhaupt für etwas interessiert, sollte sich seines Glücks bewußt sein, sagte sie. Ich könnte mir gut vorstellen, daß es plötzlich, von heute auf morgen, weg ist, mein Interesse, und das wäre dann Verlorenheit. Denk an den alten englischen Lord aus *Dichtung und Wahrheit*, er hat sich vor lauter Langeweile schon beim Gedanken daran, daß er sich morgens anziehen müßte, umgebracht, sich *aufgehangen* hat er.

Ich ermahne mein Interesse, bei meinen älterwerdenden älteren Frauen nicht zu ermüden: Das behielt sie für sich. Aber manchmal kam ihr das Projekt (und noch genauer betrachtet: ihr Beruf) wie ein Spielzeug vor. Zeit-ver-treib. Zeit-Totschlagen. Es, meine Zeit hier, hinter mich bringen. Alibi. Ablenkung. Joyce' Beschäftigungstherapie für die Krankheit Leben-und-den-Tod-wissen. War es das nicht von jeher gewesen? Ein kluger Einfall, ein idealer Trick, und außerdem: nichts gegen Spielen! Ich spiele vom Aufstehen an bis zum Ins-Bett-gehen, ich spiele jeden Handgriff im Alltag, ganz besonders in dem geringen Anteil, den ich für die Küche und das Saubermachen abzweige.

Gunna, um sich mit dem Projekt zu beschäftigen, versetzte sich in Paulas letzten Besuch zurück. Hinter Paulas überhaupt nicht reisefiebriger zierlicher Gestalt her, die mit strengen Schrittchen den Besucher-Sessel in Gunnas Zimmer ansteuerte, hatte sie für die Minuten bis zum Taxi-Abschied, von Paulas Ruhe dazu angestiftet, damit angefangen, dem Lebensgefühl der Älteren und Alten mit allen seinen unversehrt jungen Empfindungen einen Beigeschmack des Kauzig-Lächerlichen zu verpassen.

Paula, nicht verschreckt, eher auf eine der grotesken Gunna-Abwechslungen gefaßt, machte ihr spionierendes Erwartungsgesicht.

Man kann alles das, worin wir übereinstimmten, nämlich auch absolut anders sehen. Gunna klang bitter. Zum Beispiel braucht man unsere Lebensseufzer nur mal aus der Perspektive der Jungen und Jüngeren zu betrachten. Noch Sherry?

Ist das aber nötig? Gern, danke, ein winziges Schlückchen.

Vielleicht ist es nicht *unnötig*. Wir kommen schlecht weg dabei, wir beide, in deren Urteil, Paula, sogar auch du. Du mit deinem immer noch nicht erreichten Ziel Selbständigkeit, mit deinem Unabhängigkeitsstreben, deinen Kompromissen ... sie würden nur drüber grinsen. Kaum wirklich mitleidig, denn sie fänden, du wärst selbst dran schuld, ein Opfer der Macho-Tyrannei zu sein.

Bin ich ja wahrscheinlich auch. Paula lächelte tapfer. Müßte sie nicht von diesem Überfall an enttäuschendem Material schockiert sein, sich plötzlich und aus dem Hinterhalt reingelegt fühlen? Ich weiß, ich bin nicht sehr mutig. Ich bin keine Heldin, sagte sie, aber dann erwähnte sie ihre kleinen Schlupfwinkel, die Fliehkraft dorthin. Gunna war sicher, daß sie selbst als Asyl Nummer Eins rangierte, *Buch-Intern* und dessen kleine emanzipatorische Abzweigungen weit hinter sich lassend.

Gunna schnitt eine aufmunternde Grimasse. Sei nun nicht gleich auch noch das Opferlamm für die Jungen, laß dich nicht schuldbewußt auch noch von denen abschlachten. Aber vielleicht sind wir wirklich komisch. Altmodisch sowieso, ich erst recht, ich mit meinem Wasweißichnichtalles-Verlangen. Komisch nicht nur in der Betrachtung Jüngerer, auch in der eigenen. Objektiv.

Das glaube ich eigentlich nicht. Jeder gehört in seinen Zusammenhang, zu jedem gehört eine persönliche Vorgeschichte.

Und jeder Zusammenhang und jede Vorgeschichte, alles komisch.

Das ist doch sehr einseitig gesehen, oder? Paula behauptete sich, bekannte sich zwar zu den Fehlern, die sie in ihrer ehelichen Vorgeschichte gemacht habe, wodurch es (*um des lieben Friedens willen?*) zu spät für prinzipielle Veränderungen geworden sei. Entschuldige, aber darüber haben wir oft gesprochen, du selbst hast meinen status quo ganz genauso interpretiert und meine Beweggründe sehr gut verstanden und deine eigene Harmoniesucht erwähnt, und all das war wie Balsam für mich, wie Durststillen, wie Frieden nach langem Krieg. Schon damals im Winter, auf der Insel.

Gunna vergegenwärtigte sich den Augenblick, in dem Paula sich in ihrer Beweisführung nicht vom Klingeln des Taxifahrers am Gartentor hatte stören lassen, kämpferisch und zugleich auch fatalistisch war sie zu ihrem Fazit vorgedrungen (aber immerhin aufgestanden, ihre Umhängetasche in der Hand): Ich weiß wohl, daß Jüngere mich *komisch* fänden, und wahrscheinlich bin ich's sogar auch ein bißchen, nur, sie würden mich eben vor allem überhaupt nicht *verstehen*, bei ihnen hieße es *nur* Feigheit, was für mich doch auch viel mit Taktgefühl zu tun hat, und das ist für die nicht mehr *in* und nur ein Fremdwort, und nenn du es altmodisch, ich aber halte davon noch immer eine Menge und werde das bestimmt nie in meinem Leben ändern. Ich muß eben sehen, wie ich mit all dem zurechtkomme.

Und Paulas dann doch enttäuschtes Gesicht (plötzlich war es Gunna südostasiatisch vorgekommen, die gesamte zierliche Paula philippinisch-japanisch durchmischt: die *Landkarte der Gene* und ein blinder Passagier irgendwo im Überkreuzverkehr der Ahnen); Gunna positionierte diesen Anblick von vor der Trost-Abschiedsumarmung beim Taxi wie ein Modell zum

Zweck des Portraitierens, um zu protokollieren: »Von der Sechziger-Schwelle an erleiden die Empfindungen dieser Altersgruppe in der öffentlichen Wahrnehmung einen Schwund an Interesse, Mitgefühl, allgemein: an Relevanz. Die Einstellung nimmt einen gönnerhaften Beigeschmack an, mit dem Älterwerden der Alten ähnelt diese Anteilnahme mehr und mehr derjenigen an sehr kleinen Kindern, absolut allerdings fehlt die erfrischende Zutat des aufmunternden Optimismus, durch den die Hilfsbedürftigkeit der sehr kleinen Kinder schön, lustig, stimulierend, niedlich wird. Beachtung finden die immer älterwerdenden Alten gleichwohl reichlich, aber als besorgniserregend, als *Alterspyramide* unerfreulich, und nichts an dieser Beachtung ist schön, lustig, stimulierend, niedlich. Die Alten vor ihren Fernsehapparaten können sich dort als Finanzierungsproblem besichtigen. Sie blicken auf ihre jämmerlich heruntergeschrumpften Gefährten in Pflegeheim-Gängen, bei der Fütterung in Betten, als stumme, vor sich hin starrende Gruppierungen in tristen Gemeinschaftsräumen. Die Alten müßten sich der Sorgen, die sie der Gesellschaft machen, ihrer Schuld unschuldig bewußt werden, durch jeden von ihnen wächst diese erschreckende Pyramide an und *auch durch mich*, müßten sie denken und das sollte sie beschämen.«

Und wen eigentlich will *ich* beschämen, und warum will ich es? Gunna machte Spaziergänge durchs Haus, pausierte in der Küche, fragte sich, ob sie noch mehr Kaffee wolle, wollte eigentlich nicht, machte Kaffee. Wen will ich und warum ihn seiner ihm wichtigen privaten Empfindungen wegen enttäuschen, sogar deprimieren? Für Paula und alle anderen vormerken: War der alte englische Lord aus *Dichtung und Wahrheit* nicht weise? Wäre es nicht klug, über seine eigene Endstation selbst zu entscheiden und so wie er da auszusteigen, wann und wo man es selbst bestimmt? Sind meine düsteren Anklagen Einladungen zum Suizid? Aber sie werden ihnen nicht folgen, keine von ihnen. Sie werden sich eine Zeitlang von mir ein bißchen ausgebootet fühlen, eine Zeitlang ins Leere blicken, weil sie für diese Zeitlang mich als Adressatin ihres Anvertrauens wohl oder übel werden streichen müssen, aus Stolz. Doch sind sie mit Rettungsringen versorgt, schwimmen dem Boot wieder entgegen, steigen ein, keine hat Schaden genommen, keine hat mir Freundschaft und Vertrauen entzogen, alles war nur ein kleines, unangenehmes Unwetter und ist jetzt vergessen. Und sollte es mir um Bestrafung meiner sympathischen Freundinnen gehen, dann zu einem guten Teil aus Neid. Liebevoll und heiterversöhnt werden sie mir den *bösen Blick* vorwerfen; ich werde ihnen vorwerfen, daß der mir bei ihnen fehlt: Nachweis für ihre Scheu vorm gründlichen Nachdenken. Und daß es sich nicht um einen *bösen*, sondern um einen *genauen* Blick handelt, der Schönfärbereien aufspürt. Mache ich es mir nicht selbst schwer? Aus Zornesgram um das verlorene Paradies?

Bin ich neidisch aufs Talent, grundsätzlich doch das Leben schön zu finden, Dani?

Du findest eine ganze Menge schön genug.

Ich mache mir das Schöne selber.

Das tun wahrscheinlich deine armen Opfer auch.

Glaube ich nicht. Sie sind nicht mehr im Spielalter wie ich, ich als die Alte bin es, sie sind erwachsen. Das meiste finden sie sowieso ganz in Ordnung. Aber es bleibt bei allen ein unbefriedigter Extrakt, wie Kaffeesatz am Boden der Tasse. Ausnahme wieder Sirin.

Gunna mußte an Paulas Freiheitsverlangen denken. Sie verstand es so gut wie ihr eigenes Verlangen: nach Durchatmen. Sie kannte es, als Metapher und körperlich. Atemwegsbedrängnis bei schlechten Familiennachrichten, bei banalem, lebenszeitverkürzendem Streit, Reisefieber, in unzulänglichen Hotels, beim schnellen Bergaufgehen: Überholmanövern. Ruhiges Durchatmen erschien ihr wie ein Gleichnis für die Vorstellung davon, gut erträglich zu leben. Es ging immer um den Sieg über auch paranoide Demütigungen, und das verriet sie keinem. Aus Abscheu vorm Stolzschwund durchs Bemitleidetwerden. Beneiden lassen wollte sie sich. Als souverän gelten, und die paar Schwächen, die sie gern und makaber und ins Skurrile gesteigert preisgab, dekorierten diese Absicht. Über Ängste auf der

Gratwanderung zwischen zwei Abgründen (*nichts Besseres ist leben!*) redete sie freimütig: um andere zu erschrecken, zu beeindrucken? Fände eigentlich ich selbst mich sympathisch?

Das Leben ist einfach von sich aus nett und angenehm, nicht ohne dauernde Gehirnüberwachung. Eigenes Zutun muß es sich zurechtmachen, wie du dich zurechtmachst, morgens, dein Nachtgesicht beim Schminken: Jetzt sah Gunna Sirin vor sich, animierend, freundlich. Dann, ungeschminkt, Wandas religiöses Lächeln. Sie bedurfte keiner Erfindungen, nur manchmal noch im ehelichen Zusammenleben mit dem nie erlernbaren Mann, und ihrer existentiellen Akzente war sie sicher. Henriette: aufsässig, weil sie, kaum aufgewacht, sofort ihre der Welt unentbehrliche Malerei vor ehelichen Frühstücksdialogen schützen mußte (*ich* spreche nicht vor zehn Uhr morgens, *sie* ist noch mutiger – und unfreundlicher – hermetisch, und erlaubt Kontakt mit ihrem Dolf erst, wenn er aus der Firma zurückkehrt, dachte Gunna und an Henriettes Auskunft: Von da an aber bin ich doppelt und dreifach kommunikativ, bin hundertachtzigprozentig lieb, umgurre ihn). Und die allen Einfällen der kosmetischen, insgesamt der lebensverändernden Manipulationen gegenüber wachsam feindlich gesonnene Una war zufrieden, genügsam. Sie alle und Paula nahmen das Leben bis auf ein paar verbessernde Ideen und Korrekturen so wie es nun einmal war, nutzten die Schönheitsglücksquelle Natur, beziehungsweise *Buch-Intern* mit seinen Freiheitsabzweigungen als Trost.

Verdammt viel Anmaßung, verdammt viel ironische Erhabenheit über diese und die anderen Freunde, Freundinnen: Wie komme ich dazu? Was erlaube ich mir da? Es beginnt erst damit, daß ich über sie schreibe. Es geschieht unwillkürlich, der Schreibprozeß macht sich selbständig. Er verändert an der Wirklichkeit herum, und, kaum in Gang gekommen, verzerrt er. Was ich ja trotzdem weiß: Ich habe mehr Defizite als sie alle zusammen, meine Freundinnen.

Eine kurze Strecke ihrer Runde zweigte vom Parkweg ab, führte zwischen hohen Büschen und Hecken hügelabwärts in die Felder, und laut Selbstverordnung mußte Gunna hier ihr

Gehtempo steigern, sie rannte und erfand Liebesbriefe, die ihre Adressatinnen nie bekämen: »Paula, Wanda, bedenkt, was mein Aufwand mit euch, mein Interesse bedeutet: Liebe! Ihr steht Modell, kein Maler, dessen erster Pinselstrich es nicht verändert.«

Alle sind sie hilfsbereiter als ich, ich rede mich mit Adorno heraus und mein Denken ist ein Tun, sie jedoch machen aus meiner Theorie Praxis und durch die werden sie konkret nützlich, ihren Kranken backen *sie* einen Kuchen und bringen Hühnersuppe vorbei und kümmern sich um schmutzige Wäsche, ich aber dichtete meiner Schwester alte Kinderreime um und Weihnachtslieder und machte auf uns bezogene Texte daraus, meinem Bruder schicke ich selbstverfaßte Silbenrätsel, sammle Feuilletons, einkaufen für ihn, das tue ich nicht. Die Freundinnen fahren Auto, ich fahre immer nur mit. (Und im Kopf: 1. Klasse an ihnen vorbei!) Paula beherrscht Buchführung, hat an der Kasse einen klaren Kopf, *ich* habe immer noch nicht die neuen Münzen des Euro studiert. Alle können mit Computern umgehen, sogar Madonna Wanda sitzt mit dem Laptop im Garten und bedichtet das Grünzeug um sie herum. Paula soll mein Buch verkaufen, die anderen sollen es lesen.

Warum kann ich das nicht beim Schreiben bedenken, warum muß ich beim Schreiben rücksichtslos sein, schlimmer als nur ehrlich? Denn damit sie besser rauskommen, muß ich sie verschlimmern, damit sie zugkräftiger werden, um der Dramaturgie willen, ich muß sie ergiebiger machen als sie es sind, rechtfertigt mich das, Dani? Daß ich die Komik ihres Scheiterns durch ein paar Übertreibungen und kleine Fälschungen offenlege?

Aber sie fragte Dani nicht. Er war zu intelligent und außerdem zu lang an ihre die analysierenden Reportagen sprengenden Literarisierungen gewöhnt, um an den Sinn irgendwelcher Ratschläge zu glauben.

Von Henriette kam ein erstaunlicher Brief. Lies selbst, sagte sie zu Dani. Ich verstehe kein Wort. Der Brief klingt nach Abschied. Ich würde sagen, er ist gewalttätig, auch beleidigend, sie atmet nämlich auf, nachdem sie mit der Suada fertig ist, aber unfreiwillig komisch ist er auch, denn solche Briefe haben wir eigentlich hinter uns, die hat man einander mit sechzehn, siebzehn geschrieben.

Ich glaube nicht, daß ich diesen Schwachsinn lesen will, sagte Dani.

Sie hat jeglichen Humor wegoperiert, sie verachtet mich, lehnt meine Ironie ab, von heut auf morgen, es war immer *unsere* Ironie, *unser* Genuß am Widerstand. Hör mal, hier am Schluß diese Stelle: »Sollte mein Brief dich in einem ungünstigen Lebensmoment erreichen, so tut mir das herzlich leid.« Ungünstiger Lebensmoment! Es war der erste Schock übers Elend meines Bruders! Ich schreib ihr: Und mir tut es herzlich leid, daß ich dir als erster meinen Schock anvertraut habe.

Du schreibst überhaupt nicht. Du wirst einen solchen Brief überhaupt nicht beantworten.

Der alte englische Lord aus *Dichtung und Wahrheit* war es gewesen, der Henriettes Zorn erregt und ihr Nachdenken über Gunna provoziert hatte. Gunnas amüsierte Sympathie für den Lord. Gunna las vor, und Dani, der von dem Brief nichts hatte wissen wollen, hörte zu: »Ich zitiere deinen schrecklichen Satz: ›Was, aus Intelligenz und dem Sinn für absurde Komik, im Alter logisch wäre und vom Lord konsequent erledigt wurde: angesichts der zahllosen Belästigungen und Widerwärtigkeiten und deren täglichen Wiederholungen und in Erkenntnis all der erniedrigenden Lächerlichkeiten einfach *keine Lust mehr* zu haben.‹ Und dann hast du diesen elitären luxuriösen Solipsimus auf die Spitze getrieben und auf das Mitleiden am ›Elend geliebter Menschen‹ ausgeweitet. Du hättest keine Lust mehr zu leiden! Das ist abstoßend! So funktioniert Liebe nicht! Und es soll meine Sache nicht sein, keine Lust mehr zu haben, bis auf diese einzige Ausnahme: Gunna, ich habe keine Lust mehr, mitzuspielen. Und das erleichtert mich. Ich atme auf.« Gunna warf den Brief auf den Teppich neben ihrem Sessel, sie beugte sich zu ihrem Campari-Glas vor, ergriff es, nahm einen Schluck. Seraphisch, divinatorisch, sagte sie.

Was, wer? Doch nicht etwa diese Irre?

Daß ich heute Campari-Post-Zeit gemacht habe. Als hätte ich was geahnt. Und dann, als PS, kommt das Gestelzte, das mit meinem möglicherweise *ungünstigen Lebensmoment*. Sie war immer seelenverwandt. Sie hätte, daß ich nicht auf schon wieder einen Tumor in der Familie Lust habe, als die Henriette, die ich seit ... ich glaube es war mein Pinter-Buch damals ... kenne ... also die hätte das doch verstanden. Was ist mit ihrem Gehirn passiert? Du glaubst, sie ist irr? Verrückt?

Beides vielleicht auch, aber vor allem anderen ist sie unverschämt.

Danis Zorn verwunderte Gunna. Er hatte ihre Freundinnen gern, aber ohne intensives Engagement. Aus Verwicklungen hielt er sich heraus, ging auf Distanz zu Gunnas Welt. Aber war das noch Distanz jetzt, zu Henriette? Mußte er nicht sie, wenn er so ungewöhnlich beteiligt anscheinend ebenfalls gekränkt reagierte, besonders gern gehabt haben? Deshalb dachte sie, sie spreche in seinem Sinn, als sie sagte: Es ist ein Verlust. Dieser Abschied zu Lebzeiten.

Lies das nochmal durch, und es ist keiner mehr.

Ich meinte, ein Verlust der früheren Henriette. Der vor irgendeiner Gehirnwäsche. Nicht von der da, im Brief.

Nimm's wie es ist. Halt dich an Sirin zum Beispiel. Sie hat Humor, sie ist eine Freundin, es ist Verlaß auf sie.

Und doch, es bleibt ein Verlust. Gunna dachte: Sonderbar, ich war doch immer sicher, daß ich es bin, die als Freundin gebraucht wird. Plötzlich stellt sich heraus, daß auch ich die Freundinnen brauche. Sind sie doch mehr als Ablenkung, als Akzente, Beobachtungsmotive, Lieferantinnen von Erfahrungen, die ich nicht mache, alles in allem: Material? Gunna entschied sich gegen eine Analyse, ließ es dabei: Ohne Freundinnen, sämtliche Anstrengungen eingeschlossen, wäre mein Leben langweiliger. Dann wäre ich nur noch einfach alt und würde älter.

Ich glaube nicht, dass jemand aus meinem Zirkel in dem Ausmaß leidet wie ich.

Natürlich nicht. Du bist die Ober-Leidtragende. Die Weltranglisten-Erste-Leidende. Meinst du schon wieder mal deine Qual in den zwanzig Minuten Küche beim Abendessenmachen?

Diesmal saßen sie auf dem Balkon. Dani zuliebe, Gunna hatte wie immer ziemlich viel geseufzt (über so viel Hin- und Herrennerei zwischen Küche und Balkon für die in Fernsehprogramme eingeklammerte knappe halbe Stunde Zeit zum essen) und Dani, zuerst bei SAT 1, dann RTL, nicht darauf geachtet.

Es *ist* eine Schinderei, die hauchdünnen Serrano-Schinkenscheiben von den Folien runterzukriegen, man *sieht* die Folien überhaupt nicht.

Aber der Salat war aus der Tüte und fertig.

Trotzdem, die Entscheidung für Serrano war die Entscheidung für ein Opfer. Für eine Liebestat. Und dann noch der Balkon.

Im Freien schmeckt das Bier besser. Schmeckt nach Ferien am Meer. Nach Strandhäuschen. Dennoch: tausend Dank für deine Leiden!

Ich habe übrigens überhaupt nicht Küchenkram und so was gemeint. Ich dachte an Henriettes Brief und meinen mißverstandenen Satz vom Keine-Lust-mehr-haben. Keine Lust zu leiden. Und ich bilde mir nichts drauf ein, mehr zu leiden auch als sie, Henriette, aber im Ernst, es ist so. Ich hätte es lieber andersrum.

Gib's auf, gib's endlich auf.

Was, aufgeben?

An diesen Brief zu denken. Ja, überhaupt nur dran zu *denken*.

Wochen später fand Gunna den Brief wieder. Sie hatte sich nicht (noch nicht, sagte sie sich) dazu bringen können, ihn zu zerreißen, aber wiedergelesen hatte sie ihn nicht mehr, tat es auch jetzt nicht, als sie ihn ziemlich tief unten im Stapel unerledigter Post, *privat*, plötzlich in der Hand hielt, kurz, wieder nicht zerriß, wieder versenkte.

Sie wird mich vermissen, Dani, sagte sie beim Espresso und Zeitunglesen. Geschieht ihr recht. Ich bin nicht schuld dran. Jede Wette, daß sie mich vermißt.

Sie hatte Dani vom Fund des Briefs berichtet und damit keine Reaktion aus ihm herausgelockt. Nochmal apropos leiden: Unter dem Brief leide ich nicht. Nicht die Spur. Das ist bloß Schulfreundinnenpost. Und wie es zu ihr paßt sehr ambitioniert, sie will immer Prosa machen, in jedem Satz ehrgeizig. Nur ist der Inhalt so absolut idiotisch, er ist, als wäre er nicht von ihr, nicht von der, die ich kenne ... kannte ... als wäre sie jetzt ein Sektenmitglied und stände unter Guru-Einfluß (Sie dachte: Und nicht mehr unter meinem, ich bin's nicht mehr, ihr Guru.) Wie lang ist das nun eigentlich her, ich meine, daß der Brief kam?

Zu lang, um sich dran zu erinnern.

Kein Wort über meinen Bruder! *Ungünstiger Lebensmoment!*

Den hatte *sie*.

Leiden! Sie hat vergessen, was das ist.

Mach's wie sie.

Wenn ich diese Abrechnung wiederläse, zirka dreißig Jahre Freundschaft ade, dann ...

Lies sie nicht wieder. Warum denkst du überhaupt noch dran? Ist doch ewig her, gibt's denn nichts Wichtigeres?

Fast alles ist wichtiger als das. Wenn ich's wiederläse, wieder verstände ich kein Wort.

Dann laß es dabei.

Aber dir gegenüber reagieren, das geht doch?

Okay. Trotzdem, es ist zu lang her. Vergiß es.

Sie fand es immer gut, mit mir zusammen Solipsistin zu sein. Natürlich war nichts so ideal und maximal wie alles mit meiner Schwester, und ich fühlte mich immer etwas untreu, aber sie wußte das. Daß niemand mit meiner Schwester konkurrieren kann, sie wissen es alle. Manchmal sind allerdings Freundinnen nützlicher als engstens geliebte Nächste, denn die schont man, Freundinnen nicht, Freundinnen kann man sagen, *es geht mir rundum saumiserabel*, dem Schwesterchen nicht.

Dani übertrieb mit Papiergeraschel beim Umschlagen und Zurechtrücken seiner Zeitungsseite, Übersetzung aus dem Phonetischen: Eigentlich möchte ich ganz gern weiterlesen.

Dani hat recht, dachte Gunna. Daß ich mich überhaupt länger als höchstens zwei Stunden mit Henriettes Metamorphose beschäftige, beweist wieder, wie wenig das Alter unsere Gefühlswelt verändert.

Auch sogar bei Dani, mußte sie weitere Wochen später denken. Seinen Nachweis für ein Defizit an Altersabgeklärtheit hatte er vor wiederum längerer Zeit geliefert. Wann genau? Hatten wir nicht vorm Fernseher gesessen und (zum wievielten Mal?) eine Wiederholung (der wievielten Wiederholung?) des feierlichen Umtransports der toten Queen Mum gesehen, und gehört, wie auch dieser Korrespondent der amtierenden Queen einen *steinernen* Gesichtsausdruck andichtete? Wie alle Kommentatoren vermißte auch der anklagend, im Ton der Beschwerde, Tränen, unterdrücktes Schluchzen ins an die Augen gepreßte Taschentuch der Queen, war nicht willens, tränenlosen Abschiedsschmerz zu akzeptieren, einen Schmerz mit Vernunft, habe ich damals gesagt, schließlich war sie 101, die winzige Queen Mum, und bis zuletzt vergnügt, und zwischen den zu ihrer letzten Würdigungsfeier plazierten Blumenmassen, Schleifen und Grußbotschaften gefiel mir die große Beafeater-Ginflasche, Queen Mums Tagesration, am besten.

Henriette durch keine Reaktion (offensiv, defensiv, egal: gar keine) zu enttäuschen, hätte Dani Gunna gar nicht erst raten müssen. Darin, womit man Menschen gefällt oder sie kränkt, ihnen schmeichelt, sie irritiert, froh oder trübe stimmt, ermutigt oder entmutigt und immer so weiter mit dem Auslösen von Gefühlen, die ganze Bandbreite vom Hochgemutsein bis zur Verletzung samt Nuancierungen, darin bedurfte sie keines Unterrichts. Als Kind schon spielte sie mit ihrem Talent der Beeinflussung, es bewährte sich, erstaunlich, vor allem bei Erwachsenen.

Gunna versuchte, Queen Mum's irdisches Ende zu datieren: März? April? Es war jetzt Mitte Mai und ungewöhnlich, daß der sonst an Freundinnen-Geschichten nur oberflächlich interessierte Dani öfter doch auch an den Brief gedacht haben mußte. Denn als Gunna fragte: Und was ist, wenn sie mir zum Geburtstag ein Paket schickt, sie hat's immer gemacht?, war er, obwohl inmitten der Quälerei mit Gunnas Mehrwertsteuer, letztes Quartal, sofort bei der Sache und zornig: Dann schickst du das Zeug zurück. Porto zahlt Empfänger.

Das ist Teenager-Niveau. Ihr Brief-Niveau. Aber im Ernst ...

Es war im Ernst.

Also Dani! Mich hat dieses verdrehte Elaborat nun wirklich nicht vom Stuhl gerissen. Narzißtisch gekränkt auch nicht.

Und mich hat es eine schlaflose Nacht gekostet. Ich muß jetzt addieren.

Gunna war überrascht, sogar gerührt: Schlaflose Nacht! Die hätte besser zum leicht zu erschütternden ehelichen Albert gepaßt, dachte sie, als sie aufschrieb: »Fortsetzung Mitgefühlsschwund bei Alten in der öffentlichen Wahrnehmung. Ausnahme Henriette, indem sie meine Reaktionen auf die Erniedrigungen des Lebens wie Abfall in den Müll gekippt hat, zu radikal-emotional für eine Jüngere gegenüber der Älteren, falls es nicht doch eher einer Wesensveränderung H.'s gleichkommt, insofern unbrauchbar für Projekt Alter/Frauen, ebenfalls unbrauchbar: Krankheit Bruder, bis auf die jeweiligen Mitgefühls-Variationen.«

Neue Gauloise, im Pellegrino schäumten zwei 1-Plus, Kaffee, Weiterschreiben: »Ich Alte, von idealer Kindheit durch ideale Eltern, Geschwistern redend: Jüngere Zuhörer lächeln geduldig-nachsichtig, *Rückblick-Nostalgie-Verklärung* denkend.

Die Alte in Angst und Sorge um (selbstverständlich ebenfalls alte) Geschwister: Übertreibt sie nicht? Weiß sie es immer noch nicht: Eines Tages wird gestorben. Nur Jüngere, die sterben, regen Jüngere auf, es ist schlimm, wenn man nicht mal drei oder dreißig werden kann, schlimm sind tote Babys, über Totgeburten kommt man nicht hinweg, jenseits der Sechziger-Schwelle aber haben Krankheiten mit schlechter Prognose und Todesnähe ihre Logik, eine gewisse Berechtigung. Etwas weltfremd, Angst und Sorge der Alten um die Alten.

Mit banaleren Betrübnissen der Alten doch auch geduldig-nachsichtig zu sein, kostet Jüngere noch mehr Anstrengung, der sie sich also auch lieber nicht aussetzen; die Freundlichen und Höflichen simulieren taktvoll immerhin Anteilnahme, versuchen es mit Belehrungen. Hochgeschätzte Ausnahmen machen bei den Jüngeren Alte, die sich mit dem Stimulanz des Optimismus ausgerüstet haben und deshalb putzmunter dem irdischen Leben zugetan und damit auch gewachsen sind. Beliebt sind uralte Familienangehörige, wundervolle Vorzeige-Exemplare, von denen sich stolz berichten läßt: Mein uralter Vater hat mindestens vier Hobbys, und etwas Sport treibt er immer noch, hat sich prima von zwei Hüftoperationen erholt, läßt den Kopf nicht hängen. Meine steinalte Oma ist im Kopf jünger als wir Jüngeren alle zusammen, gut, sie braucht jetzt Pflege, aber im Kopf ist sie hellwach, nimmt an allem, was so los ist, hundertachtzigprozentig Anteil, Langeweile? Ein Fremdwort! Es ist unsere heißgeliebte Oma, die den Witz erfunden hat, niemand lacht lauter als sie und so viel wie sie.«

Dann, Gunna, vergiß sie nicht, *diese* Alten, es scheint sie doch wirklich zu geben, nur magst du sie nicht, und zwar aus Neid. Und du willst immer lieber das Düstere sehen.

Ich bin Realistin.

Dann erst recht mußt du auch diese Alten in Betracht ziehen.

Gunna unterhielt sich mit dem Phantom *Tu as raison aussi*, diesem Geist des Alternativen, der Saul Bellows *Mann in der Schwebe* in imaginären Streitgesprächen Widerpart bietet. Sie widersprach: Aber meine Alten, die mit weniger Glück und deshalb ohne Applaus, sind in der Mehrheit.

Keiner weiß das. Wer hat das herausgefunden? Statistiker? Demoskopen? fragte *Tu as raison aussi*.

An Statistiken glaube ich sowieso nicht. Dani und ich, wir sind noch nie befragt worden.

Warum bewunderst du sie nicht einfach, die vitalen Alten, die das Leben bejahen?

Bewundern würde nicht passen. Sie beneiden, das wäre möglich. Du kannst nicht eine genetische Veranlagung *bewundern*.

Du kannst Menschen mit günstiger Veranlagung *beneiden*. Mit jeder deiner Alternativen hast du nicht recht, *Tu as raison aussi*. Und überhaupt, nochmals: Deine prima Fitneß-Wellness-Alten, sie hatten Glück.

Gadamer hat das gewußt, er kam gnädig davon und sagte das auch; zu seinem Alter befragt, konnte er nur deshalb so freundlich Auskunft geben, weil er, nicht gebrechlich, nicht auf andere angewiesen oder unselbständig war. Und dafür dankbar, beurteilte er sich und seine Nähe zum Tod als jemand, der immer noch von seinen Manuskripten fast unabhängig Vorträge halten, essen und trinken und gehen, wachsein und schlafen und lesen, schreiben, denken, also ein Leben schon diesseits von Eden zu leben imstande war. Dann, noch ein Glückspilz, Ernst Jünger. Als der ungefähr gleich-uraltrig mit meiner nur noch geduldig ins Bett verbannten, nur noch lieb und friedlich wartenden armen Mama war und trotzdem immer weiter und dann über den Tod meiner Mama hinaus mit hundert oder hunderteins oder hundertzwei morgens als erstes ins eiskalte Badewasser eintauchte, war ich ziemlich wütend auf ihn. Weil er in diesem Vergleich allzu gut und meine Mama allzu schlecht wegkam.

Die Radio-Journalistin lachte, blickte ein wenig staunend wie zu einer Erzählung von einem fremden Planeten aus einem anderen Sonnensystem.

Mich wundert, sagte Gunna, daß mich das alles längst wieder so unverändert empört, Ernst Jünger, meine Mutter, sogar auch der ebenfalls begünstigte Professor Gadamer, obwohl ich den doch gern habe, ja, daß es mich aufregt, es wundert mich, denn nach dem 11. 9. 2001 dachte ich ... also für mich war wirklich nichts mehr so wie es früher war. Wochenlang.

Die junge Journalistin rückte am Sessel, verschob den Nostalgie-Schlitten und damit auch den Teppich; sie hatte noch keine ideale Interview-Position gefunden und sah so aus, als würde sie gleich fragen: Und was war am 11. 9. 2001? Sie sagte aber: Liebe Gunna Stern, wenn man Sie so hört und vor allem auch sieht ... Mit ihrem Mikrophon jetzt auf den Teppich vor Gunnas Sessel gekuschelt, strahlte sie und brauchte eine andere Liegeposition, und Gunna beobachtete den Fleck, den ihr nackter Ellenbogen auf dem Parkett hinterlassen hatte und der nicht taute: doch kein Schweiß? Creme? Und sie unterbrach:

Ja, vor allem *sehen* sollte man mich, wenn ich übers Trostlose rede, übers Alter, sehen, daß ich nicht grämlich zusammengeschnurrt bin, damit sich nicht alles nach erbittertem altem Weib anhört. Sie grinste die Journalistin an, der das nicht ganz recht zu sein schien. So geht's mir auch mit den Sachen, die ich schreibe, wenn die Leute bei öffentlichen Veranstaltungen dann zum Text mich *sehen*, und mich *hören*, dann erst merken sie den Anteil an Komik. Gunna schob ihr Lieblingsprädikat für diese Thematik nach: Komik des Scheiterns. Ein bißchen wie bei Loriots ältlichen und altmodischen Ehepaaren. Mein Humor wird nicht von selbst verstanden, nicht in Deutschland. Meine Art Humor ... na ja, ich selbst auch, Humor und ich, wir sind nicht deutsch. Mit Waldenser-Vorfahren bin ich es ja zum Glück wirklich nicht, nicht ganz deutsch, die Waldenser waren provençalisch, keine Ahnung, ob sie Humor hatten, aber kritisch, das waren sie, und ich bin es auch, aber der Humor bei mir ist eher angloamerikanisch. Mit etwas Russischem versetzt, von Čechov. Ich weiß, das ist nicht Ihr heutiges Thema, wäre trotzdem nicht schlecht, wenn es drin bliebe.

Auf unbestimmte Art blickte die Journalistin belustigt, und ihren geräumigen Körper ein wenig umwälzen mußte sie auch wieder. Der Fleck auf dem Parkett war noch deutlich zu sehen, vielleicht allerdings etwas kleiner.

Nebenbei, nochmal Loriot. Interviewern, die ihn dazu drängen, das Alter positiv zu bewerten, erteilt er eine Abfuhr: Nein, nicht der allseits erwartete beschauliche Ausklang. Nein, die Genußfähigkeit nimmt nicht zu, nein, der Wein schmeckt nicht besser. Na schön, ja, man kann den Enkeln Märchen vorlesen. Doch, das Alter ist eine Zumutung. Das Getriebe sollte ausgetauscht werden. Und auch die kleineren Übel gehen ihm auf die Nerven. Und was nach dem Tod kommt? Der Himmel, hoffe ich, sagt er, und daß er sich seinen alten Kinderglauben an Gott bewahrt hat. Das gefällt mir natürlich. Schneiden Sie es nicht, es handelt ja nicht nur von Loriot, es könnte von mir sein.

Es ist immer gut, etwas mehr Material zu haben. Ich hab die Sendezeit schon auf 10,5 raufgewuchtet. Aber jetzt nochmal: Wenn man Sie so hört und sieht, ist man ziemlich sicher, daß Sie, liebe Gunna Stern, alle Chancen dieser Welt haben, eine erstrebenswerte Art des hohen Alters zu erleben, und es fällt schon schwer, wenn man Sie persönlich erlebt so wie jetzt ich, das Wort Alter im Zusammenhang mit Ihnen überhaupt in den Mund zu nehmen.

Oh oh, danke. Aber eigentlich hasse ich, was ich bei mir selbst mitmache, diese Altersunlust, ich meine, es klingt nach Jungseinverherrlichung.

Wo wird man eigentlich alt? Wie, wodurch?

Sie wollen jetzt hören: Durch das Bewußtsein. Irgendsowas. Im Kopf. Irgendwas auch wieder Verklärendes. Wenn ich aber anfange, in die Hose zu machen ... das schneiden Sie besser raus, oder nein, egal. Der Kopf! Das Bewußtsein! Jungsein im Kopf, auch wenn der Körper nicht mehr mitkann.

Die Journalistin strahlte zuversichtlich: Ja!

Ein Körper, der mich dauernd blamiert, verändert mein Bewußtsein.

Aber denken Sie doch an berühmte Beispiele körperlich behinderter Künstler, Wissenschaftler, denken Sie an Stephen Hawking.

Und denken *Sie* bitte nicht, ich wäre der mens-sana-in-corpore-sano-Typ. Kann ich auch nicht ausstehen. Obwohl, Goethe, irgendwie ähnlich äußerte der sich auch.

Was würden Sie per Knopfdruck sofort ändern? Wenn Sie könnten? Auf der Welt ändern? In Ihrem Leben ändern?

Die Journalistin blickte triumphal, Gunna skeptisch, ratlos. Sie entschied: Ich bin zu sehr Realistin. Sie stellen manchmal sehr bombastische Fragen. Diese hier ist wie ein Überfall. Keine Idee dazu. (War der Flecken auf dem Parkett wirklich ein bißchen kleiner geworden?) Meinen Sie das pauschal objektiv oder privat? Egal, geben wir's auf. Ich muß ja nicht alles beantworten können.

Die Journalistin probierte es jetzt mit dem Schneidersitz, brachte ihren sportlichen Körper auf langen Beinen in beiger Hose unter und blieb undurchschaubar fröhlich.

Worauf sind Sie, wenn Sie auf Ihre Lebensjahrzehnte zurückblicken, am meisten stolz?

Gunna seufzte, sagte: Wieder bombastisch, außerdem blicke ich nicht zurück, und daß Stolz bei sämtlichen großen Denkern, nicht nur den theologischen, etwas Verwerfliches sei.

Aber davon mal abgesehen? Unerschütterlich die Vergnügte auf dem Teppich, der große Frauenkörper, das gebräunte Gesicht stets lachbereit, mit konvexem Oberkiefer und Zähnen wie Klaviertasten, aber doch mehr ein Akkordeon-Gebiß, dachte Gunna, ein Akkordeon in Aktion, etwas gestaut, nach oben gewölbt, und: Sie ist prall, zunehmen darf sie ab sofort kein Gramm.

Sind denn Sie auf irgendwas stolz? Und: am meisten? Ich kann mich an kein Interview erinnern, bei dem ich so wie jetzt bei diesem nun schon zum zweiten Mal dumm dastehe, ohne Antwort, Einfall.

Vielleicht auf ein bestimmtes Buch? Noch schöner wäre etwas Privates. Ob ich was wüßte? Sofort! Auf meine zwei Söhne und auf mein Sportabzeichen mit siebzehn.

Ah! Schon zwei Söhne! Sieht man Ihnen nicht an. Gunna, um Zeit zu sparen, kürzte ihr gewohntes Reaktions-Repertoire für Frauen unbestimmbaren Alters, die mit ihren Nachkommen herausrückten (in Erwartung von Komplimenten wie *So schön und jung und schon ...* und *Wollen Sie mir was vorschwindeln?*), fragte diesmal also nicht: Und wie alt sind diese unglaubwürdigen Söhne? Höchstens drei und noch ein Baby?, sie erklärte: Natürlich sage auch ich x-mal unbedacht, daß ich auf irgendwas stolz bin, beispielsweise aufs Aufraffen zum Abstauben irgendwelcher Möbelstücke, oder daß ich einen etwas komplizierteren Salat hingekriegt habe, aufgerafft zum Petersilieschnipseln für Tomaten, all die kleinen Lästigkeiten, aber ...

Gunna verwarf den Gedanken, die Journalistin und ihre Hörer in ihre Haupterrungenschaft einzuweihen, den Draht zum Himmel, die Eschatologie-Gewißheit auf zwar wissenschaftlich zerlöcherter, aber kindheitsfundamentaler Basis. Statt dessen sagte sie: Das alles sind natürlich nur kleine Zufriedenheiten, gar nicht zu verachten, nur klein, aber doch Beiträge zur großen Zufriedenheit, Stolz sage ich immer noch nicht, einfach zufrieden bin ich mit mir, wenn mir ein so wenig, wie sich's machen läßt, ans Nichtige vergeudeter Tag als Mensch gelungen ist, mit dem es sich angenehm zusammensein läßt. Das ist eine ganze Menge!

Lachend ohne Aussagewert stand die Journalistin sportlich auf, und Gunna, die den Fleck auf dem Parkett fixierte, schien es so, als sei er an den Rändern ein wenig abgetaut.

SCHREIBSTOFF SIND SIE BEIDE NICHT, sagte Gunna zu Dani, weder Paula noch Sirin als Veranstalterinnen. Als Schreibstoff hätte vieles schiefgehen müssen. Statt dessen zweimal keine Satire. Paula war so perfekt, als sei sie jahrzehntelang erprobte Profi-Organisatorin. Daß sie ein bißchen nervös wäre, sagte sie zwar, aber gemerkt hat man es nicht einmal bei der kleinen Vorrede.

Die blieb Sirin erspart, sie trug aber, weil sie den Vortragsabend an ihrer Hochschule angeregt und durchgesetzt hatte, die Last der Verantwortung: Benimm dich! flehte sie Gunna an, lachte wimmernd. *Schrecklich* nervös sei sie, behauptete sie im Unterschied zu Paula. Aber wie bei der lag auch am Abend hinter ihr ein Tag wie jeder. Ist das etwas kränkend? fragte sich Gunna. Schmälert es meinen Wert? Fest steht: Beide sind mir überlegen und zwar in vielen Fällen von Tauglichkeit. Einen *Tag wie jeden* kriege ich noch nicht einmal beim Interview-Besuch von X oder Y, Z hin. Berichte! bat sie Sirin. Vom Aufstehen an.

Ein Telephonat als Abruf aus dem Traumchaos wäre das Ideal, aber Salvatore ist früh morgens schutzlos wie ein Ei ohne

Schale und deshalb schreckt um sieben Uhr der Wecker Sirin auf, oft ist es auch eine der zwei Katzen mit sanfter Pfote auf ihren Augenlidern. 1) Katzen füttern, 2) Kaffeemaschine, 3) Dusche mit Haarwäsche, 4) Anziehen, 5) Zeitungen, die auf einer unteren Treppenstufe liegen, raufholen, 6) Frühstück: Naturkost-Nußbrot, darauf Marmelade, Käse, Soja-Aufstriche = noch höherer Selbstdisziplin-Schweregrad als das Aufstehen. Gegen Restappetit ein halbes Zigarillo. Wegen Parkplatzproblemen fährt Sirin nicht mit dem Renault in die Hochschule, bis zur U-Bahn-Haltestelle sind es aus der Stille-Quarantäne der schönen Kleist-Straße nur ein paar Schritte in die längst betriebsame, lärmende Welt. Sie kommt pünktlich in ihr Dekanats-Büro mit dem geräumigen Schreibtisch, der Sessel-Sitzgruppe für Besucher, manchmal gibt sie aber vorher auch eine Unterrichtsstunde. Sie macht sich an den Schreibtischkorb zur Durchsicht, legt die blauen Mappen in den Ausgangskorb, von wo das Material entweder an Sekretäre oder die Verwaltungsleiterin zurückgeht: studentische Anfragen, Anträge auf Freisemester, Prüfungsmaterialien, Post von anderen Hochschulen, Konzertvorschläge, Personalvorschläge, Bitten um persönliche Gesprächstermine mit Kollegen. Das tägliche kleine Machtspiel zwischen Sirin und ihrem Sekretär: Ihr Vorgänger im Amt war ein Mann, und bei Sirin, weil sie eine Frau ist, sieht der Sekretär nicht ein, warum er, so wie vorher selbstverständlich, den Kaffee machen soll. Die Zeitschaltuhr für die Kaffeemaschine lehnt der Sekretär ab, das Gerät wandert zwischen seinem und dem Dekanatszimmer hin und her, in der Arbeitsplatzbeschreibung des Sekretärs steht sowieso nichts von Kaffee, und in der Zwischenzeit hat die Verwaltungsleiterin ihre schwarze Brühe aus einer alten Maschine in einer Thermoskanne herbeigeschafft. Aber mit Dekaninnenstimme funktioniert es bei ihm, sagt Sirin, wenn Gäste da sind, Prüfer. Nur, viel schneller als auf mich reagiert er auf den Pro-Dekan: kugelblitzartig. Alles verstehen kann man nicht, sagt Gunna, du redest rascher als Franzosen, aber es klingt lustig. Sirin begrüßt die Verwaltungsleiterin: Sie ist ein Farbklecks. Eine halbe Pakkung Make-up, Perücke altgolden, modisch, winzig, hochhakkig. In Überschallgeschwindigkeit mit allen Menschen Kontakt, auf einem Ohr schwerhörig, will alles doppelt richtig machen, daß sie vorher eine bessere Stelle hatte, erzählt sie täglich. Ich will nur einen Satz, und sie zieht zehn Akten raus, raucht fünf Zigaretten. Heute, vor deinem Abend, hatte ich Unterricht, drei Schüler, das heißt: kein Zutritt, keine Telephonate. Dann noch ein paar Unterschriften und ab ins *Brotkörbchen*: Tee mit Honig, gemischter Salat, Thunfisch-Yoghurt. Aber demnächst mach ich wieder ganz streng Diät. Zurück in die Hochschule, eine Sitzung: alle anfallenden Sachen, Konzerte, andere Sitzungen, im nicht öffentlichen Teil: Personalfragen, ein Lehrauftrag, das heißt: wer kriegt ihn, wer nicht. Toiletten, die unteren werden von irgendwelchen Pennern besucht. Ich war heute ausnahmsweise schon beinah vor vier zu Haus, und bevor ich dich am Zug abholte, habe ich wie immer als erstes die gelangweilten Katzen getröstet, und diesmal war's Tee, den ich trank, für Kaffee dachte ich wäre ich zu nervös, da hast du deine ersehnte Nervosität, normalerweise mache ich sonst, dann ist's aber ziemlich viel später, bißchen was im Haushalt, komme vielleicht zum Üben, mit dem Saxophon macht's wahnsinnig Spaß und ich bin schon allein sehr weit, brauche aber doch jetzt mal bald Unterricht, und so lang ich Dekanin bin, muß ich leider abends oft noch weg, Hochschulkonzerte meistens, und selbstverständlich habe ich zwischendurch auch immer mal wieder eine Minute rausgequetscht und mit meinem Liebsten geplaudert, und nur wenn der abends rüberkommt, gibt es spät noch was Richtiges zu essen, er kocht, manchmal ich, oder wir machen was gemeinsam, irgendwas aus den Promi-Kochsendungen, und wir sehen fern oder gehen ins Kino. Und wie immer habe ich natürlich auch mit den Töchtern telephoniert, vor dem Frühstück beim Pflanzengießen mit der einen, mit der andern erst später, da saß sie gerade im Bus, und, eine Ausnahme wegen deinem Abend, Kontaktaufnahme mit Professor Beck. Und das Chili für dich vorbereiten. Sirin lachte zum Abschluß, noch macht keine Überanstrengung sie häßlich so wie leider mich, ihr steht sie gut, sie ist jung genug, dachte Gunna, und daß *sie* keinen einzigen Tag à la Sirin hinbekäme, und sie sagte es und wußte, daß ihre wortreiche Bewunderung Sirin nicht genau so todernst wie sie gemeint war erreichen konnte, weil Sirin lediglich das ihr Selbstverständliche hinter sich hatte. Von dem wußte sie ganz sachlich, daß es nicht wenig war, aber auch nicht mehr als das.

Auf dem Bahnsteig am Morgen nach der Veranstaltung bei Paula, als sie beide auf Gunnas Zug warteten, sagte Gunna: Netter kleiner Pullover, den du da anhast, laß uns rüber in den Schatten gehen. Und gestern warst du erstklassig angezogen, extrem gut, dieses schimmernde Jackenkleid mit dem engen langen Rock und dem Jäckchen, ist das Taft? Ist es bei Tageslicht dunkelgrün oder dunkelblau?

Paula, jetzt sah sie in hellen häuslichen Sachen sehr privat aus, strahlte aufblickend. Ich hab das Kleid schon lang.

Das hätte jede Frau gesagt, dachte Gunna und auch wieder an diese *Bücher-Truhen*-Klischee-Chefin, die Schreibstoff gewesen wäre und Fehler gemacht hätte, vom Outfit bis zu organisatorischen Details und behindernder Nervosität.

Ich habe dich beobachtet, sagte Gunna, du hast permanent souverän und versiert und kompetent gewirkt. Und schön ausgesehen. Du hast ausgesehen wie der komplett selbständige Mensch, der du gern wärst. Und als suchtest du überhaupt nicht erst nach ihr, als hättest du längst deine *richtige* Freundin. Wie jemand, der gar nichts entbehrt.

Vielleicht bist du, und schon seit ich dich kenne, diese *richtige*, nach der man immer nur suchen sollte, sagte Paula. Vielleicht macht das den Reiz aus, daß es nicht dazu kommt, oder so scheint, als wär's noch nicht richtig. Schwer zu verstehen, oder?

Oh, gar nicht. Es gefällt mir. Es imponiert mir. Ist gescheit. Der Reiz der letzten Distanz vor dem letzten Reservat. Die wäre zu bequem, die Freundin ohne Geheimnis.

Zu alltäglich. Zu respektlos.

Freundschaft ohne Erotik ist langweilig: Gunna war in der

Stimmung, das zu sagen, dachte gleichzeitig an Dani, an Distanz, ans Aufpassen, sagte es nicht. Sondern: Ich habe dich gestern unaufhörlich bewundert. Vom Chauffieren des Volvo an und jetzt im Volvo zum Bahnhof wieder. (Auch der Volvo statt einer Ente voller pazifistischer und ökologischer Aufkleber: büchertruhengemäß – wieder kein Schreibstoff. Als Schreibstoff hätte Paula auf Grün geschaltete Ampeln verbummeln müssen, und die Ente oder der uralte R 4 hätte ein paarmal den Geist aufgegeben, der Motor wäre auf Kreuzungen nicht wieder angesprungen.)

Wie war bis zu diesem Moment dein heutiger Tag? hatte gestern am Spätnachmittag bei einem kleinen Imbiß Gunna in der Weymuthschen Polsterlandschaft mit Gartenblick bis hin zum kleinen Tempel-Pavillon ihre überhaupt nicht zapplige Gastgeberin gefragt.

Ganz normal. *Bücher-Truhe* bis zur Fahrt an den Bahnhof. Für den Imbiß hier hatte ich schon frühmorgens alles vorbereitet.

Das würde ich niemals hinkriegen. Gunna aß eine Scheibe Parma-Schinken pur. Ich bin schon stolz auf Kaffee für einen Interview-Gast. Was hast du mittags gegessen?

Ich esse doch nichts *unter Tag*. Paula spähte vergnügt, überrascht, und Gunna wußte plötzlich, warum sie, wenn nichts Überraschendes geschah, so oft doch überrascht aussah: Es wurde nach ihr gefragt. Sogar nach banalen winzigen Nebensächlichkeiten. Sie waren, oh Wunder, jemandes Interesse wert.

Doch, du ißt manchmal was. Gebäck von Stämmer.

Paula freute sich, lobte Gunnas gutes Gedächtnis. Sogar an ihre unscheinbaren Tagesangelegenheiten erinnerte sie sich.

Ich hatte bis jetzt eigentlich auch nur Feigen, sagte Gunna, und *gesund* kommentierte Paula, und wieder dachte Gunna: Als Schreibstoff hätte es andersrum gepaßt, Paula mit der Naturkost aus dem Reform-Laden, die Antipodin verschmaust Süßigkeiten. Und zum Abendimbiß gibt es keine Delikatessen, es gibt irgendwas mit Hirse.

Trotz Abendveranstaltung mit mir war das also ein normaler

Tag bei dir, sagte Gunna und, wie zu Sirin: Berichte! Vom Aufstehen an!

Der Wecker piept um sechs Uhr, und bis sechs Uhr dreißig zögert Paula im Bett. Im Morgenmantel geht sie in die Küche, schaltet den Fernsehapparat an, das *Morgenmagazin* läuft, in der Kaffeemaschine entsteht Kaffee für vier Personen, Paula deckt den Tisch, schafft Abendessensreste weg (weil sie spanisch spät essen, wird in der Nacht nicht mehr aufgeräumt). Milch, Marmelade, Käse, Geflügelaufschnitt, Vollkornbrot, es kann Variationen geben, werden aufgetischt, gegen sieben rückt an, was Paula Gunna gegenüber *hungrige Mäuler* nennt, Max Weymuth raucht ein Zigarillo, die Söhne brechen auf, der erste regelmäßig immer in seinen Beruf, der zweite studiert noch und frühstückt auch nur, wenn er nicht morgens weg muß. Ab sieben Uhr dreißig, sagt Paula, Countdown: Duschen, Anziehen, Aufräumen. Acht Uhr fünfzehn: im Volvo Abfahrt der Weymuths in die *Bücher-Truhe*. Paulas Rechner ist schon hochgefahren, betriebsfähig. Computer an vier Arbeitsplätzen, aber nicht jeder ist immer besetzt, junge Frauen kriegen Kinder, junge Väter Vaterschaftsurlaub, Halbtagsmitarbeiter kommen und gehen. Der Rechner steht im Hinterzimmer. E-mails von Sortimentern, Verlagen. Die *Bücher-Truhe* öffnet um neun, viel los ist vorerst nicht, immer aber mit den Hintergrundsbürokratien und Administrationen vollbeschäftigt Paula, die lieber jetzt statt Max, sie hört seine Stimme und findet sie nicht werbewirksam genug, eine Kundin beraten würde. Paula, als *alte Kaffeetante*, trinkt Kaffee im hinteren Zimmer, das alles in einem ist: Büro, Rückzugsgebiet für Pausen, Kaffeeküche, Paulas Arbeitsplatz. Heute hat Paula ihren Mann, irgendwann hat er für den Haushalt eingekauft, manchmal nur fürs Abendessen, und die Mitarbeiter schon um zwanzig vor fünf alleingelassen, um fünf ist sie mit Gunna an der Hotel-Rezeption im *Steigenberger* verabredet. Sonst bleibt sie länger, über halb sieben hinaus: Bestellungen über Computer, die Putzfrau verabschiedet sich, es kommt immer wieder zum kleinen Streit um die Kasse, die ihr Mann nicht übernehmen will, er möchte aber auch nicht, daß

Paula es nach Ladenschluß noch macht und genau das will wiederum sie, damit sie es nicht zu Haus am Wochenende tun muß. Auf der Heimfahrt wird meist besprochen, was es abends zu essen geben soll. Max Weymuth sieht, wenn sie pünktlich sind, die *Tagesschau*, und je nach seinem Aufwand in der Küche wird es halb zehn oder zehn, bis sie essen, nicht immer zu viert: Die Söhne haben oft abends andere Pläne, der ältere gemeinsam mit der Braut, die ab und zu auch zum Essen kommt. Die *Tagesthemen* laufen, werden aber von Paula nicht immer mitgesehen: Wenn nicht Buchführung oder Mehrwertsteuer und ähnlich lästig Administratives anstehen, so muß doch unbedingt innerhalb der unübersichtlich vielen Buch-Neuerscheinungen eine Auswahl getroffen, es muß gelesen werden, vor allem auch von Max Weymuth (Paula ermahnt ihn vorsichtig), der sich Paulas Berufsziel-Wunsch erfüllt und die Kunden berät. Das tut Paula ebenfalls, wenn die Verwaltung (eine Obwaltung) ihr die Zeit dazu läßt. Um alles zu Erledigende in der Sequenz außerhalb der *Bücher-Truhe* unterzubringen, möglichst sogar auch noch den kleinen Fluchtweg durchs Viertel und in die angrenzende Kleingarten-Kolonie mit dem Walkman unter dem Einfluß von minimal music, stellt sie oft den Wecker auf drei oder vier und legt in der Nacht eine Wachphase ein, liest.

Schrecklich, sagte Gunna. Hört sich alles schrecklich an. Schreckliche Tage, schreckliche Nächte. Paß auf, daß dich das nicht krank macht.

Ich paß schon auf. Paula spähte auch dann noch neugierig lachend aus, als sie ihre problematische alte Schwiegermutter erwähnte; die bestehe starr, kein Argumentieren half, auf ihrer Selbständigkeit allein in ihrer Wohnung, fast schon leichtfertig riskant, sie immer noch gewähren zu lassen. Weil die Schwiegermutter nichts mehr hörte, fand der Austausch nur noch schriftlich statt, aber nun sah sie auch fast nichts mehr, die Verständigung brach ab.

Sag ich's nicht? Das Alter! Ist es nun furchtbar oder nicht? Und für alle Mitbetroffenen? Auch furchtbar. Gunna mußte nicht um Espresso erst bitten, denn *machst du bitte jetzt den Es-*

presso, Miriam hatte Paula der Braut, die zu ihrer Unterstützung heute gekommen war, vorhin, als sie absehen konnte, daß Gunna bei der Snacks-Platte nicht mehr zugriffe, in die Küche hinaus zugerufen. Wunderbar, kommentierte Gunna Espresso, Braut und weißes Täßchen mit der rotbraungelben Werbeaufschrift für die Firma Segafredo. Und du rätst nicht, auf wen ich trinke, sagte sie, nahm den zweiten Schluck. Auf deinen Mann. Er kauft ein, er kocht. Mir hätte er für diese Opfer ruhig den Wunschberuf wegschnappen dürfen, Haushalt ist schlimmer als Buchführung, falls man weiß, wie Buchführung geht.

Ließ Paula sich den so gerühmten Max gefallen? Obwohl sie lachte, es sah nicht danach aus. Ich sehe das ein bißchen anders, sagte sie. Aber viel wichtiger: Wie geht es deinem Bruder? Sie blickte prophylaktisch sorgenvoll-bekümmert.

Er sagt: gut. Gunna klang fest entschlossen. Sie wollte ihn vor Mitleid schützen, Mitleid kam ihr neuerdings wie ein kontraindiziertes Medikament vor (freundlich aber dachte sie an Wandas Gebete).

Du hast recht, sagte Paula, das ist kein gutes Thema für jetzt, so kurz vor deinem Auftritt in der Öffentlichkeit. Entschuldige!

Oh, nicht deshalb, und es war lieb, daß du dich erkundigt hast. Gunna rauchte, brauchte nicht, wie Paula anbot, von jetzt an bis zur Abfahrt in den *Blauen Salon* der Sparkasse, Veranstaltungs-Schauplatz, alleingelassen zu werden, sie redete von Lampenfieber und daß sie trotz jahrzehntelanger Routine immer doch noch welches hätte und fragte: Und du bist immer noch so als wär's ein Tag wie jeder?

Jetzt bin auch ich etwas nervös. Der Kartenvorverkauf lief gut, aber man weiß nie ... mit größeren Veranstaltungen habe ich keine Erfahrung, mein Bißchen Erfahrung stammt aus kleinen Liebhabersachen in der Bücher-Truhe.

Mach dir keine Sorgen, sagte Gunna. Du bist erstaunlich. Irgendwann aber in deinen überfüllten schrecklichen *normalen* Tagesabläufen mußt du Zeit haben. Und zwar für den Friseur. Und du hast Zeit fürs Mode-Einkaufen, sagte sie, als Paula in dem schimmernden schwarzen Jackengewand eine Viertelstunde später die Treppe hinunterstieg, vorsichtig wegen hoher Absätze und engem beinah knöchellangem Rock. Paula war größer geworden, größer, so schien es, als nur um die Höhe der Schuhabsätze.

Nach Sex bei Älteren, die alt werden und das bedenken, habe ich nie gefragt. Nur immer behauptet, bei den Phantasien und der Erotik bleibe alles beim alten, bis auf Zweckfreiheit bei Flirts, Fortsetzungs-Unlust. Ich müßte aber Sex drin haben, ohne den sich nichts verkauft. Nur noch mit.

Nicht bei uns, sagte Paula. Das ist nicht, was wir empfehlen.

Denk bloß nicht, warnte Sirin, streng auszusehen mißlang ihr, sie mußte lachen, denk bloß nicht, unter deinen interviewten Frauen wäre endlich zum Glück die Doris-Day-patente Sirin die mit dem für immer und ewig bejahten Sexappetit.

Du hast lang keinen Doris-Day-Film mehr gesehen. Sie ist mehr hausfrauenartig. Aber was denkst du über dich und Salvatore mit sechzig, siebzig? Abgesehen davon, daß er die zwölf Jahre, die du ihm voraus hast, nie aufholen wird?

Du willst mich wieder zu seinem Pflegefall machen. Sirin lachte. Aber im Ernst und obwohl, nach Ehemann und Vorläufern, Sex mit ihm eine Erleuchtung war (ein Zwitscherlacheinschub), im Ernst, es schwächt sich ab, hat's schon und ich denk mir, das ist gut. Etwas viel Wichtigeres ist mittlerweile die Hauptsache. Sirin lachte interessiert, etwas verlegen, etwas trotzig. Es durfte ihr jetzt nicht widersprochen werden, jetzt durfte man sie auf keinen Fall enttäuschen. Es ging ums Ganze, es war existentiell. Nicht nur irdisch. Aber doch auch irdisch, schön irdisch. Gunna dachte daran, daß Paula sich ähnlich geäußert hatte, wenn auch ohne Heiterkeit: Für meine Ehe war *das* sowieso nie die Hauptsache.

Das machen männliche Literaten immer falsch, mit Behauptungen, Frauen hätten so wie sie pausenlos Sex im Sinn. Männliches Wunschdenken, die Eitelkeitsumschmeichelung. Für Frauen, kritische Frauen, fängt der Horror schon an, wenn der

Mann anfängt, sich im Schlafzimmer auszuziehen. Im Anzug war er prima, sexy, in Socken und Unterhose schreckt er ab.

Sirin riet Gunna. Frag doch dich selbst, du bist sie, die nun wahrlich schon ziemlich Alte. Als ich dich damals bei deiner Lesung kennenlernte, sahst du in dem viel zu engen T-Shirt und sozusagen ohne Busen höllisch sexy aus, aber ich fand, was du vorgelesen hast, ungnädig sexfeindlich. Und du bist es, glaub ich, prinzipiell bist du es: sexfeindlich. Sie lachte. Also verspreche ich mir nicht viel von deiner Alten-Abenteuerlichkeit.

Ganz oben wird das ästhetische Problem rangieren und selbstverständlich eine Sperre sein. Von irgendwann an, du wirst's auch erleben, kann man nackt nur noch allein sein. Außer beim Arzt.

Ich gehe zu Ärztinnen, erstens. Und zweitens, du hast kein Vertrauen. Bei meinem Liebsten kann ich sein wie ich bin. Na ja, ich weiß auch nicht ... oh lieber Himmel, ist das alles grauenvoll!

Sirin lachte. Wenn nicht die anderen, die Menschen, die sie liebte, sie enttäuschen würden: *ihr* geschähe nichts. Das könnte nicht passieren, denn dazu war sie zu gescheit, hatte ein zu günstiges Naturell, verstand zu viel von Liebe. Sirin lebt die Liebe, hieße das im Neudeutschen, worin Leben, Bedürfnisse, Absichten, Gefühle, Berufe *gelebt* wurden.

Und wie stellt ihr anderen euch und das Ältersein kombiniert mit Sex vor? Gunna sieht Una abwinkend, mit belustigter Grimasse, auf ihr weißes Haar könnte sie deuten und damit auf ihre Entschlossenheit, sich den Naturgesetzen zu fügen: Kein Bedarf. Sex ohne Liebe war mein Leben lang nicht mein Fall, und nach Liebe sieht es jetzt auch nicht mehr gerade aus, und im Alter wär's sowieso nullkommanichts damit, frag anderswo an. Sex ist nicht gerade mein Hauptinteressengebiet, ist's nie gewesen. Vielleicht wüßte sie ein Gleichnis aus der Botanik.

Für die Quartalsbedürfnisse ihrer ungenierten Männer (die würden sich loben: Immerhin habe ich mir dafür keine junge Freundin zugelegt!) hielten ältere Frauen geduldig-tapfer im So-ist-Ehe-Fatalismus, sich bereit, wie Stutenattrappen für Zuchthengste, wie Krankenschwestern in der pflichtschuldigen

Berufsausübung bei einem von den vielen unappetitlichen Programmpunkten (und würden, um diesen skandalösen körperlichen Selbstverrat loszusein, vielleicht doch lieber und nur, was das betraf, betrogen werden); während die Männer den Akt zu ihrer Erleichterung erledigten, als gehöre er wie Peristaltik und Defäkation ins Repertoire der leiblichen Übel, derer man sich, wobei aber Genuß aufkam, entledigen mußte, fühlten die Frauen sich wie Mütter, duldend, genußfern, ohne Niedlichkeitsgewinn an ihren großen alten Babys.

GUNNA SERVIERTE MUSCADET und steinharte Roggentaler, nachdem sie Dani zugerufen hatte: Kommst du? Ich brauche eine Pause. Das Zurückblättern in meinen Seiten macht mich absolut depressiv.

Vor zwei Stunden war es noch die Hitze.

Am 17. 6. 2002 hatten wir 39,4 Grad im Schatten. Habe ich bei mir in den Notizen gelesen. Und bei dir hier oben hat der Ventilator 24-Grad-Zimmerluft herumgequirlt, damit verglichen ist das jetzt harmlos. Aber der alberne furchtbare Wetterdienstmann hat so lang von *Sonne pur* und *Sonnenschein* gefaselt und *Badewetter* und *der Sommer kommt zurück* angedroht, und wieder mal ...

... die Krankenhauspatienten und die Alten vergessen, setzte Dani fort und wußte, das er Gunna nicht beschwichtigte: Nimm's wie es ist. Dem Kalender nach ist Sommer, und du hattest jetzt ziemlich lang mit Herbstwetter Glück.

Männer, die *Sonnenschein* sagen und das auch noch schwärmerisch, sind nicht sexy.

Und was hat dich sonst noch beim Zurückblättern deprimiert? Wer hat eigentlich diese Roggentaler in dieses Haus geschmuggelt? Bring mir einen Hammer, und ich zertrümmere sie, wenn ich reinbeiße, muß ich zum Zahnarzt.

Irgend jemand hat sie irgendwann mitgebracht. Ich habe gelesen, daß Hollywood trotz *Attac on America* nach noch nicht einmal einem Jahr mit noch brutaleren Katastrophen-Filmen wieder die größten Geschäfte macht, gleichzeitig aber sagte eine Amerikanerin am zukünftigen Bauplatz *Ground Zero*, dieser Boden wäre heilig, gut, daß die Bevölkerung bei der Bebauung mitreden dürfe. Ob auch sie, vielleicht als Trost durch erfundene Schreckens-Eskalation, diese Filme sieht, aus Apokalypse-Neugier? Als müßte es, zum Zuschauen, Schlimmeres als den 11. 9. geben?

Gunna lieferte, und sie wirkte dabei, vielleicht unterm Einfluß von Muscadet und holländischer Gauloise, überhaupt nicht depressiv, kaum sogar deprimiert, noch mehr unleidlichen Stoff aus der jüngsten Vergangenheit. Die Gratulationslawine zu meinem miserablen Geburtstag. Trotz meiner Parole, vorher ausgegeben ringsum: Wer mich liebt, bleibt weg. Noch als wir endlich spät allein im total zerstörten System auf dem Balkon was essen wollten, kamen die Stringers, hätten zwar gegessen, aber daß sie uns beim Essen zuschauten, war fast genauso irritierend.

Hatten die Stringers nicht dieses australische Zitronenbier mitgebracht? Heut ist's heiß, heut hätten wir's endlich mal probieren können, sagte Dani.

Ich weiß nicht, ich bin skeptisch. Bier und Zitrone, kann das gut gehen? *Two Dogs* hieß das Getränk, und Gunna gefielen die kleinen Flaschen mit den zwei kurz- und o-beinigen, bullengesichtigen stämmigen Hunden schwarz-gelb auf dem Etikett, Mops-Doggen. Sie hätten als Dekoration eine Zukunft in der ohnehin schon hochdekorierten Küche (bemerkenswerte Flaschen, altmodisches Design auf englischen und holländischen Dosen, amerikanische Cereal-Packungen).

Und ich lese, was ich über meine angeblich existenzverändernde Panik nach dem 11. 9. 2001 geschrieben habe und bin jetzt so gewohnheitstierhaft wie alle es schon damals waren, auch deprimierend. Obwohl damals bei meinen Frauen das Befremden über mich ja wohl vor allem dem weiblichen Desinteresse an Politik geschuldet war, mehr hat nicht dahintergesteckt. Und weil es mehr Frauen als Männer gibt, werden diese politikfernen Frauen die Wahl entscheiden, sie werden den Mann wählen und nicht sein politisches Programm ...

Sie werden wie ihre Männer wählen.

Und dann weiß ich nicht, wie ich diverse vermischte Notizen unterbringen kann, beispielsweise: Koalition von Homo-Ehe *beglückt*. Der Regierungssprecher hat wirklich *beglückt* gesagt!

Mit dem Alter hat das auf den ersten Blick wenig zu tun. Auf den zweiten eigentlich auch nicht.

Und ob der Sommer kommt oder doch erst vorläufig nicht, das Wetter, war dann der Dauerbrenner, im Juni aber war auch das plötzlich egal, denn da hatten die Deutschen sowieso nur die deutsche Fußballmannschaft und ihr Abschneiden bei der Weltmeisterschaft im Kopf.

Du hast eine Deadline für das Buch, hm?

Der Lektor ist im Urlaub. Und die deutsche Mannschaft ist mit Glück und immer je einem Tor ins Viertelfinale gestolpert und am 21. 6. gegen die USA ins Halbfinale, und jedesmal, jedem Anrufenden habe ich vorgestöhnt: Der Himmel, ich sage nicht Gott, den Namen des Herrn führe ich nicht unnütz im Munde, also der Himmel gebe, daß Deutschland nicht Weltmeister wird.

Besonders menschenfreundlich bist du nicht.

Ich bin's nicht unentwegt. Außerdem wäre es menschenfreundlicher, wenn ich mich mit *jedem*, der siegt, freuen würde. Angeblich dient ja der Sport der Völkerverständigung. Bei den Homos, die sich vorm Standesbeamten anschmachten, war's die Komik. Beim Fußball: Nationalismus. Deutsche sind schlechte Sieger. Sie werden größenwahnsinnig vom Siegen. Und aus dem Vize-Sieg haben sie einen Welt-Sieg gemacht. Übrigens meine ich nicht die Sportler, ich meine die unausstehlichen Fans. Hirnloses besoffenes Gegröle bis ins letzte Kaff...

Schlechte Verlierer sind sie auch. Dani erinnerte an den latenten Antiamerikanismus: Der Siegermacht wird nicht vergeben.

Die Anrufenden damals hatten Gunna als Spielverderberin empfunden. Sie erklärte, was Dani gegenüber gar nicht nötig gewesen wäre, weil er es sowieso wußte, auch ähnlich, aber aufwandlos dachte, ihre Gründe für Mißbehagen bei deutschen Triumphen. Versetzt mich in Wut, ja und wirklich auch beinah in Angst. Wenn dann diese verschwitzten Fan-Lachfratzen mit den häßlichen Stimmen auch noch stolz sind, stolz! Dann macht's mir einen Ekel. Worauf denn stolz? Sie selbst haben null und nichts geleistet. Stolz sind sie sowieso schon auf ihr Land der Dichter und Denker, die selbst nicht denken können. Die Sportler sind in Ordnung, sogar bescheiden, räumen ein, sie hätten überhaupt nicht gut gespielt, und Tante Käthe habe ich richtig gern. Und die Politiker haben sich auch idiotisch benommen. Jeder pickte sich die Mannschaftsqualität raus, die zu seinem politischen Stil paßt, der eine Teamgeist, der andere das langsame Weiterkommen oder was es war, vergessen.

Saul Bellows *Tu as raison aussi* sagte: Übrigens, hast du nicht gesehen, wie fanatisch und überglücklich die Südkoreaner gefeiert haben? Und am Schluß Brasilien? Alle feiern.

Das geht mich nichts an, ich bin keine Südkoreanerin oder sonstwas.

Ein Kollege von Dani, den Fußball kaum interessierte, sagte: Unsere Mannschaft muß wohl doch besser sein als immer behauptet wurde. Wir haben uns gut geschlagen. Ehe er daraufhin mit einem Paradigmenwechsel in der Biotechnik weiterreden konnte, fiel Gunna ihm ins Wort: Sagen Sie nicht *unsere*, nicht *wir*! Sie haben überhaupt nichts gemacht, wir drei hier haben überhaupt nichts gemacht.

Una, die Fußball-Sachverständige, war wie Gunna mit dem deutschen Erfolg nicht zufrieden. Sie haben schlecht gespielt. Aber den Brasilianern zuzusehen, war ein Hochgenuß. Lauter Individualisten.

Bei Paula, Sirin und Wanda wäre es die pure Zeitverschwendung, über deutsche Sportfanatiker und die politischen Auswirkungen ihres Glückstaumels zu reden.

WENN ZWISCHEN HALB ACHT und acht abends das Telephon klingelte, sagte Gunna *Bücher-Truhe* und stand auf, meldete sich kauend, und wirklich war es dann Paula, kläglich: Ich weiß, ihr eßt zu Abend, ich will mich bessern, nur wie?

Damit wies sie sich als die exzessiv beschäftigte Person aus, die sie tatsächlich war, die nur jetzt ein paar Minuten für Privates aus ihrem Tag herausmogeln konnte; und die prinzipiell besorgte Gunna, die einen solchen Tag keinen Tag lang ertragen konnte, äußerte Erbarmen, empfand sich aber auch ungerechtfertigt als allzu beneidenswert. Dani und sie mit ihrem ordentlich den Tag gliedernden System (war das nicht jedoch zugleich eine Zwangsjacke, anankastisch-neurotisch?), sie aßen schließlich nicht allzu behaglich und schon gar nicht ausfuhrlich zwischen ihren Medienstützpunkten ihr Abendessen, von dem sie Paula berichtete: Es ist nicht viel mehr als ein hastiger Imbiß. Mit meinem Nachtisch lasse ich mir dann ein bißchen mehr Zeit, aber im Fernsehsessel. Du störst bei keinem *Menu*, es geht nur um die Tagesordnung. Die Fernsehnachrichten sind zwar bloß eine Bilderergänzung zur Zeitungslektüre, oberflächlich, subjektive ideologische Tendenz der Meldungsauswahl, insofern aber auch wichtig. Ich muß wissen, wo ich lebe.

Ich bin noch im Geschäft, klagte Paula. Dann machte sie wie gewöhnlich ihre Pause, und Gunna spürte den Druck der Erwartung: Paula hoffte, von nun an übernehme Gunna die Dialog-Regie. Gunna würde erzählen.

Gibt's was Neues? fragte aber Gunna, fand sich gemein und doch gerechtfertigt. Waren es nicht die Anrufenden, die etwas zu sagen haben mußten, nicht die Angerufenen? Gemein war es trotzdem. Paula wollte einfach nur etwas Trost. Frauen sagen einander am Telephon: Ich wollte nur einfach schnell mal deine Stimme hören. Ältere Frauen, alte; die Jungen bedurften dieser Gefühlsakustik nicht.

Nein, Neues gäbe es nicht. Paula sagte: Arbeit, Arbeit.

Diesmal versagte Gunna ihr alle hundertmal gemachten Ratschläge: Ihr braucht noch einen Buchhändler mehr, denn du brauchst mehr Ruhe – all das Vergebliche, das Paula nicht half und doch half, als Engagement-Bekundung. Statt dessen sagte sie, immerhin aber klang es nach Scherz: Du bringst es fertig, daß ich mich spießig finde. Du hast *Arbeit, Arbeit*, ich habe mein Essensritual, du brütest am Computer, ich schlage mir den Bauch voll.

Du hast vorher gearbeitet. Wichtigeres als ich. Was ich kann, kann jeder.

Nicht ich, von A – Z kann ich nicht, was du kannst.

Wir essen eigentlich, rief Dani vom Eßplatz hinter der halboffenen Schiebetür zur Diele, wo Gunna im hohen schwarzen Kirchenstuhl mit den Elfenbeinintarsien saß, die seltsame, unheilige Tierszenen abbildeten.

Eßt ihr auf eurem schönen Balkon? Paula zog wieder die Trennungslinie zwischen sich, der müde-unermüdlichen Arbeitenden, und der geruhsamen Bürgerwelt zweier Menschen mit Zeit zum Abendessen.

Dani wäre das recht, aber ich fand, der Aufwand lohnt sich nicht. Für diese halbe Stunde das Hin- und Herhetzen Küche, Balkon. Du hättest das für deinen Max getan. Wie ich's gesagt habe, nichts von A – Z kann ich, was du kannst, vom guten hausfraulichen zoon politicon bis zur Buchführung. Buchhaltung?

Paula lachte. Dani rief wieder irgendwas, diesmal klang es ungeduldiger, und sie nutzte Paulas kleines Lachen als Annäherung an das Ende des Telephonats: Jetzt habe ich dich wenigstens doch zum Lachen gebracht. Lassen wir's dabei, ja?

Ja hörte sich fügsam an. *Ich will nicht länger stören*: etwas elegisch, etwas irritierend. Und Danis *Das Wetter!* nicht freundlich. Gunna sah ihm seinen Frauengeschwätz-Groll von hinten an, mit dem Teller zog er zum Fernsehapparat ab. Egal, sie nahm die häusliche Harmoniestörung auf sich und genoß im voraus, womit sie Paulas Eindruck von allem vorher Unbefriedigenden gründlich auslöschen würde. Sie fragte: Sag nur noch schnell, was du heute anhast. Und sie ergänzte die altbewährt wundertätige Frauenfrage noch um die Hitze und *ihr* Privileg, halbnackt herumzulaufen, und *Paulas* Berufszwang, sich für die Kunden ordentlich anzuziehen: Du Ärmste, aber zur Strafe sehe ich fast ohne was aus wie eine Pute an Thanksgiving, aber eine *nach* dem Essen.

Paula lachte, diesmal vergnügter. Halb getröstet war sie

schon, diese Frage war Therapie, aber sie blieb vorsichtig: Ich meinte, ich hätte deinen Lebenspartner gehört, er wird sauer auf mich sein, hat ja auch recht ...

Sag bloß nie mehr Lebenspartner!

Wie sonst?

Freund, Dani ... also, was hast du an?

Alle Frauen, so befragt, und Paula jetzt auch, schienen an sich herunterzusehen, um sich ihrer Kleidung zu vergewissern, und dann wie zum Lehrer in einer Unterrichtsstunde langsam anzufangen: Ja, was habe ich an ... ich habe an ... Paula hatte sportlich geschnittene, leichte Popeline-Hosen an, hellbeige, eine auch sportliche Bluse, auch heilbeige, leichte Baumwolle. Die Bluse mußte nicht über dem Hosenbund hängen, Paula war graziös, und von nun an aufs Schönste getröstet. Mit dieser Frage war Gunna wirklich die *richtige* Freundin, mit diesem sichersten Indiz, dem Neugierbeweis, schmeichelhafteste Mitmenschlichkeit in Wohlstandskreisen. Paula müßte sich nicht radikal *bessern*, sie würde demnächst doch wieder um diese Zeit mit der Ich-weiß-ich-störe-Einleitung telephonieren, weil sie dann allein in der *Bücher-Truhe* und Gunna eine *richtige* Freundin war, so *richtig*, wie sie es für sich beanspruchen konnte, und das hieß: nicht immer. Paula riskierte zwei Minuten vor dem Spiegel, bevor sie an den Computer zurückkehrte, fühlte sich von Gunna mitbetrachtet, ziemlich viel mehr als zufrieden. Stimuliert von der Idee, Gunna später zu Hause nach getanen Pflichten einen Kartengruß zu schreiben. Nein, besser jetzt gleich. Sie wählte eine Karte aus der Serie *Aus der Römerzeit*, und sie führe, ein Umweg, an der Hauptpost vorbei, um sie einzuwerfen.

Vergib uns unsre kalten Werke, sang Gunna; den Dessertnapf in der Hand, setzte sie sich auf ihren Kino-Sessel neben dem Kopfende von Danis Diwan.

RUDIMENT THEMA ALTER, Älterwerden, fiktive alt-ältere, mir ähnliche Frau nach längst nicht mehr ungewöhnlichen Erfahrungen und doch wie immer schockiert: Auch die heutige italienische Studentin war sehr jung; so viel schönes dichtes Haar für nur einen einzigen Mädchenkopf von den waswißich wie vielen Milliarden ebenfalls liebevoll bedachten Mädchenköpfen innerhalb der Weltbevölkerung: X, um Jahrzehnte älter, erstaunte der liebenswürdige genetische Aufwand an individueller Verwöhnungsfürsorglichkeit. Und aus Erfahrung kannte sie das: Nach zwei Stunden Anschauung beim Fragen, Antworten und dem Abschied am Gartentor beim Taxi erschreckte sie ihr eigenes Gesicht im Spiegel: Obwohl sie sich nicht angestrengt hatte, sah sie nach Anstrengung aus und überfordert, mit hormonell derangiertem, schlecht verteiltem Fleisch, Polster vor allem um die Augen herum, schlitzäugigem Blick zwischen angeschwollenen Lidern. Reduziertes Haar. Reduktionen wie Metaphern für die Art, wie ich, seit ich anfing, alt zu werden, lebe. Nicht nur Ansprüche, die ich früher an mich stellte, ausschleichen ließ, sogar auch einstige Bedürfnisse, ich bekomme es zu deutlich mit, als daß ich Faulheit genießen könnte, noch empfinde ich es und mit schlechtem Gewissen: Etwas entgeht mir. Ich lasse mich nicht mehr auf Musik ein (ab und zu mahnte Dani ihre alten Platten, ihre CDs, Kassetten an), ich drücke mich davor: zu große Emotionen.

Beneidenswert fleißig sind Sie, sagte X zur jungen Italienerin. Die weite Reise von Brindisi und morgen wieder zurück und die skurrile Unterkunft bei der sonderbaren Frau und der zudringlichen Katze, die ihre schlaflose Nacht durchwandert hat und plötzlich in der Dusche war, und alles nur für meine paar Auskünfte über mich.

Sehr viel fleißiger sind aber doch Sie! So viele Bücher!

Vergib uns unsre kalten Werke ging X durch den Kopf, sie dachte wie aus einem verkehrt herum gehaltenen Opernglas an ihre Bücher, an *ihre* älterwerdenden Frauen: Vergebt mir mein kaltes Werk, bleibt Freundinnen! Draußen am Gartentor wußte sie, von der Julisonne überbelichtet, vor jedem Blick in den Spiegel, daß sie in den zwei Stunden häßlich geworden war. Die junge Italienerin hatte sich nicht verändert. Sie steckte eine verzierte Klammer am Hinterkopf etwas höher, die Vorrichtung sortierte die dunkelbraune Haarmasse. Sie sind sehr sehr nett, sagte sie und stieg ins Taxi. Sie war klein, ihre schwarze Hornbrille war groß, sie war nicht besonders schlank, hatte eine rote Hose an und sah aus wie jemand, der sich mit Erfolg überall blicken lassen kann.

Sie auch, sind auch sehr nett, sagte X, und dachte ans Abtauchen in Schlaf und: Ich will in Schönheit sterben.

ABER WÄRE ES DENN FAUL, einen Nachmittag lang ein Buch zu lesen, Beine hoch, extrem behaglich und trotzdem Kopfarbeit? Gunna beantwortete an Danis Statt die Frage, zu der er *Mach's doch* gesagt hätte: Nein, es wäre nicht faul, trotzdem raffe ich mich auf. Im hohen Alter immer noch! Und warum?

Zwangsneurotisch. Verrückt. Dani schaute von irgendwelchen Akten nicht auf.

Du bist schuld. Weil du nicht noch nach dem Kaffee ein bißchen rumtrödelst und fluchst wie ich und mir mit deinem nahtlosen Weitermachen ein Konkurrenzgefühl aufbürdest. Vor ein paar Tagen verblüffte mich die Erkenntnis: Meine Mutter, so lang sie noch eine junge, dann älter werdende, stabile Familienmutter war, sie muß eine glückliche Frau gewesen sein. Sie hat sich sicher gefühlt, wer sie erst im Alter und als Witwe kannte, menschenscheu, würde nicht glauben, wie selbstbewußt sie gewesen sein muß, und wir haben auch nicht darauf geachtet.

Eure Mutter war nur einfach natürlich, hat nicht überkreuz analysiert. Kein Waldenserprotest-Gen bei ihr, wie es dir das Selbstverständliche pervertiert.

Jetzt klingst du aber katholisch! Ganz was Neues!

Du weißt, wie ich es gemeint habe. Lies dein Buch, fühl dich wohl.

Ich würde mich ja aber nicht wirklich wohl fühlen, ich hätte ein schlechtes Gewissen. Früher waren auch wir mal *Urlauber*, und du hast Krimis gelesen und Rätsel geraten.

Du warst es, die von Ferien nichts mehr wissen wollte. Nicht ich.

Wenn meine Schwester noch lebte, würde ich ihr sagen: Abends wünsche ich den Familienphotos gute Nacht, einem nach dem andern, und vorvorgestern oder so ungefähr betrachtete ich unsere Mutter etwas ausgiebiger, sie ist im Profil und schön und blickt wie frisch verliebt schwärmerisch auf unseren Vater, der verschmitzt in die Kamera lächelt, und da kam sie mir als Sängerin in den Sinn, die bei offenen Türen, für alle Wünsche an sie jederzeit zugänglich, eine Sopran-Partie für ihren Madrigalchor übte, und *ein Wunder!* dachte ich. Äußerstes Beweismittel für ihren inneren Frieden inmitten der Familienturbulenz, für ihre Unbefangenheit: Singen ist noch mehr als Instrumentalmusizieren bei Unlustgefühlen unmöglich, bei Unglück hilft nur Summen ohne Zuhörer, Melodien *denken*. Singen als Demonstration innerer selbstbewußter Unabhängigkeit, und das bei einer von Familienbedürfnissen abhängigen, voll beanspruchten Frau! Und Beweis auch dafür, daß sie sich nicht geniert hat, nicht vor ihrem Mann, weil Verlaß auf Liebe und Vertrauen zwischen ihnen war, nicht vor den zwei Tanten-Mitbewohnerinnen, verfeindet und immer im Clinch, und nicht vor ihren respektlos kindlichen Kindern. Also war sie ein glücklicher Mensch, in den üblichen Fesseln frei, zufrieden, einverstanden. Sie verstände kein Wort, ihr fiele nichts ein zum feministischen Vorwurf unserer Ära: Das Bißchen Gesang zählt nicht, Sie haben Ihr Selbst nicht verwirklicht. Ihren Mittagsschlaf hat sie unbefangen gemacht, ihr synaptisches Umschaltsystem hat mitten im Satz eines nicht *wichtigen* Romans, (nicht *wichtige*, nicht wirklich literarische Bücher liest sie ohne schlechtes Gewissen) ein Wörtergestöber durch ihre Gehirnzellen gejagt, sie ist eingeschlafen, sie wird ungefähr eine halbe Stunde später ohne Erschrecken vor dem Nachmittag (und dem Abend mit dem Abendessen für eine große Familie) aufstehen, sie wird für sich und unseren Vater den Teetisch decken, wer Lust hat, ist dort willkommen.

Und ich würde, Dani, wenn ich mein Schwesterchen noch hätte, beichten, was ich erkannt habe: Unser beider schönes kleines Spiel, Dani, um meine Mittagsschlafwonne in deinem riesigen französischen Bett mit dem himmelsnah-göttlichen Einschlafgefühl der Delegation jeglicher Verantwortung ist nicht nur lustig. Lustvoll, doch, das ist's vor allem, das Einschlafen, Wegdämmern, das du noch halb mitkriegst, Gadamers »genialste göttliche Erfindung«. Mittags nehme ich mir ja auch frei vom ... ich meine, ich laß es drauf ankommen, alles kreatürlich, geistlos, einschlafen wie ein Tier, oder beinah, denn kurze Sätze denken, das tue ich schon noch ... aber doch frei vom ... Um Danis Nerven zu schonen und aus unbehaglich-genannter, agnostischer Feigheit eines zeitgenössischen Pfarrers mit der Angst vor dem Wort Gott nannte Gunna Beten wie ihr Klavierspiel, Jogging fürs Gehirn, und weil sie den ganzen Tag heute immer wieder an das, was gestern nacht dabei passiert war, denken mußte und es zu seltsam-amüsant-verrückt fand, um es Dani vorzuenthalten, sagte sie: Gestern nacht war die Übung *Vaterunser* dran, mein Vater hatte es bei jedem Gottesdienst zur Sicherheit neben der Bibel und anderm auf dem Stehpult liegen, er sprach ja sonst alles frei, er sagte: Darauf, was man am sichersten auswendig kann, sollte man sich am wenigsten verlassen, oder so ähnlich, und ich kam schon am Anfang ein paarmal aus dem Takt, es ging in meinen Hirnzellen zu wie in einem Zeilengewitter, es ging mir wie meiner Mama beim Schmökern, aber dann am Schluß kam ich ganz sicher und rasch voran, ich kam erst als ich mich zurückgelegt hatte drauf, was falsch war und absolut absurd: »... denn Dein ist das Reich und die Kraft und die Herrlichkeit in Marburg, Amen.« In *Marburg*! Statt »in Ewigkeit«! *Marburg!* Wie komme ich darauf? Nicht ich, mein Unterbewußtsein, oder was ist da los? Was habe ich mit Marburg zu tun? Warum nicht Kassel, Hamburg, Augsburg, Neustadt, es mußte auf der ersten Silbe betont werden, den Rhythmus hatte mein Gedächtnis demnach immerhin noch im Griff. Gib zu, daß das komisch ist.

Dani gab es zu.

Vielleicht bemerkenswert? Wertvoll für Gehirnforscher?

Dani wußte das nicht, konnte es sich nicht gut vorstellen, empfahl, nachts auch so planlos, unkrampfhaft, undiszipliniert einzuschlafen wie mittags, erst recht nachts, daß aber der Rat vergeblich wäre, *das* wußte er.

Und weißt du auch, warum der Mittagsschlaf doch auch nicht nur die pure göttliche Genialität ist? Weil er nämlich schon wieder eine Flucht ist. Wie meine Vergnügungssucht, siehe Abendkino um jeden Preis, umringt von Büchern, die zu lesen wären. Ich fürchte, ich bin in eine Altersdepression gesackt.

Da suchst du dir ja eine ideale, bequeme Diagnose aus.

Depressionen und bequem! Du meinst, ich bin einfach faul, oder?

Nur partiell.

Morgens bin ich verdammt dynamisch. Und das dauert, es geht bis zwei, vielleicht ginge es länger, aber um zwei brauchst du ja unbedingt was zu essen.

Du auch.

Mein nächstes Buch geht über Ehen.

Gut. Dann komme ich nicht drin vor.

Auch über eheähnliche Zusammenschlüsse. Über Mann und Frau, eheähnlich. Ich habe mir unser Alter anders vorgestellt. Wir sind alt, Dani. Andere Alte geben Ruhe. Ich meine, sie wählen aus. Tun, was sie gern tun. Gunna seufzte. Du hast immer noch diese tausend Pflichten im Kopf...

Man muß nur regelmäßig ein bißchen saubermachen. Ich zitiere die Maxime deiner Schwägerin.

Gunna dachte an ihre Schwägerin, Super-Star; Es war ihr gelungen, ihrem Mann wieder Farbe ins Gesicht und Fleisch auf die Rippen zu zaubern, mit Lieblingsmahlzeiten, Aufmunterung, Optimismus. Sie sah das liebenswürdige Bäuchlein des Bruders vor sich, sah ihn mit dem altgewohnten lebenszugewandten Temperament über das Kuchenangebot für die Gäste Dani und Gunna urteilen, die diesjährigen Bayreuther Inszenierungen diskutieren, seinen Aktien-Reinfall verfluchen. Größte Altersfreuden, sagte sie, wenn dein sterbenskranker Bruder die vorsichtige Frage *Wie geht's denn so?* glaubwürdig fest und nicht, um dich sentimental zu schonen mit *Gut* beantwortet und mit *Eigentlich normal* und *Diesmal fiel der kritische Tag, der dritte in der Chemo-Woche, ganz aus* (aber als kritisch-pessimistischer Realist, der er auch war, sagte er, der kritische Tag könne ja zur Abwechslung mal der vierte oder der fünfte sein). Größtes Altersglück! Ebenso bei den Schwestern meiner Mutter, die eine bloß ziemlich alt, die andere uralt, wenn sie unserer Ulk-Standard-Frage vorwegkommen und die Alte ins Telephon ruft: Ja ja ja, wir sind *auf Stand*. Natürlich, er wackelt und torkelt, der *Stand*, aber Hauptsache: Stand, Stillstand. Und um dein größtes Altersglück nicht zu ramponieren, mußt du sofort vergessen, wie pur irdisch, weltlich, lebensverklebt es ist, dieses Glück, im Widerspruch zu deinen Gebeten ans Jammertal gefesselt und nicht *verliebt ins Neue*. Das Jenseits darf ich mir nur für mich und nicht für andere wünschen. Nur für die Gestorbenen unter meinen Lieben. Was hältst du von dieser Güteklasse beim Glück für Alte? Von dieser Qualität des Glücks? Worüber war man eigentlich glücklich, als man jung war?

Man hat nicht daran herumgegrübelt. Ich bezweifle, daß das Nachdenken dich glücklich macht. Aber wenn doch, dann läßt sich's wunderbar dabei erledigen, wenn man regelmäßig ...

... einmal pro Tag von Zimmer zu Zimmer geht und ein bißchen saubermacht. Oh Dani! Warum ist das eigentlich ganz selbstverständlich der Frauen-Job? Ich meine, wir haben ähnliche Berufe.

Ich habe Patienten.

Halbtags. Halbtags kommt zu mir auch der und jener, außer daß ich *ganztags* schreiben muß.

Ich auch. Übrigens: Ich kaufe ein. Ich verwalte uns.

Wofür ich mich dir tausendmal täglich an den Hals werfe. Ich umarme dich, ich bete dich an.

Okay okay.

Ich meine das ganz im Ernst, sagte Gunna wahrheitsgemäß, aber sie haßte das durch-und-durchgewalkte und geknetete Thema Putzen. Auch auf diesem Gebiet war Dani der Tüchtigere, zuständig für Diffiziles, Nischen, Ecken, für Grundsätzliches, und Gunna profitierte, Beispiel Fensterputzen, von ihrer Ungeschicklichkeit, genoß Amnestie, ebenso aus Mangel an Talent Freispruch von *richtigem* Kochen, von Zubereitungen *normaler* Mahlzeiten, wenn es zu denen doch manchmal am Wochenende kam. Und sein Mobiliar im Arbeitszimmer, in dem er auch schlief, säuberte Dani selbst, und er sagte das jetzt und: Ich hätte auch gar nicht gern deine kleinen Papier-Spaziergänger, Büchermilben oder was das ist.

Und woher weißt du das? Gunna war alarmiert. Das mit den Milben war peinlich, unangenehm auch Danis Übergriff auf ihre Schreibwelt.

Ich brauchte deinen Stempel. Für *deine* Mehrwertsteuer.

Dann hast du vielleicht auch gesehen, daß schon zwei Staubtücher bereitliegen, die Schreibtische sind schon im Plan vorgemerkt. Ich kann jederzeit anfangen.

Mit Staubtüchern ist es nicht getan. Jedes Blatt mußt du untersuchen und am offenen Fenster abpusten, alles muß weg, und dann nimmst du den Staubsauger, arbeitest mit der Düse...

... du steckst den Stecker in die Steckdose, ja ja ja ... und ich wollte wahrlich nie mehr auf der Schulbank sitzen.

Deine Viecher sind ungesund. Du kriegst sie in die Lungen.

Und du hast jetzt beim Sprechen schon wieder Billionen Mikroben und werweißwas eingeatmet. Dani, ich hatte mich mit dir vor vierzehn Jahren zusammengetan, weil du dich nicht für Haushalt interessiert hast.

Das tue ich auch heute nicht. Und damals hielt ich ein gewisses Maß an Sauberkeitsmethodik für selbstverständlich. Ich hielt dich für zivilisiert.

Am besten war die Flucht nach vorn, und Gunna stöhnte: Erbarmen! Es ist das Alter. Wir beide sind im Alter für Putzfrauen. (Wir *beide*: Es könnte nicht schaden, Dani daran zu gemahnen, daß auch er alt war. Weil immer sie und niemals er es war, immer sie die mit der Jammerphilosophie über das schlechtere Leben im Alter, fühlte er sich verjüngt.) Ich habe mir unser Leben im Alter anders vorgestellt.

Und wie?

Genießerisch. Ruhig.

Und wie genau soll das zugehen?

Ich weiß es auch nicht, ich habe nur so eine Vorstellung. Auf jeden Fall schreibe ich als nächstes über Ehen.

Aha. Hört sich schon ganz nach genießerischer, ruhiger Altersfriedlichkeit an.

Wir könnten diese Pause verlängern und ...

Wir haben sie schon verlängert ...

... also wird jetzt doch nicht mehr viel aus dem Restnachmittag, bald habe ich meinen Abendimbiß-Streß mit Salatmachen, es ist schwül, wir könnten auf dem Balkon, hör zu: *Balkon!*, ich selbst schlage *Balkon* vor!, gut, wir könnten draußen ein bißchen Südstaaten spielen und die *Two Dogs* der Stringers trinken.

Dann würden wir Australien spielen. *Two Dogs* ist australisch.

Es könnte importiert sein. Glückliche Ehen gibt es nicht.

Natürlich nicht.

Ausnahme: die meiner Eltern.

Schon klar. Sie lagerten auf dem Balkon. Dani wedelte winzige Gewitterfliegen weg, eine Flugwespe zuckte in der Luft, angelockt von dem süßen klebrigen Getränk; es war schwül, ringsum dunkelgrün mit Abschattierungen und hellen Lichteinsprengseln, und vorhin hatte ein leichter, nieselartiger Schauer wie im Film ausgesehen, und jetzt kam ein Regen wie Nebel nicht vom Fleck, stand in der Luft wie die Flugwespe. Dani schmeckte das Zitronenbier gut, Gunna nicht.

»Ich bin der Welt abhanden gekommen«, sang sie. Du hast mich heute Mittag zu lang schlafen lassen. Weck mich früher. Ich falle aus dem Zusammenhang mit der Wirklichkeit: sie sang eine erfundene atonale Tonfolge. Ich glaube, ich gehe dir auf die Nerven.

Schon gut. Das gehört dazu. Dani verwunderte Gunna mit einem Zusatz: Ich gehe ja auch dir auf die Nerven.

Was! Wie? Womit denn? So was würde Dani nie sagen, würde *ich* jedem sagen! Jedes Wort zu viel. Zu viel für meinen Dani.

Damit gehe ich dir auf die Nerven, genau damit. Daß ich zu wenig sage. Nicht *diskutiere*. Ha ha ha.

Und genau das finde ich doch eher gut. Es ist männlich, es ist sexy. Obwohl ...
Was: obwohl?
Ach, nichts weiter. Ich mußte nur gerade an andere Ehemänner denken, an die meiner Freundinnen, und die meisten reden auch nicht, und ich bin überhaupt nicht sicher, ob die sexy sind, ich kenne sie so gut wie gar nicht ... Ich glaube, Gin würde da hineinpassen. Gunna stand auf. Oder Wodka?
Keine Ahnung. Egal. Bring beides.
Und morgen machen wir den altersidealen Tag, einverstanden? sagte Gunna, mit beiden Flaschen aufs feuchte Podest mitten im Dschungel zurückkehrend.

Die Vormittage verliefen immer so wie heute, an Gunnas Wunschprogramm-Tag. Während Gunna ihr Spiel Hausfrau, einen kurzen Einakter, hinter sich brachte, mit Tätigkeiten, die sie sogar gern hatte – ja: aufräumen tat ihr sogar psychosomatisch gut, so lang es kein prinzipielles Aufräumen war – ging sie die Ehen und die eheähnlichen Zusammenschlüsse ihrer fürs Projekt Älterwerden der Älteren ausgewählten Freundinnen durch. Wer war glücklich? Sirin. Woran lag das? Gunna wußte es nicht. Nur, daß nicht Salvatores jugendlicheres Alter dafür verantwortlich war. Liebe? Blieb die deshalb so unangekratzt, weil die beiden in verschiedenen Städten wohnten, nur am Wochenende bald da, bald dort zusammen? Dann wäre das ähnlich wie bei Mabel in San Antonio. Aber Sirins Glück hatte nichts Durchgeplantes, Ausgedachtes, es hatte sie besucht und überrascht, damals, als sie dann mit Instinkt für die Unabänderlichkeit einer Verfügung sich selbst wehtat, weil sie hoch pokerte. Du weißt, daß du deinem Mann das Herz brichst, hatte Gunna gesagt, und die bisherige Familienharmonie aufs Spiel setzt, in der die Töchter sich eingelebt und wohlgefühlt haben, und Sirin, diesmal fern von ironischer Lustigkeit und gar nicht lachend, hatte gesagt: Ich weiß es. Und doch muß es sein. Einem herzlichen, großmütigen Menschen wie ihr war diese

Radikalität bitter ernst. Aber bis zum heutigen Tag, und es sah über die Gegenwart hinaus nach Zukunft aus, hatte sie recht behalten. Und ihr Ex-Mann hatte sich nach ein paar Jahren mit einer anderen Frau zusammengetan; daß sie dich ersetzen kann, glaube ich nicht, sagte Gunna, oder doch nur eben *ersetzen*. Die Töchter berichteten: Eine Zeitlang war's nicht sehr lustig zu Haus, aber Sirin hat alles richtig gemacht, und Salvatore ist mega-gut. Die zwei neuen Paarungen luden einander mittlerweile zum Kaffee ein, trafen sich abends in Restaurants. Die für die Liebe und das Glück talentierte Sirin, dachte Gunna und an den Kontrast zu Mabels kaltem architektonischen Gewinn durch ihre Art von Umbau. Wanda und Paula wüßten gern, was unter den Schädeldecken ihrer Männer vorgeht, beide undefinierbar dissonant, der Ironische bei Wanda, Paulas Gesprächsverweigerer. Ehe-Zensur: unbefriedigend.

Über Henriette und Dolf sollte ich gar nicht mehr nachdenken, sagte Gunna an ihrem altersgerecht-idealen Tag mittags bei einem Fertigsalat aus Shrimps. Ich gehe dir schon wieder auf die Nerven, oder? Ich glaube, ich ginge mir selbst auf die Nerven, ich fände mich aber auch ziemlich rührend, irgendwie herzzerreißend. Ich glaube, ich wäre mir sympathisch, bin aber nicht sicher, ob ich gern mit mir zusammenleben würde. Meinst du, die Frauen, über die ich schreibe, sind schlau genug zu begreifen, daß ich sie liebe?

Dani war sich nicht so sicher.

Würde ich mich denn derartig intensiv mit ihnen beschäftigen, wenn ich's nicht täte, sie lieben? Also über Henriette denke ich nicht mehr nach, aber ihr Dolf muß bei ihr anklopfen, und sie ist erst nach Dienstschluß nett zu ihm: glückliche Ehe? Gunna rühmte den Shrimps-Salat und Dani, der ihn gekauft hatte, seufzte: Idealer Tag, aber schaffen muß ich trotzdem meinen Mittags-Run und gegen sechs etwas Gehirn-Jogging, ich nehme jetzt immer Schumann, *Kinderszenen*, vor allem die erste, *Von fremden Ländern und Menschen*, weil da linke und rechte Hand gleich stark beansprucht werden. Linke und rechte Hirn-Hemisphäre.

Wolltest du es nicht am idealen Alterstag einfach mal drauf ankommen lassen, lesen, nichts erzwingen?

Ich will aber auch, ich meine, ich *muß* wohl auch bei der nächtlichen Tagesbilanz ein gutes Gewissen haben.

Gunna fragte sich: Wird der Wunsch-Tag ein Tag wie jeder? Bis auf den schon morgens gebuchten Kinoplatz? Ja, es sah so aus, als erreiche sie das Ideal ganz ohne Zwanghaftigkeiten nie.

Kann sein, daß ich immer auch mein Dompteur sein muß. Ich brauche, wie es aussieht, die Peitsche.

Und das Zuckerbrot.

Adele Sandrock. Gary Cooper. Barbara Stanwyk. Ach, fast egal wen, worum es geht, das sind die Vorfreudensplitter, die den gesamten langen Tag durchzucken. Du siehst, wie gut unser Zusammenleben in meiner Analyse wegkommt. Was ist es, das sonst fehlt?

Daß du sonst nicht schon morgens weißt, was für einen Film es abends gibt.

Du kennst mich! Dani, wenn du mich so gut kennst, wirklich so gut wie kein Mensch sonst, fast so gut wie früher meine Schwester, vielleicht in manchem besser, weil ich dich nicht mit mir verschone und dir auch elende Sachen über mich sage, wenn das also so ist, warum läßt du mich sonst bis werweißwann zappeln und übers Fernsehen im Ungewissen? Wir sollten es immer machen wie heute und das Fernsehprogramm schon gleich nach deinem Frühstück besprechen, und wenn's nichts gibt, das Video, das wir abends sehen. Ich würde dich zehn Minuten früher wecken, dann hättest du immer noch Zeit, dich auf deinen ersten Patienten zu konzentrieren. Siehst du, ich kann mich heute schon sogar vormittags immer mal auf meinen Kino-Abendunterschlupf freuen. Ich glaube, Freuden-Epiphanien sollte man sehr, sehr ernstnehmen. Adele Sandrock! Sie werden schnarrend sprechen, verstehen wird man wenig ... In diesem trüben Leben mit seinen Zumutungen, Krankheiten, Seelen- und Leibesblamagen muß man jede winzigste Freude und Vorfreude verdammt ernstnehmen, das Winzige daran vergrößern.

Ich habe mich vorhin, vielleicht ist das auch ein Freudenbeitrag, in einem Zufallsfund festgelesen, hatte was ganz anderes gesucht, sagte Dani. Es war, am 2. August 2002, halb vier, und Dani ging, wie es das Spiel vorschrieb, zwei Schritte voraus auf dem Weg vom Zeitungssitzplatz durch Eßzimmer und Diele zu seinem Bett; die Regie hatte das Bett, synchronisiert von Danis bauchrednerhaft verstellter Stimme, nach Gunna rufen lassen, Gunna rief ihm *Na dann komm ich halt* zu, ich erliege der Versuchung, paßt auch zum altersgerechten Idealtag, wollte wissen, was Dani gefunden hatte.

Berühmte Personen der Zeitgeschichte haben dir geschrieben, oft zwei Seiten lange Briefe, ich blätterte den Leitzordner durch. Sechziger, siebziger Jahre. Professoren, Philosophie, Theologie, Politologie. Literatur. Dani fing mit der beachtlichen Namensliste an, Gunna unterbrach: Weil ich jung war. Weil ich außerdem verdammt gut aussah. Deshalb die Briefe.

Allen Ernstes? Nur deshalb? Dani klang neugierig und wachsam und erinnerte an Gunnas Bücher, nannte ein paar Titel aus dieser Zeit.

Die Bücher, na schön, sie waren der Anlaß, das schon, ich war jemand, der schreibt. Aber ein Alibi waren sie auch. Es war noch etwas anderes, wodurch es zu Briefwechseln kam, *vor allem* war's noch etwas anderes. Und wenn die Koryphäe X noch lebte, und ich jetzt mit ersten Büchern öffentlich würde, mich als Alte würde X nicht mehr interessieren. Nicht für Persönliches, nicht privat, na du weißt schon, nicht erotisiert. Hallo Bett! Hast du zugehört?

Das Bett hatte nicht zugehört, wollte genossen werden.

Kaum sehe ich dich, da ist mir auch schon alles andere egal. Gunna machte *Ah!* und lag im Bett, dehnte sich, bewegte die Beine auf dem Laken, Dani warf die Decke über sie, Gunna brachte sich, nach links embryonal gekrümmt, in die Einschlafposition, aus der sie nach ungefähr dreißig Minuten geweckt werden würde. Frauen sind treuer. Ich habe noch meine Freundinnen, *jüngere* Freundinnen.

Hoffentlich nicht nur bis zum Erscheinen meines Buchs, dachte sie, doch weil sie es in Danis Bett dachte, worin sie sich sofort kindlich und freigesprochen fühlte, dachte sie es ohne Schaudern. Auch: »Aber in die Zukunft schauend, denke ich schaudernd, wie viel Glück ich noch brauche.« Kein Schaudern, nicht um halb vier in Danis Bett. Trotzdem: Zukunft? Vielleicht ist es mit meiner Wirkung auf andere vorbei (und die war einmal unwiderstehlich!). Zu meinem widerwärtigen runden Geburtstag hatten mich bis in die tiefste Provinz hinein die Feuilletons gewürdigt, mit sehr ansehnlichen Photos präsentiert, kein Grund zur Klage. Klangen die Texte aber nicht nach Nachhall und etwas eingemottet, nach Material für die Nachrufe? Und, Wirkung auf meine Freundinnen: Bin ich für die noch das Wunschziel Nummer eins? Ich lasse mich Paula fragen: Wie wär's, wollen wir Sylt wiederholen? Und bin nach guter alter Tradition selbstverständlich ihres emphatischen Enthusiasmus' gewiß. Doch eine sehr erwachsene, sehr selbständige Paula zweifelt am Genuß durch Wiederholungen. Geht das nicht meistens schief? Ich versuche es mit Kierkegaard: Für den war überhaupt einzig die Wiederholung das Wahre. Ich bin nicht Kierkegaard, sagt Paula. Sirin! Nächstes Wochenende hätte ich Zeit. Sirin hätte keine Zeit. Wanda *könnte* kommen, aber auch in ihrem Gartenwinkel dichten, ab und zu in ihren Teich springen, erfrischt und inspiriert weiterdichten. Una empfand, es war schwül, einen Horror beim Gedanken an die Autobahn, aus Gewissenhaftigkeit aber käme sie selbstverständlich, im Notfall. Und immer so weiter reihum. Seit wann gab es für alle diese Frauen Alternativen zu Gunna, ein wenig bessere sogar, seit wann ließen sie nicht mehr alles liegen und stehen, sobald die Hauptperson Vorschläge machte und rief? Und jetzt ich, was bin ich für mich selbst? In diesem Sommer vernichtend häßlich. Oder sagen wir: seit der letzten Haarwäsche plus Schneiden (zu kurz); es hat sich schon mit *Velvet* angebahnt, sich trotz neuer Tönung nie ganz beruhigt. Letzten Sommer war schon einmal in einer Häßlichkeits-Sequenz diese mattgelbe Bluse unerwartet die Rettung, meistens hilft nur schwarz. Die Bluse war sehr gut an mir. Diesen Sommer: überhaupt nicht. Es ist einfach der Sommer danach.

Nachts und in *meinem* Bett würden mich diese Gedanken anwidern, kalte, oberflächliche, egomane Gedanken um das Zentrum Eitelkeit. Ich würde mich zu moralischem Treibgut auf dem Bewußtseinsstrom vorkämpfen, ich würde an meine Familie denken und an den Himmel, lieber Bruder, stirb nicht und gute Besserung, aber *wir* sterben auch. »Der Lachende hat nur die schlechte Nachricht noch nicht erhalten« – doch Halt! Der Tod ist die beste aller Nachrichten, lies nach bei Paulus. Im Synapsengewitter, bei dem meiner Mutter ihr nicht *wichtiges* Buch aus der Hand fiel, dächte ich an die Glaubensfanatiker des 11. 9. 2001, die, verzückt besessen vom Paradies, in den Tod rasenden Massenmörder. Gut, daß meine Rezeptoren mein angestrengtes Denk-Theaterspiel außer Kontrolle bringen und für Entlastung sorgen.

Gunna, nur im Slip unter der leichten, satinglitschigen Decke, faltete sich mit dem deutlichen Bewußtsein *Körperglück* noch enger zusammen, verband es mit *Seelenglück*, als sie monologisierte: Kurz bevor ich nachgebe, das Einschlafen auskosten, Einschlafen als genialste göttliche Erfindung ... und Empfindung ... »wegdämmern, so daß man nie sagen kann: Jetzt schlafe ich«. Weil eine Haarsträhne auf der Nase kitzelte ein bißchen wacher, sickerte Adele Sandrock durch Gunnas Wegdämmern und daß sie viel zu lang keine Miss Rutherford mehr gesehen hatten und »Schlafen, vielleicht auch träumen« vielleicht immer weiter und für immer noch vor dem Film mitten im Film vom altersgerecht idealen Tag ... und: Bei mir treibt hinter Gottes genialster Erfindung mein *Nur weiter!* an, *Nur weg von hier!* Nur sanft schnell weg und doch auch langsam, so, daß ich es mitbekomme, »Dunkel war's, der Mond schien helle/Schneebedeckt die grüne Flur/Als ein Wagen blitzeschnelle/Langsam um die Ecke fuhr«, weg von aller Verantwortung, vom aufgeregten Bewußtsein mitten im Genuß seines Dahinschwindens, weg weg, schnell, wohin weiß Gott, sonst keiner in Gottes Nähe, weg: Ach! Hol mich einfach ab!

Gabriele Wohmann
Das Hallenbad
Roman. 191 Seiten. Serie Piper

Mona sucht nach ihrem Platz in der Welt. Dabei erzählt sie vom Tal des Todes, vom Absturz einer Boeing 767 und von ihrer dicken Freundin Lilli. Eigentlich aber will sie erklären, warum sie lieber in Salzwasser schwimmen lernen würde. Gabriele Wohmann schlüpft ganz in die Haut ihrer außergewöhnlichen jungen Heldin, und sehr bald werden ihre Gedanken zu unseren Gedanken, ihre Erfahrungen zu unseren.

»Es ist eine kleine Geschichte, die die Wohmann hier erzählt – ruhig, gelassen und absolut unspektakulär. Aber sie ist keineswegs harmlos. Ein sprachlich stimmiger und dramaturgisch spannend aufgebauter Roman, in dem es viele Wiedererkennungseffekte gibt.«
Norddeutscher Rundfunk

Gabriele Wohmann
Schwestern
Erzählungen. 230 Seiten. Serie Piper

Schwestern sind eitel und geschwätzig, spitzfindig und neidisch – am Ende aber kommen sie doch nicht ohne die andere aus. Gabriele Wohmann versteht es, diese ganz besondere Beziehung auszuloten – denn trotz aller Verschiedenheit verbindet Schwestern mehr als nur die gemeinsame Herkunft: nämlich eine tiefe Liebe, der auch Neid und Auseinandersetzungen nichts anhaben können. Messerscharf und mit psychologischer Raffinesse nähert sich die Erzählerin Wohmann einem wundervoll komplizierten Thema.

»Zum Reizwort ›Schwestern‹ fällt der Autorin so viel ein, daß sich nicht nur die Leserin, auch der Leser auf keiner Seite langweilt und sich, was immer befriedigt, in ihren/seinen einschlägigen Erfahrungen bestätigt fühlt.«
Albert von Schirnding,
Süddeutsche Zeitung

Gabriele Wohmann
Schön und gut
Roman. 222 Seiten. Serie Piper

Davids Stiefmutter Flora verflucht die Liebe. Jeder, den sie nicht lieben muß, ist ihr willkommen. Und dennoch gibt es da einen neuen Mann. Glaubt David zumindest. Für seinen Vater soll er die Wahrheit über seine attraktive und undurchsichtige Stiefmutter ans Licht bringen. Dabei mag David selbst sie mehr, als es vielleicht gut ist... Über die Nähe zu ihr lernt er die Liebe kennen – den Schmerz und das erwachende Begehren.

»Typisch Wohmann – gespickt mit pfiffigen Überlegungen zum allumfassenden Thema Liebe.«
Nürnberger Nachrichten

Annette Pehnt
Ich muß los
Roman. 125 Seiten. Serie Piper

»Dorst schob seinen Einkaufswagen von hinten sachte in Elners Hüfte. Elner drehte sich um, in der Hand eine frostige Spinatpackung. Ach nein, sagte sie und ließ den Spinat sinken. Der spanische Sekt ist im Sonderangebot, sagte Dorst, legte den Kopf schräg und wartete.« Unergründlich und scheu ist er, der Held in Annette Pehnts kraftvollem erstem Roman. Er läuft in den schwarzen Anzügen seines toten Vaters herum, erzählt als selbsternannter Reiseführer von Limonadebrunnen und Honigfrauen. Seine Phantasie ist grenzenlos, die Nähe zu anderen nicht. Vor allem nicht die zu seiner Mutter und ihrem neuen Freund. Erst als Dorst die junge Elner trifft, scheinen seine Zurückhaltung und seine Rastlosigkeit ein Ende zu finden. Lakonie und leiser Humor vereinen sich in Annette Pehnts Roman zu einer traurig-schönen Geschichte über einen jungen Mann und seine Verbindung zur Welt.